中共洞口县委宣传部　出品

Xin Shi Qi

新时期
洞口县优秀散文精选

DONG KOU XIAN
YOU XIU SAN WEN JING XUAN

名誉主编　谢　璞　　主编　周　伟

中国文联出版社
http://www.clapnet.cn

图书在版编目（CIP）数据

新时期洞口县优秀散文精选/谢璞，周伟主编. —北京：中国文联出版社，2015.6

ISBN 978-7-5190-0015-8

Ⅰ. ①新… Ⅱ. ①谢… ②周… Ⅲ. ①散文集—中国—当代 Ⅳ. ①I267

中国版本图书馆CIP数据核字（2015）第145426号

新时期洞口县优秀散文精选

编　　者：谢　璞　周　伟

出 版 人：朱　庆　　终 审 人：奚耀华
复 审 人：王　堃　　责任编辑：李　民
特约编辑：袁姣素　　责任校对：傅泉泽
封面设计：天恒仁文化　　责任印制：周　欣

出版发行：中国文联出版社
地　　址：北京市朝阳区农展馆南里10号，100125
电　　话：010-65389142（咨询）　65067803（发行）　65389150（邮购）
传　　真：010-65933115（总编室）　65033859（发行部）
网　　址：http://www.clapnet.cn
E - mail：clap@clapnet.cn　　lim@clapnet.cn

印　　刷：成都新千年印制有限公司
装　　订：成都新千年印制有限公司
法律顾问：北京市天驰洪范律师事务所徐波律师
本书如有破损、缺页、装订错误，请与本社联系调换

开　　本：880×1230　　1/32
字　　数：354千字　　印张：12
版　　次：2015年6月第1版　　印次：2020年1月第2次印刷
书　　号：ISBN 978-7-5190-0015-8
定　　价：68.00元

《新时期洞口县优秀散文精选》

编 委 会

顾　　问　艾方毅　周乐彬

主　　任　张丽雅

副 主 任　袁国基

编　　委　张丽雅　袁国基　杨健君

　　　　　曾建云　肖祥泽　周　伟

名誉主编　谢　璞

主　　编　周　伟

主编简介

谢璞 男，1932年生。湖南省洞口县高沙镇人。国家一级作家。中国作家协会会员。曾任湖南省文学艺术界联合会执行主席，湖南作家协会副主席、名誉主席。享受国务院政府特殊津贴。先后共出版作品二十多部。小说《芦芦……》被译成英、法文，《竹娃》和《忆怪集》均获全国儿童文学奖，《丁香梦》获陈伯吹奖。散文《珍珠赋》入选全国中学语文课本和《中国新文学大系》。

周伟 男，1971年生。国家一级作家。中国作家协会会员，中国散文学会理事，湖南省散文学会副会长，邵阳市作家协会副主席。著有散文集《乡间词韵》《看见的日子》等多部。曾获第二十六届湖南省青年文学奖，第七届冰心儿童图书奖，2006年、2008年冰心儿童文学新作奖，第十八届孙犁文学奖，第四届冰心散文奖等。散文《乡村女人的风景》入选《中国新文学大系》。

春望故乡

（代序）

□ 谢 璞

我曾在《醉在莃溪》中写道：人皆有望故乡山谷清、人姣好之心。远在他乡的游子，谁不希望自己的家乡好！

我的故乡，西属茫茫雪峰山脉腹地，东接衡宝盆地，居“湘黔古道”要冲，“上控云贵，下制长衡”，是有名的军事重镇。抗日战争胜利前夕，“洞口潭”一带属抗战军民彻底歼灭入侵日寇的战场。

我的故乡洞口，一千多平方公里属大山，一千多平方公里属丘陵、平原。林木、粮食、橘子、茶叶、生猪……资源相当丰富，人文历史悠久。早在唐代就习惯种橘。20世纪70年代，周恩来总理就以“雪峰蜜橘”给洞口柑橘命名。

这里的自然景色，自有黄山与神农架所没有的灵性和诗情画意，一派秀美迷人的风光。

那一次，我们一行之友，经家乡县委、县政府几位领导热心关照，一起游览过山门、莃溪等地，在护国倒袁伟人蔡锷生活过的地方——山门“蔡锷公馆”，看到了蔡锷母亲生前刺绣的菊花头巾，令人无限景仰和动情。

更难得的是，一路收获了雪峰腹地不时出现的凝烟深谷，漳漾绝壁，或撑影浮云的千顷橘林，或游戏大江左右的涓涓清流。

到了黄昏，我们才赶到莃溪乡政府吃晚餐，东道主拿出了米汤色泽的蒴溪米酒招待我们这些回家的游子。这种低度米酒一倒进酒杯，会堆起蛋尖来，弄得连平时滴酒不沾唇的几个朋友，都一连喝了三大杯。主客暖融融的友谊氛围，让我感到太像一家子人围着灶台为亲人庆生日那样开心。

近几年来，平时我很少喝酒，但这时候的我就顾不了那么多了。此行当中洗去了那么多乡愁，生出了那么多新的希望，又怎能在家乡莲汁一样清甜的米酒面前沉默？于是，我站起来，像我年轻时代那样无所顾忌，高高举起情重千斤的酒杯，为我故乡泉脉动、草心苏，呼来四面八方山雨山风一起干杯，再干杯！

当晚，我和几个乡亲一起漫步在月光下，呼吸大自然久违的新鲜空气，畅谈故乡许许多多新老故事。

这几年，家乡的喜讯不断，我的心无一不牵动着家乡的巨大变化。我的家乡，山水灵性，民风淳朴，人才荟萃，家乡面貌日新月异。

对于家乡的文学创作，我更倍感亲切。各种年龄阶段的文友都纷纷出现了佳作，唱出了新的生活颂歌。青年作家周伟的成长，令人高兴。他的散文很有气象，获了不少全省全国大奖，频频在全国名报名刊上露脸，多次入选中国散文排行榜和年度选本。更令我们开心的是，他的作品入选了《中国新文学大系》并评上了一级作家。尽管如此，周伟还是不显山不露水，在家乡默默地耕耘，带领一班文友，向着一个个高地冲锋、攀登……

有一天，周伟给我来电话，说家乡希望创建中国散文之乡！我不禁为之惊喜，为之鼓舞。

现在，洞口县委宣传部主持选编《新时期洞口县优秀散文精选》，是总结，也是检阅；既是点亮家乡的满天星斗，又是吹响进军的号角！

这正是：

文昌塔下，文昌星明。
春望故乡，大地清明。

（作者系湖南省文联原执行主席、湖南省作家协会名誉主席）

诗写桃源洞里天

——写在《新时期洞口县优秀散文精选》出版之际

□ 张丽雅

洞口，景色绝美，人文悠久，妙道自然。

唐“大历十大才子”之一的钱起，夜宿洞口驿站有感而发：“野竹通溪冷，秋泉入户鸣。乱来人不到，芳草上阶生。”

明末大学士方以智隐居洞口三年，著述、讲学、游历，乐不思蜀。他《游洞口双壁岩》诗曰：“避秦箫鼓在渔塘，仙迹犹存旧爨烟。石壁未经人一语，名山留得月千年。夜窥翡翠屏前镜，诗写桃源洞里天。鸡犬无声炉尽灭，丹青难与世人传。”

一代伟人、护国讨袁英雄蔡锷就出生在这里，少年蔡锷天资聪慧，吟诗作对，为世人所称颂，其文学才华令人仰止。

当代诗人于沙来到这里赞叹有加：“进去看也罢，不进去看也罢，从哪里看，都是神奇幽深的画。”“诗魔”洛夫更是为之着魔，挥笔写下：“站在洞口朝里一望，啊呀！原来天地那么大！”

这无疑是一处灵秀所在，青山绿水更是养育文人。难怪作家朋友刘诚龙在《湘黔古道走洞口》一文中感叹：“灵气的山水养育文人，眼角眉梢都冒灵气。老一代名作家谢璞，新一代乡土散文大家如周伟，就是这片山水滋养出来的。”

当代以来，洞口县人才辈出，文艺圈里更是璀璨夺目，像谢璞、唐作潘、黄铁山、姜贻斌、黄鹤逸等诸多文艺名家给家乡增光添彩，美名远播，在中国文艺里程碑上留下了浓墨重彩而又振奋人心的一笔。

近年来，以著名乡土散文作家周伟为领军人物的洞口本土散文创作，集结了实力较强的队伍，形成了良好的创作势头。散文创作在全市、全省乃至全国都有了较大的影响。继谢璞的散文《珍珠赋》入选《中国新文学大系》(1949—1976)和中学语文课本、姜贻斌的散文集《漏不掉的记忆》入选潇湘散文精品丛书之后，周伟的散文《乡村女人的风景》、《一个字的故乡》分别入选《中国新文学大系》(1976—2000)和百年中国散文权威选本《中国最美的田园散文》。

据不完全统计，洞口县近五年来公开出版散文著作30多部，在市以上公开报刊发表作品2000多篇，经常在《新华文摘》《人民日报》《大家》《天涯》《山花》《芙蓉》《散文》《散文选刊》《散文百家》《读者》《儿童文学》《文艺报》《湖南日报》《湖南文学》《创作与评论》等省级以上报刊刊登作品的有20多人，形成了作者多、作品优、来势好的可喜局面。全县现有湖南省作家协会会员34人，中国散文学会会员20多人，2013年一次性加入中国散文学会的会员就达12人。2014年，《散文百家》杂志重点推出了“湖南洞口散文小辑”，湖南省社科院主持编写的《2014湖南文学蓝皮书》给予了较好的评价。同时，《新花》杂志集也中推出了“洞口散文专号”，向全市推介。洞口县委宣传部主持召开了“洞口散文作家座谈会暨洞口县散文学会成立大会”，研讨“洞口散文现象”，有力地扩大了洞口散文的影响。目前，洞口县正全力创建“中国散文之乡”。

这些成绩的取得，一是与洞口这块灵性的土地上走出的一代代文化人的辛勤耕耘密不可分。他们赋文唱诗、笔耕不辍，用优美的文字，推动了文学创作的空前繁荣，散发着浓郁书香味的洞口大地，已真正成为一个名副其实的散文之乡。二是与地方党政领导和社会各界建设文化强县的浓厚意识密切相关。近年来，我县先后成功创建了“中国楹联文化先进县”和“中国宗祠文化之都”，打造了高沙古商城、尧王影视城、工艺美术城等文化产业品牌项目，开设“雪峰文化沙龙”，挂牌成立作家创作基地等。这些活动的开展，对传承洞口优秀的历史文脉，打造洞口文化新的品牌和亮点，都具有深远的历史意义和很好的现实意义。同时，也将有效地促推地方旅游业和文化产业的发展，提升洞口的知名度和美誉度。

新时期以来，勤劳朴实、敢于创新的洞口人正在用新颖的笔墨，涂上如日东升的色彩，描画洞口壮美的风骨，奏响科学发展的旋律，抒写富庶繁荣的华彩篇章。

火热的生活，伟大的时代，需要我们的作家深入生活、扎根人民，孜孜以求、默默耕耘，为人民立言，为时代放歌！

橘乡建设开新篇，诗写桃源洞里天。
蔡锷故里尽开颜，歌吟雪峰又千年。

（作者系中共洞口县委常委、县委宣传部部长）

散文

目 录
CONTENTS

珍 珠 赋

◎ 谢 璞

芙蓉花开的日子，我和几位同志访问了浩瀚的洞庭湖。它是美丽富饶的鱼米之乡，又盛产珍珠。

古老的洞庭，由于历代反动统治阶级不加治理，洪水常常泛滥，原是“淼茫千里白”的地方。唐代诗人白居易曾经叹道：“安得禹复生，为唐水宫伯？手提倚天剑，重来亲指画。……龙宫变闾里，水府生禾麦。”但这只是诗人的幻想。在旧中国，洞庭湖到处是溃决堤垸的灾难，只有满湖的血泪，无尽的悲忿。就拿1935年来说，滨湖一带溃决垸子一千三百多个，活活淹死了三万七千五百多人，还有四百多万人挣扎在污泥秽水里，无家可归。可是，古代的诗人，哪曾料到历史的长河中，竟会涌现一个“六亿神州尽舜尧”的伟大时代！在红日照耀下，几百万洞庭人民挥舞“倚天剑”，指画洞庭，整修了滨湖堤垸及湘、资二水入湖的洪道，完成了大通湖蓄洪工程，“龙宫”不仅变成了“闾里”，“水府”不仅能生“禾麦”，而且大量地生产了珍珠。

在一只渔船上，我们大开了眼界。一个白发苍苍的老渔民从舱里捧出一握珍珠来，只见那颗颗珍珠，有大如羊奶子头的，有小如红豆的，光华夺目，莹光熠熠鲜艳夺目。我们问每年可以收多少颗珍珠，老渔民笑着说：“这里的珍珠不是论颗数，而是论斤两的。汉寿县有个大队，今年就可收珍珠一百一十多斤！”

珍珠是名贵的药材和装饰品。我国自古就有出产珍珠的盛名，合浦珠的采捞，从汉代就开始了，至今已有将近两千年的历史。但洞庭湖产珍珠，却是近几年的事。滨湖人民利用天然水源，精心养殖珍珠蚌，在很短的时间内，就摸索出了养殖的规律，获得了优质高产。这是令人赞叹的奇迹。然而，老渔民告诉我：洞庭湖还有更美的珍珠！

离开渔船，走上堤岸，只见千百条水渠，像彩带似的，把无边无际的田野，划成棋盘似的整齐方块。那沉甸甸的稻谷，像一垄垄金黄的珍珠；炸蕾吐絮的棉花，像一厢厢雪白的珍珠；婆娑起舞的莲蓬，却又像一盘盘碧绿的珍珠。那大大小小的河港湖泊，机帆船穿织如梭，平坦的长堤公路上，拖拉机往来不断，到处是机声隆隆，水畅人欢。今日洞庭，诗意盎然，彩笔难绘，简直是一个用珍珠缀成的崭新世界！

我们来到有名的白洋湖边，坐上名叫“双飞燕”的渔船，在比小河还宽的渠道中缓缓前行。清水滔滔地流着，渠道两岸密密地栽种着千姿百态的绿树，有香椿、泡桐、苦枣、白杨和挡浪柳。划行十几里，进入白洋湖口子边的卫星湖。这里养了大量的鱼，有鲢鱼、青鱼、草鱼、麻牯莲子鱼、大鲤鱼，还有来自武昌的花鳞甲的金鲤……

我正被这些鱼群吸引着，突然前方传来一阵清亮的歌声：

手握珍珠喜盈盈，
千颗万颗照洞庭；
好水一湖金不换，
幸福源头在北京。
……

穿过一丛密密的垂柳，眼前顿时出现了一幅别致的水彩画。一望无际的莲荷，花红叶绿。一群穿着各色衣裳的姑娘，驾着织布梭子形的采莲船，一边不停地采摘莲蓬，一边唱着笑着。

看到洞庭湖丰收的图景和欢乐的人们，谁也想象不到，这里，今年持续有一百二十多天没有下雨。历年防洪防汛的滨湖突然遭到了严重干旱。可是滨湖人民为了祖国富强，千方百计战胜了旱魔。就以南县来说，全县共出动了六万多人，苦战了半个多月，日日夜夜，争分夺秒，筑了五条坝，堵了四条河，实现了东水北调，北水南移，既挽留了长江经过洞庭湖的水，又把湖水抽上了内河，大旱之年夺得大丰收。我们赞美洞庭湖的珍珠，更要赞美这培殖珍珠的千千万万的滨湖人民，赞美他们战天斗地的革命精神。

正当我们返回的时候，天渐渐黑了。霎时间，四面八方，电灯明亮，就像万千颗珍珠飞上了天！这排排串串的珍珠使天上银河失色，叫满湖碧水生辉。

谁猜得着，整个洞庭湖滨有多长的高压电线？湖区向机械化、电气化进军，八百多万亩土地上，已经修建了六千一百多个排灌站，一万五千多处涵闸，使百分之七十的耕地实现了旱涝保收。听说架设的高压电线共有七千六百多华里长！

洞庭啊，洞庭！在你这里，天上、地面、水下，处处闪耀着珍珠的异彩，你就是镶嵌在我们伟大祖国土地上的一颗大珍珠！应该挑选天下最鲜艳的油彩，来描绘洞庭的珍珠，因为每一颗珍珠，都沐浴着生养万物的雨露阳光，每一颗珍珠，都是洞庭碧波上开放的瑰丽花朵！

（选自《中国新文学大系1949—1976》，上海文艺出版社1997年版）

呼　唤

◎ 谢 璞

一次偶然的机缘使我和一只美丽的斑鸠交上了朋友。

一天，我在家乡的土屋里写作，一直写到腰酸背痛才起身运动四肢。见屋外阳光那么迷人，便从后门走出，想到屋后的一片树林里去晒晒太阳。

我刚走出几步远，便见一只鹞鹰从高空俯冲下来，伸出铁钩似的爪子，一把猛抓住一只什么鸟，可是没抓紧，猎物惨叫一声逃窜掉了。鹞鹰很生气，好似责备我不该突然出现，它麻碌碌的大翅膀在低空打得啪啪作响。猝然身子一斜，翻了个身，狠狠地瞪了我一眼，就气势汹汹地飞远了。

出于好奇心，我四处张望。希望找到那只死里逃生的鸟雀。我很快发现了，原来是一只斑鸠遭到了袭击，它像一个标本似的，钉在我家屋子后墙上，连气也不敢出，爪子很深地扣进泥墙里。当我把它从墙上小心翼翼地拿下来时，它浑身哆哆嗦嗦，没有一丝反抗的力量，头颈软绵绵的，耷拉在我手掌的虎口上，背上流着殷红的血，眼睛里仿佛还有泪花。

我借了一只方形的鸟笼子，把斑鸠关在里头。它也安静了一阵子。我用紫药水给它涂伤口，用小茶杯盛了黄豆和清水放在笼子里供它吃喝。然而，它只用宝石般的小眼睛瞅了瞅，没有动口。不一会儿，满村的孩子都来看望斑鸠了。

突然，斑鸠张皇失措地乱冲，神色大变。我仔细一看，才发现不远的灶台上的老猫在发野。它如饿虎捕羊似的，拱着背，弯着两只前爪，尾巴竖得高高的，两只金黄的眼睛盯住斑鸠，它的胡子利箭似的动弹着。孩子们见了，一阵吆喝，把老猫从灶台上赶走了。

谁知，还有只不识时务的公鸡，它也凑热闹，竖着脖子上的五彩羽毛，张开一对翅膀准备向斑鸠发起进攻。孩子们当然不客气地把它轰走了。

考虑到斑鸠的安全，我发愁起来，因为说不定什么时候它还会受到侵犯。这时，我听到走廊上有节奏的手杖敲击地面的笃笃声，这是年过八十的父亲来了。一听我说起斑鸠的来历，便微笑着叫我把笼子挂在屋檐下，并递手杖给我往高处挑。果然这一来，任何侵略势力都威胁不了它了。

从此，我天天用清水和黄豆喂它，不到一个月功夫，它的伤口愈合了，也换上了不少新的羽毛，脖子下端还有个花圈儿。孩子们也经常光顾它，仰着头对它说话。

它只照例偏头瞅着人，从不用声音来作回答，似乎对万事万物都很冷漠。

不过对于我却不同，只要我往笼子下边一站，它就在笼子里舞蹈似的跳跃一阵。

当然，它也从不用声音同我说话。

久而久之，孩子们都说它是一只哑巴斑鸠，我也暗暗怨它不该作哑，真希望有一天它能突然歌唱。

说也怪，立春那一天，它终于开了金口“咕咕……咕咕……”地叫了几句，而且正是全家按传统习惯在立春吃生萝卜片的时候叫唱的。它给全家人带来了欢乐，都称它是一只“报春鸟”。不过，我听出来那叫声有点心酸。可惜，叫了这一次后，它再也不开腔了。我似乎有点明白了那声音中的心酸，但与斑鸠朝夕相处的不舍，和对斑鸠身体状况的担忧，还是让我放弃了让它回归蓝天的想法。

终于有一天上午，父亲坐到我写字桌边。“你没有忘记斑鸠立春那天是怎么叫的吧？”父亲双手握住手杖，微微含笑着说：“鸟雀是通人性的。斑鸠平时高兴就‘鼓舞……鼓……’地叫，立春那天，它是向你喊‘给我……给我……’当初，你搭救它，不是为了一辈子囚住它，而是要放它回天大地宽的世界，照它自己的愿望去生活。”

是呀，该让它按自己的愿望生活了。让它飞回大自然，分享它应得的一份生活乐趣。想想自己，虽然给过它治伤的紫药水，给过它恢复身体的黄豆，但给予它更多的是囚禁。而我还居然埋怨它没有天天给搭救过它的我唱歌，我暗自愧疚！它作哑，其实是一种愤怒吧！于是，我决定等到天气暖和点便开笼，让它飞回大自然。

可是，等不到那暖和的一天，一个大雷雨的清早，它从笼子的缝隙间挤出身子逃走了。从此，屋檐下只挂着空笼子。

它的逃走，我并不惋惜，只佩服它向往自由的勇气。不过，还担心它在乍暖还寒的天气里是否真的能自由自在地生存下去。过不了几天，一个坏消息让我吃了一惊。孩子们告诉我村西头的一个孩子用弹弓打死一只鸟吃了，我按捺不住便去问那孩子究竟打死过一只什么鸟？他说是一只斑鸠，我听后鼻子酸痛起来。

谁知到了清明前一天，有一只斑鸠飞进屋里来了，它落在那只吊挂的空鸟笼上，一点不怕人，宝石般的小眼睛好像在询问我们：“你们还认识我吗？”

我高兴得像个孩子，和全家人指着斑鸠说：“它一定就是那一只，它还活着，若不然，它怎么会飞到屋里来东张西望？”我立即拉开笼门，请它吃还留在笼子里的黄豆。可是它翅膀一振，又从进来的地方飞向了碧蓝的天空，一路“鼓舞……鼓舞……”地叫唱着，声音里包含着无尽的欢乐。

斑鸠的归来使我们一家人非常愉快。后来，我们经常听到屋前屋后有几只斑鸠奏鸣，我们猜想：其中会有一只是我们的老朋友。

时光如风，吹走了很多记忆，偏偏我忘却不了这件小事，也许是因为我一生只救过这一只鸟儿，也许是因为此间总有一种哲理在不断地呼唤我……

（选自1985年7月11日《文学报》）

问道长安

◎ 谢 璞

我看着，我想着。

日月星辰运转，不用向谁问路。

潺潺小溪流入江河湖海，也我行我素。

万物之灵的人类在运转、流动中，却好问路。太平岁月，或是烽火乱世，遇歧途不请教“指路碑”，不向人打听去向的，实在难找几个。凡人或是伟人，要想不迷失方向，都少不了“碑”与人的指点。人总是问道于人，有时也充当别人的“指路碑”，互相传播温暖，人类文明的画廊总是日新月异。我学步以来，由于好问路，尽管大地与人生歧路无穷尽，总是迷惑不了我。即使糊涂一阵子，很快又清醒地走我前面的路。古人说得好：“好问则裕”。

“指路碑”，我从小就喜欢它。乡间岔道上常有善男善女“栽”起矮墩墩的石碑，上面镌刻着：“左走高沙，右走黄桥”，或是“东走柿家渡，西走钟沧寺”。它诚实的“语言”，给过往行人不断赐福。由于它只有小凳那么高，赶路的人走累了，还可以在它“头上”坐下来憩息。如果旁边有一株郁郁葱葱的青桐树，还可多憩一会儿。对于这种石碑，不要说顽童不去碰砸它，倘有好斗的公牛顶撞它，牧童免不了要在牛屁股上抽几鞭子。当石碑周围丛生的蒺藜野草过深，或是碑面蒙上绿苔，自然会有人细心地去清除，不让碑面任何一个字失去灵性。山路边的小土地庙，就从来没有享受过指路石碑那令人羡慕的待遇，尽管也有善男信女对土地爷插香烧纸。

不过，我孩提时期也见人家砸碎过一块“指路碑”，不是因为别的，而是立碑的人粗心大意，把往东的路，刻成了往西，它只起到捉弄人的作用，气得上过当的人回头来怒不可遏，砸得它粉身碎骨，不管它是哪家“大善人”立起的“碑”，一概不饶恕。所以，要真的是块有价值的碑，它必须对求问去向的匆匆过客负责任。

我小时候也碰过这样不负责的“石碑”，我向他问路，他却故意错指方向，弄得我吃苦头。由于他不是一块石头，而是喜欢恶作剧的活物，我只能在心里咒他几句。后来，我走南闯北，由于问路次数多了，也就培养一种挑选“指路碑”的能力了。对于有可能捉弄人、不乐意给人方便的人，我就不去问他；对于有可能给我诚实指点的人，我就开口相求，把他看成一块神圣的“指路碑”。

有一年，我在北京广安门外乡野寻找“荷花池”附近一个朋友，阡陌纵横，一时不知南北东西。刚好身边走过几个人，我就赶忙物色个人来指示去向。她是一个年轻女子，生得修眉善眼，不像个吝啬人，我便急忙招呼：“同志，请告诉我去荷花池，该往哪里走？”

她文静地看着我，秀丽的脸蛋上出现安详的笑容，然后用流利的北京话说：“荷花池？不好找呀，告诉你去向，七弯八拐的，你也不一定找得着。”很快，她又自然地说：“我领你走一段路吧。”

真太难得了，她居然领我在野花遍地的乡间小道上走了二十几分钟之后，才停下来指着一道沟说：“跨过那道沟吧，笔直走上三四百米，就是荷花池的地界了。”

我感激得竟忘了道谢，因为她返转身子往回走开时，才发现她是个腆着大肚子的孕妇，她淑美恬静的身姿，像个花瓶。我久久地凝视着她渐渐远去的背影，心里由衷地祝愿她健康、幸福，预祝她平安地生下小宝贝来。当时，我在北京鼓楼东大街“中国作家协会文学讲习所”学习，才来北京不久，认识的人不多，第一个留下最深印象的“北京人”，就是这位不知姓名的花瓶一样淑美恬静的“指路碑”。时光过去了几十年，她当初的笑容、手势、声音还回荡在我的记忆之宫。

前几年，我上北京，真希望偶然再碰上这位“北京人”。有一回在无轨电车上无意中发现一个相貌与她很相似的姑娘，我心里竟这样琢磨：“也许她就是那位指路人的千金吧？”人的感情就这么怪。

一九八四年七月，我又在西安这座古城得到了恩惠。自古长安多丽人，这块地上开的鲜花，生的绿叶，仿佛都有一种特殊的清香。整齐宏大的市容及古人遗留的大雁塔，琉璃金瓦的城郭以及浑黄的护城河，举世闻名的半坡遗址、兵马俑，都给人一种民族的自豪感。尤其是西安人那种浑厚、坚实、自强不息的风采，更使人想起什么叫“力拔山兮”的膂力。我很高兴在这里参加“当代文学研究会”。大会的住址也特别，是在杨虎城将军旧址附近的一座宾馆。由于会议安排得紧凑，除了集体乘旅游车参观外，个人出门散步的机会并不多，所以上小店子里去品味“羊肉泡馍”等地方风味的次数也没几回。一天，由于我要给远方一个朋友发个电报，就不得不抽空出门。刚好秘书处有辆小车开出去，要从电报大楼门口经过，我就搭上了这辆车，来到陌生的电报大楼门前。发电报后，只好乘公共汽车了。我在附近找到公共汽车的上下点，那儿站立着许多候车的男女。我的眼光落到一个长安大汉的背影上，几步走过去，见那大汉穿一身洗得颇干净的劳动卡工作服，双手搂抱一截比他略高的小型钢管，不难猜出，可能是个刚下班回家去的工人。从侧面看他，约莫五十岁出头。我向他打听我回到杨虎城将军旧址附近的宾馆，该怎样乘车？他没有转过脸来看我，只用道地的西安话告诉我“乘二路车”。刚好二路车停下来，我便以在长沙苦练多年的钻车技艺，匆忙而又圆熟地拉住发光的钢管弯形扶手，利索地上了“二路车”。正当我掏零钱买车票时，听到有人在身后不远处不高不低地说：“刚问过路的同志，只要买一个站的票，在莲湖路下车。”

这不就是刚告诉过我乘二路车的那位“长安大汉”么？我车转身子一看，吃了一惊，他原来是个双眼直呆的盲人，那钢管是他的手杖。什么时候他也挤上了这辆车呢？心肠多好的人！

下车后，我心情激动。“问道于盲”未必无所得。有人五官“坚固”、耳目“聪明”，因缺少一颗无私的心，谁若问道于他，他能起到“指路碑”的作用吗？看来，只能从善而择。也只有无私的、有成人之美心地的人，如“修眉善眼的北京孕妇”、“长安大汉”这一类的人，才会随时洒甩友爱的花露。人们心里会承认他们是真实的“指路碑”，不会淡忘他们，更不会把他们当绊脚石摔得远远的。陈毅同志诗云：“我要为众人，营私以为羞。人人能如此，世界即自由”。多高深而朴实的人生哲理。任何个人，无论是普通劳动者，或言论起着“指路碑”作用的人，如果都能有“为众人”造福之心，那么我们的宏伟建设事业就有指望了。最要提防的，是错指方向的“碑”。“为众人”就是善，就是一种真实的美。愿它像一缕金色的阳光，回荡在一切人心窝窝里。一切有志振兴中华的炎黄子孙都具有“为众人”的善与美，色彩斑斓的八十年代的中国，就如旭日冉冉升起。

（选自《谢璞自选集》，湖南文艺出版社2004年版）

雀 疑

◎谢 璞

凡欣赏过宋玉的辞赋名篇《对楚王问》者，说不定喜欢下面想象力极丰富的浪漫色彩佳句：“故鸟有凤而鱼有鲲。凤凰上击九千里，绝云霓，负苍天，翱翔乎杳冥之上；夫藩篱之鷃，岂能与之料天地之高哉！……”“鷃”，古书注释为“小鸟名”，究竟是什么雀鸟，也没发现考据家们说起；但愿不是麻雀，可能它就是麻雀，因为麻雀们习惯“藩篱”边耍玩游戏。从这行佳句来看，我们的古人，早有轻视小生命、膜拜庞然大物的习性。尽管“凤凰”、“鲲鹏”并未存在，也要把它想象得那样的神奇，而确有的小小的“鷃”，却拿来陪衬，达到大的更大、小的更为渺小的艺术效果。这就怪不得记载种种名人的史册之上，没有名“小雀”、“阿鷃”的，而名曰“凤”呀“鲲”呀的，却多之又多，不胜枚举。究其实，小生命麻雀之类的小东西，却也有叫人怜爱或值得钦佩的地方，因为它们也是肝胆俱全的物种。说实一点，从小我就喜欢麻雀。有生物常识的人，大都知道麻雀是人类的益友，虽然它们略为吃一点五谷，主食还是形形色色的害虫，它们是应该受到人类保护的。从感情上说，自从脱除孩提时期的愚昧之后，不仅没有伤害过一只小麻雀，即使见到小猫捕雀我也情不自禁“横加干涉”。人嘛，对于益友，常常喜欢关照的，总希望对方好。

前年岁末下了一场大雪；去年岁末下了场更厉害的雪，积雪七天后才开始融化。前年岁末一天上午，我开了房门步入向南阳台看雪景，倏然发现面前虬枝光秃秃的构皮树上有个小黑影。仔细看去，原来有只饥寒交迫的麻雀贴在上面哆嗦，羽毛紧缩一团，豆色的眼光中不难发现一种绝望的神色。显然，积雪中觅食太困难了。出于“恻隐之心”，我赶忙回厨房抓来把白米，扫开了阳台条状栏杆面上的积雪，在上面把白米铺成一条长线，希望麻雀赶忙飞过来充饥。为了表示诚意，我迅速离开了阳台，并关闭了房门。半小时后，估计“客人”已领餐飞走了，我开了通阳台的门，准备去看看“宴席厅”是否有风卷残云之后的“杯盘狼藉”局面。谁知，叫人失望，白米线依然故我，颗粒未动；那只寒雀仍旧无声地贴在原地未动，只是它直勾勾的眼光里多了几分疑惑的焦渴感。可想而知，它是对人不放心，生怕人趁雀之危设下什么要命的圈套。我理解了它这种心情，便又退回室内，轻轻地关上房门，还是希望它经过再一番观察后来领受施主的友谊。直到过去两个小时之后，我又忍不住重返阳台“调查”。不过，太使人失望了，雀和白米相向对视，谁也没有改变位置，只不过树枝上已多贴了七八只同样的闹饥荒的麻雀。我注视到它们都濒临生死攸关的绝境，眼光不仅慌乱，而且恐惧得难以自持。这时候的我，对这种雀疑现象，无可奈何地唏嘘起来，暗暗责备它们对人未免太不相信了！我只好把白米扫进掌心，抛洒在阳台旮旯的鸡笼旁边，那笼里关了一只才买回没几天准备过旧历年用的红羽大阉鸡。不料，同一瞬间，麻雀们大为活跃地唧唧喳喳起来，我赶忙离开阳台，一关门隔着玻璃窗竟发现它们如虎扑羊似的飞窜在鸡笼旁与鸡抢食米粒。我的目的，终于达到了，心情宽阔起来时却想到人在雀们眼里是不可信任的，人类还不及鸡类那样可靠。当然，这也只怪得人类各个角落，干的对雀们不公正的事太多有关，它们是凭自己太祖宗的经历来衡量人心的。而鸡类对它们虽然没什么帮助，却是从未伤害过它们的。所以，雀们不信任人类有好心，也是入情入理的事情。事后，我几次与朋友们谈起这件小事，有的认为我“小题大做”，这是“不值得挂在心上的事情”；但也有人感叹人类对自然界万千物种“结下的怨仇也太深了”，生态一旦失去平衡，人类是自己种的酸葡萄自己吃。

到了去年底下大雪天，由于我又多了一年见识，见到社会现实中大量可喜现象的同时，又耳闻目睹到人间一些怪事，不禁又觉得过去麻雀不肯贸然信任人的善心的多疑行为，还可以否定“人为财死，鸟为食亡”这个古老的结论。至少麻雀们在饥饿绝境，不肯为了活命而“铤而走险”亡命，而人世上，某些男女，贪婪金钱，什么丑事也愿意去干的。人家“铤而走险”亡命自焚的教训居然对他们一点不起作用。只要有“重赏”，他们就是“勇夫”，甘为财而死，表演出种种人世罕见的悲剧来。甚至知法犯法罪恶累累，还要文过饰非，在马粪砣脸上抹霜冒充什么“时髦英雄”的怪事也厚颜无耻地干得出来。这一类人，虽是“庞然大物”的“万物之灵”，又哪及渺小得不过二两性命的麻雀自爱呢？想到了这一层，我倒想把宋玉的佳句改作“夫藩篱之鷃，亦能与之料天地之高”了。

（选自《谢璞自选集》，湖南文艺出版社2004年版）

一滴茅台

◎ 谢 璞

去年盛夏，我回家乡，在洞口招待所接到袁沙雁老师电话，他知道我回县里访问，很想同我聊聊。我说："你不来电话，也会专程拜访您。"他忙说："那你就搭公共汽车过来吃中饭吧，我亲手炒几样好菜给你吃。"还笑嘻嘻地说："'青龙过海'、'多维西点'保证不缺。"他的笑声，却引起了我几分辛酸。

袁老师同我的关系，是良师加益友。他是武大体育系毕业，我上蓼湄初中时，他就是我们班的体育老师。他思想进步，上体育课当中也教我们唱"往年古怪少今年古怪多……"还大胆地抨击国民党政府的腐败。临近解放时，地下党组织掀起学潮反对学校的几个学霸，他也是外围中的积极分子，差一点被校长辞退了。他不仅自己酷爱《钢铁是怎样炼成的》，还偷偷借给我看，让我在黑夜里看到吃惊的新世界。我初中毕业后，因没钱继续上学而辍学。解放后投身高沙镇刚兴起的农会，后来在高沙镇人民政府工作。过了一段时间，袁老师又给我漏个消息，说人民政府实行以人民助学金帮助有困难的学生上学，鼓动了我考上高中。在我念高中阶段，他仍旧教体育课，但又做"导演"，经常拉我去当"演员"，宣传新的形势。我们的师生感情就更稠密了。虽然是老师，但他亲切得像个平起平坐的知心朋友。

一九六一年，正过着粮食贵如金的"苦日子"，有一回我去看望袁老师，他一米八以上的个子，每天只有六两米吃，也乐观如旧，硬留我吃一次“家宴”再走。他兴奋地告诉我做两种好菜招待——一碗是没有油星子的清汤，上面浮上三四片白菜；另一碗是用细糠做出的馒头。他边吃边谈笑：“这一份清澈见底，可叫‘青龙过海’，那一碗虽是米糠，但有丰富的多种维生素，可美其名曰‘多维西点’。吃吧，等到形势真的大好那一天，你就没有机会再吃到这种名菜了。”

接电话后，我匆忙乘上公共汽车，费了一个多小时，才到达了高沙。袁老师已经退休，仍住在洞口三中。他在校门前等待我，一见面就挺一挺那有点弯曲的脊梁说：“菜刚做好，就差好酒买不到手，只好用米酒招待你。”

我问老师房子在什么地方？他兴致勃勃地说：“在校右手边，学校很关心，安排最好的一栋给我们退休教师住。”说着领我穿过一道一米三高的小门，又走过三间教室走廊，折转身又往左跨过一块种上南瓜的菜地，就进入了退休教师们的住宿地点。一钻进去，里面的光线暗得出奇，幸亏上面吊了盏布满蛛网的小灯泡。由于有四五个藕煤灶同时冒烟，给人一种如同下了煤山坑井的感觉。我们走进一间木板房时，刚好有一只花尾巴公鸡向它的几个情侣表演男高音独唱，袁师母急忙拿了扫帚赶开了它，腾出空地请客入室。我同师母寒暄中由于注意力太集中，偶不小心，竟冒失地踩了门角的老猫一脚，而且刚好踩在尾巴上，痛得它呲牙咧嘴跳上门角床铺上狠骂了我一阵。从这一瞬开始，我得小心翼翼移步了，原来这间房子既是卧室，又是书房和厨房，它的面积大约可以摆下三张床铺，所以书架、书桌、米桶、餐柜及锅灶、椅子、凳子在两张床那么宽的地方无法各就各位。有一条条凳居然肆无忌惮地骑在另一条条凳上，稍有不慎，就有可能倒下来打碎旁边的篾篮子里的鸡蛋。

我刚谨慎地坐下来，袁老师就给我倒茶，茶杯没地方放，就把面前的鸡笼子拖过来，铺上一张报纸，给茶杯找到了归宿。我同袁老师没聊上一会儿，附近几位作邻居的老师就挤进来热乎乎地交谈来了。他们都善于找地方，有三位坐在袁老师的床铺上，两位蹲下来拉了两条小兔凳坐在炉灶与小碗柜之间，怕双腿无意中碰倒什么，都用双手把自己的膝盖扣住。其中有几位是我做学生时的老师，一个个头发斑白，眼角起满了慈蔼的鱼尾皱，但他们的脸上却洋溢着太平盛世的微笑。大家的话题很广泛，甚至连某某君冒充“万元户”出了洋相都扯到了。谈笑中，窗外雷雨大作。

转眼工夫，袁老师把书桌上的文房四宝通统搬往床铺下面，铺上两张报纸，长方形的“餐桌”便有了。好客的袁老师要留所有在场的人喝酒。师母把热气腾腾的十几碗好菜摆出来了。大家熙熙攘攘自动找凳子就坐。袁老师笑指着两大碗菜对我说：

“看，货真价实的‘青龙过海’和‘多维西点’。”前者是海带炖猪排汤，后者是西红柿、莲子、红枣、银耳大拼盘。当袁老师把一陶壶米酒倒进各人面前的小碗时，竟歉意地说：“可惜茅台酒光有钱买不到，非得有关负责人批了‘条子’才买得到，大家只好吃米酒了。”有个老师幽默地说：“等着，等到我们孙子能批‘条子’那天吧！”桌子四方的客人大笑不已。不料，戏剧性的事情竟发生在我们谈笑中，屋顶上猝然漏下一滴雨水，很响地落进我面前堆得起尖的米酒里。主人——袁老师和师母同时诧异地“唉呀”一声，有个稍年轻点的老师赶忙拿起身后一根细长的竹竿去顶戳漏水的屋顶，他眼明手快，果然再没有雨水漏下来，当场受到表扬。他解嘲说：“各家各户谁不对这门手艺操练熟了？熟能生巧嘛！”袁老师另外拿了个酒碗，要给我换个碗，说原来的酒弄脏了。我执意不从，站起来双手举着酒碗说：“一滴‘茅台’酒已经羼进酒碗。来，为袁老师和师母健康干杯！为诸位退休的老师健康干杯！”我带头一饮而尽！忘乎所以，显出了几分豪兴。老师们也都痛痛快快地喝起酒来。袁老师又兴奋又抱歉，快乐地摇着头，也举碗一饮而尽！

大家喝得醺醺然的时候，袁老师红着笑脸对我说：“等到四化出成果，老夫自有真茅台！”

大家吃吃喝喝、谈谈笑笑，直到阵雨过去，天空放晴，才依依不舍地握别。

最近袁老师写信来说，县教育局有可能要很好地解决教师和退休教师的房子了。我分享了这份宏福，便在浓郁的节日氛围里写上这篇小文章，向老有安宁的老师们致贺。老干部和教师都应当爱护。教师虽然不属功勋显赫的“老干”，却也是桃李满天下的师长啊！祝普天下老者健康、幸福！

（选自1986年5月16日《人民日报》）

流蜜的橘子

◎ 谢 璞

我与蜜橘有不解之缘。

我的家乡，湘西南的洞口县，素有“橘海”之美称。近十年来，全县有二十多万亩土地盛产驰名中外的无核蜜橘，被认定为“雪峰蜜橘”的最佳区。有一年橘子丰收季节，洞口县国营园艺场罗伦条场长请我到场部去做客，他端出了一大盘鲜艳的橘子让我品尝。我挑了颗最小的也足有小袖子那么大。乍看，它的海绵皮层很厚，估计不用小刀剖开是不好对付的。老罗看出我的心事，笑道：“好剥，幼儿园娃娃的嫩手指都剥得开。”一点不假，我手指轻轻一掐，果皮便裂开了，一股浓郁的甜香喷出来，直沁得人醉。一瞬间，出现了几个蜜蜂嗡嗡地在我面前绕圈子，想同我一起分享蜜汁。老罗赶忙关闭了玻璃窗户，他说笑道：“再迟关一点，说不定几里远的蜜蜂都会飞进来哩。”时光过去了很久，我一直没有忘记这一个有趣的镜头。

今年十一月，我又得到了很大的一颗雪峰蜜橘，更是令我情不能自已。事情是这样的：去年新春我给《人民日报》写了一篇题为《一滴茅台》的小文章，如实地报告了我的母校洞口三中（原名“蓼湄中学”）退休教师住房条件极差的现象，希望有更多方面来关心中、小学教师生活。《人民日报》于五月十六日刊登出来。洞口县委书记孙在田同志看到了，便与县教委负责人到洞口三中视察。过了不久，动了感情的孙在田同志在县委一次会议上提出要关心教师生活，并当场掏出省吃俭用节省来的五十元钱作为第一笔募捐款。后来由于拿工资的国家工作人员绝大多数并不很宽裕，靠捐款是不可能解决现实问题的。以致有笑话孙在田天真的，也有好心的朋友劝我少管些闲事的。不过，我是个素来把闲话当耳边风的人，我一直坚信会有许多人来关心全国各地中、小学教育事业，教师会过上幸福和谐的生活的。

果然，前几天喜从天降。有人很急地敲门。我开门一看，原来是八百里外"洞口"几个朋友来了。其中有退居二线的前县教育局向局长，有洞口三中张才云校长。他们兴奋地告诉我：由于党和政府各级组织关心，湖南省财政厅给洞口三中拨专款七万元改善教师住房。他们是专程赴长沙办理拨款手续来的。校长笑嘻嘻地说："你写的《一滴茅台》起了个'证明'作用……"

我确实很高兴，衷心地向张校长道贺。但临到他们告辞时，张校长递给我一颗硕大的橘子来表示友谊，他说：

"君子之交淡如水，这是我们学校老师们种植出来的，奖励你喝口津甜的家乡水，来表示我们对你说了实话的感激之情！"

我愧收了，因为盛情难却。我总觉得只有具体给了他们关心的人才配领收这份厚意。只有天上的"太阳神"有资格享用它。我并没有做什么大不了的事情，只不过报告了一点真相，做了一个文人一点分内的工作。母校老师们给我的奖励实在太大了！

这一天晚上，我脑子里不断出现"教育是只母鸡"这句格言，也想到"生儿不用识文字，斗鸡走马胜读书"这种愚昧现象会在一些有阳光的地方消失。教师，成为社会令人羡慕的职业，一定不会遥远。

翌晨，"暾将出兮东方，照吾槛兮扶桑"的时候，我真想把这颗不寻常的橘子奉献给天上的"太阳神"，然而又遗憾自己是个无神论者。我把心事讲给两个早读的小女儿听了。她们却高高兴兴地说："我们来帮忙吃"，"太阳公公没有牙齿，我们有！"

怎么办？我只好把蜜橘递给孩子们。

（选自《谢璞自选集》，湖南文艺出版社2004年版）

母　亲

◎ 谢　璞

在儿女心目中，母亲，就是春天的阳光。我母亲是个普通劳动妇女，她爱护儿辈胜过自己的生命。

母亲给予了我生命，也铸造了我的灵魂。她不幸因病离开人世三十四年了，母爱的阳光却一直激励我去努力奋斗，做一个诚实的人，做我应该做的事，走我应该走的路。

时光像水一样流逝，母爱的阳光却永远闪烁在我心里，像清明时节血红的杜鹃一样美丽。

（一）

我母亲在人世上清苦地生活过五十年。她唯一的享受就是：为下一代牺牲自己的一切。她一生几乎没穿过一身好衣服，没吃过一餐安然饭，一直被疾病纠缠。我的母亲很文静，但有顽强的生命力。她沉默寡言，却天性聪明，有惊人的记忆力。我们兄弟在她身边读书，她虽一字不识，但只要听上几遍，就记得住。我们合上书背诵，她能指出漏了什么字句。计算数目时，人家用珠算、笔算都不及她心算快，不及她准确。她为人善良，处处克己待人，父亲只顾昼夜做工，一家生计全由母亲一手惨淡经营。

我外公靠耕种生活，有六女一男，母亲排行第四。外公迷信鬼神，笃信“生死有命，富贵在天”，把女儿们看成累赘，一心只望添个男儿传宗接代。先是在栗田住，埋怨尽添女是屋场不好，任性把好房卖掉，迁到冒底井，建一座土砖屋子居住。最后添了舅舅尹大云，便说是自己换了屋场的因果。外婆虽然疼爱我母亲，但奈何不了外公。母亲从出生起就得不到父爱。外公在外边喝了酒，一句话，便答应把我母亲（当时才十岁）给人家带去做童养媳。我母亲十二三岁时逃回了家。后来，外公又轻率地把我母亲的年庚八字开给不远的一户姓廖的人家。我母亲一万三千个不肯嫁过去。我裕禄伯父与我外公相识，经一个叫“寿麻蝈”的从中撮合，便答应出钱解除廖家婚约，许配给我父亲。“寿麻蝈”提出条件：拿十二吊钱出来，说服廖家退年庚八字。父亲凑起这笔钱不容易，把他在下车段家打了一冬棉花的全部积余拿出来还不够，晚姑爷支援一元银洋，自己又向外借了两封铜板，才凑齐数目。很快，我父亲又跑到很远的小镇买了蜡烛火炮回家，准备办喜事。深夜，我母亲暗暗从外公家坐轿出门，一路不声张，不放炮火，怕廖家出来扯轿。等到轿子进入属谢家的大田冲土地时喜炮才点放得震天响。火花在寒冬的夜空呼啸，为我母亲获得自由而欢笑。母亲进谢家门两天后，对生活充满信心的父亲，又出门到下车段家弹棉花去了。祖母非常疼爱我母亲，婆媳关系非常好。母亲一盒火柴可以用个把月，除操持家务外，纺纱也轻快，对老祖母又非常孝敬。

父亲在高沙弹棉花的第二年，棉花多，收入颇好。秋收后，就带我母亲定居高沙。当时只能带去一床棉被，四只碗，四双筷子和一架纺车。他们租住李氏宗祠门前弄子里的一间房子，每年租金一吊六百钱，后加到四吊七八百钱。三四年后，才租到李氏宗祠右边墙垛下一间房子。我父亲弹棉被时，把棉纱绞到纱盘上，需要人合作牵纱，这些事全落在我母亲身上。母亲身体差，脚小，由于长年劳累，有轻度慢性支气管炎，心绞痛也时常发作。但她凭着年轻、不怕苦，也跟我父亲学会了弹棉花，成了整个高沙市镇唯一的女弹匠。

弹棉花是一种笨重的劳作：弹匠面前用长凳子铺一床竹条子编的竹帘，削圆的竹条之间保持一定空隙，可以让棉花当中的灰尘、籽、渣落下去。人站在帘子前，背后立起一根钓竿似的硬竹弓，竹弓下端紧缠在“拴顶”上——“拴顶”是结实的锄柄大的杂木棒，插进笔筒形的铁锲，铁锲一般打进地里一尺来深——竹弓梢吊一根粗绳，绳子末端有个钓钩式的钩子，把弹棉花钟的木柱子钩挂住，人就左手掐住钟柱，右手紧执握大约两斤多重的杂木钟棰，棰下端有月形刮口。当钟棰有力而灵巧地打刮在牛皮筋扭成的钟线上时，便发出洪亮而急骤的振动声，靠这振动把棉花弹松。弹一斤棉花，大约要挥舞钟棰打刮钟线四千次以上。被手指握过的钟柱及钟棰，年深月久，会掐进很深很深的手指印迹，其中大拇指印最为明显。

高沙弹匠很多，但人们公认我父亲手艺高超，都希望找他弹。父亲白天弹不了，人们就把棉花留下来让他夜里弹，第二天来取。我母亲白天忙家务，夜里也帮着弹。她弹得格外细心，同我父亲弹得一样好。顾客们从不怀疑不是我父亲——谢师傅弹的。隔壁邻居见我母亲这种惊人的毅力，很钦佩，说：“谢师傅娘子发家不顾命。”

母亲一共生七胎儿女，因疾夭折四个，仅仅幸存我们三兄弟。我是中间的一个，父亲叫我小名石古，叫我哥哥发兰，叫我弟弟满落。据说，母亲的第一胎是个男孩，八个月时被人抱到外边去玩，染上急性疾病夭折。在满落弟弟之下，因病夭折过两个弟弟和一个很可爱的小妹妹，小妹妹去时两岁左右，我还记得母亲当时哭得十分伤心。

一般产妇兴“坐月子”，一个月不劳动，不出房门。我母亲生孩子后一般只一天不下床，第二天就出房门，忙家务。七胎儿女，几乎耗尽了母亲的生命。母亲常咳嗽，有时痰中带血丝；心绞痛病一犯，便痛得呼天叫地。每次总是病沉重到极点才请医生，但骗钱的庸医多，真才实学的良医少，往往不起什么作用。家里便又去求神敬佛，求菩萨保佑。总是熬煎很久才自然好转。

菩萨，母亲对一切菩萨是很虔诚的。每天早晚要烧纸插香敬奉神灵。

我对菩萨也是虔诚过的。

有一回，母亲心绞痛。为了母亲的平安，我和满落弟弟跟街道上一位成年人，到近百里外以云雾奇多而著名的“武冈云山”去烧拜香。我们头上缠了黑色的包头，手提香篮，一路上，见菩萨就下跪作揖、烧纸插香。成年人唱的“拜香歌”，悠扬高亢，句句动人心弦，我也跟着唱，好像只有唱出来才能表现内心的至诚。

……
十月怀胎娘辛苦，
三年喂奶母殷勤。
养儿一生无报答，
斋戒烧香朝观音。
……

这一路上，是只能够喝清水、吃斋饭的，不仅不能吃荤菜，倘若在心里想着荤菜都是罪过的。夜深时上了云山秦人古道，朝香的人真是人山人海。路边的乞丐多如蚂蚁，朝香的人就得不断地向他们投出零钱。山道上是雾沉沉的，伸手难见五指。最后爬到云山顶上，对着观音像一边磕头，一边祷告，我口中念念有词，祈求救苦救难观音菩萨保佑我母亲消灾免难。第二天，走下山界时，我忽见有人在路旁挖百合，无意中便说了句：

“百合好炖肉吃。”

领我们烧拜香的成年人立即瞪了我一眼，我也吃惊不小，怕菩萨会见怪，会影响我母亲的平安。急问有没有什么办法向菩萨请罪，成年人说：

“折个藜刺，在嘴角两边刺出血来，菩萨就知道你认错了。”

这好办，我立即折下了金樱子藜树的一个尖刺，叫满落弟弟在我嘴角刺血。弟弟不敢下手，我就自己来刺，很快，嘴巴两边出了血。虽然痛，但我放了心，认为菩萨一定可以给母亲以平安了。“烧拜香”，往返花了三天时间，走进屋，我和弟弟已累得移不动步子了。可是，母亲却仍旧生病，痛苦了好些日子才起得了床。

从此，我对于菩萨也表示怀疑了：观音菩萨救不了受苦人的命。一个人，当他找不到任何力量保护自己时，神灵便是唯一的保护者；而一旦对神灵也怀疑起来之后，猝然得来的，便是不可估量的悲凉。

但是，母亲仍旧虔诚地信奉一切菩萨。有一年秋天，母亲移动着小脚，也去朝拜武冈云山界顶上的观音菩萨了。第三天傍晚，我和弟弟去迎接她老人家，在太平桥头见到她时，只见她脸色一阵阵青，已到了寸步难移的地步了，手里拄着一根柴棍子。当我和弟弟走近她身边时，母亲苦笑着对我说：

“我向观音菩萨求了卦，菩萨已答应保佑你，保长不会抓你壮丁了。”当时我还是少年，母亲想得多远啊！

母亲不仅对自己的孩子，对于别人也总是宽厚相待。我家虽然困难，当更穷困的亲戚进城时，我母亲总是尽力节省出来招待客人。

有一天，我和弟弟读书回来吃午饭，母亲叫我和弟弟到房间里去，闩着门吃，不要我们到堂屋里去。母亲给我和弟弟留了稀粥，粥里还加了腌菜。我们问，为什么要藏在房子里吃，母亲低声地告诉我们：

“快煮饭的时候，麦香堂你杨桐表兄来了，米不够，只好给他煮了三碗米的硬饭，给你两个煮了腌菜粥。要是你们出房门去吃，杨桐老表心里会不好过，会不忍心吃我们给他煮的硬饭。他已经饿了几餐了。”

母亲顾人的心情，我们是能够领会的。我透过门缝往堂屋里瞧瞧正在吃硬饭的表兄，人黑瘦黑瘦的，赤着溜光光的腊排骨一样的脊背。我心里实在难过，便安静地与弟弟在房子里吃了粥才走出房门。

（二）

母亲二十九岁添了我。接生婆婆，是我在《忆怪集》一书《血牡丹》篇中写到的曾奶奶。夜深，曾奶奶用素来颤抖的双手托端起大喊大叫的我，向一旁端着油灯的我父亲和半昏迷状态的我母亲报捷：

“一个崽家，好声气！贺喜，贺喜。脐带挽颈，千斤万两。”

端灯的父亲，那时才三十多岁，他心花怒放，对曾奶奶道谢说：

“费心了，祝你老人家加福加寿一百二十岁。”

母亲在我出生的这一天晚上，还挥舞着钟棰弹过几斤棉花，她没想到我来得这么快，常笑我是“性急的人”。这一天，有个为李氏宗祠整房子的曾师傅，爬在我家住房的墙垛子上翻瓦砌砖，父亲担心因震动会造成我母亲早产，便急躁地问：

“曾师傅，识破没有？你晓得怀的是龙是凤？”

按习惯，瓦匠进入了妇女怀孕的人家整瓦砌墙，必须在动工前向天上的神灵说几句求平安的话，并在动工的地方用手指画讳——一个“井”字。这叫“识破”，识破之后，据说就不会造成胎儿早落。

“包了圆，谢师傅！”曾师傅在墙垛子上很有把握地回了话。

第二天黎明，这位曾师傅第一个敲我家的房门，说把砌刀忘在我家屋顶边的墙垛子上。等他取回砌刀下地时，我父亲敬奉他一碗姜糖茶。曾师傅明白，这户人家添孩子了，他津津有味地喝了姜糖茶之后，即兴讲了两句好话：

“‘踩生’之人爬得高，新添贵子命根好。”

我父亲听了，欢天喜地向他道谢：

“承你贵言，曾师傅，细人仔满月的时候，请你来喝喜酒。”曾师傅喝光了姜糖茶，说到时候一定上门来喝喜酒，然后拿起砌刀笑呵呵地告辞了。

洗三朝，是严肃的洗礼仪式。接生的人要上门敬神，谢“送子娘娘”，还要给婴儿洗嘴舌，是用一根筷子卷着开水煮过的一筋筋青布来洗。三朝前两天，做父母的就得给孩子想好“奶名”，这是一种创作，奶名必须亲生父亲来构思，辈名、字号可以请有学问的人或八字先生来定。

有迷信思想的父母，对于脐带挽缠脖颈出生的孩子，往往又喜又愁，喜的是孩子“命根长”；愁的是“八字大”，怕父母命里消受不了。我父母也是这种心情，于是，他们便创作个“贱名”来平衡。据说人有了贱一点儿的名字，成长中就不会闹意外。我父亲说，“石古（我们当地对石头的称呼）是粗物，堆成一座山也不及一两金子的价值，可它对人却有用途，是硬骨头。”母亲也觉得这名字好。从此，我的奶名就叫作石古了。

母亲虽然疼我爱我，但她整天忙得团团转，不可能老抱着我。除了喂奶的时间，我总是被放在一只用箩筐做的“摇篮”里。这种“摇篮”是摇不动的，恰当地说，应当叫“花盆”，因为在箩筐中间叠放着用稻草扎成的粗大的草圈子，草圈子中的空间刚好插进一个用襁褓包着的婴儿，头部和双手均搁在箩筐口外，就像一株花苗。不到喂奶的时候，母亲是不来惊动婴儿的，如果要挣扎着啼哭，正好，在旁边劳作的母亲把这看作是婴儿在操练身体，运动四肢，不至于生停食症。我母亲总是把她的“花盆”搁在大门旁边，这样，劳作的父母一方面可以欣赏、保护婴儿；二方面又可以让我欣赏琅琅的弹花钟声。也就是说，我是在雄浑而又节奏明快的优美音乐旋律里长成人的。繁忙热闹的弹花店，就是我最好的“幼儿园”。每天，上门来请我父亲弹花的奶奶、婶婶、嫂子和姐姐们，见我在“花盆”里做梦或“操练”，也时不时地拔我出“盆”来抱一抱，吻一吻。母亲和劳动妇女们在我最初的意识里，布散了人类温柔的阳光。

当我快一岁时，“花盆”没有用了。我会爬了，母亲便让我坐洗澡盆，我们叫它“脚盆”，我在脚盆里爬来爬去，望着弹花“奏乐”的父亲咿呀咿呀地叫唱；有时候发火了，也自己奏起哭“乐”来伴和、陪衬父亲的弹花乐曲。再稍大些儿，我又升了一级，骑坐哥哥幼时用过的、旧得发红的竹器“坐架”。它有竹坐板，两腿伸下去，腿中间还有根刮得溜圆的小竹管用来拦住身子往下沉，坐架前面两根细竹柱上，挂一副小小的铜钹，是用红纱带子拴着的，高兴时，可以敲它几下。这时候的石古，已有辨别人的能力了，能认出父母和哥哥来，能对喜欢我的面孔和对我冷漠的面孔或笑或啼。对一切我认为是可信赖的人，我都叫“姆妈”！逗起很多善心的女人家笑了又笑，这笑声对我父母是至诚的友好！

大约一岁多的时候，我突然出麻疹，人事不知，牙关紧闭，脸色时青时红。我母亲哭了，呼我、唤我，问苍天：

“为什么不保佑我家的石古！”

父亲当天烧纸插香，为我的平安作揖许愿，说：“只要石古好了，我省吃俭用冲一堂‘摊愿’来敬天上地下的神灵！”

“神”与“医”两求，很快又请了个威望很高的儿科医生陈宝祖先生来了。这位好先生，心细，医术好，捉一只才开叫的活小叫鸡公，一刀斫去了它的头，趁热开了肚腔，掏出里面的一切，敷在仅有一口气的我的肚脐上，然后，又用灯草浸上热乎乎的酒药水来擦我全身，并在好几个穴位用艾绒烧灸。于是，起死回生，我这小小的生命又活过来了，会哭了。我的啼哭声，把堕入“苦海”的父亲母亲又提升到人间清新的“天堂”。

医生救了我的命，得到了用红纸条卷的薄酬。但那天上和地下的神灵，却向我父母勒索，跳神弄鬼的“祟公”们，敲锣打鼓一通宵，大吃大喝之后就表演“绝招”：用斧头尖角巧妙地划破一丁点儿胸膛上的皮，滴出几滴血来，涂在由母亲抱着的我的额头，又用竹梢新叶抽我的全身——把附着灵魂的“鬼”们彻底赶跑。

第二天黎明，打着哈欠，“功德无量”的祟公们，就满载而归了！据说，冲这一堂“摊愿”，耗费了我父母好不容易积存的三四担稻谷钱。不过，我父母不后悔，因为在不久之后，石古又能攀沿着母亲的腿叫着哭着了。我蹒跚地学着走路，母亲伸出双手在我面前一尺远的地方蹲下来，退着身子走，一边说着：

“宝宝来呀，来呀！”

我努力向母亲迈去，但母亲不断地往后退去，我总是难走到她身边。当我要摔倒时，她很快就用双手扶正我。母亲慈祥温和的眼光，就是引我学步的阳光，这种光线，能激起我摔倒了再爬起来的勇气。

我也不知道过了几天，能独立走路了。我非常骄傲地在母亲腿边走来走去，双手张开着，像小鸟的翅膀。有一天，母亲不见了，我心慌起来，哭号着，但仍不见母亲，便第一次爬越“大山”——一尺来高的门槛，天知道爬了多久，但毕竟是爬到门槛外边去了。我惊喜自己努力的结果，却又记不清自己为什么要爬出去。忽然，见到有一群小鸡在母鸡身边跑动，好几只都往母鸡翅膀下面钻。我羡慕它们，往它们那儿走去，好像想做它们的朋友，但是，小鸡都“不爱我”，竟唧秧唧秧地跟着母鸡跑掉了。

门槛边那只老黄狗也不理我。

“姆妈！姆妈！”我空前寂寞地叫唤着，没有回音，也听不到人喊我“石古”。

这世界上没有母亲怎么行！我一定要把母亲找到。我见到前边有个影子晃过，很像是我母亲，就连泪水也顾不上揩，蹒跚地向着影子晃过的地方走去。走着走着，我摔了一跤，爬起来，不知为什么又摔倒了。这时，我才发现有根可怕的细长的绳子绊缠着我的脚。我不会解结，只会扯，结果越扯越紧，绳子像有咬人的牙齿一样，总是不放松我。我又哭了，直哭得身子软酥酥的，就伏在地上，想要睡了。

忽然，“大敌”当前，一只红冠老公鸡叫着，扑过来啄我。

它的冠红得像一团火焰，嘴巴半张开着，好像准备先吃掉我脸上一块肉。它脖子上的羽毛竖起来，就像一把撑开的小伞，尤其是它的脚爪子简直太可怕了，勾弯弯的，我吓得哆嗦，不会逃跑，也不敢还手，只知道用双手捂着我一向用来寻找母亲笑脸的眼睛，竭尽全部的力量，呼喊着我的“姆妈”！

这一招果然生效，只见一个不知比我高多少倍的人，捡了根细小棍子，抽得老公鸡“咣”的一声逃开了。我不认识那个了不起的好人，只晓得捡起他抽打过公鸡的小细棍子，觉得它也是了不起的棍子，能够把我的强敌赶跑。这时，我又吃惊地发现，脚上的绳子不知什么时候自动脱掉了。正好，我可以放开脚步寻找母亲去了。可走了不几步，那只老公鸡又扑过来了。嘿，它真会欺侮人，我赶忙晃动我手里的细小棍子。奇怪，老公鸡竟害怕了，翅膀一掀，开溜了。我胜利了，我笑得咧开了嘴，想不到这小棍子有那么大的本领，决定跟它“交朋友”了。我学着母亲抱我的姿势，把它当个小人儿似的抱在怀里，还在它的“背”上，轻轻地拍打着，哼唱着：

“宝宝，宝宝……”

正陶醉中，忽见一只鸭子在一盆水里拍打着翅膀洗澡，我看入了神，便把那根细小的棍子忘却了，也爬在尘土飞扬的土面上打手踢脚地“洗澡”。正“洗”得带劲，忽然有人在我屁股上打了一掌，很响，但并不太痛。回头一看，正是母亲来了！

母亲把我抱起来，我双手亲昵地勾着母亲的脖子。母亲一边骂着我什么，一边替我拍打满身的灰尘。我很快就在母亲的臂弯里很香地睡着了。成年之后，我仍能朦朦胧胧地记起这一次非凡的战斗。如果说，人的一生是无数次战斗的总和，那么这一次就是我“长征”的第一个回合。我好像懂得了：敌人进攻我时，必须还击，必须还手，而且必须在手里抓住点什么当作武器。只有赶走敌人以后，才有好心情爬在地面上学鸭子们洗澡。我的意识初醒了。

在这些日子里，我有许多事没法理解。

一个早晨，有个头戴长白布的人——说是大云舅舅——到我家来了，他对母亲说了几句话，母亲便大哭起来，伤心得在地上打滚。当时，母亲已给全家人煮好了油炸豆腐，很好吃。但痛哭的母亲一点东西也不肯吃。我问哥哥母亲哭什么，哥哥说："外婆死了！""死了"？什么叫"死了"？我不知道，也不敢多问，心想，外婆死了就得哭么？

有一回，有个很有力气的人，好像是哥哥，让我坐在皮箩盖子里。然后，他在前面用力拉着皮箩盖飞快地跑呀跑，我乐得又笑又叫，感到快快地跑比慢慢地走更痛快。这次给我的印象极深，我成年后，第一次坐上三叉戟飞机时，竟兀地想起当年坐皮箩跑动的那个新鲜劲。

邻居中有个刘叔叔的母亲，我母亲要我喊她"奶奶"，她住在李氏宗祠的正殿左角一间暗黑的房子里。这位奶奶很爱护我，经常抱我，背我，还经常拿花生和柿饼给我吃。但我怕进她的房子，因为房子的窗户里常有一个五个枝枝的东西晃动，有一点像人的手。后来，奶奶告诉我，那并不可怕，是一只破废的"手套"，她当着我的面把它取下来，丢在一盆清水里，涮了涮，便拿去抹桌子，然后又重新挂在老地方。这一来，我敢进奶奶的屋子了，而且把湿手套取下来戴在自己手上来骇猫，可惜猫儿并不害怕它，真使我扫兴。打这以后，我碰上可怕的东西，就悄悄地问人，"什么呀？"原来许多东西一弄清楚便不是什么可怕的"怪物"了。后来，哥哥带我做第一次远游，到大约两里地外的一座小山上扒马尾松树叶子。我第一次见到那么多树，很吃惊，树上还有鸟雀叫唱，格外好听。透过树的枝叶看那天空，碧蓝碧蓝的；人坐在地面的马尾松树叶子上，松松软软的。我在大自然当中尝到了乐趣。我还捡回了几个松果果，觉得有点像蛋，就把它放在孵着蛋的鸡窝里，但是母鸡用脚爪把它们扒出窝去，它只高兴孵自己生的蛋。我又觉得有趣，就把松果果往自己被窝里放，希望由自己孵出“鸡崽崽”来。不过，当天晚上就被母亲发现了，她把它们抛到灶膛里生火去了。母亲说，“只有鸡婆生的有壳的蛋才孵得出鸡崽子来。”我听了，并不懂得马尾松树果果为什么变不成鸡。我又好奇地说，我是不是从鸡蛋里钻出来的，母亲说，“你是捡来的，从外边捡来的。不知谁丢了你在路边，没人要，我就把你捡回来了！”我暗暗伤心，感叹自己不是从鸡蛋壳里钻出来的而是捡来的。我怕自己再给丢了让别人捡了去，好几天也不敢走出李氏宗祠的大门。

在一个很深的夜里，我被什么吵醒了，便把头伸出帐子东张西望。这时父亲走过来告诉我：

“你做哥哥了，添了老弟了。”

我很欢喜，蹦下床，跑到母亲床边去看“老弟”，只见他脸蛋儿红红的。我问母亲，从哪里把弟弟捡来的，母亲虚弱地看我一眼，只微微地笑了一笑，没有回答。我再次入睡时，很高兴，因为我“做哥哥了”！这有多美呀！我也有弟弟喊我“哥哥”了。我还真像个哥哥，在弟弟还没有来得及学说话的时候，就教他说话。

“来！满落落，跟我说话，跟二哥说话。”我唱歌似地教他说自己的奶名字：

“满落——满落，捉萤火，捡田螺。”

弟弟呢，只会蹦跳着笑，一句话也不会学着说。于是我便学大人的口吻说：

“小把戏，真是小把戏！”

朦胧岁月中，经的事多极了，但记下的都有母爱的阳光。

从有记忆起，这世界上爱我的人总是多数，不过，同时也记得，有人骗过我：

一天，好像是个大热天，我跟着在我家合伙弹棉花的华国表兄去挑水，赤着脚在蓼河码头上玩。我怕深水，不敢往码头的前头跳，只蹲在边上看浅水边游动的细鱼小虾。这时，码头的前头有个不小的孩子向我招手：

“来呀，来呀！这里好玩儿。你从生着青毛毛的地方踩过来。”

我信了他的话，伸着小赤脚去踩青毛毛（绿苔），糟了，才移一步就摔了个四脚朝天，后脑勺碰上了码头的青石板，碰了个小窟窿，鲜血直流，痛得我大哭大叫。我上当了。那骗我的人，竟笑着开溜了。多亏华国表兄急忙抱我回去，从壁上拔下一支从山里采来做红伤药用的毛蜡烛，揪了点蜡烛毛贴住我的伤口，才止住了血。

从此，别人叫我干什么，我都喜欢想一想，会不会摔跤？会不会吃苦头？

还有一回，一个满脸堆笑的女人在我母亲面前，非常亲热地夸我长得结实，聪明可爱。但是当我母亲离开后，我伸出小手亲昵地去扯她的手时，她却恶狠狠地瞪我一眼，把我的小手打开了。

（三）

到了上学年龄该上学了。我母亲要我去附近牛角祠“尊德小学”去报名开蒙。要离开母亲身边，我有点胆怯，但母亲亲切地说：

“墨水是香的，能叫人脱愚气，变聪明。多喝墨水，才有出息……”

我鼓起了勇气，跟随比我大九岁的哥哥去学校报了名，领了有图有字的书。

为喝墨水，我闯进了陌生世界。

坐在教室里的第一天，就使我很紧张。先生的面孔严肃得可怕：他穿着长衫，手里拿着一根二指宽的长蔑片子。他指定我们每一个学生的座位，我座位前边是两个高个儿同学，他们挡住我的视线，我要看黑板上的字和图，脑袋得像钟摆一样晃动，不一会儿，脖颈就有点疼了。再一留神，前面几排大多数是街道上阔人们的儿女。其中一个的个儿至少比我高出一头，但他不仅坐在顶前排，而且还在前排的中间，先生对他格外和蔼。当坐在最后排、个儿跟我差不多的一个学生讲了句“我看不到”时，先生就气呼呼地训他：

“你不要讲话！这是教室，不是看牛坪。再叫，我的板子就要吃你的肉！座位，先生安排你坐什么地方，就坐什么地方。你听到没有？”那骇得脸通红的学生只好哭凄凄地回答说：“听到了。”我认出来了，挨骂的是同一条街上一个篾匠师傅的儿子，前排中间那个高个儿却是有三个老婆的阔恶棍的儿子。

先生接着宣布纪律：“上课时，不准乱动！不准跑出教室拉屎屙尿！不准交头接耳讲‘小话’！不准打瞌睡！……”

一连串的“不准”，就像一连串的“紧箍咒”，使我感到上学、读书是受罪。我时不时凝望着窗外摇动的树枝和掠过的麻雀。兀地，要撒尿了。憋吧，憋吧，憋得我勾动脚趾，浑身冒汗，也不敢走出教室。先生呢，他仍旧机械地在讲台上说着什么，写着什么，全无离开的意思。忍耐原是有限度的，终于，裤子全尿湿了，我想哭，但先生那种冷漠的脸色使我不敢哭出来，只是嘴角的肌肉不断地抽搐着。一下课，我就逃出了学校，一路奔跑，跑到了家里见了母亲就哭出声来。母亲赶忙丢下手里的活计，倒水给我洗澡，换衣裤。第二天，我更不愿进学校了，可是背着书包也没地方可去，只好又走进校门。寻到昨天上课的教室，刚一跨进门槛，就看见先生正在用二指宽的竹板子打一个学生的手掌心，把我吓得腿都软了，真怕那竹板子会落到我身上来。

我瞎混了两年，坐了四个学期的冷板凳，可是弄不清我究竟学到了些什么。夜里做恶梦。也是梦见在学校念书的那个怪滋味。这两年，我多次逃学，国语和算术不及格是常有的事，只有音乐、体育、图画的分数每次都不下七十或八十分。二年二期结束时，我的通知书上写着“留级”两个字。我是很害羞的，觉得“留级”太可怕了，同学们一定会讥笑我，父亲母亲也一定会为我留级而发火。

到了家里，我一个人躲在灶屋旮旯里，心里翻腾不息，感到自己什么都不行，别人升级了，单我留级，这是耻辱，并且浪费了父母给出的学杂费。我想，这样下去不行，“洋书读不得了，读汉书去；读汉书不兴留级。”当时，在距我们街上不远的地方，有人办了私塾，我以为，读土本纸印的汉书，要比“洋书”容易，于是，就把通知书偷偷烧掉了。心想，万一不让我读“汉书”，我就索性不读了，街道上同年人不读书的还有好几个，他们的日子照样是快活的。哥哥几次问我，通知书在哪里，我说，弄不清什么时候丢了。第一次这样回答时，我脸红了，第二次脸皮厚了，脸也就不红了。不过，心里确是很难受的，好像辣末粉撒在心窝里。

转眼，要开学了，寒假就这样地“混”过去了。估计别的同学已经向我家里讲到我“留级”的真相，我再也没法隐瞒了。再说，好些同学已开始到学校去报名了。怎么办呢？我一点儿信心也没有了，一只好鸽子还会送信哩，我会干些什么呢？可恼的“留级生”！

一天，母亲问我为什么还不到学校去报名，我一声没吱就溜开了。“我不愿意去当留级生。”我在心里这样回答，嘴上却不敢说。不多久，哥哥找我来了，又追问我为什么不去报名。没办法，我只好老老实实地回答：“我把通知书烧掉了。”哥哥说：“我早猜到你考得不好。”又问：“为什么烧掉它？”我结结巴巴地说：“我不愿当留级生。”哥哥听完就走开了。而他一走开，我立刻就感到轻松起来。

当天夜里，我和弟弟睡得颇早，但我睡不着，睁着眼睛，窥看着从木壁板缝里透进来的灯光。床底下耗子们的叫声我都听得清清楚楚，好像它们在咬架，我很想下床去赶走它们，但又怕暴露自己还没有入睡的秘密。不久，隔壁房子里有人说话了，是父母亲和我哥哥低声地在谈论什么。家庭这样谈话本是常有的事，但声音很低，显然是防避我。于是，我竖起了耳朵窃听起来。

先是父亲叹一口气，然后问：

“你问过老弟吗？他为什么要烧掉那通知书？”

母亲代作回答：

“那还要问，怕挨打。”

哥哥接着说话了：

“石古没有讲怕挨打，他只说‘我不愿当留级生’。”

父亲声音放大了点，好像兴奋了许多：

“这就好，人怕丑，知羞耻，就有出息。细伢崽最怕脸皮厚，留级不留级不当一回事，那就没指望了。他不愿当留级生，说明他还想成个好人。”我一听父亲这些话，心上好像洒下了几滴露水。母亲深深地叹了一声气。

“依我看，让石古换个学堂好些。尊德小学的先生，懒少爷多，没有几个像样的。有一回，我到石古他们的教室外边听他们的国语先生上课，一堂课他就打了七个学生，下跪、打手掌、扯耳朵，什么凶相都拿出来。他自己在黑板上写‘疲劳’的‘疲’字，就少写了两点。校长也不是好东西，为了自己竖房子，让全校学生停课五天，给他搬砖瓦。”这是哥哥的声音。他讲得完全合乎实际，特别是先生体罚学生这一条，一想起我就打寒噤。

母亲插话问：

“对河观澜书院收不收学生？好谷种也得有好秧田！”

哥哥马上说：

“要通过考试才进得去。我明天带他去试试看。”又说：“虽然观澜也好不到哪里去，但究竟是老牌子学校，能干一点的先生要比尊德小学多。”

父亲同意我转换个学校，说：

“发兰，你明天就趁早带老弟去。”

我听了又喜又忧。第二天大清早，母亲就喊我起床，问我愿不愿到观澜书院去，我故意装糊涂，表明昨夜里我没有听过他们的对话，我揉揉惺忪的眼睛：

“去做什么？”

“去读书。”母亲解释说，“那边比‘尊德’好。”

我心里想着还要通过考试，有些畏难，便坦坦白白地说：

“要通过考试才进得去，我考不上。”

哥哥这时候闯入我房子里，他采用“激将”法说：

“你愿当留级生，就莫跟我去。”

这还有什么好说的，我匆忙吃了早饭，就跟哥哥到蓼河南岸观澜书院报考去了。果然，学校环境很好：高垛青砖大院，里面大大小小的房子多得数不清；四个大天井都栽种了鲜花；校门口有个大操坪，有球场，也有秋千和跳高的沙坑；校内一个坪坪里还有滑板。先生们好像也与“尊德”不同，有穿长袍的、戴金丝边眼镜的、带船形“博士帽子”的，还有个戴白手套的人，走起路来像只公鸡，他穿高统子马靴，靴跟还有踢马刺。有人说，他是教体育课的，会骑马打枪。我心里想：“有味，这才像个学堂。”

哥哥代我报了名，报考三年一期，并给我写上了我不认识的名字：“谢璞”。交了报名费，有个先生模样的人，通知我第二天上午来参加新生考试，地点在书院里面最后一栋有孔夫子牌位的大礼堂。

回家的路上，我问哥哥，为什么给写那么个难写的名字，哥哥说，写惯了就不难写了，并笑着说：“你原先叫‘发庭’，那个名字‘取’得不好，所以成绩才不好。‘发庭发庭，越读越不行’，是个不走运的名字。不要它了，给你换个走运的新名字。”

我心想，“怪不得这两年光倒霉啊，‘发庭’这个名字，怕是不行的。”便笑着问：

“新名字什么意思？”

哥哥便解释说：

“以前，你是个落伍的石古，笨石头，本来该丢掉的。后来，父母捡起来，看来看去，又敲开来看一番，‘不愿当留级生’，不愿落伍，还有它的用处，就叫你‘璞’。”接着，哥哥又恳切地告诉我：“取这新名字，是希望你有志气做个好学生，做个对人有用的人，可不要做这世界上‘有你不多，没你不少’的闲人。”作中学生的哥哥是个读过几皮箩“汉书”和“洋书”的人，我亲眼见到过他给街邻写大门两旁的对联，所以不敢不佩服他是个有点学问的人。他对我的嘱咐，当时我是听入了耳朵的。但我觉得这话古怪，心里想：

“哪有什么‘有你不多，没你不少的闲人’？这真有点叫人莫名其妙！”

第二天去考试，真好像戏台上考状元似的。父亲怕我考不上，大清早点亮了神龛上的香油灯，还在香炉里插了三根线香，向祖先边作揖烧纸，边祷告：

“谢氏门中祖先，公公婆婆、爷爷奶奶，保佑玄孙孙子石古入学中举，榜上有名。从今以后，成绩步步高升，健健旺旺，百事顺遂，万事如意。要是考上了，一定燎起牙盘来敬你们……”

母亲要我也向着神龛作了揖。

这种隆重气氛，反而使我紧张起来，猜不到究竟要出些什么怪考题。

我麻着胆子，赴考场去，真是如临大敌。其实，到了考场却一点也不紧张，只叫我默写了十几个生字，写上自己的名字。那生字我倒默出了几个，但陌生的“璞”字却被我写成了“王美”，监考的老师当场阅卷，他人很和蔼，一看我的考卷就笑起来，幽默地说：

“龙飞凤舞，字写得好。王羲之不如你。”

我听了有点发呆，搞不清“王十子”究竟是什么人。紧接着先生又问我叫什么名字，我努力高度认真地把才从哥哥那里学来的“璞”字读准确。

先生眯着眼睛，瞄了瞄我考卷上写的名字，便起劲地嗤笑起来：

“一见面，你就给中国创造了一个字，写不出就变花样，一个不小的发明家。”接着又严肃地问我，“你读过两年书了，为什么自己的名字也不会写？”

我慌了，但不敢正面回答，怕暴露自己是留级生，便撒了个谎：

“尊德小学的先生教我——写的。”话未了，我满脸绯红。

我看出来了，他已识破我的谎言，肯定考不上观澜了。我后悔了，怪自己不该撒谎。但没想到他很快就宣布：

“收下吧，以后我们打交道的日子多着呢。你明天就来报到读书。”

我简直不敢相信自己的耳朵。

接着，先生给每个“考中了”的学生发一包糖，我也得到一包，笑咧了嘴。在我心目中，它哪里是一包糖，几乎比什么宝贝还可爱！其实，我后来才知道，考场里的每一个人都“考上了”。

回家后，我一进屋就把这包糖分给弟弟、哥哥吃，也给父亲和母亲吃了一点。弟弟见我给了他两个鲤鱼斋印糕，很满意地问：

“二哥，你考上了？”

“没考上，哪来的糖吃？”我自豪地当着全家人的面说了大话，对学习充满了信心。

从此，我佩上了观澜小学的符号。这里像样的教师较多，学校环境也不错，我的心情得到慰藉，学业成绩一天天好起来。有一天，我带回了各门功课得分较高的“通知书”，哥哥把它念给父亲听了，我得到了奖励。满面笑容的母亲知道我爱吃放上香葱与姜丝的油煎苦荞麦粑，特意煎了一大碗让我吃。当初吃起来真香，我明白母亲为我的进步高兴；那股苦荞麦的香味，几十年来仍留在舌尖头。母亲对于自己的孩子是从不看轻的，只记住操心替“好谷种”找到“好秧田”，第一个想到让我转学“观澜书院”。事后想，假如再让我在“尊德”混下去，也许成秧就无望了。

（四）

母亲千辛万苦拉扯我，天天指望我成人成才。在人生的关键时刻，母亲懂得给孩子说出最要紧的话来。

一九四九年的中秋节后，我的家乡解放了。十六岁半的我，在隆隆的炮声中，跑出了旧世界的苦海。直起了脊梁，挺着胸膛，变成了新中国的主人。

临近解放军打来的前几天，高沙街头的阔人们纷纷逃遁，骇得像过街老鼠。但穷苦的劳动人民却一个也不离开，因为很多人猜测：阔人害怕的军队，对穷人不一定有害处。父亲悄悄地在家里说：

“听说，是打富济贫的‘红军’要回来了！”

当时，我多病，突然耳朵聋得厉害，父亲怕我听不到他的话，又贴着我的耳朵重复了一遍。

解放军的千军万马在深夜里打到高沙市镇的那一天，也正好是我的耳朵恢复听觉的那一天。他们不进群众的家里，却睡在屋檐底下。这做法使老百姓都吃惊。第二天黎明时，军号嘹亮，战士们唱着雄壮的歌，像春雷一般振奋人心的歌：

没有共产党，
就没有新中国
……

我抑制不住激动的心情，就从窗口爬出去，跑到共产党的队伍前面去了。战士们以春风般的笑脸迎接我。我感到空气新鲜，耳朵也灵通了。仰望着在朝阳下招展的大红旗，我心潮汹涌，也跟着解放军唱那支亲爱的歌。

初中毕业这一学期，是最自由痛快的一期学生生活：抓我哥哥壮丁的伪乡长被枪毙了，那伪保长及伪保队副也被抓了起来，许多土匪头子也纷纷被镇压了。好几个无恶不作的恶霸脑袋开了花，高沙的劳动人民扬眉吐气。

一九五〇年上半年，我应当升高中了，很想念书。但是家庭经济困难，没办法负担我上高中的费用。春初，我就回大田冲老家种棉花去了，把一撮撮的棉花籽播种在父亲挖松耙平的肥沃土地上。就在我种棉花的时候，有人捎信到乡下来，说高沙各条街道上的贫苦人民要组织工会和农会。兴隆街和菜园里一片，已组织了农民协会。农会要一个穷苦人出身的“秀才”去当干事（文书）。农会主席是雇农出身的街邻谢乐鉴，他点名要我去当这个干事。我兴冲冲从大田冲走回高沙。谢乐鉴同志便成为我参加革命的第一个引路人。我参加的第一个会，就是捉了个恶霸地主减租反霸。吃第一餐公家伙食，也给我留下深刻的印象：用大荷叶锅煮的糙米饭很香；菜里四季葱煮干子豆腐，也很香。不过，吃着吃着，发现一截子葱管子里藏着一条蚯蚓，我很恶心，便把菜拨掉，吃“光饭”。回到家里我说给父亲听了，父亲说：

“这是好兆头。吃葱、吃豆腐，一青二白，叫人四季清楚明白不糊涂；葱里面有蚯蚓，也是好事，蚯蚓是退烧的凉药，告诉你，办公事一辈子莫头脑发烧，遇事要冷静点。这是祖公老子显圣，给你下的‘药方子’。”

我听了笑起来，认为父亲是好心，可惜太迷信。但是在三十多年后的今天回顾起来，却觉得父亲的话语有着朴素深刻的道理。

后来，大约不到一个月，高沙各条街的工会和农民协会联起来，成立了高沙镇人民政府，我又当选为镇人民政府的干事。上级发给我一支“三八”步枪，让我统管镇人民政府及镇农民协会的四方大印。当时因为要清剿土匪，高沙人出远门，必须有经我盖上两颗四方大印的通行证。此外，我还得管一个上万人口市镇的治安，协助解放军一个连四处捉拿潜藏的土匪。当时的武冈县公安局、黄桥区公所等地先后遭到了土匪的袭击，牺牲了不少解放军和地方干部，而且在离我老家很近的清风亭，曾有一支暗藏的土匪包围了一位南下的年轻干部，土匪先惨无人道地把他的牙齿敲掉，然后又用酷刑打死了他。对于我当时在乡人民政府当干事，地方上一些劣绅当面向我鞠躬，背后又放出风到我父母的耳边：

“还叫你儿子当干事？中央军快打回高沙来了，好几支招安（即土匪）部队也快杀回来了。他们一回来，参加农会的，当镇公所干部的，一个个都保不住脑袋……”

还有个奸商的老板娘子，竟站到我家门口骂人，说我不该拿着刀枪到他家查户口，又威胁我父亲要“好好教训教训”我。前一天晚上，我领着民兵们曾在他家里搜出了干牛屎一样的鸦片烟，这些情况，我已经告诉了父亲。父亲一辈子受人欺压，这时候见居然还有人敢在门口放泼，便放下弹花钟，拿了钟棰站在门口，大声大气回敬那个老板娘子：

“你少在我姓谢的门口作老鸦叫！你若是私藏鸦片有理，就到人民政府去讲。我儿子是公事公办，骂烂了你的嘴巴，他也不得怕你！”

见我父亲并不怕事，她只好又赔笑脸溜回去了。

街邻中还有个好心的糊涂人，劝我母亲开导我莫得罪有势力的人，要她让我把留的“陆军头”剃光躲到乡下去。因为，中央军和招安军一杀进高沙来，见了留“陆军头”的人就要砍头的。母亲把这话对我说了，我问母亲对这些怎样看，她老人家沉着地教育我说：

“只有跟共产党才靠得住。‘陆军头’不能剃，你若剃了光头，街上那些势利狗又会踩到我们的头上来，你只管放心办公事，夜里睡觉得小心些，枪要时刻装好子弹，时刻莫离身。娘把你交给共产党，放得了心！”

母亲这时候的眼睛闪着希望的光芒。她把一只新买的白搪瓷杯弯把子上系上了红纱带，递给我，说是好让我带它到区里、县里开会作“行军碗”、“行军杯”。那时候在外开会吃饭，都是用箩筐装饭，我的杯子不小，装上一杯饭足够我吃饱。直到现在，我仍珍存这只杯子，母亲当年系上的红纱带子已褪色了，不，那红的颜色已转移到我心上了。

后来当我填写入团、入党志愿书时，总忘不了母亲放心把我交给了谁。

（选自《谢璞自选集》，湖南文艺出版社2004年版）

语言学一代宗师——王力

◎ 唐作藩

王力，字了一，1900年8月10日生于广西博白县，早年贫寒辍学，在家自学。1924年到上海，先后入南方大学、国民大学学习，1926年考进清华大学国学研究院，1927年赴法国留学，获巴黎大学文学博士学位。1932年回国后，历任清华大学、燕京大学、广西大学、昆明西南联合大学、岭南大学、中山大学等校教授，并曾担任中山大学、岭南大学文学院院长、中山大学语言学系主任。1954年后任北京大学教授，同时担任中国文字改革委员会委员、副主任，国家语言文字工作委员会顾问，中国科学院哲学社会科学部委员，中国语言学会名誉会长。

在五十多年的学术生涯中，王力撰写了上千万字的学术论著，其中专著四十多部，论文二百多篇。他的研究工作既继承了我国古代语言学的优良传统，又充分吸收了国外语言学的研究成果，在中国的语言学从传统学术向现代学术转变和发展的过程中，起了重要作用。他的研究涉及汉语语言学的理论、语言、语法、词汇、语言史、语言学史以及汉语方言、汉语诗律学等各个领域，其重点研究成就都具有开创的意义，带动了学科水平上升到新的高度，对中国现代语言学的开拓与发展做出了巨大的贡献，并在国内外产生了突出影响。

王力先生的治学具有突出特点。

第一，将传统的“小学”（语文学）和现代语言科学相结合。王力运用先进的语言理论重新审视中国传统的语文学。或科学地诠释旧的文字、音韵、训诂之学，例如他的《中国音韵学》（后改名为《汉语音韵学》）、《字史》、《古语的死亡残留和转生》；或深入探讨汉语语音、语法、词汇的结构系统、民族特点及其历史发展的演变规律，例如他三十年代写的《上古韵母系统研究》、《中国文法中的系词》，四十年代写的《汉越语研究》、《新训诂学》、《中国现代语法》，五十年代写的《汉语史稿》、《关于汉语有无词类的问题》、《汉语实词的分类》，六十年代写的《先秦古韵拟侧问题》、《略论语言的形式美》，七十年代写的《黄侃古音学述评》、《现代汉语语音分析中的几个问题》，八十年代写的《同源字典》、《汉语语音史》等。

第二，将教学与科研相结合。王力在高等学校从事教学五十余年，先后开设过二十多门课程。他写出来的讲义，就是他的科研成果。所以常常是一上完课，他的讲稿就可以送出版社出版，而且多是高水平的专著。例如：《汉语音韵学》、《中国语文概论》（后改名《汉语讲话》）、《中国现代语法》、《中国语法理论》、《汉语诗律学》、《汉语史稿》、《中国语言学史》、《清代古音学》以及他主编的《古代汉语》等。

第三，创新与求实相结合。在科学研究中，王力开创了不少新的汉语言学科体系（如上文所列举的），提出许多新的见解。例如《中国文法中的系词》一文，运用历史比较的方法分析了大量的语料，系统地考察了汉语“名句”句法结构的特点和系词的产生及发展过程，指出古汉语名句的主语与表明语之间不用系词。这不仅正确揭示了汉语语法的一个重要特点，而且是中国语言学家首次真正摆脱西洋语法的束缚，历史地、求实地研究汉语自身特点而取得的重大成果。又如古韵研究上，他提出的“脂、微分部”说，“古韵十一类二十九（或三十）部系统”，“上古每个韵部只有一个主元音”，“先秦声调分舒促两大类，各又细分为长短”

的学说，也都是根据丰富的材料进行科学的分析而得出的独到的见解。他强调说，“如果墨守师说，学术就没有发展了。”正是由于王力具有这种求实的学风，才能不断创新。

第四，渊博与专深相结合。王力的学问博大精深，为学界所公认。他不仅是杰出的语言学家，而且是著名的翻译家、诗人和散文家。他翻译、出版过法国纪德、小仲马、嘉禾、左拉、都德、波特莱尔等作家的小说、剧本、诗歌以及《莫里哀全集》共二十余种；他早年还撰写了《罗马文学》、《希腊文学》；他自己创作的诗歌和散文基本上收集在《龙虫并雕斋诗集》、《王力诗论》与《龙虫并雕斋琐语》里。后者多次重版，在港台也一再翻印。中国现代文学史家把他和梁实秋、钱钟书推崇为抗战时期三大学者散文家。

王力作为语言学大师，不仅注重专业的学术研究，在语言科学诸多领域勤于开创，写出了许多高水平的论著，取得丰硕的成果，而且非常关注语言文字学的普及与应用。

（选自2000年11月21日《光明日报》）

唐明皇改经（外一篇）

◎ 唐作藩

唐代开元十三年（公元725年）的一个夜晚，皓月当空，唐明皇李隆基信步来到御书房。他在书案前坐下，随手翻开昨夜没读完的《尚书》，便高声朗读起第四卷《周书》。当读到《洪范》一章“惟十有三祀，王访于箕子……无偏无颇，遵王之义，无有作好，遵王之道”的时候，总感到不顺口。他反复读了三遍，觉得“好”与“道”是谐和的，而“颇”与“义”却不协韵。他想起了《周易》“泰卦”中“无平不陂”一句，其中“陂”字既读为“皮”，又读为“颇”音，“陂”跟“颇”都一样有不平的意义。于是，唐明皇决定下一道命令，将这里的“颇”字改为“陂”字。那时候，皇帝的敕令一出如山倒，谁个敢不遵照执行。从此以后，《尚书》中的“无偏无颇”就改成“无偏无陂”了。（只有唐以前引用这句话的古籍如《吕氏春秋》还保持原来的写法）

这个故事虽然不见于正史新、旧《唐书》，但是，看来很可能是真实的。唐明皇虽然通音律，会吟诗作曲，但是，他不懂古音，不了解语音的发展变化，不明白古音不同于今音的道理，所以，会闹出这种随意改经的笑话。

就音韵学来说，在《尚书》时代，“无偏无颇”与“遵王之义”本来是押韵的。“颇”字和“义”字同属上古音的歌部。从上古韵文来看，“颇、义”及歌部的其他字都是可以互相押韵的。如

《诗经·召南·羔羊》第一章："羔羊之皮，素丝五纶。退食自公，委蛇委蛇。"叶"皮、纶、蛇"；又《鄘风·相鼠》第一章："相鼠有皮，人而无仪。人而无仪，不死何为？"叶"皮、义、仪、为"；又《小雅·菁菁者莪》第一章："菁菁者莪，在彼中阿。既见君子，乐且有仪。"叶"莪、阿、仪"；又《大雅·既醉》第四章："其告维何？笾豆静嘉。朋友攸摄，摄以威仪。"叶"何、嘉、仪"。可见，这不是偶然的。直到汉代，韵文里仍然如此。譬如杨雄《太玄经·争》："阳气汜施，不偏不颇。物与争讼，各遵其仪。"叶"施、颇、仪"。这说明在两汉以前，"皮、颇、义、仪"等字的韵母是相同或者很相近的。

再从谐声来看，"颇"字从"皮"得声，同谐声的还有"波、坡、跛、簸、诐、帔、披、铍、彼、被、疲、鲏"等；"义（義）"字从"我"得声，同谐声的还有"俄、莪、峨、娥、硪、蛾、饿、仪、轙"等，它们在上古都是歌部字。"波、颇、我、娥"等字的今读更接近于歌部的本音。在《广韵》则属果摄歌、戈韵，而"皮、披、义、仪"等字的读音乃是汉魏以后的音变，在《广韵》则归止摄支韵了。唐明皇把"颇"字改为"陂"字，正是以隋唐音去规范先秦的古音，把变音当作本音了。

齐桓公谋伐莒

据《吕氏春秋·重言篇》记载，春秋时代，齐国霸主齐桓公一天在朝廷上接见群臣之后，留下宰相管仲一人。君臣俩密谋进攻莒（jǔ）国。莒国是齐国南边的一个小国。但它不甘处在齐国的卵翼之下，常闹点独立事件。因此，齐桓公主张去讨伐一下莒国，管仲也很同意。可是事未发，很快就被国人知道了。齐桓公觉得很奇怪，就把管仲叫来，问他这是怎么回事。管仲想了想说："咱们朝廷里一定出了'灵人'。"齐桓公说:"对了,咱们那天商议伐莒的时候,我远远地看见几个大臣还站在宫殿门口。我真怀疑他们。今天可把他们叫进宫来问问。"过了一会儿,大夫东郭牙来到宫门前。管仲指着他说:"此人一定是把消息传了出去的'灵人'了。"于是,派礼宾官员请他上了朝廷。管仲对他问道:"东郭先生,你是传播伐莒消息的人吗?"东郭牙毫不犹豫地回答说:"是的,就是我。"管仲说:"我作为宰相从来没有跟你讲过要进攻莒国的事,你为什么要这么说呢?"东郭牙道:"俗话说,'君子善谋,小人善意'。我是私下里会意出来的啊。"管仲有点急了,问道:"我没对你谈过伐莒,你是凭什么揣测出来的?"东郭牙不慌不忙地回答道:"我当然不是瞎琢磨。我有三方面的根据。第一,那天齐侯把你留下来,我远远地望见你在齐侯面前表现出满脸骄傲自信的神情,这显然是像要用兵的样子。第二,你和齐侯说些什么,我当然没听见,可是,你的嘴巴'呿而不唫',这表明你要进攻的国家就是莒国了。第三,我见你举臂所指的方向正是南边。而且我想眼下诸侯不听从咱们齐国的也只有南边这个小小的莒国。所以,我推测出齐侯已下了决心要去讨伐莒国。因此,也就跟别人讲了。"齐桓公和管仲密谋伐莒,原以为只有他们君臣两人知道,结果还是被泄漏出去了。这个故事除了《吕氏春秋》,还见于《韩诗外传·四》、《说苑·权谋篇》及《论衡·知实篇》。

东郭牙的三个根据,第一、第三这两个容易理解。第二个是什么意思,说明什么问题呢?东郭牙说他远远望见管仲的嘴"呿而不唫",因而断定他说的是"莒"。"呿"和"唫"何解?东汉高诱注:"呿,开;唫,闭。"这就是说,在上古时代,念"莒"字,嘴巴是张开的,不是像现代普通话这样读"莒"为jǔ,嘴巴是收闭的。那么,上古的"莒"字该怎么念呢?这反映了音韵学上的一个重要问题。

据古音学家考证,"莒"字在上古声纽为见母,韵属鱼部。见母古念g[k],这是没有问题的。鱼部如何念?问题比较复杂。

我们知道，上古鱼部包括《广韵》的鱼语御、模姥暮、麻马祃等韵的字。这些韵字的韵母现代有的念U，如“都、胡、书、古、鲁、祖、杜、布、故”等；有的念ü[y]，如“居、於、鱼、余、雨、旅、许、莒、序、去”等；有的念ɑ或iɑ或uɑ，如“巴、马、祃、家、遐、牙、贾、下、嫁、瓜、夸、华、寡”等；有的则念e[ə]或[iɛ]，如“遮、舍、者、社、野、也、邪、且”等。然而这些字在上古韵文里又是互相押韵的。例如，《诗经·周南·汉广》第二章：“翘翘错薪，言刈其楚。之子于归，言秣其马。”“楚”与“马”押韵。又《召南·采苹》第三章：“于以奠之，宗室牖下。谁其尸之，有齐季女。”“下”与“女”相协。又《郑风·叔于田》第三章：“叔适野，巷无服马。岂无服马？不如叔也，洵美且武。”“野”与“马”、“武”押韵。又如，《左传·昭公二十五年》卫侯梦见浑良夫歌曰：“登此昆吾之虚，緜緜生之瓜。余为浑良夫，叫天无辜。”协“虚、瓜、夫、辜”。这种现象不是偶然的。它表明了这些互相押韵的字在上古主要元音是相同的或者是很相近的。古音学家把它们归纳为一个韵部，并以《广韵》的鱼韵韵目作为这个韵部的代表字。但这不是说，上古鱼部的字都念ü[y]，现代的古音学家根据对音材料，运用历史比较法，证明上古鱼部的主要元音是一个接近ɑ的[a]或[ɔ]。也就是说，在上古属鱼部字的“都”不念du，而念[da]或[dɔ]；“野”，不念ye，而念[ia]或[iɔ]；“莒”不念ju，而念[kia]或[kiɔ]。发[kia]或[kiɔ]音的时候，嘴巴自然是张开的。正是根据“莒”字的发音口形，东郭牙才推测到管仲和齐桓公正在谋伐的是莒国。这个故事反过来也证明了上古鱼部的主要元音不可能是闭口的u或ü，而是一个开口的[a]或[ɔ]。现代念“莒”为ju，那是语音演变的结果。

（选自《语言漫话》，上海教育出版社1981年版）

浅论水彩画的技艺之道

◎ 黄铁山

中国水彩画近十年中得到了迅猛的发展，大有异军突起之势。如何保持这良好的发展势头，使中国水彩画真正自立于世界艺坛之林，在各画种中独树一帜？确是当前中国水彩画前进过程中的亟待解决的问题。水彩画是一个桀骜不驯、难以驾驭而又独具魅力的画种，虽被人誉为“皇冠上的明珠”，然而客观地来看，水彩画在我国究竟还只是绘画领域中的“第三世界”，是一个发展中的画种，至今仍然没有根本摆脱其从属的地位，在一般的观念中，它只是美术“交响乐”之外的一个微不足道的“小夜曲”，更有甚者，认为它只是绘画入门练习、搜集素材、制作草图的手段，归之于美术名类“国”、“油”、“版”、“雕”之外的“其他”之类。因此，尽快提高水彩画的艺术品格和技艺水平，最大限度地扩大水彩画的艺术表现力，充分发挥水彩画的独特魅力，实在是迫在眉睫了！这其中，掌握和提高水彩画的技艺，是至关重要的一环。绘画技艺虽然往往被人们所忽视，然而它正是每一个画种的出发点和得以生存的要素，水彩画更是如此。现代绘画师巴尔蒂斯说过：“艺术之所以是艺术，需要有技艺。”他哀叹当今画坛“绘画的技艺消失了，现在，几乎没有多少人能够正确地掌握技艺了”。画崛起的契机，在巴尔蒂斯敲响的警钟面前，中国水彩画家必须下苦功夫，努力正确地掌握西洋水彩画的技艺，

同时有机地融会在中国水墨画的技艺，创立有高度技艺水平和艺术感染力的中国水彩画，这应该说是中国水彩画的新兴之路。

我认为：水彩画技艺的要领在于“得心应手”，至于如何才能自如地驾驭水彩画而“得心应手”呢？以自己多年从事水彩画创作的实践，有如下体会：

第一，要“得之于心”，就必须锻炼自己艺术的眼力和感悟力。绘画是视觉艺术，作者的创作和观者的欣赏都是以“看”为途径的，艺术的感染力也从中而生，画家的看，不光是用眼去看，更要用“心”去看，去感知，去领悟，只有这样才能“得心”而进入艺术的堂奥。巴尔蒂斯对中国传统的美学思想有很深的理解，所以他提出要“创造出一种可以传递事物之神并表现我所看到的现实之美的绘画”，主张“将自己化入自然，与自然中的生灵和事物融为一体”，从而表达画家的“内心视像”，实际上是中国“天人合一”、“外师造化、中得心源”、“形神兼备”等哲学思想的体现。伟大的画家凡·高也似乎与此不谋而合，他的日记中道出了他作画的奥秘：“在自然界中，我处处发现感情和灵魂”；“我在自己的画中找到了打动我心灵的那种东西。我看到了，大自然告诉了我某种东西，它对我说了某种东西”。这“某种东西”和巴尔蒂斯说的“事物之神”实际上是一致的，这些发源于中国传统艺术又体现了当今艺术创作规律的经验值得我们认真借鉴。遗憾的是，在当今的水彩画界，我们的画家似乎并没有认真地去感悟这“某种东西”和“事物之神”，因此，失魂的现象比比皆是：浮光掠影的草草写生；纯客观地描摹照片；冷漠的闲情描写；老模式的一再重复；对形式的片面迷恋……没有意境，没有内涵，一览无余，此种远离生活，连作者自己都没有感悟的作品，是断然没有艺术感染力的，它必然导致水彩画的衰败，正如美国画家库克所言：“对一个艺术家来说，通向地狱之路是由那些他并未真挚感受到的图画铺起来。”凡·高曾经激动地呼唤：“需要多些灵魂，多些爱，多些感情”，“我看现在倒确实是到了要大呼一声，甚至猛击一掌的时候了！”为了自勉，我特地刻了一方“静悟造化”的闲章，激励自己要尽可能多地到生活中去，带着对生活的爱去细细地感悟“事物之神”，去领略大自然诉说的“某种东西”，同时也要努力去捕捉造化的美，力争使自己的水彩画能有些意境，比较耐看，在形式上也有些新意。例如：我创作的《金色伴晚秋》就是在湘西农村艰难地工作了一年，和农民有了比较深的感情，党的十一届三中全会之后，又返回旧地的感受。有一天在落日的余晖中，看到一个老农妇陶醉在有限收成的喜悦之中，同时，也形象地诉说她的吃苦耐劳、坚毅、知足，既令人崇敬，又不禁心酸。我感到这正是一个中国传统母亲的形象，因而孕育了我的画意。另外，金黄色晚照的色调，老妇蹲地形成的整体外形和晒谷耙的长直线的对比，粗毛巾和饱经风霜的手展的肌理，也给了我形式感的启迪。这些都是生活的赐予，我只不过是靠着感情的共鸣得以领悟而已。

第二，要“应之于手”，就必须熟练自己的绘画功力和手艺。业精于勤、熟能生巧，这是千古不变的手艺之道。巴尔蒂斯说：“艺术首先是一种匠人的手艺，艺术是从这里出发的。”我认为这是一种极为科学的态度，作为一个水彩画家，应该老老实实地学手艺、长功力。这其中应该包括三个方面的手艺：

其一，是掌握素描和色彩的基本手艺。这是一切绘画手艺的基础，作为写实绘画，这个基本功更是不可少的。我认为现在水彩画的不少问题并不出在水彩技法上，而是出在素描和色彩功力的不足，因而造型松散、色彩贫弱，不可能有扎实的表现力，只好靠所谓“变形”和“单色”来自欺欺人，或者靠利用水色去碰运气，的确令人堪忧。所以，水彩画家特别是青年画家要痛下决心，苦练两个基本功，要提倡多画习作，因为这不仅是一种练习素描和色彩基本功的手段，而且也是通向生活的桥梁，正如凡·高所言：“我把习作看成是种子，播种越多，越可望丰收”。现在，拍照片之风日盛，画习作者甚少，这对提高水彩画的技艺显然是不利的。我多年来一直坚持画小幅水彩写生，以速写的形式记录大的色块关系和整体色彩气氛，一方面练习色彩，一方面保留生活中的感受，深感受益匪浅，至少使色彩感觉不致因年龄的才能而日益迟钝。当然，我也参考照片，但有这种习作“垫底”，照片就能为我所用，而不致成为照片的奴隶了。

其二，是掌握用水和用色的手艺。这可以说是水彩画的技艺之本，顾名思义，“水”和“彩”当然是水彩画的两大基本要素，舍此，水彩画也就不存在了。吴冠中先生对此有过一段非常精辟的论述：“水彩，水、彩，其特点就在‘水’和‘彩’。不发挥水的长处，它比不上油画和粉画的表现力强；不发挥彩的特点，比之水墨画的神韵又见逊色。但它妙在水与彩的结合。”因此，只有充分发挥了“水”和“彩”的长处和特点，水彩画才能独树一帜，而不致被其他画种所替代，才称得上是技艺健全的水彩画。遗憾的是现在的水彩画创作中“有水无色”或“有色无水”的残缺现象实在太多，水彩画当然也就在某种程度上丧失了它的魅力和竞争力。这是当前水彩画界必须充分重视的问题。

用水之道，应该说是中国画家的强项，以水色画于纸上，中国画家有得天独厚的禀赋，中国水墨画已经极尽用水之妙了，丰富的遗产给我们提供了最好的借鉴。著名理论家王伯敏曾有《中国画的“水法”专文论述》，诸如：“水调墨，水带墨，水破墨，渍水，泼水，铺水……”，真是林林总总、奥妙无穷，中国水彩画家如还用不好“水”，真是渴死在泉边之感了。水彩画的用水之道，并不只在于经常所说的“水色淋漓”，而在于适当、巧妙，在于有机地表现出画家的感受和艺术个性，老一辈水彩画家冉熙的湿画法和王肇民的干画法，同样都得了用水之妙。一般说来，水彩画可以干湿画法并用，使画面既有干裂之秋风之意味，又更有润含春雨之韵致，而有骨有肉，虚实相生。我个人的办法是在湿纸上以湿画入手，迅速开画面大体色块，再以干画收笔，或以干画局部逐步深入刻画，在这个过程中，重要的是掌握时间，在纸面色层水分逐步自然变干的过程中，视需要适时地不断重叠色层，或以水色趁湿去冲开色层和洗去某些色层，这时间的掌握则全凭长期实践的经验了。如此作画过程，自然十分紧张，往往会手忙脚乱，因此作为水彩画家，比其他画家更需要作画的预想能力，动笔之前，不但要预想出整个画面，而且要预想出作画过程（我作水彩画是要在心里先画几遍才动手），这样成竹在胸，才能有条不紊地操作。但有时也必须改变或修正原有的预想，当机立断地根据水色流动和重叠中产生的意想不到的变化因势利导、顺水推舟，发展和保持某些特殊效果和痕迹，这对水彩画来说是常见的现象。总之，作水彩画要胸有全画，眼观全局，统筹下笔，切勿顾此失彼，困死在某些局部中，这也可以说是水彩画作画的奥秘。

至于用色之道，我认为水彩画作为一个舶来画种（关于中国水彩画广义而言，有自己更早的发源，有“没骨法”的悠久传统，那是另一个又当别论的问题），我认为还是应该以表现色光关系的印象派色彩体系为基础，这样，水彩画才更有色彩的表现力和感染力。因此，用色手艺的关键首先还在于感觉色彩的敏锐的眼力，要准确地感受对象在外光下的整体色调和微妙的色彩变化，特别是冷暖倾间的变化，须知画面上的色彩是决定在相互关系之上的，整体的观察和比较的眼光，是用色之道的基础。如果不突破按“固有色、随类赋彩”的樊篱，水彩画的色彩便无从起步，水彩画中色彩单调、寡淡生硬的现象也难以纠正。其次，还要锻炼用水彩色调出你感觉到的色彩能力，既要注意谨慎地保持某些色彩的鲜明度，但更多的是要注意使用中性色和低调色，要敢于调“灰”，甚至用对比色、补色去调，用黑色、白色去调，力求调出“熟的颜色”，以配置合适的色彩关系，在准确的色彩关系中，有“倾向性”的灰色也是有光彩的。但“调”的过程中，又要避免调“死”，有时水色一碰即可，甚至直接到画面上去调，主水色在画纸上自然渗化，这样更为生动。另外，水彩画的用色之道，还有很重要的一条，就是要注意其透明性，充分让白纸发挥作用，使其透气、得以呼吸，当然也不是处处都要是透明的薄色，水彩画的透明应理解为感觉的透明，决不回避重色和不透明色，往往有对比才更显透明，而且画面合理的色层重叠，甚至多次重叠，正体现了水彩画透明色表现的丰富性，这也是不应该被冷落的技艺。水彩画的用色之道，还要注意简洁、概括，我们必须正视水彩画工具材料性能的制约，不必勉强追求水彩画难以达到的效果。任何艺术形式都有其长处和局限性，只能扬长避短。如果以水彩去追求其他画种的效果，虽然似乎别开生面，但究竟不是水彩画的正路。水彩画的用色还是以简约为宜，着力抓住大的色彩关系，尽量概括局部的色彩变化，以少胜多，追求色彩的整体表现力，切忌“谨毛而失貌”。（自己作画我年，但有时往往还是难免受局部的诱惑，而钻入死胡同难以自拔，这种教训是应当警惕的。）

其三，是掌握水彩画用笔的手艺。用笔是传导“事物之神”和作者情怀最富有表现力的手段，也是水彩画形式美的一个重要组成部分，故用笔之道，切不可忽视。中国画是最讲究有“色”又见“笔”。水彩画的用笔要求有三：一是用笔的准确性。一笔落纸，应是形色俱到，尽量少做涂改，做到中国画要求的是“下笔神来，其形酷肖”，“下笔便有凹凸之形”。用笔还要符合自然的规律，正如老水彩画家张眉孙说的：“用笔，不论横竖转折，要讲脉络。出有脉，水有纹，一片树叶也有纹理。运笔要有纹，纹必符理，有情有理，合情合理，才是真实。”这其实就是中国画的骨法老一辈水彩画家在这方面的借鉴已经比我们先走一步了，这个功夫是非下不可的。二是用笔的生动性。用笔不只是一种造型手段，它还是抒发画家感情、表现画面意境的重要手段，笔的运动，笔触的痕迹，用笔的连贯和呼应，体现了一种画面内在的气韵，一种音乐感、节奏感，从而给观众以精神上的感染。所以，我主张水彩画还是要内在的气韵，一种音乐感、节奏感，从而给观众以精神上的感染。所以，我主张水彩画还是要靠“画”

出来，特别是一张画的开局，要尽量用大笔满怀激情一气呵成地画出来，然后再小心收拾。当然，我也不反对利用自然的肌理效果，不反对水彩画的种种特技，但这些究竟只能作为辅助的手段而已，无法代替传导画家心灵的用笔。三是用笔的随意性。用笔究竟只是一种手段，而不是目的，要讲究，又不能过于讲究，水彩画还是要画得轻松一点为好。用笔不能太露痕迹，太显雕琢，而要“藏住汗水”，在表现对象的过程中随意为之，水到渠成。自己在水彩画创作中，感到往往有时故意留下某些偶然效果和某些败笔，反增画面生气、若笔笔到位，处处完整，倒是平板无趣了。

以上只是就水彩画的技艺问题，拣要处略述浅见，以求教于水彩画同仁诸君。水彩画的技艺问题包罗甚大甚广，非此短文可以概论的。

（选自《水彩艺术》1996年第6期）

田园春夜

◎ 黄鹤逸

春夜，大地一片银光月色。朦朦胧胧的起伏的山峦，围绕着寂静的田园、村庄。黄土坝那边缓慢而清晰的流水声，不知疲倦地在低声歌唱。

这时，在平坦的长（沙）平（江）公路上，走着三个青壮年人，一个个紧锁着眉头，低头不语。这三个人是：长沙县高山乡大兴二社监委副主任粟近午、社管委委员兼第四生产队队长陈金发、第四生产队记工员龙志华。他们同住在一个村庄，正从社里开完会回家去。原来，社里为了实现千斤丰产，在今晚的会议上，社主任柳长庆一再号召大家多提合理化建议、多找增产窍门。正为这件事，他们在沉思着。

忽然，走在前头的陈金发，回转身来，兴高采烈地说：

“我想起了一个主意！”

“主意！什么主意？”龙志华站住脚，猛地抬起头来。

“我们队上在黄土坝垅里有五亩低产田，我想用掺地皮泥的办法进行改良！”陈金发的声音很坚定。

“那——你说说道理看！”粟近午盘着根。

“道理，当然有。”陈金发笑着说，“这五亩多田产量低，主要原因是含沙多、泥脚浅；我们队上的房屋，地面都是用黏黄土填的，挖下这些地皮泥掺到田里去，我看是会调和土性的。”

“是啊！”龙志华两眼望着天空，好像在与闪闪发光的星星说话，“这些地皮泥有七八年没有挖过，下到田里，真抵得上一层粪哩！”

“那——马上就干！”粟近午的劲头来了，停了一下说：“不过，农民是最讲究实际的，最好先做个试验。来！你们两个回去挖几块地皮泥，我到黄土坝低产田里去取些泥块来，马上进行试验。”

说罢，年轻活泼、身材矮小的粟近午，就像一只灵巧的百灵鸟，直向黄土坝垅里飞去了。

不一会儿，在陈金发家里的煤油灯下，试验活动展开了。一张油漆剥落了的方桌上，摆着三个土钵子：一个装着刚从低产田里取回的原土；一个是二成原土掺一成地皮泥；一个是原土、地皮泥各占一半。三个人称的称泥块，搓的搓泥块，调的调水，很快就做好了三种标本。最后大家认为，还是一半原土掺一半地皮泥的最好，用手轻轻一捏，就成了泥坨；用手轻轻一搓，泥坨就散开了。

“哈哈！标准的砂质壤土！”高小毕业的龙志华说着新名词。

陈金发撮了一小块泥坨放在嘴里一尝，马上装出一副苦脸吐出来，说：

“又碱又苦，又……我也说不出是什么滋味来，反正肥得很！”

房子里充满了胜利的乐观气氛。忽然，粟近午又提出了新问题：

“到底一亩田要掺多少担地皮泥，才合乎这个标准呢？”

大家沉默下来了，粟近午偏着脑袋在沉思；陈金发老是搔着头皮；龙志华那张年轻而圆圆的脸表情在一阵阵地变化着，忽然抬起头来，高声叫道：

“算土方！”

“怎么个算法？”陈金发转动着眼珠子。

“那五亩低产田，大约只有两寸深的泥脚，掺两寸一厚的地皮泥进去，不就合乎标准了！”龙志华“嘿嘿”地笑了两声。

“对！一个土方是三十五担土，一亩田六十方丈，二寸厚，把它折成土方就是了。”粟近午顺手把挂在墙壁上的算盘拿来，毕毕剥剥地敲了一会，抓起算盘一摇，说：“一亩田要下多少担地皮泥，你们想得到吗？”大家屏着气，等着粟近午宣布这个重要的数字：“将近一千五百担！”

“呵！”龙志华伸了伸舌头，马上像宣誓似的说：“拿出愚公移山的劲头来，干！”

“干！”陈金发与粟近午齐声附和。

改造低产田的消息，好像被狂风刮起的糠皮，在村中飘扬开去。

第二天清早，陈金发家里就挤满了前来参观改良土壤标本的人们，大家熙熙攘攘用这里一句最习惯的赞扬语赞美道：

“好家伙！好家伙！”

三十多岁的陈金发，站在窗口浴着金色的晨曦，显得更加有活力，他振动着胳膊喊道：

“社员同志们，如果大家都同意这个办法的话，那我们就马上动手干！”

“同意！”“马上动手！”“越快越好！”人们的回答声很杂乱，但很肯定。

于是，全队人马出动挖地皮泥。从早晨到深夜，村上十多座房屋里都响着“咔嚓！咔嚓”的声音。

第三天夜晚，当社员们喧喧嚷嚷地按着规定数字，将最后一担地皮泥挑进这五亩低产田里回家时，上弦月将要偏西了。

人们归去，田野里恢复原来的寂静。

（选自《黄鹤逸作品集》，湖南教育出版社2009年4月版）

我写《汪精卫》的苦与甜

◎ 黄鹤逸

我产生写《汪精卫》这部小说的念头，始于三十八年前。

一九五五年，我在《资江农民报》当记者。三月初，在邵阳县梽木乡采访中，有天晚上十点左右，在乡政府偶然见到快板《汪精卫是个大汉奸》的手抄本。这显然是抗战时期的演唱资料。我顾不得打听它的作者和保存者是谁，就饶有兴致地阅读起来。近三百行快板，文笔并不怎样，但概括了汪精卫从投敌到死于日本的全过程。快板搅乱了我的睡眠。一九四五年初夏，参加雪峰山会战的一支日寇部队，从隆回途经我们洞口赴黔阳时，沿途奸淫掳掠，杀人放火，把我家赖以为生的两头各百余斤的肥猪宰掉带走，母亲号啕痛哭和伯父被鬼子打成重伤的凄惨情景，历历在目，使我无法入睡。不知是受到哪一根脑神经的支配，突然想到要写汪精卫叛国投敌的长篇小说。

我有这份能耐吗？尽管我当时是新闻记者，但毕竟是个只进了六年学校，初涉世事的青年。一棵墙上的芦苇，实在是自不量力。

人是要有信念的。在人类发展史上，信念始终是促人迎难前进的动力。我想到当过学徒、码头工、面包师傅，因自学而成为无产阶级文学奠基者的高尔基。我虽不肖，但愿意学。也懂得蜜蜂为了酿造一公斤蜂蜜，需要采集五万朵花的道理，愿以此自勉。我暗暗为自己立了座右铭：写作这部小说之前，应当是精通这段历史的史学家；一旦动笔，应当是能够用生动的文艺笔触，再现这段历史的文学家。我默默地朝着这个目标迈出艰难的步伐。在紧张的工作之余，几乎把一分钟劈成几瓣用。我一边想方设法，通过各种途径，搜集汪精卫集团叛国投敌的历史资料，进行分类整理；一边在自学大学中文系、新闻系课程的同时，阅读了各种版本的中国近现代史、中共党史、抗日战争史、中华民国史、中日关系史、第二次世界大战史，阅读中国的、外国的、现代的、古典的、各个流派的小说代表作，并练笔写小说和散文。

随着年龄的增长，知识的积累，认识的提高，视野的扩展，进一步懂得中国的贫困和落后，是遭受帝国主义侵略的总根源，而近现代累遭侵略又使中国在贫困和落后的泥沼中越陷越深，也就越发被动挨打这一道理。如果能够把这部小说写出来，在某种程度上，借以激励我们的爱国主义精神，同心协力使祖国繁荣富强，不再受人欺凌侵夺，确有其重要意义。写作的目的更明确，战胜困难的信心更足了，不论是在《资江农民报》当记者，还是一九五六年后在《共产党员》杂志社当编辑，不管工作怎么忙，即使晚上少睡眠两三个小时，自学、写作和搜集整资料，绝不能停止。经过六年的努力，搜集了近二百万字的历史资料，发表了小说、散文和民间文学作品三十余万字。虽然写得不理想，但在文学创作上迈出了第一步。我想，这样坚持下去，再有十年积累，就可以写计划中的题材。

但是，世间的事情往往有悖人意。一九六二年，我因在“反右倾”中受到错误处理，下放到一个国营农场工作。从此，写作和搜集资料基本上中断。但写作这部小说的信念没有泯灭，学习没有放松。在农场十六年，我两次通读范文澜主编的《中国通史简编》，反复阅读从长沙带去的有关抗日战争的书籍，读了当时能够借到或买到的文学和哲学著作，仍在默默地准备着。三十多年来，不论人生旅途上的顺与逆，总觉得有个激奋的声音在呼唤着我。若不写出这部著作，就无法对得起为了维护祖国领土完整、民族尊严而出生入死、浴血奋战的那段悲壮的历史，也无法结束我的生命。

党的十一届三中全会，给人们带来了明媚的春天。一九七九年春，我与一批五十年代在写作上崭露头角，而又受到这样那样挫折的中年人一道，同时被前湖南省出版局局长胡真同志指名调来湖南人民出版社任编辑。这为我完成多年的夙愿开辟了广阔的天地。从此，我才真正开始广泛搜集资料和缜密思考写作计划。如果《汪精卫》能够在中国近代文学史上占有一点地位，首先应归功于伟大的党的三中全会，首先应感谢胡真同志。这里顺便说一句，湖南的出版事业能够出现八十年代的黄金时代，与胡真同志的慧眼识珠，一批中年骨干编辑归队密切相关。

《汪精卫》的涉及面相当大。中国的抗日战争、重庆和南京两个国民党政府、中国共产党及其领导的八路军和新四军、第二次世界大战，都是涉笔范畴。必须再现的将军级以上的历史人物，就有二百余人，比《水浒》梁山一百〇八将还多。涉及面大，写作的难度也大。我越学习，越感到自己远远没有达到自立的那个座右铭的要求，不论史学根底和文学根底都很浅薄。从主观愿望说，真想再积累八年十年。但是，耽误了那么多年的好时光，年岁不饶人，大有老之将至的紧迫感，又感到非动笔不可。想到这部著作的卷帙浩繁，写成非一朝一夕之功，征得组织上的同意，于一九八六年一月提前四年退休。

现在，这部二百三十余万言的五卷历史小说，终于完成了。限于知识和水平，没能达到预定的写作目的。尽管前三卷陆续问世后，得到国内文学界、评论界和日本作家一柳胜之先生的好评，但我有自知之明，它不是成功的传世之作，只不过在百花园地里植上一株无名小花，虽说不香不美，也算是填补了一小块空白。

我写得很苦，也很甜。苦，因为劳累。几年来，我没有很好休息过一天，即使不动笔，脑子还在苦思冥想，感到活得很沉重。甜，因为自若。当我无拘束地把自己的感情赤裸出来，把自己的

血放出来的时候，有着一种不可言喻的欣慰，又感到活得很潇洒。

写完第五卷最后一句话，我放下笔，嘘口气，涌上心头的是对北岳文艺出版社的领导和责任编辑谢中一同志的感激之情，感谢他们的关心和支持。那年，中一同志主编通俗文学丛书，出版了我的短篇集《贺龙的传说》之后，又约我写个中篇。为了说明我不能从命，在复信中向他透露了正在着手写这部著作的计划。半月后，意外地收到他寄来已盖上该社鲜红印章的约稿合同。正是这纸合同，给予我以鞭策和力量。能够满腔热情地给一件新事物的崭露提供机遇，是一种难得的美德。

生理上的青年人的优势和特点，已悄悄地从我身上消逝，但觉得我的心态还年轻。年轻的标志之一，仍然对周围的一切为之激动，为之战栗，为之牵肠挂肚。我想，如果对生活无动于衷，水波不兴，那就的确老了。心老才是真老。

诗人歌德说过："人到老年，应该比年轻时候做得更多些。"作家罗曼·罗兰也说过："人生是艰苦的，对不甘于平庸凡俗的人，那是一场无日无了的斗争。"虽然说不上什么雄心壮志，但愿意用先哲们的名言来自勉。我把文学创作当作自己生活中的需要，并从中寻找到人生的乐趣。我将以古人说的"第一等襟抱，第一等知识，方有第一等真诗"来鞭策自己，孜孜不倦继续学习和写下去，把想得最多最深的东西，都直率地写出来，力求真实地反映历史和人生。我不在乎今人怎样评说，所考虑的是对后人负责，对历史负责。这些，就是我今后的追求。

（选自《汪精卫》一书的《后记》，北岳文艺出版社2010年4月版）

念想那泊在身边的远方

◎ 刘虔

一

“你又起程向远方吗？呵，晨安！”

一声清远的问候能否为你褪去昨日迷离于心的疲倦？

晨安。愿今日精神的康复如晨花凝露含笑之清丽。

当太阳升起的时刻，那就是花儿绽放的时节，伴随远方的迢遥，塑造全身的神力。

晨安。我的花儿醒来了，江河听见了欢声，为之奔腾。

晨安。天地朗朗，所有挚爱生命的心，闻见了芬芳！

晨安。一切又要开始，一切已经起程，仰天而歌，踏尘远去。

远去的追寻者呵，已然在远方……

二

欲念的宁静与沉痛浑然不觉之间深入世间万物！

每天每天，晨光都会托起我们的信念升起来。

让昨夜的梦再一次放飞到远天莹莹的蔚蓝。

每天每天，我们的思念总有一种炽热。

总会盘桓于绿水青山，穿越所有阴霾，直抵情与爱的神圣的

灵台。

每天每天，我们都会放出我们的信息，我们的心跳。

那正是我们的欢闹，隆隆穿梭于天堂与地狱的生命的长舞。

每天每天，都有我们毕生为之求索的永远！

三

而黄昏，令兼程匆匆的脚步沉入暗夜……

一路上，奔波在坦途，更奔波在山穷水复的迷惘！

太多的雾障，太多弯弯山道上的荆榛。

你说，这就是你被磨砺的“刺激”，你的歌谣？

或许，这更是一种电击般的狂野，直入云天，在黑夜的铁幕上洞穿苍穹，唤醒千里万里冰封着的星河的涛声，降伏在你我的心上。

呵，那就是光明的诗篇呀！

那是至死不渝的心灵才能解读的一生的梦想！

四

走过那些荒芜那些泥淖。此刻，你又在哪里？

“等车在车站呀，在人聚人散的故事里张望……”

喔，时光的驿站，心灵流浪的华屋，连通天下万方的所在。

这里，汇聚了世间所有的方位，牵动起人心所有的力量。

所有的道路，街衢、幽径、港口与码头，必将陈仓暗度汹涌而来。

在这力量潜伏的风暴里，你平静如闭月羞花叹息着折叠起相思的向往。过去的车站已经远去，下一站将在何时止息你的流浪，止息一个传奇疲惫而空洞的企望？来吧，我在心中已经筑起一片拆除了围墙的天空：没有流浪，只有飞翔……

五

远方。一片沉沉的思念，正展开在我无边的眼前。

只因草原无边，绿野无边。

不用挥鞭打马，也不靠勒勒车老旧的颠簸如蜗牛攀沿。

风过处，四轮轿车电掣般的辙印是你为草原行走广布爱之礼赞的缱绻：

雄鹰无语飞向蔚蓝。驼群缓步迁徙，追寻水草丰美的家园。

牧羊人如自由的铜号，尾随着自由的羊群吹响时光的妖娆……

远方走了，远方远了。

我把心搁浅在心里，听凭雨季古城传来窗外淅淅沥沥蜂拥而至的雨声与风声！

六

何人？何事？何时？何在？

我的心在所有时空徘徊踯躅，寻觅一颗星的光彩。

此刻，又是深夜；深夜是波涛汹涌的寂静的海。

挟长风而鼓翼，凌静虚而神驰……

但见远方走到了更远处，走进更深处，倏然走在茫茫苍苍的北方草原上，宛若一只飘浮于青冥，难觅行踪的梦凤凰。

喔，那是我心此在唯一敞亮的彼岸，唯美的天脉。

烟笼寒月，月似秋花，我的向往覆满凝神恒久的云台！

七

我想起蹉伏在草原深处的那座博物馆……

思想的行踪或能重新拾起沉重的遗忘，让惊懵的心流连于时光的回溯？

那远息着的风雷又呼啸而来，我已听见一页历史带血的动荡！

那里，秘藏着起义的嘎达梅林，为了土地的尊严，成了英雄的旗语。还有那些被爱恨情仇剥蚀的马蹄、箭矢、头盔和岩画，那些结痂的荣光依旧闪亮。昔日的草原是忧伤的。一种辽阔的忧伤浸入花落的叹息，正从扬尘的小路回到今日后来人的心间，战栗着，一如风雪夜归的羔羊？回到过往，回到过往雾霭蹒跚的日子，然后重读今日的春色，轻轻地轻轻地，千万不要碰碎我们共有的家园那一片月光的清朗……

八

而且，草原上，有诗的日子必将拂去一些心灵的愁絮……

一个叫开鲁的小镇，并非科尔沁史册上的胜地，也不是我的故乡。

那里没有古堡的威严，也不曾留下神话里行者的半点足踪。

想起开鲁，想去开鲁，只因那里有一座柯蓝散文诗长廊。我想把云带上，把风带上，还有早霞短笛明丽的气息是我们共有的行囊。只是不要带短笛吹奏者已经入土为安的哀痛。一滴晨露能成海。一声笛韵足以唤醒全部心底的思量。喔，那盛开的奇葩再也不会凋谢了。

到开鲁去，到开鲁去，只因开鲁有了柯蓝散文诗长廊。

寒夜里红袖添香。诗意的温暖与润泽将连缀成草野上的莹莹星火……

九

北国之春把那金黄的梦色镀遍了这里的大街小巷：沈阳。

但是，谁能带去我锥心如焚的曾经的忆念？

你的抵达早已被追逐金色之梦的人海所吞没！被钢铁的旋律和炉火的热忱熏染得乌黑发亮的这座北方名城，如今定然又已披上五彩缤纷的霓虹灯的光明……而我更记得一滴血的咆哮与喑哑，一滴不死的精魂。一滴血，曾使这里的落日于万丈深渊不堪沉沦。那是一位美丽的女子最美丽的青春，那是真理承受着的一次毁灭性酷刑。因为说出真话，她被割断咽喉。因为渴望正义，她被灭掉生命。她的名字感天动地，叫作张志新。沈阳，这曾被专制的黑手绑架过时代，击痛着一个时代记忆的地方，自由拥戴的今日理应有了真正的新生啊！

十

而心，总愿在时光流转里轮回。远方远方，还有多少梦可以重来……

天光穿越暮云沉沉，又要去探寻哪一片蓝色的海？

那是一串游走的牵挂呀，游走于红尘紫陌，星灯与地灯，短亭复长亭。

看，黄昏集结在湖面之上飘逸徘徊，丝丝缕缕缠绵着欲望的夕辉。

向晚的清露浸湿了远眺的眼眸，列车粼粼，因为驰骋而神往。

已经没有时光能够踌躇，也没有道路不可以引领。

轻轻地抵达，轻轻地触摸，以心跳的节律，以火焰的宁静：

念想如风，已然潜越一切虚空，一切无际无涯渺然无踪的沉重！

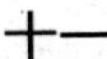

是在去往五台山的路上吗？或将抵达一个永难揭晓的所在？

那里，神祇们整日气静闲定，悠游盘桓于山林之间。

结庐悬崖绝壁，却冷眼目睹一回回世上桑田沧海。

佛门深深如也，并非人间最关真实的情怀。

为何山崩地裂，为何冻雨闹春，年年横祸成灾？

敢问上苍，神为何物，直叫人以心相近，以爱相待？

上苍掩面无语。

唯见寂然之声飘落于满山满谷已逾千年的青苔……

十二

但我依然确认，朝拜者还会孜孜矻矻络绎于途。

你说："今天就去进香……"

可见渺茫的希望也能让人寻访，就像云追逐着云想回到天堂！

于是，一炷炷清香点燃了全部浮生之梦幻。

烟篆袅袅如心之微语，绽放着黑玫瑰的芬芳。

凝视神祇，叩首低眉，打开人心最后的秘藏，打开那片最深的海。

海龙王将掀动海底全部冷清的力量，让静寂的风暴裹挟住静寂。

在上天入地的狂热里历经瞬间结晶，留下这九月的艳阳与清音！

十三

看哪，在石窟云岗那用岩石堆砌的史册上，立着怎样的画廊？

一群逃离云中仙国的神们，竟又稳坐在了红尘烟笼的人间化境！

依傍我的心，借着你的眼，我目睹着石窟里积蓄千年以远的风情。

这些天堂的迁客，尘世的幽灵，不卑不亢，何其坚韧！

无不以人性的血气穿透历史的石壁，演绎着爱恨情仇喜怒悲戚。

时光的刻刀留下谶语，蛰伏于蝉翼般轻盈的衣褶中。

让每一座褐色魂魄走进生命，走进每一位后来者寻觅的眼眸：

如春江春水万千锦鳞之游弋，孤寂而恒久地低吟……

十四

尾随远方的足音，我听见红尘深处掩翳着的长叹：

那是乔家大院凝定在晋东北大地一滴含泪的辛酸！

一个家族的繁荣早已被时间之手掏空。

主人们都走了，远了，不见了那喧哗人生的盛宴。

不见了响自厅堂的宏论与阔笑，生发肉香的灶火一醉酡颜。

在空旷的寂寥里，参观者来去彷徨，踏过重重叠叠的门槛。

风来过，雨来过，全都与我无关。

唯有日光与星光尚能守时透过天窗之眼送去一言半语的祈愿！

十五

彩铃之声轻轻地掠过天庭，一则短信来到眼前：

“现在正路过北京哩……”然后是河水断流后的沉默。

跋涉的长路就这样被扭结着，搁浅在干涸中。

北京的一切，一闪就滑过你的眼眸，能不留下半点牵挂？北海的垂柳。圆明园的石头。八达岭长城脚下，一只野鹤飞过了烽燧。长安街上雨后的阳光，追逐着不息的车流……

喔，还有那内心战栗不已旋风一般的思索！

然而，“路过北京”的故事就这样戛然而止了。

远方依旧游荡在远方，在风中，在雨里，如一首无言的歌……

十六

但远方的承诺是深长的，绵延邃密如深渊里的深渊！

沉积着面向心灵抚慰的磐石般恒久坚韧的信念。

那一天，远方的信息突然停转了，因为断了电……

那一天，连满天火辣辣的阳光也只得黑死着脸！

怎能没有远方的忆念呵！那是一位清纯如水的美村姑，在所有幽静的远路上徘徊，在不息不止的地平线上流浪，没人有能最后接近她读懂她，但却热烈地被千年万年时光的永恒所拥抱。犹如正午的阳光无法握在手中，但总能感受那轻盈的明亮与温暖！

泊在身边的远方，总是被风浪放逐到更远的时光。

远在更远的远方，终要御风而回，一如归舟泊在心尖上……

（选自《香港散文诗》2013年总第45期）

写给远离的孩子

◎ 姜贻斌

就狠劲地在你嫩瘦的脸上啵一声，火车那粗蛮的吼叫便生生地将我们撕开了，将你和妈妈留在了狭长冰冷的月台上，我便出了远门。

从家里到车站，我们出声地落泪。你紧紧地抓住我的手，哭泣着，全不顾偌多惊讶的目光。我看见一粒粒泪珠浸进你痛苦的嘴里。

你重重复复说，爸爸……你快点回家……

我只知笨拙地说，很快的，很快的。

我又紧紧地抱住你，抚摸着你廋弱的身子。许多愧疚许多自责此刻全部奔跑出来，狠狠抽打我，五脏六腑无比的疼痛。我后来坐在火车上，看见你瘦小的手不停地摇动……

你是否记得这就是两年前长沙冬季的那一个夜晚？好大的风，还有小雨。

那时你五岁。

现在你七岁。

爸爸出远门竟就两年了。爸爸从不曾离开你这么久。可我知道，离不离开，于你都一样，因为爸爸极少与你一起玩耍，没有像人家的爸爸疼孩子那样疼你。几乎没有留出一点时间给你。爸爸很自私。

你非常喜欢星期天，因为不用去幼儿园。于是你来到书桌边，摇着我的手说，爸爸，我们去烈士公园玩好吗？我说，不。你又说，那去岳麓山好吗？我说，不行。于是你又说，看电影去好吗？我仍然不答应，说，爸爸没有时间，下个星期天再去。

你于是失望地松开手，嘴巴不满地嘀咕起来，没有时间没有时间，一点时间都没有吗？说着，你眼里盈满晶亮泪水，终于大声说，你说了多少次下个星期！爸爸，你骗人！骗人！那一汪泪水噗一下荡了出来，你愤怒地白我一眼，飞快跑了出去。不再理睬我……

孩子，其实爸爸当时极羡慕自己的抑制力，当战胜你之后，竟生发几丝得意。爸爸多么愚蠢！愚蠢透顶的爸爸！

孩子，我记得你说过我愚蠢，当外婆和舅舅他们问你一家谁聪明谁愚蠢时，你脱口而出，妈妈第一聪明，我第二聪明，爸爸最愚蠢。

对的，爸爸最蠢。

即使后来你知道要我陪你去玩纯粹是一个美好的幻想，只好偶尔轻轻来到我身边，求我讲个故事。我仍然在愚蠢地骗你，顺便胡编乱造一个短得不能再短且极其乏味的故事，想以最快的速度将你打发出去。你开先睁大兴奋的眼睛唔唔地听着，没唔几下，便问，就完了？我说，完了。就立即，光彩从你眼里消失。你埋怨地说，这么短呀？然后，一言不语，低着头离开了我。

我知道你恨我，孩子。爸爸没有给你的生活带来一丝的乐趣。不仅如此，你身体现在这样单瘦，体弱，我知道这也是爸爸的罪过。

一九八二年十月十二日夜晚九点，你哗一声大哭，便来到了这个世界上。爸爸当时紧张到了极点：因为妈妈躺在产床上，一直吊着氧气。在这之前，妈妈浑身不适，双腿浮肿，医生说是妊娠性中毒。弄得我们好紧张，弄得医生好紧张，生怕有了什么意外。于是那天医生破天荒允许爸爸进产房，可我没有勇气，竟飞快返回病室，将门闩死，浑身就颤抖起来。后来，爸爸就听到了你的第一声尖亮的哭。

见到你时，你已经疲惫地躺在婴儿室了。闭着眼，不动不吵。

脸上的皱纹极多，像一个醉酒的小老头，安详睡去。可你好像感觉到了我轻轻地到来，突然睁开眼望我一下，又闭上了。于是爸爸永远记住了你这第一眼。那眼神显得很累，又含了对我微微的不满。

孩子，爸爸理解你的不满，你先天不足，你没有吃过一滴奶。为此我一直深深地内疚。当你还在妈妈肚子里的时候，爸爸就很少抽出时间，买好吃的菜好吃的水果给妈妈。爸爸嫌麻烦，竟让妈妈一起吃食堂。后来妈妈实在不行了，便催我去买鸡。爸爸便走了七八里，到小镇上买了一只，然后竟顺路去了同事乡下的家里玩去了，直到第二天才赶回矿里。把妈妈和肚子里的你急坏了，不断地喊广播找我，又打发人四次寻找。即使是你后来能吃饭了，爸爸仍然嫌麻烦，让你也一起在食堂吃，只不过是将极辣的肉片放开水里洗一洗，喂你。

于是，你一直多病，抵抗力极差。一下感冒，一下高烧，并患有严重的佝偻病。坦率地说，爸爸至今都极怕打针，可你，每次一打针，就勇敢地说，爸爸，我不怕！你每次都说得我心里出血。楠楠，是爸爸害了你！

原谅爸爸，孩子。

你听说我从海南岛回来，早晨便可到家，于是你清早就起床，守在大院的门口等我。你仍然那样单瘦。你见了我，却不像别的孩子那样，高兴地大喊爸爸，然后猛地一下扑过来。你不。你远远地静静地走到我身边，怔怔地望着我，然后递给我一张画，平静地说，爸爸，我听妈妈说，你今早回来，我昨夜里就画了这张画。我打开一看，你画的是《春天》，绿色的草地，无数的红花，别致的小屋，天空上飞着几只燕子，还有一个很红的太阳，草地上，爸爸、妈妈和你在游玩……我丢下提包，一把将你抱紧，不停地抚摸你瘦弱的身子。楠楠，你想爸爸吗？想。你好吗？好。妈妈呢？妈妈在家里等你。

早晨的风有点侵人。好安静的早晨。

爸爸在家的时候，夜里总要抱你屙尿，怕你屙在床上。而这次，爸爸又要来抱你，你却不肯，说要自己去。爸爸却固执，硬要抱你，并像以往那样，一边用手摸着你的小鸡鸡，一边嘴里发出嗤嗤的声音。谁知你这次却一偏脑壳，极不满地说，嗤嗤嗤，嗤么子罗？！

爸爸于是徒地感到你长大了，你再不愿爸爸将你当着很小的孩子看待了。你渐渐地长大了。

你后来很高兴地拿出来一个黄色的小信封，说，爸爸，这是我自己动手做的，我以后写信就用它。信封做得还真不错。我说，那爸爸返回海南岛，你就写好么？你说，那我还不晓得写那么多的字，不过，等我学了拼音字母就好了，不晓得写的字就用拼音。b、p、m、f……

是的，孩子，爸爸一直等着你的来信。从你五岁等到七岁。两年之中，你虽然没有给爸爸写信，可你不断地给我寄来好些你的画。有《送给爸爸一个火星人》，火星人画得好奇怪，浑身冒火。还有《阿姨去上班》，有《我的家》，还有《变形金刚》中的各种人物……好多好多。你自己还精心挑选了三张你最为满意的照片寄给我，那是在烈士公园里拍的。爸爸还把那盒录音带拿来了，里面有你唱的歌，有《祝你生日快乐》，有《小鸭子》……有你背诵的唐诗，还有你和爸爸的对话。故而，爸爸一空闲，就静静地看你的画你的照片，就听录音带。

爸爸想你。

后来，妈妈来电话，说你一天深夜，突然从梦中哭醒了，坐起来呜呜地哭。妈妈被惊醒了，不知发生了什么事，忙问，楠楠，你怎么了？你说，我想爸爸，我想爸爸，我梦见了爸爸……

好孩子。你想爸爸。我的好孩子。

于是，爸爸特意挑选了一张我俩的照片，尽管拍得仓促，连背景也不讲究，可它，毕竟是爸爸来海南的头一天和你拍下的呀！那是一九八七年十一月二十六日，在长沙的家门口。还记得吗？

但愿世上的一切父母不要离开自己的孩子。永远不要。

……

（选自1989年12月12日《海南开发报》）

跟一个女孩上山去

◎ 姜贻斌

我软在躺椅上，终日盯着苍白的墙。

墙毫无色彩，一如外面失血过多的天空。那天空的苍白是我偶尔用余光很懒地瞟一下才知道的。我的脑袋里也是一片苍白，缺乏记忆和思维的彩带。我毫无生气的躯体，已经瘪瘦，已经麻木，已经迟钝，似风干的馒头。我甚至连抽烟的兴趣也已失去。因我不再想动弹。因它需要我伸出一只枯瘦的手，从桌上的烟盒里拔出一根烟来，而且还需要费气力扳燃打火机。我因此便放弃了这唯一的兴趣。

我干脆闭上眼睛，什么也懒得一看。于是睁得已很疲倦的眼皮终于获得了休息。于是连苍白的墙(还有同样的天空)也没有了。漆黑的世界便妄图将我带进一个梦境。但我怎么也难以走进。因室内室外的噪音这时候竟愈加地强烈起来。汽车声、冰箱声、鞭炮声、门窗声、风声、蝉声、叫喊声……愈加地刺耳，将我浑身刺出许多涓涓的血。我时时想跳起来，冲到阳台上，朝人们大骂，朝自然大骂，企图骂去一切噪音，骂出一个寂静的世界。但，我终究没有去。因我的四肢慵懒地摊在躺椅上，无一点起动或支撑的意图。我闭着眼，却又走不进梦境。但我控制着自己，努力拒绝噪音的袭击。我默默地数着一、二、三、四……于是，朦朦胧胧，我似乎开始走进梦境。但又在时时怀疑自己是否当真走了进去。

……门这时就有碎碎的响声。我立即警惕地扭动脑袋，将眼镜戴上，见门缝里长出一粒美丽的小脸。一个姑娘。她轻轻地喊，叔叔。

我说，做什么你？

她走近了我。笑。说，你整日的躺，会躺出病来。

又说，走，跟我爬山去。

爬山么？爬山有什么味道呢？我说。

玩。她说。

就不由我犹豫，她便一手捞起我瘪瘦的躯体，将我拖出门外，拖到我平日不忍目睹的大街上。

就立即，无数的噪音无数的人挤扁了我的脑袋。我简直要昏过去。便急急地说，我，不行了。

她挽着我，冲我一笑，说，那党费交了吗？

我奇怪地问，什么党费？

不答。竟用一只手捂着嘴，吃吃地笑起来。

我明白过来，拍一拍她的脑袋，说，调皮！跟叔叔开玩笑。

又咯咯地笑。她挽着我躲开人流车流，朝前面走。

我说，你说要我去爬山，山在哪里？

她说，亏你在城里这多年了，有山都不知道么？

我摇摇头，老实地说真不知道。

她又笑，看着我。而且瞪大着惊异的眼睛。

我说，叔叔是个怪物么？竟这样的看我。

她说，差不远了。我准备送你进动物园。又笑起来。

我也笑。或许是许久没笑了的缘故，我觉得脸皮活动得十分笨拙，而且僵硬。我惊讶自己的这个发觉，生怕脸皮会继续僵硬下去，以至于再也笑不起来，故我赶紧独自地笑起来。嘿嘿嘿嘿——朝迎面而来的人笑，又朝她笑。

她便用胳膊猛摇我，叔叔，你干什么？为什么蠢笑？癫子一样的。

我收了笑，说，我蠢笑了么？

当然是。她说。

大约是。我说。但我实在想不起自己多久没有挪动面部肌肉了。它们全部呆呆板板地占据在我的脸部，一点也不听从大脑的指挥。它们仅仅只发挥了自己一方面的特长，而另一方面的特长呢？难道是大脑指挥失灵所致？也或许是它们早就企图摆脱大脑的控制？而一味将冷漠奉献。

我说，我要叫它们听从大脑的命令。我要蠢笑一阵，以纠正它们长此以往的错误。难道不对么？

她说，我不跟你争，我想应该自然一点为好。

自…然…么？我瞟了一眼耸立的大厦上面那一个关于牙膏的巨型广告，太阳正从它的一个洞眼里泻出一条细细的金线。

穿过复复杂杂的街道，她又带我坐了一段车。一下车，果真有一座漂漂亮亮的山出现在我的眼前。她手一指，说，那不是山！

我扶扶眼镜，说，奇怪，以前我为什么没见到过呢？它，是不是长出来不久呢？

她咯咯大笑，说，对的对的，它长出来不久，才几个月。叔叔，你游泳不？

不。

你跳舞不？

不。

你欣赏音乐你社交你散步你唱歌不？

不不不不。

你已经衰老了。

我么？

你。

暮色降临，又阴阴的。我出门时怎么没注意呢？又怎么贸然跟着她出来了呢？但我仍然看清了山的翠绿，那一棵棵充满生机的树，一蓬蓬茂盛的灌木林，以及一片片摇摇曳曳的小草。还有活活泼泼的小溪，来来去去的男女以及他们发出的笑声……

她这时在很前面喊我，叔叔——

山里就立即溢满她那极响极亮极甜的声音。我猛然发现，她早已不再挽着我，早已让我独自而行先我而上了。我奇怪我竟能有力量在爬山。我惊异我瘪瘦的躯体竟然没有在山风的吹拂下颓然倒下。

再一细细感觉，山的力量山的灵气山的生命徐徐染进我的血管和神经，我陡然觉得有了生气与力量。我感觉最明显的是面部的皮肤开始滋润生动了起来。

我一步步朝山顶爬去。我看见她在高高地向我招手。她脆脆的喊声笑声在山林中滑过。

我终于也爬到了山顶。

我觉得有点累，有点汗，有点兴奋与激动。

于是，我坐下来。她也坐下来。

她称赞了我，说我不错。我将眼镜取下，放在地上，揩着汗，揩去黏附在脸上的许多冷漠与暮气。

这时风大起来，天上又突然的的嗒嗒落下几滴老大的雨。我一惊，跳起来，紧张地说，我们快走，下雨啦！

她竟一动未动，说，怕什么？让雨冲一冲，不是更痛快么？

我望着她，半点着头，说，也是，也是。

我们就这样坐在那里，让雨水洗着全身。满世界浓重的雨味，极是清新与甜净。树叶被雨滴敲打的噗噗声，竟十分动听。我想那些树叶虽然在经受着雨水沉重的冲刷，但沉重之后肯定是格外的轻松和纯洁。我奇怪，我怎么没有感觉到这个世界的嘈杂了呢？

我们许久许久才往回走。下山之后，那条被雨水洗得似如一条光滑发亮的黑蛇的马路，一截一截在脚下溜过。

她问我感觉如何，我说不错。我说下次再跟你来。突然，我停了步，呆呆地不动，半天才大叫起来，哎呀，我的眼镜！我忘了拿眼镜！

她却卟一声笑，说，我还以为你怎么啦，那副发了黄的眼镜么，丢了好，几十年的东西了，又是用胶布缠，又是用线捆……舍不得么？有什么舍不得的？有什么值得留恋的？旧的不去，新的不来。叔叔，告诉你，你如果配一副新的，你其实也是很年轻很潇洒的。

我么？我怎么没发现这一点？于是我毫不犹豫地跟着她回家。

……我软在躺椅上，脑袋里混混沌沌一片。门突然吱一声大开，将我从昏沉中炸醒。

谁？我喊。

鬼！妻凶凶一声。妻说，你怎么整天死在椅子上呢？

我说，没有哇，我刚才还跟一个小女孩爬山去了，连眼镜也丢了。

妻怔怔地望我半天，又走近怔怔地望我半天。

我说，你怎么居然这样蠢蠢地看我？

妻说，我要问你怎么啦，你爬了山么？你的眼镜不是戴着的么？

我惊疑地伸手一摸，果真。眼镜不是架在鼻梁上的么？

奇怪。

（选自《湖南文学》1992年第1期）

漏不掉的记忆

◎ 姜贻斌

时间卟一下就筛去我许多过去的故事。唯有一个山上的记忆却怎么也漏不掉，若一只金色的苹果盛在密织的彩篮里，就稳稳地印在我人生的足迹中。

我五岁的时候，就不愿独自关在家里了。一见大哥二哥脚伸出门外，便呀呀哭起来。一哭，他们就无法轻松地出去。若将我一人留在家中，父母那凶狠的手就决计饶不过他们，那棱瘦的屁股上便一下凸起一绺绺鲜红的印子。但他们仍然间或冒着挨打的危险偷偷溜去，实在不想我成为他们的累赘。但更多的是只好无奈地背着我。一走出门外，他们便咬着牙，一人在我屁股上拧一把，以此惩罚。但又怪，我只叫一声，并不哭，然后喊哥哥。

山名很怪，叫雷公山。按山名看，应是一个极狰狞或古怪样子，而其实，并不。秀秀气气的一片翠绿，很温和，似如一个从不发脾气的女子。那些松树枞树又不高，直直的、匀匀称称地立在胸脯上。简直美极了。

跟哥哥们上山，我是很看到过几件奇事的。

有一天，大哥正准备给我们摘刺菠萝吃。那东西像个黄色的腰鼓，小小的，满指头般大，上面生了许多小刺，戳手。要抹去满身的小刺，才能吃。味道呢，甜酸味。这时，忽听大哥一声喊。我和二哥顺着大哥所指的地方看去，只见一丛矮小的灌木上蜷着一根酒杯般大的蛇。那蛇一截白，一截黑，蜷在那里，很吓人。

大哥说，是百截蛇。大哥又喊，老二，快带老三离远点，这蛇很凶。

二哥于是赶紧拖着我跑开，跑得远远地看。二哥不放心大哥，便喊："哥哥，你也快过来，快点！"

大哥朝我们笑一声，说，我会跑么？我会怕么？就卷起袖子，弯腰捡起两坨石头，狠狠地朝那蛇打去。那蛇一惊，凶凶地朝大哥一看，竟立即从灌木上脱下来，鼓鼓气力，箭一般向大哥直冲过来。大哥来不及还击，转身便跑。但大哥并不慌张，而且跑得很奇怪，并不箭直跑，而是拐起弯跑，跑出一条大大的弧线来。那百截蛇极凶，也跑起弧线来。但一跑弧线，蛇的速度便慢下来，凶气也渐渐减去许多。突然大哥又不跑弧线了，见那蛇仍在追，便换成跑大圆圈，一个又一个。蛇跟着大哥转了几个圈，便更缓慢了，游着游着，就停了下来，不动了。这时，大哥从从容容地捡起石头，放在眼边瞄瞄，叭叭地打去。一坨接一坨，全打在蛇的身上。直至将那根蛇打得稀烂，皮肉黑黑白白红红地涂了一地。

我和二哥吓得一身冷汗，半天还不敢过去。大哥胜利地笑一笑，拍打着手上的灰，自言自语地说，想咬我？嘿嘿，看错了人。又朝我们一扬手，喊，过来过来，怕什么？二哥才牵着我抖抖地过去。

二哥问："哥哥，你怎么那样跑？"

大哥说："这种蛇箭直跑很厉害，飞一样的。你只要拐着弯跑，它便不行了。再一转圈子，就更不行了。蛇骨头很松，急急忙忙弯几弯，就弯散了骨头，挨死打。晓得不？"

二哥点着头，晓得。我也跟着说，晓得。

不过，大哥也有见了蛇不跑的时候。

那回，我们正在山上走着，二哥突然尖叫起来，蛇！蛇！牵起我便想跑。

大哥却很沉着，说，不用跑。但二哥还是慌慌地拉我跑开好远。可我们仍然看得见那根黑色的大蛇。脑壳扁扁的，伏在地上，呼呼地出气，毒舌一舔一舔，鼓鼓的眼睛盯着大哥，似乎一口便可将大哥吞了去。大哥只离它一米多远，我们很担心。但大哥的确没有逃跑的意思。蛇盯着大哥，大哥也望着蛇。双方望了许久。

盯着盯着，就猛见那蛇将长长的身子朝天一纵，突然连续地直跳起来。大哥这时也跳。双方一下比一下跳得高。大哥那天穿的白背心土布短裤。金色的阳光照去，那种对峙的直跳，真叫人惊心动魄，目瞪口呆。那是一幅怎样的景象啊！一线黑，一线白，上下跳跃。大哥和蛇，谁也不敢松懈一分，都在尽最大的气力直跳着。但我们发现，大哥的每一下都比那蛇跳得高。我们却不晓得，这蛇为什么要跳，大哥为什么也要跳。

终于，那蛇看来耗去了气力，一下比一下矮了下去。而大哥，仍然高高地跳着。没有停止。再没多久，只见那蛇卟一声倒在草地上，不动了。闭着眼，一声声出气，像睡觉，打响了呼噜。

我和二哥跑过去，喊，打呀，打呀！

大哥抹着脸上的汗，说，不用打了。

为什么不打？二哥问。

大哥说，它骨头全散了，活不成了。这蛇叫扁头风，很毒，咬一口，准死人。不过，这蛇还有点骨气，喜欢跟人比高，若人比不过它，它就冲过来咬人。若比不过人，偏又要比到底，一直要比到它自己精疲力尽地死去。所以，见到这种蛇，不要怕，放肆跳，尽力气来，你总会赢。

我不晓得这温温柔柔的山上为何有许多的蛇。有时它们还游进了人家里或鸡笼里。那次我父亲从床上起来，两脚伸到地上只管捞鞋子，捞着捞着，竟觉有冰凉的东西。栽头一看，天！一根老大的黄色的蛇，盘在鞋子上。父亲嘶哑地叫，蛇！老大，老大！精瘦的脚早已瑟瑟地缩进床上。

大哥闻讯赶来，父亲便失去了往日的威风，只晓得喊，快打！快打！我们也喊，莫让它溜了，快打！

大哥竟不紧迫的样子，抓抓脑壳。然后从门背后拿出一根扁担，又将门打开。就往地上一蹲，伸过扁担，轻轻地去赶那蛇，口里也轻轻地说，呷饱了吧？走吧走吧，下回再来，好么？很和蔼的样子。

那蛇也很温和，抬起头，似乎朝大哥笑了一眼然后很听话，一圈又一圈牵直了身子。黄色的圆盘悠悠地成了一条黄色的线，那线便静静地向屋外移去，向山上移去。

父亲显然很感谢大哥，问，老大，怎么不打？

它怎么那样听话？

大哥说，这叫黄草蛇，又叫家蛇，没有毒的。喜欢钻到别人家里去呷老鼠子，又不咬人，性情好。益蛇，打它做什么？

父亲哦哦地应。母亲哦哦地应。我和二哥没哦哦，只不断地啄脑壳，鸡啄米一样。大哥不仅不打黄草蛇，而且不打成双的蛇。

那回是我看见的，就在两米远的地方。我在二哥背上大叫。大哥说，在哪里？我手指去，那里那里。

二哥说，是两根。

再一看，真的两根。两根蛇酒杯粗细，一身花白缠在一起，绞来翻去，很亲热的样子。

我和二哥希望大哥快点下手，大哥却一转身，又拖我们一把，说，莫看，快走。

二哥说，为什么看不得？打不得？

大哥说，这是蛇在交腹，看不得，看了人背时。

二哥问，什么叫交腹？

大哥哎呀一声，说，老二你就喜欢问，交腹都不晓得？就是一根公子蛇跟一根婆子蛇在睡觉。蛇交腹的时候，就是再毒的蛇也莫去打。

为什么？二哥又问。

大哥看二哥一眼，说，又问又问。人家在做好事呢，要成全人家。

做什么好事？竟又问。

大哥无可奈何地嘿嘿笑起来，说，讲不清讲不清，莫问。又骂一句，老二你真蠢。

二哥嘟了嘴巴，哥哥你骂我。

骂你？蠢卵子！大哥又哈哈哈大笑。山上都是笑。树林里都是笑。枝叶间草尖上都是笑。

那天的确很怪。

我们碰见蛇交腹之后，大哥蠢蠢地独自大笑之后，原本很艳丽的太阳陡然便不见了，阴云重重，凉风嗖嗖。大哥停住最后一声笑之后，便木然地说，今天我们会背时。

于是，赶快下山。

刚走到半山腰，我们兄弟几乎同时看见山路上有一根麻黑色小蛇。只有三两寸长，满指头大。我们都晓得是狗爬蛇，洋名叫蜥蜴。我们不叫洋名。狗爬蛇多极了，大的小的，长的短的。怕人。动作又利索，眨一眼便不见了。

问题在于，这根麻黑色狗爬蛇竟不怕人，不走，盯着我们。大哥使劲跺两脚，想吓走它。竟也不走。我们从未见过。

天压得很低，风大了起来，山上一片树响。大哥低低地说，会背时。又跺两脚，仍不走。大哥便来火，捡一块石头，猛猛打去，将狗爬蛇砸成两截。我们看见前半截不动了，但尾巴那截却在地上跳起来。小跳小跳，竟一下飞起来，飞到空中，时不时朝我们冲来。大哥的脸一下惨白，慌忙脱下背心，一手护住我们，手将背心在空中呼呼地拂来拂去，赶着那截奇怪的尾巴。

那截麻黑色的蛇尾巴尖尖只一条细线那样的大，一时直直的，一时又挽成一个圈，无声地却又凶险地威胁着我们。我和二哥早就吓得不成样子了，死死地抓住大哥的腰身。大哥身上的汗如水一般倾泻。我们从未看见大哥如此惊慌过，紧张过，害怕过。大哥历来是我们眼中的英雄。

蛇尾巴盘旋一阵，终于掉进了草丛中。大哥急忙将背心往二哥手里一塞，背起我，一路疯跑下来。

这是大哥唯一背我的一次。

大哥然后一下倒在山脚下，呼呼地出气。脸苍白，嘴唇发紫，一身稀软。我和二哥慌了，问，哥哥，你怎么啦？

大哥半天没有作声，聋了般，两眼呆呆望着天空。一直躺到天开始断黑。

大哥后来说，这种会飞的狗爬蛇，他只听说过，从没见到。而且听说这尾巴虽细小，不显眼，却十分厉害。专钻人的耳朵，左耳朵进，右耳朵出。一钻，人就没命了。所以，那天我很有些紧张。

大哥后来上山少多了。我和二哥也少去。但山上的记忆我怎么也忘不了。那温温柔柔的翠绿的山，那丰满漂亮如女子的山，究其实，是一个好凶险的世界。各类的蛇都有，人便得以各种不同的方式去对待。人呢？不也是各种各样的都有吗？

（选自《雪峰》1992年第2期）

夕阳照我

◎ 姜贻斌

终于，我来到了我的出生之地。

三十多年之后，我才见到这个小镇。这个听父母描述过万千次的普通小镇，叫高沙。而我如今却在长沙打发日子了。那么，这高沙与长沙在我的人生旅途上是否算个有趣抑或鬼使神差的巧合？在高沙降临这个世界，几经迁移，最终在长沙落下脚来，承负着生存的沉重的包袱，像一条被海浪冲上沙滩的鱼，在干涸的背景里，大口大口地喘气。我而且听见满城市的喘气声。我或许还要迁移？长沙或许不是我最终落脚的地方？或许还要一个叫什么沙的地方，才是我的真正的归宿之地？

就在我舅母家过去几间，有一胖老妇人正坐在街边上洗衣。她的两腿团住一只大木盘。双手便衰肿地有节奏地上下抖动。苍白的头发如屋檐下飘零的蜘蛛网，颤抖而苍凉。天冷得简直像生了病，打着哆嗦。我听见老天的牙齿因寒冷发出的碰撞之声，令人心悸。

母亲指着那妇人，轻轻说，罗四娘，你就是她接生的。

我惊喜。没想到在三十多年后的今天，竟见到了用那双温柔的手将我接到这个世界的人。可我，在这过去的岁月里，曾否记起过她？尽管我先前不知道是罗四娘，但也从未想过第一个抱着我的人。

我死死地望着她那双衰老的布满了类似蜘蛛网的皱褶的手，又徒然想哭。我那沾满鲜血粉嫩的裸体呀，就是经过这双曾经是壮实的手，小心翼翼地静心沐浴，才得以洁净的呀。它也肯定是急急而且重重地在我屁股上打了一巴掌，我才叫出来人世间的第一声哭叫。她是第一个向世界宣布“这是有鸡鸡的”人。我望着她那苍皱的手，怎么也不相信像她这样经常与新的生命打交道的人，手也会变老呀。那浸润着新的生命的鲜血怎么滋润不了那双原来年轻的手呢？我已经牢牢地记住了那双手。我虽然一直没有看清罗四娘的脸——她老是深深地低垂——可我记住了那双曾经接过许许多多新生命的手。

寒冷将我们逼进屋里。我神情黯然，一直沉默不语。我明白自己的生活会因为见到罗四娘之后而变得更加沉重。舅母很知我的心理，便宽慰我说，人呢总是要老的，你看你娘，还有我，不都老了么？

又向我表弟眨一眨眼，说，家顺，带你三毛哥哥去看十八毛弯罢。

表弟点点头，就拖我去。

我问，十八毛弯在哪里？

表弟说，就在这镇上。

我又问，是个什么东西？

表弟故作神秘状，说，到那里就晓得了。

我俩走在那被岁月磨蚀了的光滑而且残缺的青石板路上。那因涂满并且饱浸着风雨雪霜而变成黢黑色的木板屋，像醉了一身酒，飘飘欲仙，歪歪斜斜，我生怕有那么几间再也站不稳，突然轰地倒下。我不知它是否会因痛苦而喊叫，是否会因麻木而哑然。它尽管经过了许许多多的岁月，却不曾走开过一步，默默地生根于这个小镇上。大约五六分钟罢，表弟便叫住我，说，莫走了，就在这里。

我便住了脚，问，这里是哪里？十八毛弯么？我本想嘲一嘲表弟，谁料他很肯定地点点头。

我身置于何地呢？十八毛弯。

这虽不临街，却也是挺胸昂首或歪歪斜斜地树了许多的屋子。只是那面貌各异的屋子东一间西一间，毫无规则地散落着，我站立的地方是一块不大的普普通通的泥土地，或许是因为听了这便是十八毛弯，浑身竟立即弹出一阵莫名其妙的战栗，还有一缕隐隐的恐惧。但我又实在看不出有何特异之处。唯有五六条小小的路从不同的方向小小气气地伸开，伸进那些散落着的屋子背后去了。

我惊讶地又问，十八毛弯么？十八毛弯指的什么呢？

表弟嗬嗬大笑，指着那些小小的路，说，这些就是。

表弟此时很有些神秘地说，表哥，你试试，随便走一条路试试。

我疑疑地望望他，又疑疑地看看那些普普通通的小路，便觉出有一种巨大的神秘和诱惑。从表弟那轻松的脸上我已经看出不会有什么危险，这至少令我去了许多包袱。

我于是壮起胆，随便择了一条小路走。小路两旁，除了散乱的屋子以及潮湿和沤气之外，并无什么能引起或满足我的好奇的心。但我尽力想搜索出一点半缕的特别来。归终却没有。我只是感觉到那小路十分柔和，软软的，潮潮的，不时发出泥土粘鞋的那种滋滋的声音。

我顺着小路左拐右弯，大约五六分钟后，竟又回到了原地，见我表弟在朝我神秘地小笑。我大惊，忙问，我怎么又回来了？

表弟这时才全部露底给我，说，这就是十八毛弯的妙处。你若不信，可以再挑另一条路走，结果仍然回到这里，又说，随便那一条都可以的。

我的好奇心此时才全部被调动起来。我坚决不信，我不等他再说什么，便择了另一条小小的路走去。我这一次时时警惕自己，不往回走。只沿小路左一拐，右一弯。但不久，竟又回到原地。我十分惊奇，又十分懊丧。这到底是怎么一回事？

表弟见我如此神态，只顾哈哈大笑，浑身抖得十分厉害。说，这回信了吧？

我没回答。究其实，我心里已经相信了。这事实，也不由得我不信。但我仍然疑惑的是，到底是路难走呢？还是我不识得路呢？

此时，竟有一根金针似的东西长长地从屋隙中插过来，直刺我的左眼。我惊愕。什么东西？一冷静，再看，发现是夕阳照我。

（选自《天涯》1992年第4期）

乡村女人的风景

◎ 周 伟

七 娘

七娘比七爸高出一个头还多，也大出10多岁。我童年的记忆中深深留下七娘的牛高马大和七爸的矮小猥琐。每当我哭闹不听话时，我娘就吓唬，再哭，就给你讨个七娘一样的老婆，我便乖乖的不哭不闹。

在生产队定工分时，七娘是女的，就不能给10分工。七娘就大骂，就和男人比试。七娘能挑70多公斤的重担能犁田打耙能踩打谷机能挖地……凡男人能做的，七娘有过之而无不及，七娘仍没能要到10分工。

七娘仍然出工，只是在挖红薯挖凉薯扯花生时，就饱饱地吃一顿，吃得比四五个人还多。当然，回家她那份餐是节省掉的，让给七爸吃。就说把七爸喂养得高大一点，像个男人。老人说：这哪儿的话，又不是你的崽！七娘就说：这是我自家屋里的事，要哪个多嘴烂舌的讲，俺唱被窝戏你也要管么？

有一年，按抓阄是七爸当队长。无奈七爸有病，七娘只好取而代之。也只有那一年七娘最为神气和欢快，她吆喝着大家出工，像模像样参加大会小会，那一年生产队得的红旗最多，七娘也第一次呷了十分工，虽然那记工簿上用的是七爸的名字。

七爸一病就15年。七爸死时，七娘没掉一滴泪。七娘还和人讲，总算去了！他也呷亏我也呷亏，还不如早早地去。这一讲就惹许多人愤懑：这女人太不像话，老七死不瞑目的，也让老七捉去好了！后来又有人说，瞧那鼻子那脸颊，一副克夫相。

就好多人不愿跟七娘打交道。只有在夏天七娘摇着蒲扇总爱串我家的门。七娘顶喜欢我，总和我娘说这伢子日后定有出息。我就“七娘”“七娘”很响地叫，七娘就“哈哈”笑着应。七娘有时和我娘唠叨时，脸颊上淌着泪水。我极疑惑，一个笑“哈哈”能打半斤的女人也淌泪水？

去年秋天我回了趟乡下老家，七娘新造了屋，很宽敞。七娘对我说：伟宝，我总算完成了任务。我晓得这“任务”是指为夫家生崽抚养成人并为崽娶媳妇续了“香火”。

我看着背驼得厉害眼睛闪过一丝亮光的七娘。

我久久地无言。

娥姐

那日，家里来了乡下老家的娥姐，我差点没认出来。娥姐手足无措地坐在沙发上，头发有点乱，衣着不整，寡言少语，脸上无光，老相得很。

娥姐原本不是这样的。娥姐大我6岁，长得十分俊俏。娥姐高中毕业，在学校是文工团的骨干，又学过裁缝。回家不久，就干了村里的团支部书记。那段日子，她活泛得很。而且，她的号召力也是令人惊叹的，娥姐又点子特多，村子里新鲜事就多，就常沸沸扬扬的。

没过一年，该热的热过，就逐渐平静下来了。娥姐也已18周岁了。乡下农家主事的老人便说：是花，都得开。女大当嫁，男大当婚。娥姐听着起先只是嗤嗤地笑，稍后常和爹娘顶杠，却最后究竟执拗不过爹娘。

娥姐出嫁，找了本村的怀哥。出嫁当日，是要抬嫁妆的。虽路近，一条田坎就到，郎客断断少不得的。做郎客自然是喜事，又这么轻松好做，我那次就做了郎客，得了喜钱。

娥姐嫁过去不久，公爹婆婆就把她们小夫妻分出来单过，这是我乡下老家的规矩。后来，娥姐又生了儿子。娥姐就少了些活泛，少了些点子。在大伙心中，娥姐还是一面不谢的风景，大伙选娥姐当妇联主任。

一日，娥姐和怀哥大吵了一场，还打了起来。其实，那是怀哥的不对。村上周秘书新近死了老婆，拖着三个小孩。娥姐瞧着，就跑去照料。怀哥就有鼻子有眼在大庭广众之下唾骂娥姐的不是，并大打出手。娥姐气不过，回了娘家。娘家爹娘竟也说，一个女人家不能东跑西颠的。娥姐委屈得落泪。不久就听说她要和怀哥离，怀哥说要离行，留下我的儿，干脆得很。娥姐果真离了。

后来，娥姐竟和周秘书成了家。这一成，怀哥就大肆宣扬，村子里就很多人将信将疑。娥姐一过去，累死累活地操持，上有老母，下有三个年幼的儿子，真怪难为她了。可老母还存心和她过不去，蛊惑着三个孙儿，满村子里嘀嘀咕咕，指桑骂槐。娥姐不能去看自己的亲生儿，又得不到后来三个儿子的承认，心里老是觉得缺点什么。日子愈过愈难，怀哥那边放出风来，说只要娥姐认个错，离了仍可以回去。其间，许多人相劝娥姐，都了无结果。

娥姐就这样硬撑着。娥姐就愈来愈不像以前的娥姐。

我想，这岁月也是无情物，把个好端端的娥姐弄成这样。

可是，这又怪谁呢？

兰　婶

兰婶娘家很穷，兰婶只得早早地嫁给我家六六叔。那会儿她常上街赶场，总要来我家坐坐，一声不响久久地看着熙熙攘攘的场上。我小，问兰婶瞧着什么哩？兰婶一次也不回。兰婶头上束着的兰花手帕，飘上飘下，左右摆动，旋舞似的，蛮乖态。我说，兰婶蛮好看，也怪。我娘说，她太阴沉，没寿年，和六六过不长久。

果然，我娘言中。倒不是兰婶，是六六叔先撒手西去。六六的娘问神，说兰婶克夫，命中注定的。六六的爹娘就齐齐地把冷眼、讽刺、辱骂、责打泼洒在兰婶身上。尽管兰婶常常忍泪默默无言，还是被六六家撵出了门，儿子不能随她走，那是六六家的“香火”。

许多年后，兰婶又来到我家。也坐很久，也瞧门外熙熙攘攘的场上，头发上仍束着兰花手帕，却说很多话，眼睛格外光亮。不久，兰婶便在小镇上开了个小饮食店，生意做得红火。

有一天，兰婶竟来工商所找所长，她要开一家土特产公司。过了一个月后，兰婶的土特产公司便开了张。她请了六七个人做事，还有一个断一左手的男人做账房。一年之间，她的公司成为小镇企业明星。

有一次，兰婶来所里领奖，顺便给我一张请柬。我料定是她公司请我喝酒，忙推说，我一向不喝这酒的。兰婶脸顿时绯红，急急地说，看，你看了再说。我一看不打紧，好久才回过神来：是兰婶的结婚酒。又好久才问，那宝生，宝生是谁？我公司那个管账的。

我问，公司还好吗？兰婶忙高兴地应：好，还好。又说，我问过神的，这几年运气好走，不怕，得狠干一番。我说，你当真信神？！她说，神是要信的，信则有，不信则无。她看着我极惊愕的样子，哈哈笑道：神就是自个儿！我爽快地应承兰婶，说，去，一定去。兰婶又哈哈说道，得带上你那位喽。

又一阵风走了，兰花手帕，飘上飘下，一摆一摆，舞得极是欢快和自信。

（选自《中国新文学大系1976—2000》，上海文艺出版社2009年版）

一个字的故乡

◎ 周 伟

故乡是一篇干脆的散文。她干脆得令人惊叹。常常是在故乡拔节的季节里，一个字一个字地蹦出来。

故乡里最长最长的一个字是等，最深最深的一个字也是等。

等太阳爬上树梢，等月亮落到水里。等油菜开了花，等稻子抽了穗。等黑发染成白发，等背脊弯成弓犁。

你看，八太婆不还在村口那棵树下等吗？一棵小小的桃树等成枝繁叶茂的一棵老树。八太婆抓了"壮丁"的崽还没回来。有人劝她，不要等了。她说："等！等着等着就回来了。我常常看见村口的路尽头，有木娃欢蹦乱跳的身影……"有人替八太婆伤心，要是真等不着呢？八太婆先是一怔，继而喃喃自语："等，就一定等得到！等过了，也算等到了。"

等到了，是一种胜利和满足；等过了，是一种踏实和美丽。等，不单单是等一个人，不仅仅是等一种结果，更重要的是用整个心在等。心与心的等待，超越时空，超越语言，比什么都重要。

故乡里最美最美的一个字是怀，最暖最暖的一个字也是怀。

高兴了，汉子们就开怀大笑，在火塘边，大碗大碗地喝着包谷烧，咬着猪头肉。嫌不过瘾，干脆伸出手去抓，肉肥汪着哩，也把手弄肥滑了，晶亮晶亮地流着油，脑门上的汗一线一线地，从满脸的黑土地上流下来。火塘里的火，旺旺地，开怀地呼呼呼地笑。就是有个鸡零狗碎的事，乡里乡亲谁也不放在心上，袒露胸怀，总是检讨自家的不是。

姑娘开了怀，小伙喜癫了，欢快地追逐着，嬉戏着。山川田野上，走一路，笑一路，写下一路抒情的篇章。有过一回，让人美丽感动一生。一生再也难以忘怀，村里有个姑娘叫小芳，夜夜来到睡梦中，常常就在梦里笑醒。

是哪家的怀崽婆？她走在冬日午后的阳光里，把骄傲写在脸上，把碎花棉袄的前襟支起老高，昂起头，摸着肚，到处搭话，就是没人，遇见牛，也要“黄——呀”脆生生老长老长地喊一声。然后，腆着滚圆滚圆的大肚子，高高地倚坐在塘坎边老树下的木火桶上，叉开双腿，仰面撒手，大大方方的。她，就这么舒适躺在阳光的温床上无限地遐想，阳光照耀得她那般幸福，那样美丽。她一起身，碎金碎银在她面颊上闪闪烁烁地旋着舞，酡红的脸上洋溢满足的笑容。回转屋里，婆婆早已准备好了一碗红糖水，很浓很浓，冒着热气。

故乡开怀的日子，大多选在金色秋天的收获季节里，甚或把欢乐陶醉在油亮亮香喷喷的腊月里。也许，他们的春天太忙碌，夏天太多情。

当村庄里的老师在全村最好的屋子里第一次把怀字解释成孕字，当这个老师要把村子里所有的娃都孕育成一张张最美的画图时，娃娃们一个个地记住了这个可以更多梦想的字。他们回到家，把这个字连同放飞的梦想一起说给了爹，讲给了隆起肚的娘听。但不管爹娘怎样费力，却总也说不好写不下这个他们早已深懂其中蕴含的字。

故乡里最怕最怕的一个字是单，最真最真的一个字也是单。

走山路，最好多凑几个人，一个人太单了。还记得，晚婆婆总在山路这头送走一起一起的过路人。白天，她定要过路的人先歇上一会儿，喝口水，呷杆烟，养足劲才走。晚上，给过往的行人点一个火把。这时，一律地说，不怕！你只管往前走，不要回头，我看着你走，我就站在你的身后，你就不觉得单了。

后来，我晓得晚爷爷有一天也是从山路这头走过去，再也没有走回来。晚婆婆哭得山摇地动，“一七”（七天）水米不进，一句话也不言语。后来，就常见晚婆婆唠叨：单，单了，要不是单了……

晚婆婆还常唠叨：啥都不怕，就怕单了。老鬼走了，我一个人，单了；老鬼在那头，就他一个，日夜里过，也太单。要走，总得一块走，手牵着手。想想，我要是先去了，又怕老鬼在世冷了单了。

晚婆婆终日除了在山路口等过往行人，还时不时去垒起的黄土堆前，一坐一个晌午，陪那个老鬼。她在心里说：我来了，我来陪你了。不怕，看看，有我陪着你哩！细伢子总爱在晚婆婆陪坐的土堆前扯野葱。瞅见晚婆婆大半天大半天地木坐，忙摇动晚婆婆，问，晚太婆，你坐大半天了，有事儿吗？晚婆婆才缓缓地起了身，临走，一转身，丢下一句话：坟，它也怕单。

故乡的生生死死，故乡的情情爱爱，既不惊天，也不动地，就是这样平平淡淡。平平淡淡地生，平平淡淡地死，平平淡淡地述说着情和爱，平平淡淡地全灌注进一个单字。

故乡的文章里，要说的字还很多很多，都储存在我的脑袋里。动不动，就会一个一个地蹦出来。

故乡的山川土地，雄浑，肥沃，壮美无边。在乡人眼里，就不仅仅是山，就不仅仅是水，就不仅仅是地。是亲人，最亲最亲的人！是父亲，是母亲！

他们一个字就把人生说透，世间看穿。父亲是山，母亲是地。父亲的伟大都长在山上，母亲的慈爱都生在土里。是的，他们再没有办法，故乡的字都是生长在父亲山母亲地的土壤中，一个字一个字都是打磨了几千年的。

一个字就是浓缩的一页历史，沉甸甸的。要读懂她，其实，什么也不用说，什么也不用做。要说，只轻轻地说一个想字，在梦里说了千万次的那个想字，他们绝不说现今到处都流行通用的

那个爱字。一个想字，说起来很轻很轻，看起来很淡很淡，却要胜过浓浓的爱字千倍万倍，千锤百炼，千万钧地重。一辈子望穿秋水，日思夜想，行色匆匆，几千里路云和月，到头来，投到故乡的怀抱里，只会捧一抔黄土，贴着胸；掬一捧山泉，甜着心。

啊，故乡！回，回了，我回到你的身边来了！回，四四方方的两个方圈，大圈套小圈，不管走到何方，思想却在故乡，谁也走不出故乡的大圈子。记住一个回字，就能走准一生，方方正正地做人，做好人。来来去去，生生死死，无论贫穷和富有，得意或失意，风光也好无名也罢，都一样地走了一圈，回到原地，回到最后的安居地。一个回字，一生的体验，尽在不言中。故乡，年年月月，日复一日，总是这样吝啬，吝啬到不肯多用一个字。

哦，我一个字的故乡！

（选自《散文海外版》2004年第2期）

看见的日子

◎ 周 伟

眼睛睁开了，你就什么都看见了？

眼睛瞎了，我就一点也看不见了吗？

孩子，听我讲，真的不是那么回事。

孩子，你别老那么看着我。我嘛，几十年了都这样，一天到晚在木火桶上坐着。有人说我木了。我木了吗？我在一丁点儿一丁点儿地嚼着日子。你要说，还不是一粒粒嚼着干豆豉，嘎嘣嘎嘣地响。也对，也不对。一个个日子或酸，或甜，或苦，或辣……我掉下一把口水，它慢慢地从地上变戏法似的长高，一闪，又不见了。再闪出来，一下是笑，一下又是哭，一会儿竟半笑半哭，一会儿却不笑不哭。再看看，胖的、瘦的，高的、矮的，老的、少的，男的、女的，美美的、丑丑的……唉呀呀，这么多日子，怕是在开会哩！

孩子，你不吱一声，我知道你在想事了。别乱点头，我反正看不见你。孩子，你要记着，摇头点头都在一念之间，没把握的事不要说话，不说话没人当你没舌头。再一个，当紧的话一天要不得几句。比如，你这会儿没答话，但我还是看见你在心里想着事儿。想事就好，想着想着，慢慢地想着想着，事儿就在肚子里头想熟了。

孩子，你瞧，门前的小溪在说着话儿，还悠悠地哼唱着小调。风来时也好，雨下时也好，它总是那么从从容容。从容得你不得不佩服它，佩服它的镇定、豁达与远虑。你不会听不见，听听它的音符，感受感受它的节拍，几多的美妙。你不会看不到，披绿时披绿，挂红时挂红，亭亭地立着，十分可爱。孩子，耳朵眼睛不是什么时候都管用的，有时得用脑上心。小溪是细水长流的从容，孩子你呢？不要看我，我和好多好多的日子在说话儿。胖的日子说，心宽体胖好；瘦的日子说，健健旺旺好；素的日子说，吃饱就好；荤的日子也说，还是够吃就好。我讲，千好万好，要的是细水长流，平平安安过，最好！

孩子，对门山里树上的鸟儿在唱歌，在跳舞。再看看，那其实是一个上了树的女娃。她把砍到的柴火丢在了树下，她把一早的重担抛在了一边。上了树的女娃变成了另一个人，把树叶当笛子，把日子当歌唱。下了树的女娃扁担一横，一担柴火挑在了肩上，挑在肩上的还有日子，好沉好沉。孩子，该丢下的丢下，该抛开的抛开，该挑上的挑上。年纪轻轻的，就老是愁啊，累啊，苦啊，悲啊……垒了一身，这样子很不好。孩子，唱歌时就唱歌，跳舞时就跳舞。这样，你的日子也就上了树了。于是，你就看到那山上开满了鲜花，到处是疯长的野草，飞禽走兽们，都在各显神通，表演着杂耍；那山上的树是绿的，风是柔的，气息都是甜的。于是，你就认定那山上绝对住着神仙，神仙的日子哟……

孩子，神仙的日子，要说有，也就有；要说无，本就无。所以，日子里就有了哭声，就有了笑声。孩子，我经历得多了，哭也好，笑也好，那多是你们年轻人的事。大了，老了，你就不会那么随随便便哭了笑了。别不信，我碰到好多好多哭的日子。它们都跟我讲，哭来哭去有什么用呢？人嘛，是靠水养着，你把他一身的水榨干了，还不蒸发了。人一蒸发，什么东西都跑得无影无踪。再说，哭得泪水太多，流成河，也会淹死人的。还不如把哭的时间腾出来，磨磨刀。磨刀好，磨刀不误砍柴工呢！把刀磨得锃亮锃亮，抽出来，一闪，就闪过来一个春天。一刀砍下去，就砍死了一个严冬。孩子，哭字上面两个口，哭字下面一头犬，要哭，你就是小狗狗。看看，孩子，你笑起来了，笑起来好。

孩子，走路是最当紧的！我看见你又笑了，你还在心里头讲：

呸，哪个不会走路呢？两三岁的娃娃都会。好吧，就讲门前的这条路，弯弯曲曲，老长老长，有好多人总走不出去，有好多人总是原地踏步，有好多人又走了回头路，还有好多人摔倒了……日子也一样，老长老长，弯弯曲曲，好比门前的这条路。走吧，先上路就是。“路是人走出来的”，路再长，脚再短，还不是一脚一脚丈量完。是的，路上，有时会泥土飞扬，有时会泥泞满路，有时冰雪地冻，甚至路窄坡陡，坑坑洼洼，险象环生……孩子，且莫停下脚步，歪歪斜斜深深浅浅地一路走过，走过去就是了。路的尽头又是另一方风景。你要晓得，路，只会越走越宽阔，越走越温暖，越走越美好。

孩子，你上路了，竟又回头，长长地一望。我晓得，你是怕望不走那片红褐色的泥土，那泥土上的青草地。你无数次地在上面温暖着，那上面留着你的体温和气息。那么，你就带着一抔泥土上路，带着一缕草香上路吧。天涯海角，你总会感到温暖。孩子，你只要在心中的泥土上种上了草根，浇水，撒肥，一片片嫩绿冒出四季不断，尽管你走得再远，其实很近很近……

我站在阳光下，看着坐在木火桶上的瞎眼的二婆婆，她一下一下地往深如黑洞的嘴里丢进一粒粒干豆豉，不一会，就一阵嘎嘣嘎嘣响。响过之后，她黑洞的嘴里源源不断地翻吐，一坨坨地都是咀嚼过的日子。慢慢地日子升起来了，二婆婆空空洞洞的瞎眼也升起来了。

孩子，我老了，我看见的日子也老了。

日子也老了？我问。

我又说，二婆婆，你老老去了，我都不知怎样待日子。

二婆婆，我只有攒起心劲，天天把日子暖着掖着……

孩子，你真的看见日子了……

那一天，二婆婆真的走在一个金色的日子里。当我们焚烧起二婆婆的遗物时，起风了，木火桶滋滋啵啵端端地在禾坪上烧了许久。烧完时，夕阳已经西下，一切皆静了，看时，唯见烟痕淡抹。

（选自《散文》2004年第11期）

乡间的和弦

◎周　伟

一

字解：浪，水清无风也浪

先跟你讲讲我们乡间有味的事，你要不要浪一浪哩？

你别看他手持一根竹竿在手，一手紧握竹头，着力颠动，只见竹尾那端上下起伏似水波一样摆动。他一脸鬼笑地告诉你，这就是“浪一浪”！

信他个鬼！其实，在乡间，鬼有时候也是蛮可爱的。譬如，死鬼、冤鬼、老鬼、活鬼、小鬼……

哪个死鬼，敢情到老娘身上捞便宜！回头瞪一眼，骂一句，好像还做出一副恨死铁的样子。大屁股被个死鬼摸了一把，往后一扫，圆滚滚肉嘟嘟的还在。也就再笑骂一句，无事一样，扭着大屁股，大大方方地走了人。讨骂的死鬼还在想着刚才那么顺势摸了一把，仿佛捡了天大的便宜一般，强过捞金捞银千倍万倍，他一直感觉手上的余温还在，那肉嘟嘟滑溜溜的感觉还在。他一路吹着口哨走了，哨声响彻云霄。

你这冤鬼，你这老鬼，一天到晚一头驴样，还不把我磨水呷哩！说驴也真像驴，闷着头一句话也不说，只是一日一日呼哧呼哧地喘着粗气干活。这时，只有木板床默契地配合着他，嘎吱嘎吱欢快地叫喊着，歌唱着。做头驴其实也不赖，老天爷给的，现成的，这天大的快活和满足。因此，再苦，再累，他总要见缝插针寻这点快活和满足。因此，他总是要弄出天大的声响，一世界的声响，也许是要让老天爷都听见——他尽管艰辛，但不悲观，他总是那般坚韧、平和与坦然，他还有他的快乐和想头。

真是活见鬼了！先是一条瓜蔓引蛇一般爬上窗户，后是一只野猫在窗前不远不近一声接一声没完没了地嘶春。新婚的两口子，互相对望着，不敢再往下动作了。男的说一句：真是活见鬼了！女的也答一句：几个细鬼，人小鬼大呢！说完，捂嘴偷笑着。男的装作有点恼，舞起一床红艳艳的大被子撒网一般铺天盖地罩了下来。立刻，两人在被里头就成了两尾撒欢的小鱼。一屋的大红和喜悦似水弥天漫地，鱼如在水中幻游，搅起一团一团欢快的浪花。

……

乡间，一般是难弄出声响，终年如一口水塘，平坦坦静悄悄，清澈见底。水塘里的水明镜一般，无风，无尘，只有荷叶上晶莹的露珠，一颗颗从荷叶上滑下来，仿佛是在捉迷藏，一个，一个，又一个，紧跟着，调皮地一个打了一个滚，倏地一下，钻入塘心，泛起圈圈涟漪，荡开了去，一塘静水盘活了。当然，这时你只要用心去听，便见那清涛阵阵，浪花飞溅，是从你心灵深处荡漾开来，美丽飞扬，幸福无比。

二

字解：合，分开是人一口

再讲乡间里有些重要的事，你得先要合一合。

娶亲嫁女，可是千百年的好事，断断马虎不得。“八字”合上了，几颗悬着的心才放了下来。迷信上糊糊假假讲要测八字，其实大家的心里清清楚楚明明白白，早就揣了八个字——平平安安，白

头偕老。

于是，便慎重，便虔诚。一个红布兜，里三层外三层裹了两人的生辰八字，实实在在像是拎了一袋沉甸甸的爱情和希望。乡间里那些瞎眼的八字先生正襟危坐，口里念念有词，手里摘花一般，推来测去，等你手心里捏出水来时，他适时地大喊一声：合了。便伸手向您讨喜钱。喜钱不能不给，喜钱给少了也意思不了。究竟是欢喜的事，大家欢欢喜喜才是。毕竟，合上了，合上了比什么都好！

乡间的八字先生最好给人合八字，而且给你合来合去，最终都是合上了，最终都是欢欢喜喜讨了喜钱。也有极个别的八字合不上，合不上的他能给你想法子，他毕竟收了你的钱，他毕竟要成人之美。他锁紧眉头，排着天干地支，久久地尽心思量，终会大喊一声：有了！他这时会贴近你身旁耳语一阵，你也就眉开眼笑了。你没说，因为天机不可泄漏。

合就好！女子合起来是个好字。一个家里有了女子，就有了笑声，就有了哭声，屋里也就有了热气，灶屋里也就看见火呼呼地笑旺了，灯也亮堂了许多。再也不是人一口了，美滋滋地，一觉睡到大天亮。明天？明天又是一个好日子，出门高高兴兴，进屋热热闹闹。

合家才是家，合家才有欢乐，这是乡间祖祖辈辈的共识。

乡间，总是一地方人，一姓人，一族人，一房人，一大家人，团团地拥住在一起。乡间，总是一个不分彼此的大家庭。往往，在乡间，一大家人，不管是两代、三代、四代、五代人，都同住在一个屋檐下，共着一口大锅，不分家。也许，正如他们所说，家只能合，分了就弱了力量，散了和气，少了欢乐；若分了，人各一口，各有各的心思，各怀各的鬼胎，事情就复杂和烦恼得多，不像一个大家庭里那般单纯、和气和美好了。

所以，在乡间，做什么事，你最好得先合上一合。合情，合理，合度，合力，合拍，合意，合计，合伙，合群，合欢……

你可以捏合、说合、调合、胶合、缝合、糅合、黏合、吻合、融合……但最好是心合，用心合一合，你的世界才会一片静宁和美好。走在乡间，就总能见到一团和煦的阳光洒在你的面前。

三

字解：扯，扯开了方可止

在乡间，再麻纱的事，扯一扯，再扯一扯，慢慢地就扯开了，扯清楚了。

闲淡时，我们总是见着一堆一堆的女人们围着灶火打着鞋底在闲扯，也常看见一伙一伙的五大三粗的男人们大碗大碗地喝着包谷烧在扯白，也不少见到有些晒着太阳的三三两两的老人有一搭没一搭地扯着什么，看起来都是那样的漫不经心和漫无边际。

有谁知道，也许那伙五大三粗的男人们这时正在扯着东家的母鸡西家的菜秧。常常是东家的母鸡啄了西家的菜秧，西家气急了，一棍子下去，又打死了东家的母鸡。东家说他的大母鸡要下蛋，蛋又孵鸡，损失没法算；西家反正就是一个理：你东家的鸡啄了秧，该打，打死活该！这种事扯到乡里头，也是扯不清的。好在东家和西家的男人们不能不给乡里乡亲们的面子，一起坐拢，扯一扯。也许这时正喝上了包谷烧，就着那只大母鸡下酒。酒桌上，天上地下，该扯的扯，不该扯的也扯，扯来扯去，最后，都喷着酒气说，赔个卵，扯卵谈哩！

有谁知道，围坐闲扯的那堆女人们此时正在扯着前屋的三嫂子给了婆婆的脸色，或者后屋的四媳妇扯了崽的名糟蹋着公公，甚或扯着新进门的那家新婆娘没规没矩硬要自己的男人帮她洗裤衩……还有一堆妯娌吵嘴、两口子黑面、崽女难调的芝麻小事，要扯。别看事小，不扯清了就不会安宁。女人们扯来扯去，心里头总有一根准线，都说，就是再变了天，在乡间，做女人的，也不能不孝不敬不贤不慧不规不矩不中不用……女人，乡间的女人嘛，手里头要利索，心里头要亮堂，再乱的麻纱，也要扯得清。扯得清了，才养得青屁股的崽，养得壮壮实实，堂堂正正，高高大大。

老人们，老人们最爱扯的却是自己的清白，和那些一辈子心有挂碍的事。他们在想着有一日自己不晓得就要无声无息地走了，所以走前他们一定要落个清清白白，不挂不牵，无愧无欠。只有扯清白了，才能安安心心地去另一个村庄，干干净净，重新开始。当有一天老人们扯着天冷天热、日长日短、前世今生的时候，也是他们真正要走的时候。只有这个时候，他们什么都扯开了，看淡了，静净了。

扯一扯，再扯一扯，没有什么不清楚的：赤条条地来去，清清白白一世做人，做凡人，做好人。

乡间的事，就是这样在扯，重要的事扯清了，无关紧要的事扯淡了。扯得天高云白满青山，牛羊饱，正向四方眺望，树也静，风也止，年年净洗，草木葳蕤，花香不了，鸟语不断，大地和鸣。

（选自《散文选刊》2008年第3期）

春风桃花土酒

◎ 周 伟

好久没回老家了，不是我这次回老家的理由。为晚婆婆祝寿，也不是非得去不可。毕竟晚婆婆和我家隔了几层，又少走动，就是要做做样子，带份礼钱回去也就算大大的仁义了。其实，父母有父母的想法，尽管他们已住进县城多年，但是对老家的大小事情从不敢怠慢。我和父母不同，这次回老家，纯粹是因为好长时间没有吃到乡下的酒，我太想吃乡下老家的土酒了。

乡下老家，将酒一律统称土酒。也许土里生根储有精气，乡民爱土。土话黏人，故土难离，泥土芳香、养人，粪土也值千金……好似只要喝了这土酒，一个个就有胆有魂见性情了——刀山敢上，火海敢下；不曲不折，不卑不亢，不屈不挠。

乡下的土酒种类很多。甜酒系列有糯米甜酒、酒酿酒、双料酒；烧酒系列有米酒、谷酒、苞谷酒、红薯酒、玉米酒、高粱酒、荞麦酒……

乡下的土酒，其酿造过程，如一个怀孕的女人。美丽，希望，细心，幸福，丰实，是她的主题词。

比如糯米甜酒，过年时家家都要做。先是选了上好的糯米，漂洗白净，泡开，在蒸锅里放上水，蒸屉上垫一层白布，水烧开到蒸汽腾腾之时，把一边沥干的糯米放在布上蒸熟。将蒸好的糯米端离蒸锅，冷却至室温。在冷却好的糯米上洒少许凉开水，用手将糯米弄散摊匀。将“酒药”均匀地撒在糯米上，稍微留下一点点酒药最后用。拌匀后，将糯米转移到发酵的坛子中。放完后将最后一点酒药撒在上面。再用少许凉开水将手上的糯米冲洗到坛子内，然后用手将糯米压一压，抹一抹，以使表面光滑。最后盖上盖子，封严，放在保温的地方。我们农家往往待它如婴儿，用自己的衣服把它包好。时不时要去照料，看它是冷了还是热了？热乎乎地，大约三天就好。开坛，发现糯米已酥，汁液晶莹，气味芳香，味道甜美，酒味不冲鼻，尝不到生米粒。这时，你就咧着嘴笑，说声：熟了！仿佛如女人“生了”一样。“生熟”之间，心细如发，柔情似水；“生熟”之时，心花怒放，情不能已。

多吃甜酒，多吃甜酒好！奶崽婆吃了，乳汁白浓浓地溢，畅快酣漓。一个她，又一个她，掀开衣襟，抱着娃，四处转。她本不白净的脸上却很生动、明快，娃儿在怀里，鼓着小嘴一吸一吮，嘴角流满了一线线香甜的乳汁。不多久，娃儿就安静地进入了梦乡。一个她，又一个她，走到院子中间，或者塘坎上，放开喉咙喊着自己的男人：死鬼哟，还不快回屋吃甜酒啰——这些个女人，尽管家里空空荡荡，她们还是能够变戏法似的，掏出一个带有体温的鸡蛋，在一只大碗边轻轻一磕，再用筷子搅稀，舀一勺热腾腾的甜酒冲进碗里，端到男人的手上。然后，就定定地看着那死鬼喝一口甜酒，咬一口丸子。那些个死鬼，往往这时候看着看着自己的大奶子大屁股婆娘，就有土话浑话出口：“甜酒冲鸡蛋，日夜不歇干”，“呷丸子呷端端，讨婆娘讨壮壮”……

蒸烤各类土酒时，浸泡原粮、蒸烤酒饭所用的水，有相当严格的要求，有好井水才能酿出好酒；烧火自然要用上好的干柴，火候要恰到好处；使用的器具则是有讲究的，所用的甑子是用老树原木挖空而成。素有“小锅小灶小曲烤小酒，蒸锅天锅木甑出好酒”之说。烤酒时，甑子的中上部留一小孔插上细竹管，是为了出酒。锅底加热时，酒气上升遇冷凝聚为酒，落入酿中的接酒器中，再通过出酒槽流出，酒就成了。先出者度数高，酒劲大；

随着蒸烤时间的推移，酒度渐次降低，越后者味越淡，香愈散。

在家乡，家家烤酒都只烤到二锅水，味醇正，劲大又不冲。有很多人家一边蒸烤，一边伸着小木勺在坛子里舀酒喝，说是试味，却是一勺又一勺，吱溜一下，咂咂嘴，吱溜一下，又咂咂嘴，更有甚者，就着竹管热乎乎地哗哗地流淌到肚子里。往往，好多人家蒸烤完了，酒也试得差不多了。

家乡出好酒的原因除了山清水秀柴火好有人细心照料之外，酒药也是极为重要的。据说那酿制土酒的酒药，都是深山里生长的十几种野果风干捣成粉状调配而成。后来有化学酒曲了，也没有一家愿用，尽管化学酒曲方便得多，而且烤酒时，酒量会多些，还烈些。

每年农历三月初三，许多人都要早早地上山采桃花，将花瓣清水洗净投入酒坛中，以酒浸没桃花为度，加盖密封，浸泡30日之后即成“桃花酒”。桃花酒，这是一个美得不能再美的名字！听到，你会想入非非；喝了以后，那可真是白里透红，人面桃花啦！这不是吹的，有科学为证，桃花酒确有活血美容之功效。

农村蒸烤土酒，往往就是这样，选在早春三月，桃花朵朵开的时候。山清水秀，泉清溪流，酒香在村庄上空袅绕。春风也像有点醉了，晃晃荡荡，一会儿停在这根树枝上，一会儿又停在那根树梢上。她也许是在偷听姑娘小伙的情歌。三月的情歌，如花如画，如风如诉，似小鸟般不停地绵绵啼唱……

说起吃酒，农村有农村的标杆。在农村，有大事，办正事，甜酒、烧酒便是当场货。比如清明扫坟，大伙都要喝“会酒”；比如“农忙”、“尝新”、“双抢”首要的是共祭社神，分享社酒、社肉，祈求好年成；端午节划龙船，往河里喂粽子灌黄酒；过年过节，竖屋上梁，生儿娶媳嫁女上寿……在这样的日子里，成年男子是活动的主角，有一种庄严和神圣，妇女在厨房里置办酒菜，一班细把戏早已乐翻了天，兴高采烈，笑语欢歌不绝，酒香从屋里源源不断地溢出，弥散开去。

在农村，酒只会越请越有，喜悦只会越来越多，运气只会越来越好。农家，客人来了要敬酒；难事、恼火事，也都是在酒桌上解决的。我们还常常见着一些汉子：喝一口酒，冰冻天也敢下河摸鱼；一二碗酒下肚，滋滋滋地，力就见长、胆就见大了，一个碾子也能提起来，半夜三更，晃晃悠悠，也敢翻过七岭八寨去走亲戚。

其实，吃酒，不仅是吃起来的时候有味，请吃请吃，请请吃吃之中，也是几多的美好，有滋有味。

我还记得，某某家有喜事了，一院子的人都要去凑热闹，吃酒席。那时，没有多少钱，也没有现在这么讲究。你撮一簸箕谷，我扯一块布，他提一篮子鸡蛋，有的干脆把自家屋里生蛋的大母鸡也抱来了……家乡正席前要请客人喝甜酒垫底，吃酒的人早早地过去了。不用吩咐，大家搬凳的搬凳，洗碗的洗碗，择菜的择菜……忙得热火朝天。也有的轮不到事做，就陪主人家的客人讲白话、打牌，那个时候打牌主要是找乐，输了也就拱拱凳子、挂挂胡子。实在无事，就带着客人满院子里转，或者山川田野里看风水。他们不晓得风光却懂得风水，他们知道风水比风光实在，更管用。他们要在客人面前帮主人和这个地方撑足面子，要让客人知道这个地方风水好，瓷实，养人，人和睦，有奔头。尤其是哪一家定媳妇的好日子，女方的人上门相面之前，他们更是起劲得很，甚至还早早地把家里的能够显摆的“宝贝”都搬到办酒席的人的家里，一点儿不心痛。

……

沉浸于对家乡酒的回忆中，班车抵达了我们下车的停靠站。我感觉今天的车比往日要快得多。快，在这时也是一种快意。嗅嗅鼻子，我好像闻到了远远飘来的一股酒香。从这里到我们老家有三公里小路，可以坐农用车。我不想坐，正如我在城市里头一样，无力拥有小车，打“的”嫌贵，又不愿坐“公汽”，大多只好走路了。另有一层原因，我也想放眼望望，看看当今春风三月弄桃花的窈窕风姿。也许是刚下过雨，路上无灰，细沙踩上去清爽作响，公路两边的树叶上还有未干的串串水滴，给人新鲜滋润的感觉。

一公里细沙路面走完了，正好到了后归哥的店铺面前。后归哥是晚婆婆的大孙子，见着我们回来了自然是格外地高兴。我却有一点疑惑：你这个亲亲的孙子怎么在这里开店子做生意还不回去张罗呢？我一个旁侄孙子倒从县城远的地方赶回来了。而且，我知道，晚婆婆三个孙子有两个在深圳打着工，按理说，后归哥要忙得飞才对。当然，我不好问，只怔怔地看着他不停地摁着手机叫喊。应该是五六个电话后，最后一个电话是有关我们的。他是向两公里外的家里通报我们回来的情况，而且还好像调遣车子出来接我们。我当然不肯。我没有能力带车回来已是矮了一截，再坐别人的车回去，岂不是更矮了一截？我仍旧坚持走路，母亲劝了我一句，见我不听，默不作声地跟在我的身后。母亲知道我的心思。

进村的路真如后归哥所讲，坑坑洼洼，泥水浸透路面。深一脚地，浅一脚地，我和母亲走得越来越慢了。其时，我也真想有一辆车来接我们。往远处看，并不见车开过来的影子。这时，后归哥骑着摩托又跟了上来，他要母亲和我搭他的摩托车，但我还是拒绝了。他又掏出手机叫喊，车怎么还不来？他放下电话，说车打滑，底盘又低，差一点栽进了田里。又接着说，就来了，马上就来！果然，一会儿，车子过来了。后归说是车弟，现在发大财了，开的是“蓝鸟”。我竟不认识车弟了，连母亲也不认识。车弟却认识我们，边喊边开门，不由我们不上车。上了车，他比我快，一边开车一边给我递过来一根极品软“中华”。母亲示意我发烟，我却捏住一根精“白沙”递也不是不递也不是。好在车弟没看我，他一边开车，一边说着十年前他在我工作的小镇上做小生意的事情。我看得出，他还是存有一份感激之情，但更多的是抚今追昔的豪迈。车弟也是晚婆婆的孙子，不过没有任何血缘关系，他是晚婆婆大儿媳妇改嫁后的儿子。他在车里滔滔不绝地向我母亲汇报他的辉煌：他把父母接到了长沙专门请了保姆，他东西南北中开了好几个连锁分店，他儿子读贵族学校一年要好几万……我装作没听见，摁下车门，抬头去看窗外，田野披上绿装，满坡的桃花开得正盛。

一下子就到了晚婆婆办酒席的屋门前。晚婆婆的老屋早已不住了，住在后归哥的新屋里。后楚哥的新屋也在旁边，都是四扇三间四层水泥高楼。见了一些客人，认识一些，装作认识一些，跟他们打着招呼。没有几个人把我当一回事，一桌一桌的客人都在埋头打扑克和纸牌、搓麻将，桌上都堆了钱，数目不小，旁边围观的人很起劲。院子里的人几乎看不见一个人在帮衬。屋坪很大，七七八八地停放了二十多台小车、面的、农用车、摩托车。尽管这样，两栋大屋里却不喧嚣，也没有人来来去去地做事、搬家伙、打下手。就连晚婆婆的二孙子后楚哥、三孙子后良弟也是清闲得很，见我不打牌，陪我站在门口说了一通话。我问他们回来住多久，他们讲待了客明天就走，厂子的事多得很，自己带了车，又方便。我知道他们在外头打着工，但是有多富足，我从来不问，也生怕问到。他们却问我，县城有好门面地基卖么？我讲，有是有，只是你们在家里刚修了屋，而且县城里头有门面的地基贵得喊天。他们讲，你只管替我们去找，钱不是问题。他们说话的口气让我很压抑。我换了话题，说，待客真是累得很！他们却说，花几个钱，一切不用管，省力省事，好得很。我抬头见他们笑得很神气，而且令我惊奇的是他们两弟兄都烫了黄色的卷头发，好像一个模子套出来的。

晚娘走了过来，喊走了他们。已经中午十二点，我的肚子有点抗议了。我知道，这离开席起码还有两三个钟头。但是，怎么今天不先上甜酒呢？也许是客人太多，忙不过来。我没有事做，就去院子里走走。虽然离开老家快20年了，我自信熟悉它的每一条小溪，每一块水田，每一片菜地，每一棵大树，每一栋老屋，每一缕炊烟……然而，转来转去，发现自己竟然不认识它了。原先规则的一栋栋老屋在我的视野之中消失了，代之而起的是横七竖八、杂乱不一、冲天而起高傲的高楼，楼的样式又花样翻新，装饰一个比一个豪华，互相攀高贴金。这屋，谁是谁的？有没有人？我不敢肯定。一家一家，走进去，空荡荡，冷冰冰，老半天没有人出来相迎。有几家确是无人在家，门上一把锁；有几家有人窝在楼上，或看电视上瘾，或围一圈打牌起劲儿，叫半天只见声音不见人影。我很是失落，又想起了以往的时候串门，每走一家，都会有人热情相迎，嘘寒问暖。有这么一会儿，肯定早有人给我端上了甜酒粑粑。每到一家，都要硬劝你喝一碗甜酒或者一壶烧酒。你若说，吃了，吃了，吃饱了。主人家就不高兴，说，土酒土酒，自家的土酒！喝下去，一泡尿就撒了。一定要喝得你面若桃花，醉步莲花，笑语串串，主人家才肯罢休。

八娘的屋大门敞开，一个人都没有。我从八娘的屋里一出来，心里直犯嘀咕，倒退一步，又抬头看了两眼，咦，八娘这大屋怎么矗立在田中间？上了塘坎，回眼一望，就发现院子里新修的楼房座向都乱了，很多的楼房也如八娘家的一样，远远地看去，似浮在水田上面。我叹了一声，收回了目光。眼前的小溪，在我的印象中以前总是那样活水长流，清澈见底。一群群精灵般的小鱼儿，一下钻进如少女长发飘逸的丝草之中，一下又藏匿在安憩的卵石之下。小溪两边，红花绿草常新，白杨树如一排排军人，白天黑夜笔直地立在两岸站岗。那时候，我常见着院子里的女人们蹲在溪的上游淘米择菜、洗衣浣纱、涮锅碗瓢盆，男人们则在下游擦洗镰刀锄头，箩筐犁耙等。一到夏天，我们一班细把戏更是迫不及待地下到溪水里，抓鱼、摸田螺、打水仗，玩得不亦乐乎。可是，今天的小溪，却像生了一场大病，它再无一路欢快歌唱的声音了。小溪中到处是废弃的塑料袋、包装纸、烂皮鞋、剩饭剩菜，溪水也变了颜色，浑黄浑黄，水面上还浮着死鸡死鸭，都把眼睛睁得大大的，似乎昭示它们是冤屈而死。

在塘坎边的老树下，我碰见了玉勇婶娘。她很高兴，我的脸也由阴转阳。见了面，玉勇婶娘主动伸出来和我握手。这一握，我就握出了不一样。不光光是她的手没有以前那么粗糙了。玉勇婶娘一直在我的记忆中定格于一个晒太阳的光团，暖暖的，平平静静的。玉勇叔30多年前在修龙江水库时砸断了双腿，一直瘫痪在家。婶娘总是抱着玉勇叔在太阳底下晒太阳。晒着太阳的玉勇叔如一个小孩，脸上就有了傻笑。婶娘却总是那般平静，看着远处的天。我每回见了太阳底下暖暖的一团，就是玩得再怎么样高兴，就是蹦跳起八尺高时，也立刻安静下来。有几次，还帮奶奶把一大碗热腾腾的甜酒粑粑送到玉勇婶娘面前。然后，侍立在一边，看着婶娘一调羹一调羹给玉勇叔喂甜酒粑粑。玉勇婶娘这回大大方方礼节性地和我握手，又在我面前说起他读研究生的华儿，再就是说起深圳的世界。她胖了许多，肉色白净红润，头上戴了一顶呢绒帽子，身穿红艳艳的羽绒服。她说了很多，却没有说起玉勇叔。我预感到什么，便打断了她的话，问："玉勇叔怎么样？"她很平静地说，还不是那个老样子。我从塘坎上向玉勇叔家里走去，婶娘紧跟在我的后面。进了门，无人，我立马上了二楼，急急地喊。有人推着车子向我们滑来，玉勇叔坐在轮椅上。我对着他，俯下身来再认认真真地喊了他一声，玉勇叔很茫然，脸上连傻笑都没有。我们就这么站的站着，坐的坐着，一时无话。婶娘也许记起了什么，说，伟宝你饿了吧，城里头开饭开得早，按理泡一碗甜酒粑粑给你吃，只是我这些年不在家，再无酿甜酒，冲一杯牛奶你喝不？我匆匆地逃了出来。立在新起的屋前，我看到屋坪里那棵老树还在，那太阳下暖暖的一团光亮的影子早已不晓得飘到哪里去了。

后来，我从晚娘的口里得知，玉勇婶娘已在深圳干了七八年了，替一个瘫痪的富人搞护理，一个月四千多块呢！那么，那么玉勇叔呢？我问。晚娘说婶娘在娘家请了一个远房亲戚来照护玉勇叔，一个月才开四百块钱。这回，要不是你玉勇叔害了一场大病，她也不会请一个月假回来，白白地丢了四千多。

我最后决定去看看玉顶叔，主要是想了解娥姐的情况。当年，娥姐是全大队最乖态的一个姑娘，却硬性被父亲逼迫去嫁一个吃“集体粮”的信贷员。据说后来离了婚，跟了一个有三个娃的大队周秘书。玉顶叔看见我，不起身，不喊座，也不看茶，当然更无酒喝，只是他一根我一根地递烟，好在烟都是精“白沙”，对等。玉顶叔一直很“政治”，早先年，上面吹了什么“风”，他就敢下什么“雨”。可是，他最大的官，只当到了村民组长。娥姐是玉顶叔的大女，乖态灵巧，玉顶叔看在眼里，笑在心里。于是，娥姐的人生轨迹便早早地有了“模板”，嫁吃“集体粮”的信贷员，做大队周秘书的填房。后来，娥姐做妇联主任、秘书、村委会主任。这回，听玉顶叔说娥姐做了村支委会书记。玉顶叔说，伟宝，你是读书人，晓得的——共产党的天下，支委会书记，老一呢！其实，我又晓得什么呢？听院子里的人说，娥姐最初是不愿意的，只是当起了芝麻点的一个官后，当着当着就上瘾了。有人说，看看，一个土砖屋，矮塌塌的。一年到头，三四千块钱的补贴费，还乐哈了呢。还抵不到人家一个月的工资呢。玉顶叔不管这些，笑呵呵地跟我说，晓得么，伟宝，选了三次呢，都是我家娥妹子的票第一！我知道玉顶叔的潜台词：娥姐为他们一房人争了光，耀了祖呢！别看晚娘家三个崽有两个在深圳广州开厂，一个在街上开店铺，起了三座高楼。玉顶叔却很不屑，说，难道他们在外头逛得了一世，迟早总要回善塘院子来的！回来了，神气什么，还不都归我家娥妹子管，都要看我的眼色去行事。玉顶叔说得很“政治”，我有点恼，问：“现在村村通公路，你晓得么？”我是冲着那条总是修不好的进村的公路来的，有点诘问的意思。他说，咋不懂？一公里路上面拨了几万块钱，现在我家娥妹子手里头就有二十多万块钱指标呢，只是大家按人头还要交一些才够用。可是，征地、出工、交款，要不是他有意见就是你有意见，交了几次，又退了几次。现在这个样子，怪不得我家娥妹子，她帮大伙早把指标都争到手里头了，没有功劳也有苦劳。对于晚婆婆的酒席，他不问我，我就问他：吃酒去不？玉顶叔的一句话让我噎得够呛：他是他我是我；他发他的财，我当我的官！

我只得悻悻地走了。迎面碰上去放牛的玉棋婶娘，她牵着牛朝下坡园的田垄里走去。牛绳捏紧在玉棋婶娘的手里，短而直，白白的尼龙绳，扎眼得很。想着我们以前放牛，一班细把戏，清晨巴早相约去放牛，牛走在前，人跟在后，迎着山那边初升的红日，走进山的深处，亲近一地绿水的青草。牛“哞——”的一声，眼珠瞪得老大，眼角有水一样的东西，看上去它似乎受了委屈，驻足不肯往前走。一头小黄牛，怎么这样——瘦骨嶙峋、毛发干枯？我定定地看着面前的小黄牛。我知道，现在很多人家家里不养牛了，很多人荒了田。有的人家，就是要耕田，也不用牛，请一台“铁牛”“突突突”地去耕去耘。难怪！……

走在半路上，后归哥打了我的手机，说，开席了。我问，有这么快？我不相信有这么快，因为，农村能在三点钟开席就算很准时了。这会儿，我看见手机的时间：12:58。后归哥在门口等我，他说他也是10分钟前刚回来的，因为定了下午1点准时开席。

席上，有几件事情大出我所料：一是我起身环顾左右，不见有几个院子里的人；二是桌上没有热腾腾的甜酒，也无纯正的烧酒，摆了两瓶牛奶、四瓶啤酒、一瓶高度白酒；三是桌上餐具是清一色的不锈钢碗和碟子，不见喜庆的红双喜碗、海碗，桌上那一叠塑料薄杯子、那一堆短小的竹筷子都是一次性的；四是菜花样翻新，分量不多；五是席至高潮，没有答谢和讲好话的，红花鞭炮换成九个大花礼炮。在席上，尽管有后归哥安排小姐夫劝我的酒，还有庆大姑父相陪，我却总共只喝了一杯啤酒，就早早地下楼出来了。在门口，后归哥问我吃得好么？不能扫了喜庆的兴，我只得点了点头。后归哥就愈发眉飞色舞，说：要晓得，请的都是专业班子，还有一个国家二级厨师呢。五个人，桌椅碗筷全带，煮饭炒菜，端菜捡收，打扫“战场”，我们一概不管。菜也由他们买，我们结账就是。另外，再给办席的钱，40元一桌，15桌也就是区区600元钱，省事又省钱。这个师傅原先是石江煤矿的大师傅，现在退休有空了，出来跑跑。他有名片有手机号码，一个电话摁下，全部搞定。好得很，现代信息社会就是好，真个是有钱想干什么都行！

席后，各自四散。晚婆婆喊东喊西，送这个送那个，晚婆婆显得忙乱而又高兴。我跟他说，你都上了九十，不要忙，只管享福了！晚婆婆笑呵呵地说：享福，享福，大家都享福！只是年纪大了，身体不争气了，一身的病。晚婆婆也像玉勇婶娘一样握着我的手不放。我说，晚婆婆，你要多保重身体，有个伤风脑痛要记到及时去光庭爹辈那里看病。光庭是院子里的赤脚医生，辈分比我们大两辈。晚婆婆讲，亏你还记得光庭，他也去了广州打工四五年了，现在瞧病要跑到花桥街上去，十多里路呢！

看得出来，晚婆婆还有很多话儿要跟我唠叨。我忙起身要走，向她辞行。晚婆婆和晚娘都留我和母亲住一夜。母亲有住的意思，抬头看我。我偏过头去，说，明天星期天值班，一定得走。晚婆婆和晚娘就说，真要走，那也得等一下！她们一起去了内房。我想，不出意外，这可能是我此行唯一获得的一包温暖了。因为，我知道，农村吃酒“回包”，用红纸串着，一块几斤重新鲜肥肥的大猪肉，或者一块熏得红亮的腊猪肉，外加几个血粑丸子、甜酒粑粑，喜庆、温暖的气氛立时显现出来。然而，等晚婆婆和晚娘一起出来，她们却是两手空空，走近我和母亲身边，从裤袋里掏出一个小红包塞给了我们。

走时，我谢绝了车弟的“蓝鸟”，谢绝了庆大姑父的“面的”和小姐夫的农用车，也谢绝了后归哥的摩托车。我和母亲缓缓地走在村子那条唯一通向县城的机耕路上。母亲时不时回过头去，我却径直往前走。一路上，春风暖暖拂面，桃花朵朵招手，我却无心搭理。有车子间或驶过，溅起泥水串串，我也不犹豫，不择路，不躲不避，继续朝前走。

我也不知道我要走到哪里去，我又能回到哪里去呢？

春暖三月，相思如水。

“春醪酒共饮，野老暮相夸”。

“桑柘影斜春社散，家家扶得醉人归”。

……

我趔趔趄趄走到村头，也就是泥路和沙路交界的地面时，心里忽然冒出了一句话——春风桃花土酒淡，人往前走水东流。

显然，这句话在春暖三月桃花盛开的时节不合时宜。显然，这句话前言不搭后语。

抚今追昔，我却为它唏嘘不已。

（选自《大家》2008年第4期）

大地黄好

◎ 周 伟

中年以后，在一个个夜的黑里，我做起黄粱美梦，一个接着一个，梦里总是怀抱一地的黄金。于是，一次又一次地，我回到心中的故乡。

似乎是一夜之间，大地铺满黄色，绵绵不绝，无边无际，铺到天边。田野上铺天盖地的灿烂、明亮与金黄，令我眩晕。是啊，油菜花黄，像大海一样汹涌壮观。天边的金黄，更是托出天空的碧蓝与纯净。注视大地上盛开的油菜花海，我才真正意识到蓝天下这片土地不正是我们默默念念、生生世世向往的人间天堂？！

小时候，我特别喜欢苦瓜的小黄花。长大一点，则更喜欢油菜花，它让我着迷，给我力量，更赋予我无穷无尽的遐想。我知道，我是一滴水，油菜花是海。它不娇不艳，不俗不媚，不孤僻，不怪异，不名贵，而百姓喜欢它，正因它是乡野之花，是百姓自己的花，是生命之花，是幸福之花。它的朴实，它的低调，它的坦然，它的灿烂，它的奔放，它的大气，它的热烈，都如百姓的本性，也是百姓自己的天然写照。

四月的天空，是油菜花的天空。阳光下，大片大片的金黄，黄得鲜亮，黄得惹眼，黄得炽烈，黄得甜蜜，黄得沉醉，黄得幸福，黄得美好。

看见一地的油菜花，我就会想起少年时初恋的萌动。还有一班和我一样的黄口小儿、黄毛丫头，一个个把少时的萌动和梦幻，大把大把地投入到无边无际的油菜花海中。田野上红光满面的老农，默默耕耘的老黄牛，犁尖翻过一波一波裂开美丽花纹焕发生命气息的泥土，还有远处村庄袅袅的炊烟，都被无边无际的油菜花的金黄包围着，被无边无际的温暖包围着，被无边无际的喜悦和幸福包围着。

我仿佛看到几个身强力壮的庄稼汉，幸福洋溢在脸上。一阵阵高亢快乐"哟呵哟呵"的号子声中，一下一下有节奏地在榨油坊中挥汗如雨，眼睛精亮。一筐一筐油亮油亮的菜籽，黄亮亮、香喷喷的菜油扯线线似地流个不断，满屋子飘散的菜油香，一圈一圈地升腾起来，风一吹，整个村庄上空都是。行走在油菜花香的村庄，谁都会狠狠地嗅一口，再嗅几口。家家的女人们，个个都会过日子，她们一个个把日子过得像菜籽一样精细、圆润，把平淡的日子过得油亮水汪、香喷喷美滋滋的，眼前跳动着幸福的火焰。

这时候，我想起晚爹爹。晚爹爹是个老把式，起早摸黑，很多日子里，一任他站成田野上孤独高大的背影。他肩扛一把锄头，走向广袤的田野，走向田野的深处，走进生活的深处。他这儿看看，那儿摸摸、拍拍、踩踩，或者下下锄，间间苗，放放水，施施肥……晚风习习，他荷锄而归，驮月追星，收获一天的好心情，响亮地一路吹着口哨，满载而归。

在稻黄麦熟的时节，晚爹爹更像田野上的将军，指挥着千军万马。他走进一块一块整齐的稻田，金风飒飒，大地黄好。晚爹爹不时地深吸几口，似乎想把饱含着稻谷清香的新鲜空气一起吸进五脏六腑。只一会儿，晚爹爹的脸上就像喝了包谷烧般微微泛着红。我知道，晚爹爹放眼四望，满目皆是稻黄。他实在是太喜欢这有生命的黄，有成就的黄，有汗水的黄，有收获的黄。晚爹爹和大人们，总是站在这浩浩荡荡的黄的面前，滋生感恩之情、崇敬之心！我和小伙伴们只知玩耍，在田垄里，在黄黄的草堆上嬉闹、追赶；在有月光的夜晚，在高高的草垛上，在晒谷坪里，在谷仓中，我们玩游戏、捉迷藏。玩着玩着，我们就睡熟了，裹着一身的稻香，进入了梦乡，一个个睡得很甜很美，直到自家的爹娘扯了耳朵，才把我们一个个从甜美的梦境喊醒。黄黄的稻草，铺在身上，总是那般温暖、软和、贴心。抓一把澄黄澄黄饱满的谷粒，又是多么的让人安心、踏实与憧憬。

稻黄麦熟，金橘挂果，瓜熟蒂落。这样的季节，是收获的季节，是喜悦的时刻。农家办好事办大事，往往都是选在这个时候。乡里乡亲，亲朋好友，十几二十里路赶过来。道一声喜，讲几箩好话，问一下今年的收成，看瓜果满屋、谷麦满仓，大家笑逐颜开。然后，相让着，上桌，吃得满嘴流油，扯着家长里短，谋划来年的打算，祈祷五谷丰登。离开故乡多年，滚滚红尘中，见惯了百花争艳，姹紫嫣红，绚丽多彩，却总不如我心灵深处那一地稻黄怡人、那一天稻香弥漫。多年以后，我才知道，这季节深处的黄，生命深处的黄，流向田野村庄，流进千家万户，尽管不是大富大贵，毫不张扬，却以它的质朴与实在、温暖与美好，滋养了我们祖祖辈辈脸朝黄土背朝天的农民，世世代代，千年万年。

从土黄色的土砖屋里走出的一个个农家娃，一双草鞋，走千山，涉万水。江水长，黄河黄，天高云淡，金风飒飒，秋草黄，日月长。问苍穹：大地之上，何草不黄，何日不行？

古以五色配五行五方，土色黄，居中，故以黄为正色。以“土为尊”，惜土，养土，净土，敬土。土地，是万物生灵之源，是平民百姓生存之根，是社稷江山稳固之本。如是，历朝历代的天子多穿黄袍，皇家宫殿和建筑及其装饰多用黄色，器皿多“鎏金”。祭祀时，更是要穿黄色的衣服，以示隆重、庄严。皇帝恩赐，素以赏黄马褂为隆恩浩荡。莘莘学子皆以青灯黄卷为伴，希望有朝一日，高中黄榜，荣归故里。因了黄卷之中，圣贤备在。

殊不知，黄色就是农民的颜色，是大地的颜色，或橙黄，或牛黄，或鹅黄，或鸭黄，或雌黄，或雄黄等等，莫不与老百姓的

生活息息相关，血肉相连。难怪，汉代董仲舒有言：“美不能黄，则四方不能往。”

大地黄好，人间沉香，天上仙境。人一生之中最美的风景，最终就是把自己深深地埋进温暖厚实的黄土里，安睡在大地上。这样就好，回到故乡，怀抱黄土，眺望远方，慢慢地，你的心头上就长出芳草来。

（选自2013年7月17日《人民日报》）

番 薯 王

◎ 杨树清

乾隆十七年七月十三日金门镇总兵冯汇奏：奴才驻扎金门地方，稻谷黍豆杂粮俱已收获，惟番薯尚未成熟，虽被风倾折苗叶，而根株可无损伤。

乾隆三十一年十月二十四日金门镇总兵谈秀奏：本年夏秋以来雨水调匀，晚稻收成计有八分，地瓜、杂粮亦各丰熟，现在米价每斗价纹银一钱五、六分不等，百姓乐业。

乾隆三十二年十月初三日金门镇总兵杨元超奏：金门地方孤悬海外，园多田少，产谷无几，赖地瓜以资民食。今岁立秋之后，雨水霑足，地瓜有收，市米平减，居民乐业。合将情形恭折奏闻，伏乞皇上睿鉴。谨奏。

去国之后，几已遗失了番薯。

那天，偶然在学校的亚洲图书馆翻阅《宫中档》。视觉在一则接一则关于番薯的乾隆朝奏折中停留。总兵和皇帝的官样文章，一座岛屿的身世，竟是番薯来番薯去的。

读出的记忆，我又掉入了番薯岛乡。

一九四九年，父亲追随十八军前身为忠义救国军的交通警察总队来到台湾。最后，以榴炮营中尉干事编入生产大队待退，下乡开垦。因为这段转折，与两度丧夫的母亲结发为夫妻，承续了母亲前夫留下来的五千栽农地。

从洞庭湖的鱼米之乡来到产谷无几的弹丸岛地。清一色闽南人的聚落中，唯一外来的“老芋仔”入境问俗学讲闽南话，也学习种植过去未曾弄懂的作物：番薯。

半生戎马、跋涉大江南北的父亲，这是多么陌生的开始。却也因为在番薯田旁的砖造农舍育下了我哥哥和我，种出新一代的番薯心。

一

两汉时代，中原多故，即有衣冠南渡于斯，历经千余年繁衍成族。

番薯的年代要比岛的历史，年轻许多。起于不很久以前的明万历年间，有乡人落番到了吕宋，密载番薯带回故里。番薯得名。

农历四月，插种薯苗的最佳时节，将薯藤剪成二、三节长，斜插入土，农历九月即可大量收成，作为三餐主食或煮成饲料供家畜食用，也可削皮、切片、晒干，制成地瓜签或碾成地瓜粉贮存。

三姐藤、寸金薯、黄姜仔、英哥、乌兼、白皮红心、红皮红心，从小，我就学会了辨识形形色色的番薯种类和方言别名。寸金薯者，种个一年，一株番薯可得十来公斤；黄姜仔者，块大肉甜，煮熟呈金黄色泽，乡人誉之“正种”；白皮红心者，皮薄色红；红皮红心者，肉红而甜。

夏秋交接之际，父亲牛犁于番薯田，哥哥和我提着小斗笼跟在后头，捡拾着一块块翻滚而出的番薯堆集在田埂一角，由妈妈以篓筐一担担挑回家。

行走于番薯田，每有大块番薯冒出，“啊，番薯王！”这等惊叹，是从妈妈身上移入的。“番薯王”的多寡，也成了评断丰收的标准。栽植番薯的过程，如遇雨水浸泡，或牛羊侵入咬食藤叶，那一年的收成，就不容易撞见“番薯王”了。

番薯田的采收时节，伴随着“番薯王”翻土而出的，总也少不了沾满铜锈和黏土气味的古钱币、碎玉、瓷器，更多的是散落的炮弹碎片。我必须立即辨识出它们，然后做出留下或抛出视线的选择。钱币中多系“永历通宝”和“光绪通宝”，从小由古董收购商处建立的视觉与价值判断，它们并不值几个钱，“永历通宝”到处可见，“光绪通宝”年代太近，量也不少，反而不如昭和十三年日本人占据岛乡留下少量大洋的贵重。但那些永历或光绪通宝仍可留下来，作为和村童的另一种赌资。炮弹片的吸引力似乎又高过于古钱币，可用来向小贩换麦芽糖，再进入打铁店特制菜刀。

二

入学之后，番薯与番薯田仍是生活中的一部分。放学和假期，父亲一声令下，哥哥和我又得一头埋入番薯田插苗、翻藤。收成之后，又得忙着削地瓜签，或在牛拉的大石磨上碾磨地瓜粉。

番薯田的戏码，像永远演不完似的，直到所有番薯被挖出的十月份，改种植大、小麦为止。

小学毕业前的一堂唱游课和一趟郊游远足，萌生了我对番薯很不同于学龄前的思绪。

好美丽的古岗湖呀，绿透了我的心房！
明如月白如霜，阵阵清风阵阵凉，
南明往事话兴亡，鲁王旧墓桂花香。
折得呀一枝，教我寄何方？
……

这首《古岗湖畔》，岛乡成长中的孩子多能朗朗上口。

第一次在教室接触到它，唱到“南明往事话兴亡，鲁王旧墓桂花香”时，音乐老师停止拍板，“鲁王就是番薯王，明朝末年从大陆来到我们金门，每天吃地瓜，所以大家才叫他番薯王”，顾不了学生们懂或未懂，老师没能再说什么，继续教唱。

随后是一次清明前的郊游踏青来到古岗湖畔环绕。先是在古城国小旁的“明监国鲁王墓”与“鲁亭”停驻，“这座墓是清朝发现的，当时以为是真的，后来证实是假的，但鲁亭中的‘民族英范’四个字真的是蒋公题的”，亲自作解说的校长的表情在严肃中，又差点笑开来，当他指着“明监国鲁王墓”时。紧接着来到青山处的鲁王真塚处，“鲁王死后三百多年，国军在这里炸开才发现他的真塚，墓内有腐烂棺木四、五片、永历钱三枚、圹志碑一个，遗骸一具不全，骨骸呈灰黑色”，校长对着地方文献照本宣科，然后遥指七百公尺处，倾倒在半山腰的“汉影云”石碑，“这是鲁王亲题的，原来是‘汉影云根’，‘根’字可能被炮炸掉了！”

鲁王？番薯王？从此占据了我历史心灵的一个暗角。

三

少年时代的历史教科书之外，实施军管的岛乡另行编印《民族精神教育》读本。读到明郑人物，总也少不了“满清入关，中原失统，锦绣河山，沦为异族，明室一般孤臣志士，不甘臣虏，纷举义旗，撑持半壁，是曰南明”的开宗明义；接续的“弘光覆没，鲁王监国绍兴，势单力薄，辗转栖迟金门”的情节才聚集了我的历史目光。但官式的记载并不能满足我想要的现场感，反倒史书《三藩记》中载“成功沉王”的历史公案令人玩味，地方父老口耳相传的“鲁王朱以海避居金门时以番薯为主食，所以人称番薯王”更教人着迷。

读《明史》，明郑是一个消逝在地图中的边陲；近代编中国历史年表的学者，“永历十五年”已是一个句点了。

永历十五年，郑成功弃守金厦，带走了两万五千名臣民从金门料罗湾出兵攻打台湾，在明郑文献中载被郑成功待之以礼“月馈银米，遇节上启”，鲁王怎么给留了下来。是鲁王不想走，还是作为隆武帝臣子的郑成功不愿承认永历帝敕命的鲁王的监国地位？亟欲摆脱。

朱以海作为明太祖第十世孙，明崇祯十五年被册封为鲁王时年仅二十八岁，册封使者还没来得及赶到，明朝已亡。

鲁王的命运注定了一生的漂流。两度入闽，先是从建立政权的浙江给郑彩接到厦门军营作为政治号召资本，再为郑成功迎至金门藉予以稳定军心，两次入闽的结果都遭受被遗弃的命运，永历十六年因哮喘病在金门郁郁而终。

可以想见，鲁王在金门题下“汉影云根”的心情异常悲切。后世的历史布幔又刻意营造出一点戏剧效果？那个“根”字被连根拔起。迄今没有“根”字消失的真正答案。

也许吧，少了那个“根”字，反而意外凸显出与永历所交织而出一页南明的末世情怀。

鲁王之于我，南明往事显然离得太远。是番薯田和“番薯王”把我拉到记忆的田园。

少年末期，母亲故世。父亲执意留在岛乡。我背着沉甸甸的行囊，告别了番薯田。由料罗湾而寿山，一场一五〇海里的辞乡之渡。

来到蓬莱之岛的初期，给父亲的信，末了，习惯性带一笔“家里的番薯田收成可好？”父亲托邻人回复的家书，千篇一律“来信已收，一切安好，勿念”，偶尔提一段“今年寸金薯和三姐藤都有好收成，生出不少番薯王”，竟让我狂喜莫名。

因着老迈，以及一场轻度中风造成行动的迟缓，父亲才决定放弃那片厮守了三十多年的田亩。来到台湾定居后，谱下了父子两代之间番薯田通讯的完结篇。

父亲难舍的，是逢年过节和大陆双亲的祭日，再也不能设张供桌于番薯田边，面向来时路的故国山影遥拜一番。

换了一个水域，失落的，是番薯田，是神主牌，更是眼眸深处的乡关。

父亲内心深处，是否如同三百年前的鲁王一般，也有着番薯情绪？

永历十五年，鲁王如果改变了心念，也许就跟上了明郑遗臣再出走的船队终老台湾。他没有，他长留于那座离故国比较贴近的岛屿，又持续了一年以番薯为主食的晨昏。

逾七旬的父亲则是，别离番薯田和客居的岛屿后，迫于身体与环境的无奈，二度流放于遍布“芋仔”和“番薯”纠纠结结的都市丛林，他能理解这种在番薯田所不必理解的政治？

挨到两岸开放探亲的年代，对他也不具任何意义了。因为离开大陆那一天，老家的双亲、两个姐妹、四个弟弟皆已亡故。父亲早已熄灭了归根的火种，失落了返乡的地图。

父亲的土地，应该是停格在岛乡那片番薯田吧。

父亲的孩子，却是跨过了台湾海峡，飞越了太平洋，换了片新国度。换不走的，依然是来自番薯田的载重量，来自番薯王漂泊的记忆与传说。

（《番薯王》系1998年第十一届梁实秋文学奖散文首奖作品，选自1998年10月5日台北《中华日报》，编入本书时个别文字有改动）

漂木之书

◎ 杨树清

清明遇雾

阿欢，答应过要再给你写信。一封长长的信。

我在浓雾散去、年味渐失的乙酉大年初五凌晨给你写信。

大年初三的夜里，我才一脚踏进温州街的院子里，接到你的电话，原该带点喜气的声音，却是切入一段生死情节后的感伤，我们共同熟识的M正陷入与生命之神拔河的戏码；我说等待奇迹，你说只能面对，又说你能做些什么吗？你清楚这些年中，M与我绵密的互动，接近亲人的情分。

原以为年的故事已然终止了。

这个年，拔掉电话线，关闭手机，唯一存活的讯息是偶尔开机之后的贺年简讯哔哔而出，以及你这通我赴约中的开机状态。告诉K，你家的磁场好强啊！

与L、C，相约在K处，这个年唯一的出门纪录。与L、K都是相识超过二十寒暑的老友了；与C在三年前，东区“浪漫一生”不打烊西餐厅，她诉说着一段未产生结局、上演中的网路爱情故事。K经历了台北风风雨雨，目前隐身北大客座，昔日的江湖论剑、烤羊事件，换作全聚德烤鸭的新话题了；L从报社上山下海的红牌记者，转换成必须亲自下工厂组版，年终奖金剩零点八个月的黑牌编辑，唯一的救赎方式是到东北角捡拾漂流木，L给K带来的伴手礼是块剥开后溢着檀香的漂流木，他说也有我的份，留待下一回合的捞取。L喜滋滋谈论着漂流木的年代、流向，种类、气味，是一种近似狂恋的对待。

告别K。C提议走一段路，就在温州街的尽头，她的新家。房门打开后，依然是一块块漂流木聚集出的香气，是L给她的战利品。漂流木外，我注意到C房间内挂了幅诗联：

秋深时伊曾托染霜的落叶寄意
春醒后我将以融雪的速度奔回

熟悉的墨影。是洛夫！C说，二十年前还是大学生时，迷现代诗，迷洛夫，不惜以一万二千元自画廊买下的，是洛夫最早的自制诗体对联，还有楚戈泼洒的图案。迷洛夫，也迷这幅浪漫的抒情，让我读出C比我还早上好些年的洛夫诗情。年的奇妙闯入者，闯入一个女子的漂木空间，也闯入一个我未及的洛夫年代。

与C的二度缘会，多出洛夫诗韵墨情所拉近的距离。我接续洛夫的这些年，关于三千二百行的长诗《漂木》的书写种种。诗是如是起行的：

没有任何时刻比现在更为严肃
落日
在海滩上未留一句遗言
便与天涯的一株向日葵双双偕亡
被潮水冲到岸边之后才发现一只空瓶子在一艘远洋渔船后面张着嘴　唱歌

又是漂木、漂流木。

给你的这封漂木之书，似乎越漂越远了。

你也是喜爱洛夫的。洛夫重回岛乡书艺展，托我购藏那幅《因为风的缘故》，喜欢那句“昨夜我沿着河岸 / 漫步到 / 芦苇弯腰喝水的地方 / 顺便请烟囱 / 在天空为我写一封长长的信……”。因为风的缘故，或者因为我的缘故，诗人曾经占据你书房的一小角。

海岛的儿女。你留乡，我辞乡。“一封长长的信”，早于我跃上料罗码头的登陆艇后戛然而止了。别后这些年，记忆，有过几度错身的交会。

戒严宵禁的山路，我亮着手电筒送你到东社站赶经机场回山外的末班车。

清明遇雾，溜滞岛乡的第十一天，同样的山路转折处，你摇开车窗叫住我。

《美丽境界》画展，你悄然出现，兀自站在名为《蓝色颤抖》的一系列漂木油彩前。

碉堡艺术馆，李锡奇的《战争·赌·和平》，蔡明亮的《花凋》，有你、有我一前一后踩踏过的脚印。

几回合相逢在岛乡；从《美丽境界》到《花凋》的相遇，原乡与异乡，漫漫长路，短短月余的时间撞击。

我哥的《美丽境界》漂木画展，你不吝流下眼泪；你说，只有经历忧郁终极，走过死亡荫谷的人，才能读懂那些华丽色彩背后的心灵异想。

你是见过我哥、看过我们家阿背的，也见证过我们这个百年家族的一些残缺画面。那时年纪小，我哥与我曾有一段赶在黎明前追随阿背拉着手推车到城里东门市场卖辣椒、萝卜的日子，或是在假日时分到酒厂拉酒糟，逢年过节挑着糯米到旧金城找人碾压、碎搅；乡间的小路，手推车的少年与白衣黑裙的你，曾经有过擦身而过直线交会，只是少了笑容罢。

之后离乡，征尘归来；阿背在岛乡的最后半截，是我陪伴他度过的。这个半年，如同对乡景乡情的最后巡礼。我即将带着年迈的阿背离开这块土地。真正的离开。你的再度出现，妩媚之姿的出现，几次在昏黄油灯下的老屋，偎我聆听隔房病榻上的阿背所发出断断续续气弱的鼾声，也与你共同读着我哥自台湾寄回催促离乡的文情并茂的家书，分享他大盘帽时期未及带走的素描、札记，线条中有船夫、老人、女体，那不是我们熟悉的人物图像，心情笔记也不似寻常作文，那像是一个遥远的梦境，在希腊、埃及、古罗马或者巴黎，但它们的灵魂在这栋清朝迁界遗留，民国炮火重建的屋内酝造。

流转家族

阿欢，古区村10号。你来过的。十几平，一厅二房，外加一小片庭院的护龙老宅，很难想象，二百年了。原始家族“倒房”、断了香火后，二叔成了继承者，二叔二婶到南洋后，成为私塾，后浦来的陈先生在这里开课授业，一九四九年以后，国军借住；九三炮战，弹药库爆炸，夷平古区村，我那位被编入金防部生产大队的原榴炮营中尉干事阿背，靠着10号宅仅存的两面百年砖瓦墙，协助陈氏一家人重建老宅，两年后，与二度丧夫的妈妈结发为夫妻，正式入主这个家。

二百年的老屋脉络，很难理出个头绪；家族故事，也无法说个清楚。譬如村佬感念的私塾老师，亡后草草下葬，女儿二度来老屋寻根，踏遍村落的荒烟蔓草，就是寻不着父亲的身后处；又如我哥的外省籍义父，竟日守在老宅旁的一间草屋，某日突然放了一把火，遭人密报，自此消失得无影无踪。妈妈三度婚姻二度丧夫，留下八个不同姓氏、省籍的儿女，似乎也种出一些隐藏式的家族情结；持有大笔土地所有权的二婶九三后仓促回南洋；我同母异父的廖姓大哥，随改嫁的妈妈自城里搬到这栋老宅住了几个月就逃回外婆家，他唯一的亲弟弟则送给无子嗣的卖菜姨领养；我不同父不同母的两位姐姐，也不曾出现在我的童年生活里；我哥出生时，不在老屋，是八二三炮战那年的城里西门娘家。算来，家族成员中，就我一人在这栋老屋呱呱落地；妈妈难产，家人请来道士驱邪，挣扎一昼夜，我坐胎而出。大人很难脱出口的，身世异常复杂轮转的百年无主老屋，蓄积某些煞气？我之前，妈妈流产过几次的。我的有惊无险而来，又是怎么一回事？如果不是一九四九年的大迁徙，一个湖南家族和一个闽南家族，如何在一个不可能的岛乡、一栋曾经淹没的废院交集？而妈妈，生下我的十五年后，在老屋往生，走前的那个清早还嘱我去田里拔两株花生，是否好收成？又硬撑起中风之身，点燃一炷日月香，在厅堂的神主牌前喃喃自语祭拜。入夜后，永远走了。留在身旁的，外婆、阿背、廖姓大哥、我。

谁说的，往事并不如烟？不如烟的往事，又如一缕青烟淡淡飘逝。我在离乡五载后的那一趟归来，整理的是回忆，告别的是老屋。重回出生地，亲人的病痛中，夹杂太多成长独立后的悲凉，但也有着山居岁月的静好。原以为可以安渡这一程的。而你的意外出现，伴我度过年少末期回首岛乡的完结篇；几篇至今仍愿意再读的作品，《古老村的憨仔》、《二婶》、《燕歌行》、《花岗岩层》，是你用娟秀的字体一字一句帮我重新誊写在有格稿纸上的，“你开始用生命写作了！”你的那一句赞叹，声音依然萦绕。你会是我岛乡归途的美丽的误入者，抑或岛乡记忆的终结者？船开的那个早晨，我领着你到老屋下那株我哥和我栽种，从小为了是柚是橘争论不休的果树前，细数已结出生嫩青涩的果实。噢，是柚！中秋时你就可以来为我采摘一颗颗金黄了。那柚树竟是临别，与你仅存的绿色记忆。只是，我无法知道在我离开后，你还来过？长达十年时光失落了音书往返。

美丽境界

阿欢，你留乡。我辞乡。

我哥的《美丽境界》画展，再一次遇见。

人潮散去后，你的身影才渐渐浮出；我看到你在画展的角落，静静地、专注意看着每一幅画。我未能走近你。你已走入画者的漂木世界？我在远处却感应到你的心悸与泪光。你也化作一幅画，正要涂染油彩的画。眼前的画者，你的双十年华，已从那栋老屋散落的素描札记读过初章了。但可未读懂。此刻，或许你正在解读藏在漂木深处的基因密码。特别是那幅以我母亲为名的《雪缘》。这里是画者的生命原乡；稍早之前，这场画展是在画者的另一个生命原乡——医院开场的。

现在，我要开始对你讲另一段长长的故事。

“选择海边漂木，被丢置的砧板当画布，是因为我自认为我与它们都曾被这个世界所遗弃，我们拥抱在一起。”基督教“复活节”前夕，台北马偕医院《美丽境界》画展，画者发声。七十多件漂木油彩作品，环绕在院里院外，门诊处、急诊室，也在喷水池旁的马偕塑像一角，画面中，尽是精神病友的神情速写，各种忧郁的容颜，都写在题为《守》、《岁月》、《早晨》、《千年寒冰》、《牧师》、《撕裂》、《动》、《红唇》、《心中的婴孩在哭泣》、《蓝色颤抖》、《美丽境界》系列里。

《美丽境界》的背后，牵动出画者一段交织着写实与虚拟、幻听与幻痛的异想世界。

一九九七吧！三十九岁的画者有一份稳定的公职，一个美丽勤奋的妻子，一对快乐成长的儿子。这一年初夏，他的生命板块开始有感式的移动。他突然对周遭的人事物异常敏感，一个眼神，一个笑容，甚或一个木然的脸孔，都会让他觉得别有居心。

他畏惧出门，把自己封闭在斗室内。竟日在书桌前，不断地写着手札，将所受的不平遭遇，仔仔细细记录下来，就怕“沉冤”永远无法见天日，“我本清白，历史公断！”“我未害人啊！可怜人遭受此无情欺凌！”“这条路，该怎么走，我也不知道！”“折磨的这个人，压迫的这个人，是平凡的善良的一个人呢！”除此，他也写求救信给记者、立法委员，但又害怕白纸黑字被人发现，求救信常是一写好就撕碎、烧毁，丢入马桶冲掉。身边所有的讯息已连结成一个对他有敌意的火网，一步步进逼；后来，他鼓起勇气走到立法院和监察院陈情，跑到火车站打公用电话寻找星云大师，甚至打算到联合国人权组织求援。他所接触的人，多无法正视、弄懂他夸张又无助的肢体语言，他们不是走避，就是漠然，一位委员的助理好心告诉他："你病了，该去看医生！"

我哥发病——即使到现在我还不认为是一种"病"，我的想法比较接近M说的，他可能瞬间从借住的身体躯壳脱离，变作一只小鸟，一只蝴蝶，飞入一个常人不易进入的灵域，就说它是"异想世界"吧。那时的我，也在身处在另一个世界，太平洋彼岸距离台北九千多公里外的温城。依稀记得是樱花粉红盛开又凋谢后，香港主权回归前夕，自枫叶旗与五星红旗飘舞的中国城回到学校的家庭宿舍，接到我哥的越洋"求助"电话，你那边几点钟？黑夜与白昼的对比、对话，我哥一再重复着有人要迫害他的情节，到处有人监视着他，家里的电视机成为监控器，电话线沙沙响有人监听，坐上计程车不时探头的司机准是有关单位的……每一个情节，我哥交代得清晰有力，我不由得相信这是真的。我想起戒严时期的军管岛乡，我办了一份原本想探索文化，却又被人民激情推入反戒严、反军管、抗争威权体制的社区报，我也把哥找来当义工，甚至在凑不足拉布条人数下，拉他和五岁的侄子书帆到立法院绑布条抗争岛乡实施二度戒严，大批媒体拍下了仅十四个人，包括两名小孩接力拉着"金马百姓无力回天"横布条高呼解严的画面，摄影机清晰地扫过我哥和侄子的脸部特写；电子停格画面之后，我哥被服务的公职单位"关切"，我在岛乡里公所当干事的廖姓大哥首度被外放至烈屿岛。我自己的生活也陷入草木皆兵的神经紧绷状态。寒夜里，一个国防部的尹姓中校在一场餐会结束后的入门处等着我，战地司令亲自到农会一场会议找到党部主委要求传话给我。这一切，我相信与我办的刊物，与那场反戒严运动是有牵连的。我哥发病的年代，距离那份媒体、那场运动的结束，已有好些年了，我是早已脱离那段又激越又梦魇的日子，我哥似乎一直未能走出，现在又浮出了岛乡那位四二炮连连长因为恋上村里的阿娇，感情不顺遂，持着卡宾枪红着眼球对准村姑一家人，以及为哥取名“树森”的老兵义父无端放火失踪的童年颤抖画面。

“你现在遭遇的事，我也碰过的！我们一起对抗，没事！”久久，我在可感太平洋潮水波动的国际电话线上秀出这句未名所以、天真自以为有抚慰效果的语意。

我那时在遥远的异国真的不知道我哥病了——即使马偕医院的几位精神科医生诊断出“被迫害妄想症”时，我仍咬定不是病，如果是病，相信以我们家族世代木麻黄般的生存韧性，以及从我体内、性灵自我摸寻，感应到一些乐观的生命基因，终究会走出忧郁时期。我自责只是，如果这是一场“政治型”的被迫害妄想症，那么，我可能就是压伤那根芦苇的人；我不该把单纯、善良的家庭成员，牵入一个连我都不欲走进的“政治”黑洞。

我哥是那年夏天住进马偕医院三三病房的。距离香港九七回归中国只剩七天。长达三年多的药物、心理、宗教治疗；他的三年，也正是我在异国漂流的三年。九二一剧烈摇晃，苏醒的大地，我回来了，我哥也走出来了。家族力量的维系者，我们的阿背却是在他的孩子，一个回来，一个走出来的第二年，走完他漫漫的九十二载生命之旅。千禧年长眠于台湾。

也因为那场医学认定的病，一种漂木的邂逅方式，我哥才又重拾中断了二十载的画笔。我呢，我未能在我哥发病现场参与编写他的异想世界情节，但我加入他的漂木搜蒐队伍，从北台湾的万里、竹围、淡水一路捡拾到岛乡的夏墅、后丰港、烈屿海边。我也开始注意起关于漂流木、漂木的报道、书写，譬如我在一本冷门的《文化视窗》却读到一篇《漂流木的故事》的动人描述，“是昨夜的一场奇遇／空气里形成云雨／云雨卷成暴风／暴风呼啸／

把我从高山带入海洋／我搁浅，像迷途的鲸豚／命运未卜／我是漂流的树，漂流木／等待人类的判读与捡拾”；又如那位写《日据时代台湾美术运动史》、纽约归来的画家谢里法，给我寄来他参与策划用漂木树干在鹿港东侧海岸集中排排矗立的《漂流光坐标》执行成果专辑，同样在书中读到生命的诗句，“漂流是一种能量／借着光运行／把光的里程碑建在世纪坐标上”、“把长年漂泊后躺下的枯树干／集中排排矗立／像军中的行列，又像小丛林／只希望这里成为流浪的最后归宿”；而洛夫的《漂木》长诗，这样完结的：

我来
主要是向时间致敬
它使我自觉地存在自觉地消亡
我很满意我井里滴水不剩的现状
即使沦为废墟
也不会颠覆我那温驯的梦
漂流森林，漂流家族，漂木世界。

阿欢，你还在看画？在听阿背和我们、我和我哥的家族故事？在寻找、破解《美丽境界》背后忧郁的岛的心灵异想密码？你许是在漂木的纹理、色泽中，闻到你曾经熟悉的气味；你是除了我之外，少数读过画者最早线条形成的人。你必然也已从残存的老屋家族印象中找到打开画者秘密花园的钥匙。

现在，就让我们再一次回到那古老的村落，探寻那些未了的记忆。

（选自《金门文艺杂志》2005年第5期，个别文字有改动）

野 渡 谣

◎ 罗先明

一

两行青山，一湾碧水，浓浓柳荫里荡出一叶扁舟，碧澄的江面上映着一片薄荷色云霞。柳嘉又荡起双桨，接对岸的学生过来念书了。

“柳老师，我姐姐从北京写信来了。”

“柳老师，今年暑假，咱俩又去摘猕猴桃好吗？”

桨声伊伊，激起许多清凌凌的涟漪。水波一圈圈扩大，冲击着她的心扉。26岁，穿这件荷花色连衣裙，颜色也许嫩了点，可她心里跳动着一团火啊。师范学校毕业后新生活的第一页，就是在这青山绿水间揭开的。八年了，相当于中华民族全面抗战的所有岁月。每日里栉风沐雨，小苗儿总算长成为虬爪树。别以为生活的每一页都是情致悠远的佳辞丽句，纸面背后渗透了多少酸泪苦水呵。从小在柏油路上走惯了的娇嫩的双脚，哪愿在乡间的泥泞小径上跋涉终生？何况这儿偏僻到两个交界县的行政区划图上，谁也忘了挂号。口头上说的是为了让小学“义务教育法”得以实现，其实是，父母早逝，哥嫂们供自己读完初中后便虎着脸宣布：念普通高中得由她自己解决学费。她一气之下，才选择了全部免费的师范学校。

如今，师范学校毕业后再深造的机会眼看落空。递，把手抄的请调报告一份一份往上递："关节痛"、"不适应"、"吃不消"，理由多得很。人事干部笑着说："你的请调报告我专门装了个卷宗，以后得用麻袋装了。""我不管。"照样递。终于"递"出了结果，老校长捂着嘴巴，极神秘地告诉她："你的问题今年暑假可以解决，明天我就去县里，拿接替你的人的档案资料。"

"明天"，也就是昨天。老校长今日就将返回，鲜花编织的幸福之冠，就要戴在她的头上了。"咱俩又去摘猕猴桃……"傻孩子，你柳老师只怕这辈子再难吃上在这儿亲手采摘的猕猴桃了。

吸附着小螺蛳的船底水声汩汩，青山的投影缓缓后移，倾斜的河床越来越浅，乳白色的鹅卵石好像要浮上来。小船靠岸了，这边也是芦苇和柳叶合染的浓绿。

"柳老师再见！明天还来接我们啊！"孩子们惊雀似的飞了。

柳嘉握着被掌心磨光的桨柄，忘了把篙竿插入沉沙。流水像慈母深情的手臂，船体就是舒适的摇篮，在水中沐浴的浮云也轻轻晃荡，正合着心的节拍。

二

这儿原先并无渡口，滔滔江水如同楚河汉界。对岸的学生读书，都需往数十里外、属于他们县的学校跑，这边的学校对他们来说虽近在咫尺，却远在天边。一个县就是一个王国。何况，让学生从水上过来过去，出了事总有老师的"好"。

那一天柳嘉领着学生上体育课，忽见对岸十几个娃子倒骑牛背比武射箭。竹削的箭头带着哨音，竟落到这边小操坪了，险些夺去她一只美丽的眼睛。又一天，对岸忽然山火蔓延，把好几里绿林变成了赤地。这自然又是那些骑在牛背上的小武士们的"杰作"。柳嘉涉水救火归来，心上的灼伤久久不愈。时值山抹微云、天沾衰草之际，她在江渚伫立良久，思绪终于飞出"自我"的束缚。

“从那边孩子失学的客观原因看……”她走到老校长面前，“所以我建议让他们转学过来。”

“你想给我们加重负担啰。”老校长理一理稀疏的头发，含笑着说，“请调报告作废了？”

“在这儿一天，就好好干一天吧。”

“好，我举双手赞成。看到对岸那些适龄儿童不能上学，我心里也急呢。旧的文盲没摘帽，又出了一批新文盲。‘义务教育法’什么时候能全部实现？不过这水上交通问题……用粉笔可不能架桥啊。”

“我倒有个主意……”

碧波涌动的江面，便有了这一路固定的“航班”。早晨将学生接过来，下午把他们送回去。

原来由于县界的阻隔，两岸人家往来稀少。便于江边置一无专人管理的小舟，谁偶尔过渡，自己拔篙就是。有时船到对岸停靠稳了，这边的人只好耐着性子等上半天。因为有小孩弄船溺水的教训，牛背上的“武士”们是绝对禁止使桨的。现在要按时迎来送往，柳嘉便自告奋勇，当起了业余船工。

第一个可尊敬的家长领来勇敢的女儿，上了柳嘉驾驶的摇摇晃晃的小舟。那孩子，就是现今在北京读师范大学的矮个儿姑娘。“我亲爱的柳老师，我永远记着您，和童年生活里那一叶往返不息的扁舟。我多想、多想也尽快荡起双桨，为着饥渴中的小天使们……”

同样内容的信还有好几封，她都小心珍藏。读着它们，她时而笑了，时而却哭。是的，小舟确在往返不息迎着江风，碾着碎浪，在固定的两点一线之间做直线运动，而乘坐的“客人”们却一茬茬飞了。人生的全部岁月里有几个八年？嫩润的皮肤已明显见老，柔软的蜂腰日渐增粗……还不敢“谈朋友”哩！蛰居在深山老林，谁要你？

递，再把请调报告一份份往上递。也许是精诚所至吧，可不，苦日子终于熬到了头。

丢篙弃船，把田野风尘都遗落脑后，柳嘉快手快脚走回住房。这可不兴城市那种套间，卧室、厨房、办公室都由这一间纸糊壁缝的木屋兼着。现在没课，正好清点行装。她哼着小曲，把物品分类包扎。一张照片滑落，是去年在县城学习时，请一个同时从师范学校毕业的老同学摄的。“柳嘉呀，你要调工作，却没背景，只有‘划烂水船’。别忘了，你可是外地人呢。”她突然记起老同学口授的调动秘诀，不由失声哑笑。老同学与她出生在同一座城市，闹调动的目标却是返回出生地，而且要改行。为达到目的，他最后拒绝上课和批改作业，即他所说的“划烂水船”，停薪做买卖去了。

往事堪哀，柳嘉脸上火辣辣的了。她惴惴地坐下来，将照片合在掌心里。“划烂水船”，失望中，她确实试行过一阵。积压的作业本一堆老高，一堂教案只几个字。“我不接学生了，今天不舒服”——她气冲冲地对老校长说。后来干脆装病，也真的病了。

三

“小柳，好消息。”老校长风尘满面，一脚踏进来。“你去城关镇实验小学，和人家对调。那可是县里的重点学校，各方面条件都好。”

她忽地冲出房门，高举双手，在浓荫铺地的柳堤上狂奔。彩蝶穿花，蜜蜂翻舞，两岸山林百鸟啁啾。蛙鸣深涧，鱼翔浅底，九曲河湾浪花飞迸。“再——见——啰——”不可遏止的呼喊如倒悬的巨瀑，震得山鸣谷应。到后来实在跑不动了，于是扑倒在地，用萋萋芳草虚掩了紫色裙衫。

准备办移交吧，或许接应者是个本地人。

“啊？”没等老校长把对调对象的情况说完，她就失声惊呼。天底下竟有如此巧合，接任者就是她那个停薪留职的老同学。

“他犯错误了。经商亏了本，又想回头教书，就惩罚他，将他与你调换。唉，没办法，分配到我们深山老林来的，要么是你这种外地人，要么是犯了错误的，再加上我这种本地货。人事部门也没办法，人事后面有人事。不过你还是安心去吧。”

山风忽变得凌厉了，刮下的树叶漫天飞扬。仿佛有股寒流穿过，柳嘉感到一身透凉。她想起和老校长怄气的日子。一杯杯芝麻茶，一碗碗甜姜汤，还一日三次给她煎药熬粥。还有，代她上课，批改作业，接送学生………学校的编制紧，一个萝卜一个坑，老校长只好自己担双肩。老校长，从这个大山窝挪到那个大山窝，伴着山月已度过38个春秋了。“我这叫‘出身不好’，没办法。”他曾幽默地说。“山里人不肯在山区呆，叫人家怎么说呢？山里娃娃总不能一代一代都是文盲嘛。”

柳嘉又一阵风跑向河边。

青山依旧，流水如故，蓝天湛湛，白云悠悠。山外的世界是多么宽广，而她却必须囿闭于此。去城关小学，让老同学接任？把在山区教学当作惩罚人的手段？我走了，老同学怎么办？

谁也无法回答。她又扑倒了，直到碧山抹灰，暮霭沉沉……

又过了一天的早饭后，对岸的孩子该来上学了。“唉乃唉乃”，柳湾里又荡出一叶扁舟。荷花般在江面开放的，是执桨人合身的裙衫。暖日高起，万物生辉，山如碧佩，水似玉带。“柳老师，您好！”娃娃们一个个欢腾雀跃。

“好，好——哩！”好比云锦中落下一串银铃，随着甜脆的回音，那扁舟载着红霞一朵，箭也似射向对岸。

（选自1991年1月22日《法制日报》）

心留苗寨老坡背

◎ 欧阳常贵

1967年，这是一个逝去的特殊年份。

这年四月初的一天，天擦黑，汽车团修理连老班长张一政连晚饭都没有吃就离开苗寨老坡背赶回坡下的部队营区。

老坡背是一个居住着三十多户苗族同胞的寨子，孤零零地挂在个旧市大屯区北面海拔1800公尺的大梨花山一面背阴的大山坡深处，因地理位置而得名老坡背。老坡背离个旧市要翻越耸入云霄的大梨花山，沿着笔陡的山羊走出的路，需要整整一天的时间。下到大屯区也要足足四个小时，除了坡坡还是坡坡，路是老坡背的苗族同胞世世代代用脚踩出来的。离老坡背最近的一个“大寨子”（这是老坡背苗族同胞习惯性称呼）是去年换防到山脚下的解放军某汽车团营区。

“三支两军”开始了。汽车团是援越抗美后勤作战部队，战勤运输任务十分繁重，按照“作战高于一切”的原则，上级规定汽车团不承担“三支两军”任务。可是，团政委李绍先不干。他说：“我们也要承担一点，就把我们团的邻居苗寨老坡背交给我们支一支。”师“三支两军”办的主任，是老资格的群工科长，也姓李，与李政委是老哥儿们，知道李政委的脾气，就点头答应了。

“三支两军”人员培训班开班了。李政委带着团汽车修理连三班长张一政来报到，群工科李科长皱了眉头：“李政委，班长这级别是不是……”李政委不容他说完，就说：“我这张班长是1960年入伍的老班长，排长连长都不一定能赶上他的水平。要不是他过了提干的年龄杠杠，是完全可以当排长连长的。李科长，别忘了，一个合格的班长能顶连队的半边天。你我都是班长出身的。”群工科长眉头一舒，笑了。

从三月三日进了老坡背，三班长张一政就没有回过连队。今晚匆匆赶回来，是急了，回来向连长指导员汇报讨主意来了。连长不在家，在千里之外的越南战场玩命呢。在家的汤指导员听罢张班长的一席话，愣了愣，说：“我也是刚从前线回来的，除了修车，这‘两军三支’什么的，我是摸不着北。你说造反派要来抓人砸寨子，这事大着呢，不是我这21级的指导员管得了的。”说着，电话打给了李政委。李政委那头听完了，说：“你和张班长来团部吧！当面说。”

张班长向李政委报告：他在“三支两军”培训班培训了三天后，就背着背包和45斤大米上了老坡背。进到寨里，他傻了眼。市里区里的几个造反派来寨里闹了一通，要抓走资派，要成立战斗队，要破四旧，等等。可老坡背最大的官就是一个靠挣工分吃饭的生产队长，老坡背的200多个苗族男女老幼谁也不知道什么叫战斗队，老坡背除了被茅草柴火熏得黑黑的土坯墙，再也没有任何四旧可扫，几个造反派闹了几天悻悻地走了，可老坡背却被弄得人心惶惶，四邻不安。更糟糕的是：夏收还未到来，春荒却提前来了，全寨35户竟有33户断粮，离小麦收割还有两个多月，而且苗情不好，天旱无雨，山塘快见底了，人畜吃水都成了问题。全寨笼罩在愁风悲雨之中。张一政进了山寨，全寨男女老幼听说解放大军的班长来了，呼啦一下全拥到他的身边，把他围了个水泄不通，队长魏大爹向他诉说寨里的困苦，老人流泪，小孩哭着喊饿，男人们把头压得低低的。张一政望着衣不遮体、面呈菜色、哀声一片的乡亲，望着暮色中破旧低矮不冒炊烟的土坯房，鼻子一酸，这个燕赵大地的26岁的硬汉子热泪夺眶而出，差点哭出声来。他强忍住极度难过的心情，强迫队长魏大爹把自己背来的45斤大米平均分给35户。当晚，他又空着肚子赶回连里，向连队司务长打借条又借了三个月的口粮背回老坡背。连长和指导员知道后，赶紧和司务长商量，把连队多年节省储留下来的五百六十斤大米、四百七十斤饭豆、三百八十斤玉米、五十把面条全部送上老坡背。这一千多斤粮食可勉强解决全寨乡亲半个月的吃饭问题，加上乡亲们自己寻找一些代食品，人心暂时稳定下来。同时，张班长和村干部们迅速组织全寨劳力抓紧在雨季到来之前修整加固干涸的山塘，整修损坏垮塌堵塞的七条水渠，筹集种子、肥料、农具，准备春耕春种，力争今年秋天有个好收成。30天了，这些工作进行得井井有条，再有半个月就可完工了。可是，今天大屯区造反指挥部送来通令，说汽车团支农不支左、支农不抓走资派、支农不抓革命，犯了方向性路线性错误，要把张一政和魏大爹抓到区里市里去批斗，要派战斗队重上老坡背，把老坡背的一切咋个稀巴烂；“三支两军”办公室听说后要张一政去汇报工作；除此之外，汽车修理连送去的粮食也快吃光了，200多张嘴又在等着呢。

“都说完了？”李政委消瘦刚毅的脸上显出又似是满意又似是沉重的表情。“就是这些了。”张一政像个孩子，有点紧张地望着自己的团政委。

“张班长，张一政同志，你做得对，做得好，做得很有成绩。我作为你的领导、兄长和战友，我感谢你。我现在下达命令：一、不准让老坡背的每一个苗族乡亲挨饿，更不准饿死一个人。全团立即行动起来，每人每天节省一两粮，连续实行三个月，全团3000人，一定要保证老坡背的乡亲度过春荒。二、明天早餐后立即让团警卫排全体人员携带工具、水泥、木料、钢筋赶往老坡背，尽快抢修好山塘水渠，按一级战时工程质量标准进行，使用期力争达到十年八年。三、市里州里和师‘三支两军’办公室由我去报告去疏通，张一政同志只管全心全意协助老坡背的苗族同胞把当前和今后一个时期的生产抓起来，今年秋天务必见到成效。你今晚就算在我这里立下军令状，以军纪论处。”张一政“啪”的立正，大声报告：“请政委放心，保证完成任务。”

李政委缓缓地站起来，庄重地说：“我们老坡背苗族乡亲现在还这么苦，我们作为人民子弟兵看了听了心里难过，心里不安，心里有愧！我们是人民的军队，永远要为人民谋利益。毛主席说，军民团结如一人，试看天下谁能敌？毛主席还说，中华人民共和国各民族团结起来。我们解放军就是要做军民团结的模范，就是要做民族团结的模范，要一代一代坚持不懈地做下去。我们汽车团和老坡背苗族同胞就是要努力做团结的模范。”

送走两位部下，李政委立即连夜召开团党委常委会，向常委会报告了他处理老坡背工作的经过，常委会一致通过。第二天，李政委单枪匹马来到市里州里向地方领导报告情况，同时在电话里和师“二支三军”办公室李科长统一思想和行动。

那时，市、州两级党委政府虽然处于半瘫痪状况，但还是以中央“坚决不准冲击援外作战部队”的规定阻止市、州造反派的错误行动；市、州的造反派碰到这么个硬的对头，确实也不敢去冒这个险，也觉得一个地不管天不收的小小苗寨老坡背算不了什么虫虫，也就装样说卖个面子给汽车团吧！

张一政班长这下乐坏了，在李政委的直接指挥下，背靠汽修连和团警卫排这两颗大树，团结老坡背的乡亲闷着头干了七个月，终于迎来了1967年10月金秋的大丰收。老坡背第一次种上了水稻，200多亩玉米大丰收，粮食总产量增产百分之五十六，各家各户的口粮几乎比1966年翻了一番。

1967年国庆节，团长刘金铭、政委李绍先、副团长杨运久、副政委王少云四人齐崭崭地来到老坡背。李政委见了老坡背生产队长魏老爹，一一介绍说：“这是刘班长，这是杨班长，这是王班长，我是李班长，我们四个老班长今天来验收我们张班长在老坡背七个月的工作，看看老坡背的苗族兄弟们满意不满意。”魏大爹笑容满面点头不迭："满意，满意，太满意了。"这时，老坡背的200多位男女老幼早已把这四位老解放军围了起来，全场一个声音："满意，满意，真的太满意了！"一个俏皮的苗族小伙打趣地说："如果我们老坡背苗家说还不太满意，能不能把你们四个老班长留下来帮我们也干上七个月呢？"全场一片欢笑，笑声飘荡在老坡背的每个角落。

1970年春天，援越抗美接近尾声。汽车团奉命离开云南回归总后勤部建制。在准备调防北方的日子里，李绍先政委没有忘记老坡背苗寨。他指示团后勤处处长请示上级批准，将团里调防时裁汰物质中的钢筋、水泥、木料、化肥、部分旧被服、部分旧工具送上老坡背，作最后一次支援。

撤离大屯营地的前一天，李政委带着张一政班长和团政治处的三位同志来老坡背告别。他站在坡头，深情地对身边的魏大爹说："老哥哥，老坡背的建设还差得远啊！山上的树还没栽，绿林绿水还是大问题。通往个旧大屯蒙自的路还没有修，交通是个大问题。乡亲们住的还是土坯房，穿的还是粗布衣，用钱还是紧得很……我这个老班长没有当得好呀……"说着，他低下了头，一脸的歉疚。魏大爹劝慰说："老兄弟，你们尽到力气了，建设老坡背也不是一天两天一年两年的事。"

李政委一行要下山了，200多位苗族乡亲成两行尾随在后，几位苗族老大妈哭喊："李班长，张班长，你们不要走啊！"霎时，哭声一片，哭声滚过老坡背的坡坡坎坎。除了哭声，没有人再说话。送了一坡又一坡，终于送到了大风哑口，李政委止住了乡亲们的脚步。魏大爹紧紧地拉住李政委的双手，说："老班长，李政委，老坡背的苗家永远忘不了汽车团的兄弟们！"李政委深情地说："汽车团的干部战士的心永远留在苗寨老坡背。"说着，苗汉两个兄弟紧紧地拥抱在一起。

（选自1989年9月8日《春城晚报》）

盼　雪

◎ 伍经建

秋高气爽，本是宜人的季节，然而我却盼望雪。盼望天宇种植的花儿，弯弯曲曲地飞，闪烁着灵光旋舞，不事喧哗地把冬天的故事推向高潮。

当纷纷扬扬、尽情飘洒之际，世界便弥漫温柔的气息和清新的意境，变得宗教般圣洁。于是，山峰像少女高耸的玉乳，树枝挂满晶莹的微笑，淡蓝色的河流涌动深沉凛冽的歌声，飞禽走兽驰骋着清冷的芬芳……

小时，见了雪，我会疯叫狂欢，或仰天用双手接捧，当然也少不了滚雪球、打雪仗，在银晃晃的世界里宣泄着天真无邪。奇怪，孩子们没有一个不喜欢雪的，大概是雪触动了他们稚嫩的想象神经的最初的韵律吧？

大了，没了那份天真和狂欢，却喜欢采集寒冷世界里飘逸的淡淡诗意，而童稚仰头接雪仍然是我心中的图腾。

观察雪的降落，是一种美妙的享受。雪的造型极美，呈六角形，玲珑剔透，浑然天成。有人曾作过这样的描写：雪花飘落时，那优雅的风度，高贵的气质，从容的姿态，和谐的韵致，简直把美推向了极致。

大学时代，凌晨在雪地上跑步，突然有个同学说："我们在做一件残忍的事。"我愕然。他笑笑指指背后；"在这圣洁的雪地上留下脚印岂不是残忍？"我领悟，也俏皮地补了一句："这么看来，若想完美一种景色多么不易啊！”

雪地没有路，可又到处是路。

当灵魂开始扭曲，生命开始变形，雪便是无声的忠告和圣洁的呼唤；当你对人生的答卷不满而万般无奈时，雪便是铺成的一叠白纸，请你重新运笔……

在雪中，在宁静、安谧、温馨的氛围里，尘世的烦扰慢慢向后滑去，容易使人进入一种美好的意绪。这些年，生活中似乎失落了很多东西，真纯的情愫，思想的沟通和理解，人际交往的宽容和忍让，以及应有的涵养和耐性。社会上充斥着纷扰，向功名行窃，向孔方兄谄笑，向人性中卑劣的念头俯首称臣，在欲望的河流上沉浮，让短暂的快乐酿造绵长的痛苦……只有雪，能给你一份独有的宁静，一份超然的静美，一份温馨的回忆；也只有雪，能使人的灵魂得到净化和升华！

我怕融雪。没有比融雪的日子更令人难受了。精美绝伦的人间胜景一旦消失，便带来铺天盖地的悲哀。树叶垂泪，屋檐垂泪，整个世界流淌不尽的悲哀。雾，挂着挽幛，万物默默饮泣着，为美和纯洁送葬。由此，世界便真面坦露：大地，阡陌泥泞不堪；远山，青面獠牙地蹲在原野尽头；河流，不知羞耻地喧哗着浑浊，污秽和垃圾弹冠相庆……

对此，我陷入了深深的苦恼和困惑。雪，为什么不能长留人间？

期待，摘去了我一片片绿叶。但我相信，前途一定有雪潇洒的纯洁和光辉。遥遥地，有股温馨的风吹来，我听见积雪覆盖的春的躁动，听见小草瑟缩地抽芽发出咯吧咯吧的清音，听见青蛙冬眠的哈欠，听见灵魂欣悦的欢笑，不是么，远处，正响起一首优美动人的歌：

“你用白玉般的身躯，装扮银光闪闪的世界；你把生命融进土地哟，滋润返青的麦苗，迎春的花叶……”

听着，我觉得轻松，觉得惬意，觉得飘飘然，仿佛自己变成了一堆雪。

（选自1982年第5期《阳关》）

奇　遇

◎ 伍经建

晚上，我做了一个奇怪的梦，梦见一块会说话的石头。

这是出生在山村的一块石头，因为城里建设的需要，有幸进了城。对于那些还在山村不动的石头，它成了羡慕和嫉妒的对象。不过，石头毕竟是石头，它不蓄积水分，不贪恋扭曲的阳光，安插在哪里，就在那里坚守沉默。面对繁华而充满诱惑的世界，它日复一日地享受孤独和冷漠。

太阳抚摸石头，石头吸收过太阳的温暖与炽热；严冬侵袭石头，石头感受过冰雪无端的欺压和凌辱。但石头临危不惧。宠辱不惊。

在建筑物里负荷再重，石头也无怨无悔，只是经常担心建筑物的安全，直言梁不能歪，钢筋不能锈。石头说话不会拐弯抹角，从来都是硬邦邦的。它坚信：人贵直，文贵曲。

识时务者为俊杰。朋友们试图擦掉石头身上传统的蒙尘，磨去尖锐的棱角，让其变得圆润光滑，可石头有做石头的原则，世俗的厚爱难以感化一块石头的坚硬。

石头比热低，不像闪光的金属那样热得快冷得也快。它似乎反应迟钝，热了，一下子冷不起来；冷了，一下子热不起来。与其说它对气候变化嗅觉失灵，不如说石头的性格决定了它的淡泊与宁静。有道是，一个人的悲剧是性格的悲剧，石头亦然。

石头走出山村，没有被铜臭锈蚀，也没有给山村带来任何风光。山村见了它，毫不陌生，只是说，你出去了这么多年，还没有变。不知道这话是褒还是贬。石头笑了：我能变什么呢？

然而，时代在变，城市在变，一切都在变中求生，可石头仍然食古不化。于是，旧的建筑拆除了，垫基的石头无法进入新的建筑。谨防拆下的石头绊脚，明白人又拾来砌了路边的保墈，石头终究比砖牢靠。面对被遗失的碎砖破瓦，石头感到一丝欣慰。

石头本可以碾成粉末，与别的物质混合在一起，构成现代建筑材料。但石头拒绝脱胎换骨，因为那样一捣鼓，就不再是石头了。

于是，有人很不喜欢石头，甚至想起把石头丢到茅厕里所应的一句俗话：又硬又臭。不过，臭不是石头本身，石头本身一点不臭。洗尽了栽污，石头仍然发光。

石头出自山村，最眷念的还是山村，许诺老了烧成石灰，还能清肃发源地上的病毒。

如果石头最后回去交给石匠，把它打成一块路标，那是它最奢望的归宿。过去石头走出山村时，一度成了山村的路标。但现在不可能了，即使花钱请石匠做成路标立在岔口，行人也不屑一顾。因为在时代的潮流中，这种石头已经搁浅；在尘世的乱石滩上，也属不可多见。不亲近有咸味的麻将、字牌，不亲近按摩的柔指和若明若暗的灯光，不促进世上的欢乐和消费，这种石头还能成为路标么？

不知道一片叶子落下谁的一生，一粒尘土飘起谁的一世。只知道砌在路边的那块石头，朴实无华，天牢地稳。即使有一天从保墈上滚落下去，也会在尘世砸出一个坑。

这是我和一块石头的奇遇。

醒来，那块石头不见了，可好像又在身边。

（选自2006年3月11日《邵阳日报》）

与话丹霞山

◎ 伍经建

从陈国达院士誉为“丹霞之魂、国之瑰宝”的崀山走来，想一睹血脉相同的丹霞山的风采。中国丹霞捆绑申遗，终于让崀山与丹霞山千里结缘。不过，作为湖南人，我总为崀山感到有些遗憾，如果当初陈国达院士不是先到广东丹霞山而是先到湖南崀山，那么世界地质学上的丹霞地貌或许就叫崀山地貌了。

到了丹霞山，我才发现，同样处于壮年时期的丹霞地貌，同样由红色沙砾陆相沉积岩构成的赤壁丹崖，崀山以圆顶密集式丹霞峰林为特点，如万笋插天；而丹霞山却以簇群式峰丛“神雕霞旅”为特色，俨然一方悬崖峭壁构造的“红石碉塑城”。那天然石碉错落有致：有的像城垣，旷莽壮观；有的似楼阁，雄秀苍丽；有的如堡垒，气势不凡……一条浪舞赤壁、波荡丹崖的秀丽锦江，连珠串玉，以柔情媚姿把丹霞山衬托得更加阳刚。崀山也有一条流碧淌翠的夫夷江，滋润着舜帝南巡第一个发现而命名的“山之良者”。只不过，夫夷江由赫赫有名的“将军”镇守，而锦江则为横卧枕流的“玉女”把持。

朝着锦江流向远眺，映入眼帘的是一条由数个山峰组成的美丽曲线，宛如一位头枕江流、千年等待、望夫未归的少妇，让人顿驰诗的意象：好想轻轻地梳理她的长发，给她以现代女郎的飘逸，她却一个劲地随波飘拂，似在过滤人生；好想亲吻她的芳唇，让爱情的灼热把她唤醒，她却芳唇紧闭，似欲固守那千年不变的节贞；好想让孩童扑向她那高耸的双乳，为她找回母亲的活力，她却默默地望着满江流水，似在用乳汁诉说哺育之恩……如果把几千年的历史在这里作一次长久的沉淀，如果把几千年的传说在这里作一次永恒的定格，她就是中华民族传统女性的化身。

在人类文明发展的长河中，自然景观常赋予特殊的、与人类生活有关的意蕴。目睹一座又一座穿洞飞虹的“情人桥”，青春的热血激荡奔狂；看到山上一对对相拥厮守的鸳鸯树，心里的连理枝油然泛出嫩绿；仰望为人照明的“蜡烛峰”，顿觉眼前豁亮山路宽；品味诚待天下的“茶壶峰”，似感茗香四溢舌生津……走进丹霞山的怀抱特别温馨，到处沐浴着人性璀璨的阳光。

然而，人性的阳光里也有佛光。隋唐时期就有居士在丹霞山传佛兴道，苍然夺目的摩崖石刻，风骨犹存的残碑废垣，不知留下多少动荡血脉的传说！锦石岩寺依偎在一溜山岩张开的翅腋里，佛殿上一副对联饶有兴味：“是处即灵山，看不尽翠霭朱霞朝晖夕阳；此心原净土，听十方梵音禅唱暮鼓晨钟。”“教外别传，见性成佛”的禅宗脉流别传寺，栖息在丹霞山深处，开山祖师澹归和尚鉴古察今的杰作《遍行堂集》，作为清代文字狱一大历史沉冤的遗证已难寻找，但他修身立志、阐述佛理、劝谕世人的精神仍在发扬光大。古刹云：“盖佛法与王法相通，王法所以惩恶，佛法所以劝善，使人人好善恶恶，趋仁向爱，则刑可措，俗可化矣。”如果你每天的生活都乏善可陈，请不要怪罪生活，应该怪你自己；因为你不够诗意，无法发现自然的神奇和生命的富饶。内蕴着东方文明神韵的宗教文化，其浓郁的气息，一直在丹霞山上弥漫，在僧帽峰上缭绕，为游人增添了无限的遥想与追问。

追问，几乎成了我丹霞山之行的兴趣，哪怕看到不认识的鸟或树。据说，丹霞山不仅拥有云豹、灵猫、斑羚、“五爪金龙”等许多国家重点保护的动物，还拥有许多珍贵花木，目前发现的就有白桂木、银中花、绿毛红豆、巴戟、秀丽椎……包括国家级的活化石——桫椤木。我随手摘了一朵野花在鼻子上闻了闻，即问：“这是什么花？”“叫夏惠，兰花的一种。”导游说，“丹霞山的兰花品种繁多，四季都有花香，如果你有运气采到一株极品达摩兰，可就发大财啰！”我又好奇：“是吗？那达摩兰长着啥样呢？”导游语带神秘：“我还没碰到，听说达摩兰叶面上有一层蛤蟆皮。这种兰花在香港市场一株可达百万港元……”听到这儿，无异于遭遇兰花界一次强烈的地震。老实说，我只知道崀山植被“生态孤岛效应”和生境狭窄特有现象突出，是丹霞植物群落演替系列最完整的地区和动植物协同进化的代表地，没想到丹霞山却是一个震惊世界的动植物宝库。它以仁慈博爱的胸怀，以温和湿润的呼唤，以丰厚的给养和忠实的呵护，演绎着一方生态发展的诱人趋向。

中国丹霞申遗成功，对于崀山和丹霞山而言，意义不同寻常。它标志着作为自然景区的特殊美学价值，得到世界认可。世界遗产公约规定，自然遗产是指“独特、稀少或绝妙的自然现象、地貌或具有罕见自然美的地带”。我以为熟悉了千山走蛇、万壑云奔的崀山，丹霞山就不会有太多的新鲜刺激了。谁知，在斗折蛇行中攀上金轮喷薄的长老峰，那美轮美奂的景色就像一个巨大的磁场，把我深深地吸住了。这里虽然没有崀山八角寨那气势壮观的“鲸鱼闹海”，没有符合湖南口味而被法国蜘蛛人爬过的“辣椒峰”，没有石达开在绝境中一声断喝而使悬崖轰然裂开的“天一巷”，但是，却有许多奇景，让人刻骨铭心。且不说长天一线的百丈峡，不说声振万里的海螺峰，不说为女娲补天驮运五彩锦石的“神马巨象”，也不说上演“叠罗汉”的“丹梯铁索”和“一夫当关，万夫莫开”的巴寨奇堡，仅一柱“梦断三更美女，愧煞天下英雄”的阳元石，就让你惊得目瞪口呆！

它傲然直指苍穹，带着血性和饱满的张力一柱冲天，坦然接受日月的洗礼和信徒的膜拜。传说它是盘古之根，其开天辟地之举，就是从这里发迹。目睹丹霞山那刚劲挺拔酷似男根的阳元石，仿佛觉得生命在义无反顾地一跃中，升华成一道迤逦的风景。于是，丹霞山有了欲望与动感。有人赋诗曰：是天地的灵气，千万年孕育出这一根擎天巨柱；是远古的仙人，在这美丽的蛮荒种下的一柱生命之根，凌空成一种神圣的图腾，让斑斓的锦江昂奋……

天下事无奇不有。在一个自然区域中，往往有阳就有阴。不是么，江西龙虎山出了金枪峰，就有羞女岩，四川盐源公母山更是佐证。丹霞山有雄勃于旷野的阳元石撩拨着人们的视线，那是否还隐藏着柔美的阴元石呢？答案虽然迟了十多年，但还是被有心人在草木繁茂、野藤垂掩的山崖找到了。仅隔着一个山头一条流水，而且两者之间又相向相对，真叫人不可思议。听说一农夫在山里砍柴，不小心从山顶摔落下来，刚好落在阴元石里头，当他挣扎着爬出来回头看时，大吃一惊："我怎么又跑到娘肚子里来了？"也许，这是一则笑话。不过，这一切却让我的思维出现恍惚，分不清到底是人类塑造了大自然，还是大自然烘托了人类。有人说，丹霞山是中国的爱情山，是人类浪漫的爱情公园，世上最木讷的人到了这里也会动情。面对阴元石，不知有多少人撩开羞涩的面纱，感受她的逼真，感叹她的神奇。性学泰斗史成礼教授指点道："这是性高潮后的阴门，兴奋还没有完全过去，还在半张半翕状态呢！"真是妙语解颐，你不得不佩服他的洞察力和想象力。如此一说，把一个景点说得更加风情万种、出神入化。上帝如此安排，莫不是暗示着一种自然文化现象：阴阳两不弃，是这个世界的宝典；正反交融，乾坤和顺，是生命繁衍不息的真谛。这种若即若离的现象表明：自然与人类的距离，似乎已化为乌有。丹霞山以其深厚的内涵，诠释着"天人合一"的哲学命题。

许是翔龙湖触动了古人感应的神经，许是古人满怀丹霞山定能走向世界的信念，否则，清朝有关志书上就不会有"丹霞山之势似船，有奋龙之慨"的描述，也不会有"非龙不得体，非奋不得行，非迅不得知"的记载。咀嚼着这令人深思的文字，我仿佛循着"灿若明霞"的风光走进了丹霞山的精神家园。

（选自《大美丹霞——丹霞山杯全球华文散文大赛获奖作品集》，百花文艺出版社2011年版）

猫鼠关系新探（外一篇）

◎ 周乐彬

猫是鼠的天敌，猫和鼠的矛盾从来是不可调和的“敌我矛盾”，这是妇孺皆知的。但近年来，猫鼠之间的关系却大有变化。探之，发现其变化有如下三端：

一曰猫怕老鼠。猫向来一身正气，那犀利的眼睛，令天下鼠辈不寒而栗；那威武的叫声，令天下鼠类闻之丧胆。但如今，当鼠辈横行霸道、暴虐猖獗之时，有些猫居然面色如土、临阵逃脱，以致鼠们气焰嚣张、鼠害泛滥成灾。

二曰网开一面。老鼠“作案”之时，猫视而不见，开只眼闭只眼，佯装不知。其中原委主要有三：一是奉行“中庸之道”，多一事不如少一事，反正老鼠不是吃自家的东西，懒得“栽刺”。二是见利忘“义”，狡猾的鼠为了拉拢猫，常将少许偷到的肉类赠送给猫，施以小恩小惠，进行感情投资，有时甚至送一些诸如甲鱼之类的高档紧俏物资，使猫吃了人家的嘴短，拿了人家的“爪”软。三是有些鼠非同一般，或为大有来头的恶鼠，或为神通广大的硕鼠，老鼠屁股摸不得，猫敢怒而不敢“抓”，否则弄得不好反而惹一身臊。

三曰猫鼠同流。有的猫长期接受鼠的贿赂，灵魂受到污染，被拖下了“水”。它们对待老鼠不仅仅是网开一面，而是与之沆瀣一气，结成了猫鼠联盟，它们利用自己职务之便，或为之大开绿灯，或为之提供内应，或帮助其打洞销赃，或掩护其逃之夭夭。

鄙人认为，猫鼠关系的这种新变异，当引起人们的高度警觉，不然，只怕真的会国将不国、家将不家。而如何扭转这种变异呢？愚以为除了要对猫进行猫性教育提高猫的政治素质以外，更重要的是要对猫动点真格的，视情节轻重或留“猫”察看，或开除“猫籍”，直至杀“猫”给猫看，以彻底整顿猫风。

布衣不揣冒昧，写下以上文字，就教于天下猫鼠专家，但愿人们能寻找出根治鼠患的良方来。

“裸体文化”咏叹调

时下，“裸体热”在华夏土地上呈江河决堤泛滥之热：挂历上的女明星衣服一年比一年穿得少，影视中的“裸露镜头”一个比个更“刺激”。据说录像厅更是“全方位”、“多角度”地“裸”出了“国际水平”，将观众们的魂都“裸”去了。真是“裸”风起兮“性”飞扬。

笔者决无反对“人体艺术”、阻碍“开放搞活”的“险恶用心”，也不想戴一顶“死封建”的帽子，而是看到“人体艺术”的“经”被某些歪嘴和尚给念“歪”了。有些人以“艺术”之名，行“谋利”之实。说穿了，就是以“裸体”和“性”来挑逗、招徕读者和观众，将其“腰包”掏得空空如也。哪部电影“裸”得越“开放”，票房价值就越高，哪家杂志“裸”得越“肉麻”，发行量就越大。因而一些本与“裸”无关的作品，作者硬要塞进“裸”的情节。于是乎，文艺的竞争变成了“裸”的竞赛，艺术的花圃丛生着“裸”的杂草。

人常云：文艺工作者是人类灵魂的“工程师”、“雕塑家”。适当考虑“经济效益”固然无可厚非，但更重要的是要追求“精神效益”，即陶冶人类情操、净化人类思想。不应以追求发行量和票房价值为宗旨而拼命在“裸”上做文章，而应以雕塑人类灵魂为神圣准则，生产格调高雅、精神健康的作品。

“裸体文化”的灾难其客观效果是令人担忧的。不容否认，国人中能从“裸”中吸取艺术的养料和精华的具有“美学细胞”和“审美能力”的不乏其人，但还有占全国人口四分之一以上的文盲和半文盲吃了“裸”后会患“消化不良症”。特别是青年学生在“裸”的包围下，坐以读“裸”，站以读“裸”，上课、自习也读“裸”，被“裸”销了魂、落了魂，哪还有心思去念ABC？笔者是一位“教书匠”，每天都可从学生中缴获一些渲染“裸”的杂志。你要说“这杂志有毒”，他亮出王牌昂起头：“这是某某权威出版社出版的怎会有毒？”那神气、那架势好像在誓死捍卫毛泽东思想。呜呼，长此以往，乳臭后生将毁于“裸”风！

愚以为，“人体艺术”固然需要发展，但对于文艺界的那种纯粹以“裸”谋利的“裸热”则应该降温甚至制止。在下不懂“美术”，故发此文，以请教于天下的“裸学专家”。拜拜！

（选自《怪味豆——杂文精粹》，中国和世界出版公司1993年版）

今夜月色最乡愁

◎ 李福信

一

没有与故乡的大哥一起过中秋，有三十年了。

前几天，因为有事，深居崀山的大哥来到了我的城市。

正好是甲午的中秋，我将大哥接到了家里，一起过中秋。

桌上，我一个劲地给大哥夹菜。我知道，大哥为了弟妹过上好日子，小时候吃过太多的苦，忍饥挨饿的年代，大哥跟着妈妈吃过糠粑，吃过蕨粑，吃过无数的苦菜粑。

夹菜时，我看着头发稀疏、鬓毛花白的大哥，说，大哥，还记得那年的中秋前夕，你送我去东安上火车读大学的事吗？

突然就喉头哽咽说不出来了，突然就泪溢面颊了。

我起身，去到洗漱间，装作辣椒辣出了眼泪……

二

那年的八月，我考上了武汉大学。

隔几天就是中秋了，但我要提前走，因为要准时赶到学校报到。

妈妈舍不得，哥哥姐姐舍不得，但全家人很高兴。

妈妈说，我们提前过中秋吧。

于是大家分工，姐姐和我收拾我去大学的衣物和生活用品，三个嫂嫂捉鸭子炒好菜，哥哥姐夫打扫庭院卫生、上菜园子摘菜，妈妈呢，喜上心头，从米缸里量了一马勺米，带着几个小不溜秋、活蹦乱跳的侄儿去到大队部代销店兑买月饼去了。

炊烟升起，月亮升起，辣子血浆鸭的诱人香气飘满了整个庭院。

几个侄儿围着我，叽叽喳喳个不停。

一个爱逃学的侄儿说，武汉一定好远好远，四爷（爷读yi。我在家兄弟排行老四，侄儿尊称我为四爷）你想家了就对着鲤溪喊几声，我们听到你喊就跑过来看你，好吗？

四爷哈哈大笑，说，好！

一个爱看小人书的侄儿说，小学小，大学大，我们鲤溪小学都这么大，武汉大学肯定好大好大，四爷你要记得去教室的路啊。

四爷愠怒，板着脸说，多管闲事，看打屁股！

我们将八仙桌抬到了庭院里，抬到了清清亮亮的月亮下面。敬贡了月神，敬贡了祖宗和父亲后，我们坐到了八仙桌旁，菜香溢满了四周，月色溢满了身上，喜悦的神情，洋溢在妈妈哥哥嫂嫂姐姐侄儿们的脸上……

三

第二天早晨，早早地吃了早饭，迎着初升的太阳，大哥帮我挑着木匠二哥亲手做的木箱笼子一起出发了。

突然，妈妈拿了一块用她洗得干干净净的手帕包裹的半月形东西递到我的手上，说，过几天就是中秋节了，你带着这半边月饼去大学过节吃。

怪不得，昨晚侄儿们大呼小叫，说陪阿姆买回来的月饼怎么只剩下了半边。妈妈哄着侄儿们说，那半边月饼要留给月亮姑姑中秋节吃的呢。

心头一热，就又说不出话来，就有湿湿的东西洇湿了面庞。

我将妈妈给我的半边月饼轻轻地放在了笼子里的衣服上面，就上路了。

一路辗转，下午就到了东安。从没有出过远门看过火车的我看到了火车好奇得不得了，拉着大哥蹦蹦跳跳地在伸向远方的铁轨上跳跃着，看着喷着白茫茫雾气的火车拉响长长的汽笛奔向无尽的远方，心中升起了无限的理想，真好。

忽然就感冒了，发烧，想吃妈妈小时候做的鱼了。

我们钱不多，要用在读书上。大哥就与小吃店老板讨价还价，用1.5元买了半边鱼。那晚的鱼，没有妈妈做的好吃，却是我吃过的一生中最记得的鱼，因为那是大气的大哥、爱小弟的大哥为小弟点的一道美味佳肴啊。

四

在深深的夜色中，在大哥孤零零的背影里，我乘坐的火车驶离了车站，去到了武汉。

侄儿说的对，武汉大学真大。唯一的高中同学新天先到了，却又去黄冈看他的舅舅去了，茫茫人海，我不认识一个人，心底里好想家，好想一个箭步跑到武昌火车站踏上回乡的路啊。可是，妈妈的期望，哥哥姐姐的期望，都在我的身上，我不能让大哥看不起小弟。

于是，我走到樱花大道上，我爬到珞珈山顶上，对着鲤溪心底里呼喊，我想家了。侄儿们肯定没有听见，听见了，他们会从鲤溪老家赶来看四爷的。

好在跟屁虫一样跟在了郭远文同学父子后面，好在飘逸儒雅的新闻系邓建老乡不久找到了我，好在高大俊美的新天不久就回来了，我没有想家了，不然侄儿们也会笑话四爷我了。

不久就是中秋节了。我们全班同学在体育馆西侧的樟树林里举行了中秋晚会。那晚的晚会，是击鼓传花，花落谁家，谁就表演节目。

我运气好，几次击鼓传花，花就怪得很，偏偏落在了我的身后。多年以后想起，我可能是个典型的崀山四爷，不知道躲避，花就自然落在我家了。但我读的都是农村学校，没有音乐课，五音不全，不知道外面的世界，自然也不知道唱歌了，抽到的《十五的月亮》《血染的风采》等歌曲都不会唱，脸红耳脖。只好四爷般傻乎乎地说，我不会呢。

恰好邓建在场外远远招手，趁着同学不注意，就溜了出来，与邓建同去了东湖畔，看月亮游走，看情侣牵手了。

其实，内心里，我多想唱，我多想与城里的同学一样，有一轮明亮的城里的月光啊。

五

第二年的中秋，我们在寝室里狂欢，那时的我们，住在桂园八舍104，学校每人发了一条油炸全鱼，我们自己买酒邀醉，一顿狂喝，女同学个个灿若桃花，男同学个个豪气满怀。

隔邻的管永生喝得烂醉如泥，还跑到我们寝室来挑战，最后倒在了我的床上，把我们寝室吐了个一塌糊涂，大家掩鼻而逃，看同学跳舞去了，只有四爷老老实实洒扫除庭，喂管永生喝水，积德不浅。多年以后，同学相见，莞尔一笑。

第三年的中秋，同学们沉静了许多，有情侣的牵手去了，有单相思的打主意去了。

只有我和后来雅称老谈的郭远文，一人一瓶啤酒一包兰花豆，相邀去了珞珈山半山亭。

失恋了的王良才无处可去，也就跟着过来了，我们收容了他。

那晚的珞珈山上，月色分外撩人，我们依然谈理想，谈人生，谈友谊。

然后，举杯邀明月，对影成九人了。

大学的最后一个中秋，同寝室的八个同学，分外的齐整。

因为，谈了恋爱的分手了，失了恋的变得坚强了。没有沐浴过爱河的，也就不那么形单影只了。

我们一起又去到了东湖侧畔，坐了一个老奶奶的游船。那个游船摇啊摇，就像当年的南湖一大，就像后来的童年阿娇，摇到了小时候最喜欢的外婆桥。

上岸，漫步在月光下的樱花大道上，我们谈论着，明年不可能在一起了，就有了一些伤感，有了一些些失落。

在行政楼前的新操场绿茵茵的草地上，我们或躺或坐，看天上的月亮西游，看一丝丝的白云飘飘，内心涌动着激动，涌动着理想，涌动着最后一次聚首的中秋情怀。

那旁边旁若无人的一对对相拥偶偶细语的情侣，就是前年的室友、去年的同学吗……

（选自《新花》2014年第1期）

内心的宗教

◎ 曾文广

在美国，生活着一群“拒绝进步”的阿米什人。阿米什人是典型的基督徒，主张严格实践《圣经》教义，认为宗教信仰应该在日常生活中时刻加以实践，不能说一套做一套。他们不集聚而居，而是与其他美国公民混居在不同的地区，但他们固守着传统，“默默无声地生活在自己的世界里”，生活方式与周围的人群完全不同，你一眼就能把他们认出来。他们的服饰很特别，不论男人的服装礼帽，还是妇女的衣裙，都是一律的黑色；他们的邻居家用电器样样俱全，但他们从不用电，家里也没有电灯、电视、电冰箱、收音机和微波炉；他们也不使用汽车，经常驾着马车外出办事；他们是出色的农夫，却拒绝使用拖拉机和任何新式机械，而是用马拉犁耕地。

尽管他们也是美国公民，但是他们的公民义务和权利与一般美国人又不完全一样。例如他们和政府达成协议，他们以传统的方式颐养天年，不享受美国的老年福利金，也就不缴纳税收中用于社会养老的社会安全基金；他们也不担任法庭的陪审员，因为他们认为“只有上帝有权判定人们的罪孽和清白”；他们的孩子在阿米什人的传统学校里而不是公立学校读书，一般到14岁就不再读书，从15岁开始就去农田里干活。这种在外人看来极其愚蠢、落后的行为，主要在于他们认为公立学校的教育方式“是对他们的宗教传统的威胁”。

阿米什人还是绝对的和平主义者，他们坚信人应该是善良的、清贫的、谦卑的和非暴力的，因此他们反对任何一种战争——不论其交战国是谁，也不论其战争的原因如何。早年间，他们中一个叫迪尔克的人由于遭受宗教迫害被警官追捕，追捕过程中警官不小心掉进了一条冰河。迪尔克明知自己一旦被捕将会生命不保，但他不能见死不救。于是，他返回去救起那名警官，自己却因此被捕，最后被烧死在火刑架上。

在第一次世界大战期间，阿米什人中的一些年轻人被迫入伍，参与军训，甚至被迫拿起了枪。这是他们无论如何都不能接受的，抗拒军令者甚众，有很多人因拒绝服兵役而被捕入狱，也有人因为在报纸上撰文反对杀戮而被判“煽动不服从罪”。

当时，有一个叫鲁迪的青年被征入伍。军官逼着他穿上了军装，列队操练。几个星期之后，轮到实弹演习的时候，他再也受不了良心的谴责，脱下军装，强烈要求退伍。按当时的法律，违抗军令者要受到军事法庭的审判。军官把他带到军营外的3座新坟边，拍着手枪警告他，明天早晨如若不穿上军装报到，他将是这里的第四座新坟。鲁迪一夜无眠。第二天早晨，新兵们吃早饭的时候，鲁迪来了。他穿着一身黑色的传统服饰，带着黑色的帽子——很显然，他做了死的选择。从来就说一不二的军官看着他，却没有枪毙他，而是让他退伍了……

是什么使得阿米什人如此顽强地坚持自己认为正确的东西，必要时甚至甘愿为之欣然赴死？是对宗教信仰的执着和忠诚——阿米什人完全把宗教信仰当作一种习惯点点滴滴的融入了自己的生活方式，宁静安详而又永不动摇的坚守着。撇开阿米什人的宗教信仰不谈，单是这种数百年如一日的坚守本身就让人肃然起敬。

在我们的内心都有一个属于自己的宗教，这个宗教就是做人的基本原则，人人必须信仰。无论遭遇什么诱惑、打击和灾难，谁能够自始至终像坚守宗教一样坚守这个原则，谁就是他自己的上帝，整个世界都将为他让出一条道路。

（选自《读者》2004年第2期）

有一些夜晚仅仅属于自己

◎ 曾文广

诗人纪伯伦曾借先知之口说："你的朋友是你的有回应的需求。他是你用爱播种，用感谢收获的土地。他是你的饮食，也是你的火炉。你饥渴时来到他身边，向他寻求平安。"这话的意思说得很明白，朋友是一种"有回应的需求"，包括物质上的和心灵上的。但如若仅仅如此，这种只索不予的友谊注定是残缺不全与极其自私的，不能算作真正的友谊。因而他又假先知之口告诫世人："奉献你最好的，给你的朋友。"奉献在这里也许理解为分享比较合适——能够与朋友分享自己所拥有的，部分或者全部，无论是否是"最好的"，都是人生一大快事，因为"分享"的本身就是一种足以令双方身心俱悦的事。

思想家弗兰西斯·培根更是把这种"分享"的作用神奇化了。他认为"如果你把快乐告诉一个朋友，你将得到两个快乐；而如果你把忧愁向一个朋友倾吐，你将被分掉一半忧愁"。友谊原来有如此奇特的作用，也就不难理解他为何对"乐于孤独的人"和"没有朋友的人"缺少好感了。他认为前者"其性格不是属于人而是属于兽的"，后者干脆就是"啃啮自己心灵的人"。

实际情况却是——包括弗兰西斯·培根在内，在我们的人生旅途中，不是所有的东西都可以拿出来与朋友们分享，有一些东西，它们仅仅属于每个人自己。这些东西既不能索取也不能给予，无论你和你的朋友在彼此心头是多么重要，双方又是如何慷慨。

巴尔扎克在对“友谊”二字的诠释中就很明白地提到了这一点：“友谊是联结两颗同类心灵的纽带，它们既被双方的力量联结在一起，又是独立的。”唯其如此，我们就不应像培根那样简单地认为“朋友是另外一个自己”，毕竟在客观上“两颗同类心灵”各自是“独立的”，两颗心灵是两个不同的享有完全主权的王国。两个人之间存在着一定的差异和距离。这也就注定了有一些东西仅仅属于自己。

朋友一千个还太少，敌人一个也嫌多。在今天，承认自己是个“乐于孤独”和“没有朋友”的人恐怕不多。但是，不管你是“相识满天下”交游甚广之辈，抑或信奉“人生得一知己足矣”的人，你是否曾经在某个夜晚想找人倾诉却发现无人可找，而几个堪称知己的电话号码就烂熟在心里？你们交往多年，经常保持着联系，在一起时无话不谈，你们都相信你们的友谊永远不会生分到必须匆匆忙忙去整补的那一天。然而就在那样一个晚上，你最终没有拨通他们中任何一个人的电话，而是甘愿独自一人面对着洁白的墙壁，把楼下的喧嚣声戛然关在门外，像那些“乐于孤独”和“没有朋友”的人一样，陷入无边孤寂的沉思中“啃啮”着自己的心灵。

这样的夜晚，灵魂在独自行走；这样的夜晚，惟你一人独享。无论贫穷还是富有，无论从事何种职业，在你的一生中，必须不间断地拥有这样的夜晚、这样的时刻——深入内心，释放自我，让灵魂得以保持属于它的纯净。这样的夜晚，朋友不能分享，也无从去分享，即使他恰好就在家里做客，正睡在隔壁的房间里。他无须分享，他也拥有属于他的这样的夜晚。

毫无疑问，每个人都有一些东西不能与朋友甚至亲人分享，譬如你想一个人待着的某些夜晚，譬如你必须独自面对的人生的风风雨雨，也譬如今夜——2003年11月9日凌晨2点52分，我在写下这些文字的时候，我在独自啃啮自己心灵的时候，这个夜晚仅仅属于我！

（选自《散文》2004年第3期）

故　乡

◎ 傅舒斌

在潭邵、邵怀高速开通之前，我从长沙回老家走的是320国道。一路往西，过隆回南岳庙后就见一块凌空招牌上写得明白：欢迎您进入洞口县境。这里就是我的故乡，故乡自然与别处不同。这时可见一脉秀水九拐八拐地从如烟的山林里流出来，那水碧清得能让阳光直达河床。前面是一垛垛高低起伏的山岗，山岗上是绿色的林木和鲜艳的花草，花草和林木中间则是错落有致的崭新的农舍。不时地，能见到农舍的炊烟飘起，又在林木里散开。往远看，苍翠高耸的雪峰山脉如神来之笔，高插云天，数千里连绵不知其来于何处又去往何方。“洞口”地名的来由应与地形有关：雪峰山脉峨峨乎高哉，延延乎长哉，可是到了此地，却被鬼斧神工劈开，豁然敞通，平溪江便仿佛是从天地一大洞中喷涌而出；沿江是320过道，穿山凿洞以成。如此而论，此地不名“洞口”而又名何呢？10年前，我组织过两次“雪峰笔会”，邀省会及邵阳市的文化界和新闻界朋友到洞口采风，谢璞、于沙、黄铁山、姜贻斌、王开林、彭国梁诸人进入洞口，沿路一片赞叹，说这里是大风景大手笔，称得上“千姿百态一佳景，没有一处不怡人”。假如在洞口建高尚住宅区，山色水光中别墅成群，那一定要得联合国最佳人居奖，我想。

我离开洞口在外读书、工作二十三年，每年回去也不过三五次而已，过年啦、清明扫墓啦、父母生日啦，偶尔还有别事。如今高速一通，驱车三小时可至，因此喊回家就回家了。回故乡的感觉，亲切、踏实、快意、一身轻松，仿佛倦鸟归林。出门在外的人都难，纵使他有通天本事，也免不了感觉时而苦累、时而无奈，唯独无忧无虑、无邪天真的童年却总能带给人温馨欢喜，故乡的山水人物也总能让人快意回首。这就是故乡啊，故乡最是胸怀阔大，最能包容自己的子民。每个人脚下有一块生他养他的土地，这块土地永远是他的故乡。

现在我回家乡，来去匆匆，长则一周，短则一两天，实在有“人在江湖，身不由己”之憾。回乡几日中，多半是寻亲朋戚友话旧，打字牌，喝米酒，别无拖累。我的老家在雪峰山脚下的岩山。“岩山”一名与“洞口”一样土气，一看就觉得是农耕文明的表征。我小的时候，粗野、一身匪气，从不听谁的话，父母和老师全拿我无可奈何。马路上追爬货车拖拉机、纠集伙伴四处打群架、上雪峰山拣柴捉鸟抓蛇、骑大水牛狂奔、用石灰和炸药往江河里蒙鱼、晚上偷桃子钓青蛙……凡是小孩子喜欢干的事，我没有不亲历亲为的，而且几乎总是带头大哥。这样有滋有味的生活，如今在城里只是恍然如梦，是再也无法过上的了。有时一想起，会顿觉物是人非，不由不伤感。人总要长大，说不准还离开故乡，这长大和离开又不免流失天性，是以消灭纯真为代价的。我离开乡关，诸事大略顺畅，高兴的时候不少，失意的时候也多，但在高兴失意之余，不时会想到洞口，会想到在那里的过往。故乡秀美的风物和月下的渔火，是如此鲜活地流在我的血脉里，与生命不可分离。但这终究只是遥想而已。我真的羡慕那些长期守居于故乡的人，他们日出而作，日落而息，跟生于斯长于斯的土地，以及那里的时光能够如此亲密地融于一体。

环境造人，洞口人的性格与水土有关。丘陵和雪峰山脉把田原和村落分割成小块，鸡犬之声，隔乡相闻。境内没有大江大河，只秀水如蚯蚓，遍地都是。这里水土养人，种瓜得瓜，种豆得豆。仁者喜山，智者乐水，在山陵之中长大的洞口人或许是因环境之故，相沿成习，普遍厚道、纯朴、与人为善，但又胆大，不怕事。洞口人如今的口语，是袭古湘方言而来，鼻音重而舌音少，如那里的山峦一样，显得厚重古拙。我私下也曾小小地探究过洞口的人才得失。洞口人淳实，但少机密，欠奸猾，就做不得大官，也成不了巨贾。但是让他做学问，主要靠自己一个人真刀真枪地去干，那大多会成事。重个人而轻团队，力量势必有限，自然也犯了从政和经商之大忌。洞口人特别信奉学而优则仕的哲学，对读书人是格外敬重的。一家的小孩倘若很会读书，总是前几名，甚至于读大学留洋，那不仅会让他的长辈引以为荣，也会引来其他家长的啧啧称赞——即便是仇家，也会心存羡意，竖起大拇指来。要是这小孩跳出“龙门”，并且当上了什么官，那会令门楣生光，四处的赞扬声更蜂拥而起了。然而，由于环境及个性使然，洞口人做官终不能做大。好像从洞口山门长大的蔡锷将军是个例外，他小时被誉为“神童”，及长，文武双全，立下了再造民国的第一功，但恨乎他英年早逝，惟余“长使英雄泪沾襟”了。在长沙的洞口老乡们相聚时有人曾说过这样的笑话，我不妨姑妄言之，诸君则姑妄听之：“洞口”这名字怕不大好，你想，洞口因为小而城府不深，潜龙勿用，只有进洞的龙才是真龙，出洞的龙又能成什么气候？所以从洞口走出来的人是难以成就大业的。这与川人出夔门是龙，不出夔门是虫的说法恰好相反。当然，这只是笑话，一笑而已。可是纵使如此，我以为，从洞口走出的人因为有德性，脚踏实地，混一口好饭吃却不困难，而且不大会惹出什么惊天大案来，给故乡抹黑。

我如今总这样以为，把自己的事干好，不害人，不害国家，平生有脸过江东，则善莫大焉。家乡和家乡父老给我太多，我不能报其万一，但至少也要让他们心安，不以为耻则可。我少不更事时就曾雄心勃勃，后来也一直在努力，不敢懈于轻忽，但现在看来理想仍在天际，迢迢乎远兮。事至于此，也无非天命。但无论如何，做人就要做得有尊严，无愧于天地良心，要对得起自己生长的土地。在叶落归根时可以结庐斯乡，心安理得地去看一草一木，听鸟啼虫鸣，如此便足以欣慰。

（选自2002年9月4日《湖南日报》）

某 天

◎ 傅舒斌

某天，你就照常那样，醒来后装束过了，径直往单位里去。单位是每一天对人最初的召唤。人假如不到无欲无求的境界，那么要吃饭穿衣，要养上老下小，要证明自己并非下岗职工，要装模作样，就不能没个单位。尽管单位会羁绊你的手脚，左右你的好恶，修正你的作为，可你又不能去做阮籍、嵇康辈，谁让你心里块垒太多？时而还锱铢必较，以致总是自己找自己不是，因此还是无所谓的好啊。单位里的男男女女，眼里来眼里去，让你的时间变得生动而有分量，你在与他们平静无聊地应对过后，不禁又产生莫名的欢喜。好像是招了蜜蜂，被猛蜇了一口，愤愤不过，可是酷暑天里饮上一杯甜净清凉的蜂蜜茶水之后，你却喜欢上那小家伙了。

这是个柔柔的又不乏热烈的春天，连花草和树木都不甘寂寞，长满一地，还拼命嚼舌。城里的空气因风的加盟而焕然一新。满眼春光，秀色可餐，你内心植下的梦想，拱土而出。谁都愿做自己喜欢做的事，可这是容易的吗？圣人说，克己复礼。佛也说，无欲乃刚。很多时候，你能不做你不愿不屑之事么？你见人家沽名钓誉，是否也心里痒痒的呢？你见人家唯利是瞻，是否又无动于衷呢？其实，每个人都有自己处世的道理，能强行一律吗？这个世界，要是没有了投机钻营之辈、拍马溜须之徒，倒还真不像

个五彩缤纷的世界了。

但你总得拥有属于你自己的世界，即便是内心的。人只有孤独，没有孤单。这世界人比蚂蚁还多，你到大街上朝谁打招呼、握手，恐怕没人会拒绝你——他又记得你是谁谁谁呢？嘴里的朋友到处都是，一律笑脸相迎，酒杯高举。市侩社会以利益为核心，热面冷血的自私形如深山里的荆棘，见缝插针，覆天盖地，而还自鸣得意。那么感情呢？感情在利益之外的地方仍可以找到。在有感情的地方才有真话，才找得到依靠，夫妻间兄弟间都是如此，更何况是同事和朋友？或许有一天，你什么都失去了，但不能将自己的内心世界丢失，不能做泥塑的雕像，纸糊的风筝。你如此才真正地找到了自己，真正地在做自己。

有自己可以自由支配的时间，就一个人的，那才真让人羡。一个人随心所欲，精骛八极，神游物外。思想，总是痛并快乐着的。“混迹尘中，高视物外；陶情杯酒，寄兴篇咏，藏名一时，尚友千古。”让人为之艳羡的精神风景，也并非不可企及，只是它装在你内心的瓶里，你自己却不去开启，谁又能代庖呢？心气伟岸，又要容得俗白，不装神弄鬼，正所谓能脱俗便是奇，不合污便是清，处巧若拙，处明若晦，处动若静，然后自得自安。人生苦短，短在白活一场。天生我材，当然得要哭要笑，能伸能屈，即便一时为物役，也不以为钝挫。生活是容易的，只要能将就；生活又是艰难的，只要是坚守。你或许看不惯别人的活法，但他有什么错呢？他是在按自己的方式活着，也许他还以为比你活得更好。你呢？你劳神费力，其实是在与自己决战。当然，你从不后悔，珍惜所有的得到和失去。时间来去如风，谁都无力阻拦。年龄，是人懂事后的永远的痛。有人会过一日了一日，有人会临川长太息，有人会在这无涯之海奋身泅渡无畏不屈。你站立在岸上，一生又将如何？

夜色四合，夜与灯光最亲密。灵魂在夜里尽情舒展，上穷碧落下黄泉。敢爱敢恨，只有无知无畏的人才可做到。对于生活，你多一份期望，就多一份负累；多一份放弃，也就多一份释然。但你这个痴儿，何曾去想，又何曾去做？灵肉交战，哪一方是最终的胜者？

在现实里苦行，在心灵里舞蹈。有时要喜欢听别人歌唱，在别人的欢喜里欢喜，在别人的苦痛中苦痛。善之大者，在悲天悯人，无我无私，对强者不媚，对弱者不欺。日常中的点点滴滴，平凡而无奇，形同流水，那是要在用心相融于一后才会让人倍感珍贵和实在。

还是踏实的生活能够让人知足。你的家庭和孩子，你的牵肠挂肚的爱情，你倾盖如故的知己，你铭刻在心的郁闷和愤懑，所有这些都无法与你现在的生活分离。正是过往的一切才丰富了你的人生，所以你也懂得感激——于你有恩有怨、有助有碍的人，都成就了你，在你的人生中，他们一样不可抹去。

（选自2005年4月25日《长沙晚报》）

雪　　夜

◎ 肖湘晖

洁白的夜里，人的灵魂是安静的。

——题记

一

今冬的第一场大雪终于降临了。从孩子们的欢呼和笑容里，我看到了很久很久以前的自己。下班后，一个人慢慢地走回家，雪在脚下吱咯吱咯地叫着，我踩疼了它？真想趴在地上真诚地说声“对不起”，然后高高兴兴地打个滚。

可惜，孩子们可以，我不可以。

二

大雪掩埋了一切，唯独剩下美丽和宁静。

晚上，城市睡着了。我悄悄起床，披件大衣到院子里去。

多么美的小院啊！雪地折射出白亮亮的光。竹篱笆紧紧地挨在一起取暖，柴垛顶着白雪站岗，那条青石路却不知躲到哪里去了。色调如此柔美、统一、和谐，雪真是了不起的化妆师。

晶莹剔透的冰凌花缀满枝头，这些白色的星星就这样奇迹般地诞生了，美得让人喘不过气来。

三

白雪从脚下一直覆盖到远方，远方有我童年的村庄。我离村庄有多远，村庄离我就多远。

这么多年了，以为自己走了很远，其实只在心里踱了几步。

我的目光仍在时时回望。

我是从村庄而来，这一点，我永远都不会忘怀。

四

在这座喧闹的城市里，找一个安静的地方真不容易。在这个浮躁的年代，一个人能安静下来真困难。可今夜，这一切一下都变成了真的。

——是大雪实现了我的理想。

五

世界真美，飞鸟替我们轻轻关上门。

（选自《散文》1998年8期）

石虎月夜

◎ 肖湘晖

初听“石虎”这个地名，就心中一惊，觉得名字大气雄魄，颇有汉唐遗韵。我生肖属虎，更对此地生出好感，心里喜欢就住了下来，而且一住就是一个多月。

三月的石虎村，料峭春寒中，尽显江南山水秀色。小溪在田野间潺潺奔流，麻雀在枝头啁啾，不知名的野花开满山坡……田间地头弥漫着沁人心脾的淡淡泥土气息。我庆幸自己有福了，有一个机缘，能够在这远离城市喧嚣的青山绿水间，小住一段时日。常听到一些位高权重者感叹，真想找个地方好好休息一下，除去掩饰不住的矫情外，内心的烦闷与孤独溢于言表。比起他们来，我就有了小人物的自由和快活。甚至一次酒后发狠对早支书说，我干脆搬到石虎来住，早支书呷了口米酒，很不以为然地说，你哪里舍得城里的条件？酒醒后，我有些惭愧，在早支书面前，我竟也有了官人的矫情。不禁在心底责问自己：俗世间的一切，真能够离得开，放得下，舍弃得了吗？我无法回答，于是终日里在石虎村的山间和林中游荡。回城以后回想，在石虎村游荡一日，远胜在城市里活过一年。

居在石虎村，自然离不开书。到哪去找这么好的读书的地方呵！搬一根条凳，坐在晒谷坪中，将几本书摆在条凳一头，随意地抽出一本来翻，漫不经心地读上三两页，春阳暖暖地晒在身上，全身上下通体舒畅。读得倦了，就看花母鸡带着几只鸡雏在坪里觅食。偶尔有勤快的农人，赶一头老牛路过。断断续续间读完了何清涟先生的《我们仍然在仰望星空》。何清涟是我的乡党和校友，读她的书自然无比亲切。书名不错，封面设计也很有趣，是一只仰望星空的眼睛，有点像《顾城诗全编》封面上那只“寻找光明”的眼睛。读何清涟的文章，特别是论及农村与农民问题的章节，能够深深感触到她的尖锐、精辟、冷静中饱含着浓浓的忧患意识，呈现出一代学人的道德良心。这本书唤起了我对土地、稻谷和在田间辛勤劳作的祖辈们的记忆，让我努力思索着怎样和今日被现代化陷阱重重包围着的村庄对话。

我还要感谢石虎村，它让我真正静心思考了许多东西。这些年里，我时常对自己的人生充满怀疑和困惑，是石虎村让我安静下来。我在这里感受到了大自然草木荣枯的轮回；看到了生活在社会底层的人们怎样地乐天知命；明白了一些书中永远无法读到的道理。石虎的夜晚，像黎明前的山岗，无比静谧。我常被半夜透过窗来的月光惊醒。每当半夜醒来，我都会披衣下床，轻轻推开门，来到屋外。一夜，无意间抬头，我蓦然一惊，头顶上的苍穹，布满一颗颗珍珠般的星星，璀璨、明净而幽远辽阔。那夜，我久久地凝视着苍穹，多少年了，我没有看到过如此美丽的星空——它让我觉得人生完美。

对于湘西南一隅的石虎村来说，我是尘世间的一名匆匆过客。然而，我与石虎村终是有缘的，这次的因缘际会，将长伴我一生。我想，我不会辜负在石虎村的每一个夜晚，正如那片美丽辽阔的星空不会辜负一个默默仰望它的身影。

（选自2003年9月30日《羊城晚报》）

灵魂山水

——谒从文墓

◎ 肖念涛

梦里凤凰憩息的山，是奇葩独标的山，盛开层层绿浪，泼泼洒洒，纯粹、盎然；梦里凤凰振翅的水，是独抒性灵的水，韵致生动，恬静、安然；梦里凤凰涅槃，是朝露欲滴的千秋牧歌，绕梁三日，经典、超然……为践梦中之约，拜谒一位神晤已久的大师，我打了一张火车票，直赴遥远的凤凰古城。

心情是我的行李。我困拥行李，只为要寻迹原始风情，感受追随者的烈焰。我的同学凤儿是何等俏丽和优秀的一个女子，毕业时毅然决然选择了去凤凰当税干。数年前曾读过一篇散文《世间最美的坟墓》，描写的是一位享有国际盛誉的文学大师，慰藉在绿荫覆盖的坟冢里，朴素得令人心疼。想起这篇文章，油然而生崇敬。行李越来越重，甚至使人窒息——我这次造访的何尝不是世间坟墓的经典？！

黑夜在火车的奔驰中遁去，晨曦袭来。我的行李越来越轻，越来越轻，飘逸成古城上方一朵恬淡的云，换成凤儿一脸的桃花灿烂。

出了檐牙高啄、雄浑激越的北门，伫立沱江埠头，尽情呼吸山水的清新和灵韵，还有淡淡的亲切的牛粪味。听咿呀的水车弹奏乡间水乐，看光溜着身子的两三岁村童在清凉彻骨的水里扎猛子！……逼入眼眸的是山的苍翠，沾满手心的是水的晶莹。

凤儿招一叶游舟，依江而下，向先生墓地驶去。我斜倚船舷，随意拨拉着水。水脆脆地爆响，飘漾浓浓的鱼腥草味——我仿佛看到了透明纯粹的先生俊郎恬适的笑脸，执着的人性目光，穿越时光，与我的目光对流——我感到了一种震撼：水是柔弱的灵泉，那珠圆玉润的《边城》就是心灵之泉鼓涌而成的经典。水成就了先生，先生也成就了水。凤儿说，按先生遗嘱，后人将他的骨灰一部分洒入沱江清流，一部分葬于听涛山上。所谓智者乐水，仁者乐山。我一直在追问，是山水盛开在灵魂深处，还是灵魂扎根在山水深处？

沿岸的吊脚楼，演绎了多少温情和哀艳的故事。先生笔下那些与死亡相伴而行的爱情故事，凄美得有些惨烈。这位玉树临风般温雅先生，其柔和的“冷酷”，宁静的刚烈，与鲁迅先生“敢于直面惨淡的人生”毫无二致，只是表现方法不同罢了，遗憾的是，先生被他的同辈人所抛弃，而且长期以来总是被误读。

有脆脆的歌声袭来。可是《边城》里那水面浮起灵魂的歌声？那撩拨翠翠少女情怀的歌声！循声望去，却见虹桥下船只上两名苗族姑娘在清唱欢迎客人的歌曲——虽然听不懂，但感觉得出亲切扑面。

船过虹桥，映入眼帘的是画坛奇才——声称“别人要跳出红尘，我偏要往红尘里钻”的黄永玉先生的夺翠楼。这位风格狂放、特立独行的画家，从没受过正规教育，作品却在国内外享有极高的声誉，被世界各大博物馆珍藏。我想，这禀赋独具的灵山秀水既是哺育他的母亲又是循循善诱的良师。这位先生的表侄，以天才的想象力，绘制了《永不回来的风景》。窃想，越是回不来的，越是记忆深刻的。“文革”中，这位画者画了睁一只眼闭一只眼的猫头鹰，闹得满城风雨，差点招来血光之灾。这种“风景”也是永不回来的了。

先生若不是1988年突然去世，将可能是诺贝尔文学奖的折桂者。实践证明，人性必是文艺创作的主流。高考作文题从去年的《诚信》至今年《心灵的选择》，无不证明只有人性才具有恒久的生命力。然而，先生为扛起人性大旗，一生风雨浮沉，毁誉参半，甚至毁过于誉。这斑驳的吊脚楼，可在倾听人性的风雨？！这两岸虔诚的写生者，可是人性的开掘者？！人在画中游——我在刹那间破解了凤儿为何选择凤凰这个谜团。

凤儿说，先生的墓地快到了。我的心肃然、怦然。这时，天突然阴沉下来。几只黑蜻蜓低低地飞旋。刹那间，豆大的雨点砸向水面。凤儿劝我上岸去躲躲雨。我装作没听见，她也就不再吱声。

雨越下越大，我的心却越来越亮堂：这该不是一场寻常的雨，是心雨，是山水衣钵有传的灵魂雨！

凤儿说：苍天有泪！我蓦地感到了一种震撼。

我感受了一种洗礼的爽快。

船靠岸。我在绿草缠络的青石板路上缓缓而行。雨声由訇然转为淅沥。

向听涛山拾级而上，矗立一块石碑，上有黄永玉先生的手迹“一个士兵要不战死沙场便是回到故乡”。先生的襟怀，可窥一斑。率性而为的山水养就的睿智的艺术家总是心有灵犀，与山水默契无限。

上行几十步，便是绿荫覆盖的先生墓地了。这是非常别致的墓地。一块约六吨重的不规则的五彩石正面刻有先生的话：“照我思索，能理解我；照我思索，可认识人。”背面刻有先生姨妹张充和的挽联：“不折不从，星斗其文；亦慈亦让，赤子其人。”五彩石下即是先生的骨灰。两旁是绿得深沉、绿得蓬勃的万年青、女贞、冬青，背负深翠逼人的竹篁、松柏等。

先生的墓地没有通常意义上的坟冢。这使我联想到了成语大象无形。五彩石不规则——唯其不规则，才现棱角。先生生性淡泊，对事业却执着如砥。文章千古事——先生目光如炬，恐怕也没有料到，他在“窄而霉”斋里写出那么多的竟是传世之作。

我给先生连鞠三躬。

一鞠躬，心中默祷：青山不老！

二鞠躬，心中默祷：沱水长流！

三鞠躬，心中默祷：人性不倒！

转身而下，蓦然发觉，雨早就停了。天空豁出一隙亮蓝。

在沱江里，几头水牛正在戏水，发出哞哞的呼唤。凤儿和我一起回眸先生墓地，那绿荫覆盖的五彩石，是崛起的结束，更是崛起的开始……

（选自2002年9月13日《羊城晚报》）

遭遇人妖

◎ 肖念涛

曼谷雨季迎来了我新婚蜜月的温馨缠绵。飘忽不定的雨为这座只有春季、雨季、冬季的“天使之城”笼上了一层“雾失楼台”的神秘感。云缝里倾泻而下的亚热带亮丽辣猛的阳光又将她裸露得一览无余。而季节的残缺之美，使人想起维纳斯的断臂，在不经意滑落的叹息中韵致更显生动。

兴致勃勃的导游故作神秘而又坦荡地宣说，泰国色情业之发达使世界各地的游客们乐此不疲，保持了很高的回头率，三番五次故地重游。扮演色情业主角的人妖成了一道不可或缺的风景线。对人妖，我早就略知一二，但心理上总有些隔膜。真正要近距离接触，倒有些近妖情怯了。

白天打仗般逛庙宇仰视各类佛像，晚上看“秀”，也就是人妖表演。在这个佛事鼎盛的国度里，不男不女的人妖得以宽容并蔚为壮观，牢牢地吸附世界各地的“眼球”，催生了“眼球经济”。

一瞥惊艳的人妖，比女人还女人味，堪称人妖经典。门票在手，我和妻同时惊呼：哇塞，比王祖贤还漂亮！！王祖贤可是享有“台湾玉腿”美誉的绝色玉女哦。门票上的人妖上半身相牢牢地吸引了我们：圆润靓丽的脸庞，轻柔恬适的柳叶眉，大大的眼睛飘逸出黛玉式的可爱的淡淡的东方式悒郁；挺直秀美的鼻梁，无可挑剔无法描述的线条的完美组合；头顶清代女子发髻，花形银色发簪绽放出一两点星光，两绺长发顺过耳背斜飘在胸前；中国古典韵味十足的大斜襟碎花水红色长袍，水袖轻扬……我敢保证，在感叹其沉鱼落雁之美时，没有人会怀疑她的真实性。我想，造物主一定是个男人，发挥天才想象力把美丽雕塑得如此美轮美奂。据说，以前有游客看了人妖表演后，根本不相信人妖是男人，遂以1000泰铢作为赌注，以便验明正身。待人妖抖出标志性物件后，游客愕然哑然，拱手相送1000泰铢给花枝乱颤的人妖，保持清醒头脑的另一游客倒是没有向他索要任何泰铢了。他们为美丽而赌博，直至美丽粉碎后还没有走出美丽的荫翳。

落座人妖歌舞剧团后，我的心还滞留在门票上那位东方经典美女身上。她简直就是一尊美神，供奉在心之莲座，随时会点燃激情。环顾四周，游客们基本上都是中国人模样。这与人民币在泰国畅通无阻、备受欢迎是如此惊人的吻合。在泰国国民生产总值70%来自旅游业，而这旅游业迥异于世界的即其色情业内核，使骚动的雄性游客们流连忘返，一步三回头。据一路上导游所介绍的情况，国人是泰国游的大客户。“非典”期间，泰国旅游业惨遭萧条，人妖们为糊其口，惨淡经营，霸蛮拖着本地人去看表演秀。“非典”一结束，泰国领导人频频访问中国，希望国人大批量进入泰国游，以提升其经济景气。

表演启幕前，我听到熟练而亲切的汉语欢迎辞。当然，很快换成了日文、韩文、英文分别重播。中国人，在这里挺直了腰。人妖，在这里歌舞升平。

先是大型歌舞，美女缤纷，令人目眩神迷。兴奋而略显焦灼的我刻意用眼光扫来扫去，追寻门票上的那位旷世经典美女，身材窈窕，曲线毕露，或长发披肩，摩登青春；或发髻高耸，古典韵味；或袒露有致，虚实相生……据说，台湾六七十岁的老头子见了这些美女，垂涎三尺，真的是口水直流，也难怪，这样国色天香的美人儿，谁人不倾慕？！窃想，即使貂蝉再世，也会秋波惊澜，羡煞三分的。

接下来有板有眼的中文歌曲独唱，如《甜蜜蜜》、《无言的结束》、《青青河边草》等，使我恍若置身邓丽君亮丽的甜嗓、琼瑶编织的爱情故事里。这些装束或娴雅如水，或奔放似火，或楚楚动人，或悒郁惹怜，或动感性感，或舞姿翩翩……谁愿意赋予她们人妖的名分？！据说，这些人妖都是经过千挑百选出来的精品。我们在海南或其他地方见到的人妖基本上都是被泰国人妖行业淘汰出来的次品。足见竞争之惨烈。这些人妖，在四五岁时接受专家挑选，能歌善舞颇富培养潜质者被送往红艺人演艺学校进行专业学习。他们的专业课之一就是接受荷尔蒙注射，目标即男人女人化。这些人，大多是穷人家孩子。他们的唯一目的即养家糊口，供弟弟妹妹上学。其奉献精神可钦可佩。由于经常注射荷尔蒙，内分泌失调，身体抵抗力下降，人妖寿命一般只有四十来岁，不过随着科学技术的发展，人妖也有活到五十来岁的。人妖在自虐中绽放绚丽的花朵，在幽暗淫邪的舞台上慢慢枯萎，最终凋谢成世俗红尘中的一粒肉眼难辨的尘埃。我百思不得其解的是，究竟是谁在制造人妖？谁之原罪？我甚至怀疑自己也是罪不可赦。

舞台上的灿烂夺目很快切断我的思绪。具有魔鬼般傲人身段的人妖，身着三点式，边唱边走下台来，立即有游客从座位上抬起屁股，赶紧拍照，或合影，凝固这千载难逢的瞬间。不过，她泄露出过于夸张的圆滚滚的乳房，让我兴奋不起来，却是怀疑甚至有些微恶心。

当一位水袖飘逸、面庞清丽悒郁，身着如倒扣的锅一样庞大的锦簇花裙，唱着令人心碎的《我只在乎你》，如悠悠一朵云，飘逸而下……我屏住了呼吸。这位眼露悒郁波光的美女，很中国很经典地一举手一投足，哪怕一个手势都能牵人心潮。我认定她就是门票上的那位经典美女。我很想上去跟她握手，无奈与她还有距离。同时，我的心理障碍踢了我一下。

表演接近尾声，十几位美女在舞台上呈一字排开，接受大家目光的追捧。落下帷幕时，美女们从舞台侧门鱼贯而出。我若有所失，跟着人往外涌。一出门，万家灯火中，十几位美女正在与游客们争相合影留念。我刚才失落的心马上亢奋起来。照相机的追光在我的眼前一闪一闪的。马上有位高大的美女来拉我的手，操着的却是鸭公嗓：拍一张，20铢！我连忙挣脱了她的手。她不是我理想中的美女。看来，她有点落寞。我和妻执意要找门票上那位经典美女。我们走了几步，终于看到了她！争着和她留影的人不少。看来，英雄所见略同。她人气挺旺的。她薄施粉黛，脸庞靓丽可人酷似王祖贤，身高1.78米，上身着无袖红衣，衣着如花盛开的红裙子，戴着白手套优雅有余。她清浅一笑，美丽中透出淡淡的悒郁。找空，妻先和她合影。我接着上。她稍弯腰作蹲式，我手揽其柳腰，质感细腻滑润。她朱唇轻启，轻声细雨地说：20铢一人！她一说，倒影响了我对她的感觉。她的声音也带丁点儿鸭公嗓。事实上，她不说话，我也会照价付的。而且，猛一回头，她那显大的耳廓依稀可见男人的痕迹。不过，作为人妖，她毕竟是经典之作。

妻鼓励我再与别的人妖合照。找来找去，被那位有着魔鬼身材和金黄披肩发的“三点式”叫住。索性合影。“三点式”一把抓住我的手就要往她胸脯上蹭。我赶紧把手缩了回来。要知道，就那样一下的话，要增付80泰铢！

羞涩而恐惧的我落荒而逃。

我叹：假如这些美女不是人妖，那将是怎样的格局？妻说，那早就成了大老板们的猎物了。导游出语惊人：别看这些人妖，早就被外国老板包了的。我恍然大悟，为什么会流行“同志”。听人说过：以前的老板配年轻貌美的女秘书只是386，现在配帅哥秘书才是686。

这些为生计谋的佳丽，大多膝下孤寂、身后无嗣，年老色衰后流落街头、风餐露宿……假如中断荷尔蒙注射，她们靓丽的脸庞会疯长胡子拉碴。

在苍茫的雨季与明亮炽热的阳光的交融中，弥漫我眼眸的是艳丽精灵的蠢蠢跃动，起舞红尘，高蹈虚空。

在人妖的心目中只有一个字：钱！

她们为钱而靓丽。

她们为钱而疯狂。

她们为钱而透支生命。

穿越曼谷雨季，我隐约感到有谁为这座天使之城上了一道魔咒，而我们的蜜月之旅也多了一份沉甸甸的力量……

（选自2003年12月12日《羊城晚报》）

别有洞天一山口

◎ 邓跃东

从雪峰山湘黔古道下来，一路山势逼仄，你要抬起头，才能看到山上的蓝天。越过江口、月溪，到平溪潭口，两山猛然争着靠近，想要蛮横挡住什么一样，不料一条清溪从洞口一般的谷底悄然挤出，山口变得豁然开阔。两边青山如漏斗口一样绵延张开，中间变为一片平畴，一江清水从中淌出，流出不远又与西边一溪水交汇，形成一洲，洲上林木葱茏，炊烟袅袅。因为山中洞口的江水深绿成潭，有人就叫为洞口潭，潭下是个镇子，往来旅客把此地称为洞口，声名远播，后独立成县，直至如今。

洞口人把这条绿溪叫平溪江，江水夹杂山风逸气一路直下，滋润了两岸人家，杨柳一片青青。洞口人说，山野之气，淋漓酣畅，不可以就这么散失了，便在溪水下游修建了一座宝塔，命名“文昌塔”，镇住这片灵气，以“应斗筐六星以厚扶舆之积，启来秀而蔚人文也”。塔为一地之标，要倡扬什么，恪守什么，就不言而喻、自不待言了。

文昌塔立，洞口一地气场丰沛。气场一足，胸襟变得开阔。外地人经此评说，此地人杰地灵，气势非凡。戴宗槐、陈与义、方以智等名士来过此地，现今的洞口人每谈故梓，必引外人诗句为己增辉。打旗不必拉大树，本土诗文璀璨，底气十足，他们几人落魄潦倒、逃命至此，还不恭维主人几句，倒是洞口磊落大度，容其留身生息。要说有见地，诚是方以智也发现洞口是个读书的好地方，他也隐居山下，吟读数年，洞口就有处“读书岩”（注：“明方以智读书处”，清人刘纪廉曾作《读书岩记》，文载《武冈州志·艺文志》卷三十七）。

当然，洞口先人自有一本账，什么才气、灵气、英气、俊气，概为文气之表，修身齐家平天下，全靠文章垫底。百十年来，洞口一域“四会”成流风，即会读书、会喂猪、会砌屋、会种谷；犹以读书修文为训导，富家穷家皆举财力供送子侄苦读，使得文昌塔气焰节节高涨，含英咀华之士层出不穷，行事屡屡成就大手笔。

山野之人，性情坦荡，读了书有见解，行事就更不囿于规矩方圆，胆子大得没钵载，敢反皇帝，敢打总统。这人是护国名将蔡锷，他是洞口山门人，十二岁高中秀才，后到长沙读新学，身材单薄，其师梁启超认定他是文弱秀才，1900年他参加汉口起义失败，毅然更名为锷，意为利剑。1905年，蔡锷留日归来，曾作《登岳麓山》七绝感怀：“苍苍云楼直参天，万水千山拜眼前。环顾中原谁是主，从容骑马上峰巅。”毛泽东很欣赏这首诗，1925年他登岳麓山作《沁园春·长沙》感叹：“怅寥廓，问苍茫大地，谁主沉浮？”二人想到一处了，后来都成就了大事业。可曾想到，英雄原本是诗人。

自从锷公起了头，洞口将仕百出，多为儒士，上马击胡，倚马可待；文坛亦多出武将，笔底惊云，犹见风霜。近些年来，洞口子弟在家乡读书考名校，多在外埠成得大业，但是难成霸业，事业再辉煌、声名再显赫，只是丞相才能幕僚命，大多脱离不了文人意气的根子。这些人呢，恃才傲物难抱团，三句不投就打架；走到哪里，嘴里吐不出一句锦绣言，骨子里死硬死硬，事情做得扎扎实实。外人均言，想说爱你不容易，想说弃你不愿意。

此中原委道不尽说不明，你就站到洞口廻龙、伏龙两洲中间的平溪桥上，对着雪峰山口望一望，转身看一看河边的文昌塔，亲近一下身边的山野之风、柔情之水，你就意会此地文运久昌、钟灵毓秀的原因了。

（选自2013年3月9日《湖南日报》）

琴操流韵

◎ 邓跃东

宫

少年不识愁滋味，我把一片冰心倾注在了一把胡琴上，琴却不动声色。如今回首，别是一番滋味，不曾阅世，何以知音！

我这么想，是前些天里，儿子小清从柜子里翻出我那把久藏的胡琴，嚷着要我教他拉琴。我蓦然忆起年少时缠着先辈学琴的往事，一切是那么的相似；惊叹的是，我对待小清学琴与先辈对我学琴的态度竟如出一辙，都是置若罔闻、不屑一顾。这两件事，好像并不遥远，中间相隔二十三年，而我的双手也有十年没有摩挲那把胡琴了。

但是，我对琴是敬畏的，念及悠久，最初的记忆，要追逐到我的祖父身上。我是十五岁提出跟他学琴，他给我上了深深的一课——拒绝了我。

商

听伯叔们说，祖父读过新学，会拉胡琴，还能演戏唱歌，毕业后做了家乡湘西南武冈县国民政府的教育督员，娶了大户人家的小姐，可谓踌躇满志，意气风发，天天能听到他拉琴、唱歌，家里一派升平。

可是，未到一年，武冈解放，祖父当了一名机械学校的老师，后来又到乡下教中小学。我家成分不好，是整肃的对象，祖父处世任性，对时势表现冷淡，因未及时参加一次集体学习而被组织停职，他跑到县里大闹一场，拍了领导的桌子，再不回学校，组织就处以“自由离职”。祖父从此成为一个农民，每天早出晚归，空闲了就拉一曲，家里的年轻人也跟着他学琴，倒也不寂寞。祖父留下一首《遣怀》五律：朝语伤当道，夕栖蓼水旁。浮云暗白日，斜雨入寒窗。月灿明珠泪，菰多孤雁粮。吞声思范蠡，扶耒泥沙香。诗境孤清，可想他这时的弦音要平缓多了。

祖父的琴到底拉得有多好呢，我未曾听过，实是感觉不出来。堂伯父说，祖父有学问，能改编曲子，把风尚教化一类的东西融入进去，听他的琴音能知道他想说什么。家里的年轻人受挤压无处去，都到他那里去学琴或听琴，久而久之，大家心里就不空虚，外面风雨飘摇，身上有了定力，能够安静地度日。

不久，祖父在村里组织的拆屋劳动中，不幸被突然掉下的一根大梁砸中右大腿，痛得死去活来。庸医误为脱臼，以致骨折病变不合，只好打上钢板，但这条腿不能走路了，只能踮踮地。祖父这年四十一岁，他有雄才大志，却折翅不起了。祖父在家里养伤一年多，没有工分，短吃少穿，日子窘迫。听伯叔们说，祖父偶尔也拨弄胡琴，曲调古怪，没人听得懂，拉的时间也不长。

角

这时候，村里的批斗愈演愈烈，家中遭遇接连而至，祖父的叔父被划为地主，在批斗中被人推入河中，用石头击沉，其子被吊在篮球架上活活打死；抗日中当过国军医生的大祖父被关押，不知去向；二祖父受批后发大病，不治而终，实为吓死；祖父的妹妹、我的姑奶奶在武冈师范任教，后下放农村，有病不能治，四十来岁就病殁了，其夫从朝鲜战场归来，也被关进了牢房。

这种日子，再无心去拉琴了。可是却由不得你。一些好事者不忘对祖父的关顾，要是让他在集会上唱一段拉一曲，活动会更加精彩。为了一家人，祖父不得不来，让他唱什么就唱什么，要拉什么就拉什么。祖父腿脚不便，还被逼着演武戏，红脸不能上，只能扮黑脸，要投入，要逼真，要逗观众叫彩，不然就过不了关。那红脸健将入戏得很，真枪实战，一场戏下来，祖父身上是紫一块青一块，回家痛得睡不着，第二天还要接着来。

祖父既要操琴，又要演角，领导觉得还不够，指令他把两个会拉二胡的侄儿也叫上。在邻村第一次巡演时，我堂伯父就被逼哭了。那晚本是一场声讨地主的集会，会前要造势，安排我堂伯父拉琴，一女生唱《红灯记》。刚拉开过门，台下就扔来一只鞋子，砸在堂伯父的头上，有人高叫要他滚下台。他们指责堂伯父的二胡有问题，那琴杆上面雕刻了一个龙头，龙是神话鬼怪封建物类，怎能在社会主义大好形势中出现，这是明目张胆，公然挑衅。两人顿时成为批斗会的主角，做检讨、下保证还不行，硬是被逼着当场锯掉了琴杆上的龙头。

祖父巡演万分谨慎，但也防不胜防。那一晚，县里来的一个演员上台独唱，堂二叔拉琴配乐。二叔乐感灵敏，那个演员一个音节走调，他喊了声“唱错了”，人家没听到，却被对面的祖父听到了，他要张口再喊，祖父立即瞪眼怒目，两束热辣辣的目光，硬是把他的懵懂之气给逼下去了。要不然，又是一场大祸。

徵

伯叔姑姑们也不能读书了，是村里不准，堂二叔两次被生产队长从中学赶回。他脾气倔强，不读书就独自拉琴，长夜不息。祖父对他说，拉琴可消解磨难，但不能宣泄情绪，你指上的怨气太重了。二叔说，你不是说琴音传递的是心声吗？祖父反问，你心里向往的是什么？二叔不吭声了。听琴知音，得失寸心。二叔对祖父的视听修养极为钦佩，自此静心练琴，研习音律，后来成为一名作曲家。

拉琴本来可以生发愉悦，升华情操，但大约从这时起，祖父却疏于拉琴了，多数人认为是拉琴伤了自尊。可那些好事者没忘记祖父，要让他出来，热闹热闹。祖父竟然拒绝了，不去，再喊，还不去，任你们骂，一个人默默地在屋檐下劈柴。

后来动乱结束，因教育需要，祖父复了职，担任高中物理教师。这时候，社会风清气正，人们十分爽朗，经常举办文娱欢庆活动，大家希望祖父参与进来，点拨一下学琴的年轻人，祖父却委婉地谢绝了，他不但不拉琴，还把胡琴也送了人，连家里人都弄不懂他要这样。退休后，祖父帮助家里放牛、进山采蘑菇、到溪边钓鱼，雨天织蓑衣，间隔帮人写对联，再未拉过一次琴。生活里没有琴声，也没有烦恼，一天一天，这样过着。

如此看来，我向祖父提出学琴实是不通情理。可是我不知晓这些情况啊。那时我读初二，觉得拉二胡有成熟感，到镇上花十二元买了一把粗糙的竹筒二胡，兴冲冲地要祖父教我。哪知他都不正眼看一下，斥责我不正经，学习吊儿郎当。我硬缠着要他教，还以去广西全州学武打为要挟，他才勉强应下。

祖父说，二胡有多种弦法，要不断变换，先学简单常用的52弦吧，他只口授，并不操琴，或是把弦法写到纸上。练了几天指法，他先教《四季歌》，后来教《沂蒙山小调》，我很快就差不多拉会了，就要祖父教我新的弦法，要学阿炳的《二泉映月》。他却问，阿炳在泉边望月是何意？我说是在赏月吧。祖父说，无锡惠山古泉世称天下第二泉，盲人阿炳孤单无处去，在泉清月冷的夜里，抱着一只琴，诉说乞讨的心酸。可你有心酸吗？斗米唢呐担米琴，笛子入门一早晨，吃一担米（120斤）才算入门，你那也是学琴？

我是剑胆琴心，用琴对抗着祖父，拉得天昏地暗。祖父没多说什么，只给我念了苏轼的一首诗：若言琴上有琴声，放在匣中何不鸣；若言声在指头上，何不于君指上听。乐音不在琴，也不在手，在心里，琴遇知心人而鸣，你的心性于琴不适，还是去读书吧！

这以后，我学了一些新的曲子和技法，但技艺不能深入，音不贴心，热情慢慢下降了，兴趣又转到读书作文上。

年岁增进，听人谈起家中拉琴的旧事，才知当初鲁莽学琴撞及了祖父的伤疤。悔悟之时，他已逝去，自此手腕沉重，运不开弓子。

参加工作后，单位文工队有很多良琴名师，他们有意启发我，这也是一条出身的捷径。我却没有一丝练琴的心情，但我私藏了一把好琴，留在身边，以示对少时倾心胡琴的纪念，也有几分愧对祖父的追悔。望琴知过，我以为祖父不拉琴的原因就在这里了，他不愿听到那些逆耳的声音。然而，我又错了。

羽

去年回到乡下，发现我的那位音乐大师级二叔也不拉琴了。他将琴搁置柜子顶上，尘迹斑斑，青霉点点。二叔年轻时，对音乐醉心不已，苦练胡琴，自习作曲，专研儿童歌曲，力图追寻失去的童真，他发表作品多首，梦想能弹上钢琴，命运却只允许他拥有一台脚踏风琴。现在六十多了，儿子成为大学音乐教师，有了钢琴，要他去城里，他却不愿去，而婶子进城多年，他一个人自在地住在乡下。我问他不拉琴，一个人怎么过啊。二叔说：捡松果、扫落叶，上架砌墙，路边除草，水沟修桥，哪里谈笑那里去，前两天还到山里看了一天高速公路打洞子，机械轰鸣，人来车往，热闹得很。

没想到，二叔也是这样。他不跟我谈琴，却叫我坚持早年开始的写作兴趣，并谈及我祖父去世二十多年了，说他影响后辈太深，不仅是拉琴，还有做事、宽厚、友爱。

回去后，我着手缅怀祖父的散文《大地回春》的构思，我将祖父留下的几本诗文残稿拿出，安静地翻阅，惊讶地发现一副联语：断弦裂鼓无琴意，移步进林听鸟声。这是祖父唯一谈及自己不拉琴的文字，竟是这样的意思，一个玄奥的疑惑，答案却这么简单。我感知到了祖父的深境和博大，并非耿怀旧事，他已不需借助胡琴了，他的身怀可以消融一切，林间溪边，尽是仙乐。

记得王羲之在兰亭兴感过，无丝竹管弦，俯仰山水，也能畅叙幽情；人生就在一抬头、一低首间过去了，不必拘泥形物，各种际遇都应放达。而我们一家，三代人拉琴的归宿都是这样，穿越荣辱悲欢，最后交付了涧水林涛。我想，应是此种生活样式不能表达鲜活生命的内涵了，顺其自然，随遇而安，是生命存在方式的本真吧。

若可，操琴一艺，犹有琴操；大音希声，古以流韵。

（选自《飞天》2014年2期）

诗关水月别有天

◎ 欧阳亮

肖跃华先生《附庸风雅》一书，于2014年8月由上海三联书店出版发行。书中介绍了马识途、何满子、冯其庸、乔羽、邵燕祥等十多位当代著名学人，记录他与这些名师大家的交往。其中《尘外孤标——吴小如》一文，叙述他与小如先生交往的两件小事，印象十分深刻。

一是某领导于酒宴之间即席作联："盛世盛会看神州大地处处繁荣，盛会盛世盼中华民族世世昌盛"，众人齐声称好，说请书家写下来以资纪念。他找到小如先生，先生左看右看，十分为难："不改，成何体统；修改，伤筋动骨，恕难从命。"他只好悻悻而退。

二是有同事慕名托其向先生求赐墨宝，并自定内容："千江有水千江月，万里无云万里天"。先生不日回电，要改动两字："千江水映千江月，万里云开万里天"。同事固执己见，但先生斩钉截铁："要写就按我改的写，否则就不写。"同事只好被迫让步。

从这两件事中，不难看到先生的坚持与操守。

第一件"盛世盛会"，于宴会之上聊助酒兴，本无伤大雅，要请名家落到纸上，确有些"成何体统"。但对第二件"千江水月"，先生毫无商量余地，执意要改，却有些不同看法。

"千江有水千江月，万里无云万里天"，出自宋代雷庵正受的《嘉泰普灯录》卷十八，是两句极具境界的佛家偈语。相传印度阿育王治斋延请天下僧道，众人皆已来过，惟平炉尊者日落黄昏方至，王乃问缘何独汝来迟，平炉答：我赴了天下人的筵席。阿育王奇道：一人如何赴得天下人的筵席？尊者言，王有所不知，遂作一偈：千山同一月，万户尽皆春。千江有水千江月，万里无云万里天。

千江有水，自然会映出天上的月亮；万里无云，自然就显露万里的天空。前一句把千江比作众生，江不分大小，有水即能映月；人不分高低，向善皆可成佛。后一句将云比物欲、天比心境，只要不为浮云遮望眼，做到无牵无碍、无贪无嗔，就能拨云见日，明心见性。正所谓有水有禅心，无云无凡尘。

小如先生古诗词造诣极为深厚，焉能不知两诗的出处！他执意要改两字定有他的道理。单从字面讲，于诗境画意多了灵动，仿佛于波光粼粼中见月影流辉，于云开雾散处见蓝天空明。若从禅机佛理看，意念动静间，虚实有无中，却是不同境界，各有千秋，难说高低。

其实这两句诗还有不同的版本。据说东林寺有联：“千江有水千江月，万里无云万里星”。就我所闻，东林寺有上海金山和江西庐山两处，我没有亲见，也不知确否。这一字之变，全成夜景。不管月朗星稀或是新月繁星，可仰望星空而难远眺万里，又岂知有云无云？可见改得并不成功，较原诗逊色不少。

也曾见人把“万里无云万里天”写作“万里无云万里空”的，总以为引用有误，或为别笔。虽说“天”“空”一体，时常并用，实则两个完全不同的概念，细细体会，意趣迥异。

还有人根据自己的理解，改为“千江清水千江月，万里白云万里天”，以为水清方能映月，云白更衬天蓝，寓意要留清白在人间，也不能说没有道理，只是多了些尘世气，少了点禅茶味。

可见，真实存在的世界只有一个，每人眼中的世界各不相同。万川映月，不同的作者有不同的寓意，不同的读者有不同的理解，即便同一人，不同时空与心境，也会有不同的感触。北江月凉南江暖，泾河月清渭河浑。每人心中都有一片属于自己的天空和月亮，以学理析解诗意有时是行不通的，还真不能死抠字眼。

但小如先生非改不可，不改就不写，不愧为“尘外孤标”，固执得有些近乎可爱。

先生今年5月11日已离我们而去，先生身上的底气、骨气、书卷气，值得我辈景仰。

（选自2014年10月10日《文汇读书周报》）

鸟鸣回归

◎ 肖益民

我的少年时代每天都在家乡清脆的、此起彼伏的鸟鸣声中醒来，生活的小山村里山清水秀，屋前屋后的坡地上栽满了各种果树，一年四季开满了五颜六色的花，有粉红的桃花、洁白的梨花，白色细小的棉花，金黄色的桂花，不远处有一座巍峨雄伟的观音山，长着种类繁多的大树，由于树高叶密，它们就成了鸟儿们栖息和打闹嬉戏的乐园。每天天刚蒙蒙亮，鸟儿们就成群结队地在树枝上欢叫飞奔，给这个寂静的山村增添了几分热闹。

山上的树有几十种之多，鸟儿有上百种，它们鱼龙混杂。最让村民们讨厌的是乌鸦和岩鹰，据说乌鸦叫回归会给村民带来灾难，岩鹰经常飞奔嘶鸣着来村里偷小鸡，看到母鸡带着小鸡在空旷地上觅食，它会当着看鸡人的面，箭一般俯冲下来将小鸡捉走，让村民们蒙受经济损失。尽管如此，村民们并不用鸟枪或者弹弓追打它们，最多只是骂这该死的乌鸦又叫了，这该死的岩鹰又把我家小鸡啄吃了。

猫头鹰是不常叫的，但它一叫必不寻常，发出的多是阴森恐怖的声音，特别是它夜晚阴森森的叫，更是让村民揪心，村民们还把它误解为鬼叫，它只要在夜晚里发出“喔喔”的叫声，村里过不了几天，肯定会有一个乡亲死去。它实际上只是最先闻到了死亡的气息，真正意义上的死亡报信鸟，村民们却给他取了个“死亡鸟”的名字。

一个夏天的早晨，阳光刚露出它嫩红的脸蛋，草尖上的水珠青翠欲滴，我驱赶着一群鸭子去放养，当我走到屋后的那间稻田边时，听到凄惨的鸟叫，我寻声望去，只见一只有着长长嘴巴的暗红色的小鸟落在水田里，可能是昨晚的雷击和暴雨，让鸟儿受了惊吓，打湿了翅膀，让它不能飞翔。它不停地试飞，但就是飞不起来，在稻田里发出悲鸣的喊叫，鸟很可爱，我走过去将其捉住，并把它放至家中的那只竹篮里，精心照顾着，放上水和谷物，并去山里找来小鸟喜欢吃的虫子和蚯蚓喂它，但小鸟却不领情，不吃不喝。开始还在竹篮子里叫喊乱跳，过了两天，它就变得恹恹的毫无精神，第三天，我去看它时，它却永远地睡了，我心疼不已。母亲看到我惋惜不已的样子，劝慰我说，小鸟生来就是在大自然的蓝天里飞翔的，你把它放在竹篮里关着，让它失去了蓝天白云，生活得不快乐，它不死才怪呢。从此我记住了母亲的教诲，只要捉到了小鸟，我会毫不犹疑地将其放飞，让它们清脆的鸟鸣，带给人间永恒的旋律。

十七岁那年，家乡开始搞多种经营创收，把屋后大山全部开垦出来，种上雪峰蜜橘和茶仔树，屋后的观音山也不能幸免。开垦观音山是放火烧的，当大山被村民点火熊熊燃烧起来后，那棵最大的奇仔树却很怪，它在那里岿然不动，火烧到它身边就熄灭了，但如果奇仔树不清除，观音山就成不了飘香的果园，也不能实现公社领导的愿望。队长说，谁要能把奇仔树烧掉，我给他多记10天的工分。最后，两个年轻的壮汉挺身而出，他们去城里买20斤汽油，将其泼洒到奇仔树上，然后点火焚烧。那天真是热闹非凡，几个村的百姓几百号人都聚集到村子里，它们想看一下这生长了几百年的奇仔树，燃烧时的壮观情景，2个年轻的汉子头戴斗笠、脸戴口罩，把脸遮得只露出两只大眼珠。为的是不让蛇公看清他们的面容，晚上前来报复他的家人，他们提着汽油桶，带着泼洒工具，弓着腰，匍匐而行，来到奇仔树下后，站到高处用喷雾器将汽油喷洒在树枝和树叶上，然后，把一个个点燃的火把，扔到奇仔树茂密的树枝上，刹那间，奇仔树火光冲天，发出“嘎嘎”的断裂声，时不时地从树的上空窜出一个个火球，“唧唧”着直冲上云霄中化为烟雾，消失得无影无踪。乡亲们说，那是蛇公蛇婆在拼死逃命，奇仔树整整烧了一个上午，才彻底化为灰末，三位年轻的壮汉带着成功的喜悦凯旋。

后来，我当兵去了，直到几年后，我才回到故乡，当我从睡梦中醒来，四周一片寂静，再也听不到童少年时代那些动听、给人遐思的鸟鸣时，我开始疑惑，当年那些不停地从奇仔树顶冲上空中的火球，真的就是村民们所说的“蛇公蛇婆”吗？苦思冥想之后，我终于明白，那些火球就是隐藏在树枝和树干内的一只只可爱的、每天清晨为我们带来美妙音韵的小鸟。从此，我不再把那次焚烧奇仔树当作一次开心的观赏，相反，我认为那是一次鸟儿大灾难，是毫无人道的鸟类惨剧。当我行走在村庄的小路上，极少见到鸟儿的行踪和听到鸟儿的鸣叫，就问乡亲们，那些可爱的鸟儿都哪里去了。乡亲们说，自从开发了观音山，村子里的鸟儿就没了，前些年田间里的虫子多得可怕，乡亲们大量使用农药，残存的一些小鸟吃了洒有农药的虫子或者稻谷都药死了。另一个村民接着说，这些年我们村子里癌症患者越来越多，晚瑞、秋连、春林、师武、兰萍等人都不到40岁就得癌症去世了。这时，我就坐在村口的那块青石板上发呆，回忆起那些已逝的熟悉的甜美微笑的面孔。前几年，她们还是那样的充满青春活力，如今却已阴阳两隔，让我黯然神伤。童年生活的一幅幅美妙的人、鸟和谐的情景，勾起了我沉甸甸的回忆：春天的早晨，太阳刚刚升向空中，我牵着水牛行走在田埂上，只见刚刚被老牛翻过来还没有来得及播种的空旷田野里，一群群鸟儿在欢快地觅食，时而鸣叫两声，跳上跳下、无忧无虑，即便我和老牛从其身边走过，它们也不会感到害怕，最多只是轻轻地一跳，稍微离我们远点，现在却再也看不到它们的踪影，村庄后面到处都是黄土坡地。

因为转业到了遥远的异地，十多年没有回到我童年的村庄去，即便回洞口老家，也都是住在县城里。弟弟来信说，要给我们的老祖宗打石碑，让我抽时间回去一趟。当我回到村庄内，映入我眼帘的景象让我为之一惊，过去那些光溜溜的黄土山坡，又都变成了郁郁葱葱的丛林，而且树木长得枝繁叶密、树干粗实。早晨醒来，屋后的鸟儿们又弹起了美妙动人的音符，听得我如痴如醉、如梦如幻。我激动地跑去问乡亲们，我们屋后山坡上的林木怎么又长得如此茂盛和生机盎然，乡亲们笑着告诉我，现在国家的政策好，种田不收农业税，开荒育林家家户户有补助，每亩可达800元之多，现在外面打工的乡亲都纷纷回家种田和造林，所以村庄又恢复了往日的风貌，听得我心里乐开了花。

（选自《党的生活》2014年第11期）

蓼 河 边

◎ 袁沙雁

下了场春雨，蓼河涨了桃花水，桃花鱼随着桃花水，在蓼河欢蹦乱跳……

小伙子，乖妹子，还有那安家蓼河边的“鸬鹚客”！手拿网、罾、篓……在河边摆开了阵势，向桃花鱼开展了大“围剿”。

住在蓼河边桃花村的娟妹子，心里痒酥酥的，她高卷裤管，“扑通”一声下了水，用那灵活、精巧的双手参加了战斗……

在和煦的春光下，在沁人肺腑的东风里，娟妹子活像一位捉鱼老手，手脚灵巧，技术熟练；不一会，那“江线子”、“荷包鲫”、“黄辣古”，几乎把她的篓子塞满了。

正在这时，一阵浑厚而又洪亮的歌声，从对岸荡过水面，传进了娟妹的耳鼓：

“隔河望见妹的影，
人无言来水无声……”

“乒”的一声，一个石头落在娟妹子身边，水花溅了她一身：猛一抬头，她朝对岸望去，歌声又起了：

“投个石头试深浅，
唱支山歌试妹心。”

娟妹从歌声里，十有九分猜中了这是案山上满牛伢的声音，她咬紧嘴唇，强抑着内心的欢笑，“哗啦啦”，一阵风，从河里飞上了岸。

从对岸，又一次传来了甜美的歌声：

“妹在河里捉鱼虾，
哥在垅里把田耙。
你思我来我想你，
唱支山歌把话拉。”

这时，彩霞满天，蓼河像被泼了胭脂，流着芬芳的桃花水，娟妹子的心，随着桃花水泛着涟漪……

桃　树　下

莺飞草长，桃李盛开的季节，我回到了故乡。

桃树下，我拾起一个童年的梦——

我下意识地摘下一朵含苞的桃花，悄悄插在她的发辫。

“怕人家笑话……”她羞涩地向我瞟了一眼。

低下头，她，笑了，两片薄薄的唇儿，咬得紧紧的，突然，她从怀里掏出条浅红手绢，中间还工工整整用翠绿、金黄的丝线，绣着条金丝鲤——咦！我双手在发抖，我心里在打鼓！——嗯，可我又像喝了杯醇浓的甜酒，又甜、又香，醉了……

一只呢喃的乳燕，扑打着羽翅，落在桃树上，我小心翼翼地捉了来，送给她，可她却漫不经心。

让它自由地飞……

今天，她，飞向了哪儿？！

……

（选自《年轻人》1984年第6期）

照团鱼（外一篇）

◎ 蒋子棠

团鱼即鳖，大家都知道那是富有营养、价格昂贵，不可多得的美味佳肴，可是谁能想到，在乡村打着火把却也能照到。

夏秋时节，只要天气闷热难耐，对门的坤三哥就会叫道："果子（我的乳名）老弟，今晚同我照团鱼去！"

离村子三四里的地方，有条宽不过七八米，深达十几米的溪流，那里面不仅生长着各种各样的鱼类，还藏着许多大大小小的团鱼。晚上，我们来到小溪旁，点燃碎竹片扎成的火把，沿着溪边水田慢慢地向前走，坤三哥瞪大眼睛在水田边寻觅着什么，要么只听见"咚"的一声，一只青蛙从岸上跳到了溪江里。要么又听得"噗"的一声，一只小鸟被惊醒从草丛中飞向夜空……我抬头看看天，黑咕隆咚地像罩着一口大铁锅，只见远处田垅中有几支火光特别耀眼，坤三哥说，那是照蛤蟆的。我们走过一块又一块水田，突然坤三哥惊喜地叫道"有了！果子老弟，你来看！"我赶忙凑前一看，只见水田泥面上有两排很规矩的细花纹，花纹中间，好像还有木板拖过的痕迹，坤三哥告诉我，这就是团鱼刚走过的脚印。坤三哥立即把裤脚卷到膝盖上，跟着那两排细细的花纹向水田中间寻去，不一会，只见坤三哥就抓着一个足有两三斤重的团鱼回来了，他把团鱼丢进我提着的一个布袋里，然后扎紧袋口，又交给我提着。这个团鱼很不甘心就如此轻易地做了我们的俘虏，它在布袋中一秒钟也不停地爬动着，脚爪抓得布袋沙沙响，我生怕它把布袋抓个洞伸出头来咬我一口，总是不放心地要么用手去摸一遍整个布袋，坤三哥笑着说："不要害怕，它是没有把布袋抓个洞的本事的。"

我们继续沿着溪边水田向前寻去，一个个小鱼，一条条泥鳅摇头摆尾，悠闲自在地在水中游动着，逗得我手心痒痒的，恨不得下田去捕捉，可我记得今晚是陪坤三哥来照团鱼的，绝对不能因为几条小鱼而误了照团鱼的大事，我只得把眼光离开近处火光向远处看去，突然发现了不远的田坑下面有一条大花蛇向我们游来，我吓得浑身发抖，话都说不出来，只知道惊叫着："坤——坤三哥，你——你看——"坤三哥抬眼看到了那条愈来愈近的大花蛇，不以为然地说："不要怕，我来把它引开就是了。"说着，他把火把往前一伸，然后慢慢地把火把向溪边移去，那条大花蛇紧追着火把不放，当它追到溪边时，坤三哥狠狠地把脚一蹬，只听"砰"的一声，那条大花蛇便整个地掉进溪里去了。坤三哥告诉我：蛇喜欢追火光，夜里打着火把走路，如果发现了蛇，千万不能慌，也不要怕，只要把火光尽量伸向远处，慢慢地把蛇引开，然后用力向地上狠跺一脚，或者对着蛇丢个石子，它就会赶紧夹着尾巴逃之夭夭的。

"果子老弟，又一个团鱼到手了。"坤三哥笑着说。

我赶紧睁大眼睛在水田里寻找团鱼的脚印，可是什么也没发现，"坤三哥，你莫是看我刚才被蛇吓了，故意逗我的嘛！"

"不相信？你看，就在前面。"果然，就在不远处的田坑底下，又一个约莫两斤多的团鱼正在爬行着，坤三哥眼明手快，眨眼之间就把那个团鱼抓进了布袋里。"回去吧，两个够了，明天我们两家都有一顿好美餐。"

回家路上，我总为刚才坤三哥怎么会知道前面有一个团鱼等在那里让抓感到奇怪，便禁不住问道："坤三哥，刚才你怎么知道前面又会有一个团鱼到手！"

“果子老弟，你知道吗，团鱼跟蛇是一家，据说团鱼生出的蛋，还是蛇给孵的呢！所以在有团鱼打住的地方，一般在这样的天气，只要发现了蛇，也许周围就会有团鱼，同样只要发现团鱼，也就要特别注意周围会不会有蛇……”

回到家里，坤三哥伸手从袋里抓出一个团鱼，另一个留在布袋里则要我拿回家，还说，下一次再去照团鱼，一定又要把我叫去提袋子。

拖 茅 船

秋收时节，禾坪要晒谷，搞得平平整整，打扫得干干净净，每临晚上，稻谷收进仓，晒簟卷好筒以后，空荡荡的禾坪，便是我们这些娃娃们拖茅船的天下了。

要拖茅船，首先得自己做茅船。

当大家齐集在禾坪以后，我们的首领（年龄最大或个子最高者）便对大家发出第一道指令：去田里拖稻草！于是一窝蜂地飞向田垄里，立即拖回了十多个稻草。稻草拖回后，首领接着发出第二道指令：捏草索！于是大家就立即一字儿排开，递的递草捏的捏索，很快便捏出了一条很长很长的草索。这时，首领又发出了第三道指令：织茅船！大家七手八脚地把几个稻草叠起来，用草索很快地就织成了一只前小后大的茅船，同时接着茅船前面的草尖织出一条粗粗的草鞭，茅船便大功告成了。

茅船做好后，大家都想做第一个乘客，争着往船上挤，小小的一只茅船，那能挤得下这么多张屁股，于是你推我，我搡你，有的被推个四脚朝天，有的被搡个麻蝈伏地，谁也不肯让谁，以致有的挥动拳头，打起架来……幸喜我们的首领脑子活，有办法，立即宣布用扯阄的办法来决定先后。他先数了下在场有多少人，就折了多少节长短不一的稻草作为阄，让每人扯一阄。大人们常说“千两银子凭阄扯”，我们也一样，凭着阄的长短来决定先后，当然是谁的阄最长谁最先，即使我们的首领也一样，没有半点特殊和照顾，这样，大家心服口服，谁也没有再争先后，拖茅船就正式开始了。

一人坐，众人拖，拖着茅船围着禾坪团团转，坐在船上的当然快活，拖船的手挨着手，脚跟着脚，同心协力，吆喝不断，自然也是非常快活的，常常引得不少大人们围着看热闹，他们从来没有骂我们，只是跟着我们一起高兴。每人坐在茅船上围着禾坪转一圈、两圈还是三圈，都是早商量好的，谁也不会例外，不过，你坐在茅船上，可千万别欢喜得昏了头，若不，便会灾难临头。拖茅船的往往看到规定的圈数快要拖完时，只要有人突然大大地喊一声：“拖！”大家就会一齐用力狠狠一拉，便把船上的人重重地甩在地上，甩个“猪娘坐泥”，跌得屁股辣辣地痛；如果是有人大大喊一声：“倒！”大家又一齐把手中的草鞭突然倒了过来，把坐在船上的人罩在船底下，来个倒栽葱，不是栽得头上肿了包，就是栽得膝盖出了血，痛出了硬眼泪，尽管如此，可谁也不会哭，只会笑。只有松伢仔最狡猾，他在船上看到拖他的圈数快要完了，大家正在等待着“拖”或“倒”的口令时，他却猛地一跳离开了船，害得大家跌个“狗抢屎”，大家都骂他是个狡猾鬼，而大人们却说他是个“小精灵”。

（选自《小溪流》2000年第7、8期上）

童　心

◎ 刘云中

听到圆明园要修复的消息，我这从南方刚迁来北京不久的人，很想去参观一下。星期天上午，我赶到了圆明园遗址，看到西南面的福海疏通了，水光粼粼，微波荡漾，给人以“落霞与孤鹜齐飞，秋水共长天一色”之感。叶叶扁舟在湖面上悠然游弋。桨声“咿呀”，不绝于耳。沿福海中央的长堤向西走一阵，便到了“蓬莱瑶台”。这是一个巧夺天工的小岛。岛上有几处新建的亭台楼阁。“廊腰缦回，檐牙高啄，各抱地势，钩心斗角”，富有中国传统建筑特色。每个亭台中央都设有汉白玉圆形石墩。岛上游客如织，有的拍照，有的下棋，有的倚石峰远眺前方，有的靠画柱谈笑风生……游人千态毕具，各得其所，究竟是什么力量使福海重新变得如此妩媚动人呢？

返身大堤，青松滴翠，曲径通幽，我向东北面的圆明园展览馆走去。在展览馆中，看到有关圆明园的简介文字、圆明园盛期的立体模型和它被英、法联军付之一炬的图片、史论，我心头不免蒙上了一层历史的阴云。但转过大厅，我立即被一封陈列在馆中的书信迷住了，眼前豁然开朗。我不禁小声读了下去：

亲爱的圆明园修复委员会的叔叔、阿姨们：

你们好！我是北京市海淀区某小学的少先队员，四年级学生。以前，听爸爸、妈妈讲过帝国主义火烧圆明园的罪行，看了影片《火烧圆明园》，我更是受到了一次深刻的爱国主义教育。圆明园是我国古代的名胜，是劳动人民血汗和智慧的结晶……

今天，我们少先队员能幸福地在学校里学习，心里充满了作为中国人的自豪感。我们早就想：要是能修复圆明园，大长中国人民的志气，那该多好啊！前不久，听到国家决定修复圆明园的消息，我真高兴得跳起来了！我作为一名少先队员，虽然不能像有些叔叔，阿姨那样捐大量的款，但我也坚持省吃俭用，把爸爸、妈妈平素给我的零花钱积起来，一共有八元九角一分。现在就让我把它连同我的一颗心献上吧！

北京市海淀区某小学一名女少先队员　敬上

某月某日

看着娟秀、端庄的字样，读着这发自一颗幼小心灵的火烫的话语，我的眼眶霎时湿润了！我想起来，前不久一个假日，我登临西山欣赏红叶，看到一群活泼可爱的少先队员，正在辅导员的带领下采集名贵树籽。他们神情是那么专注，动作是那么敏捷，仿佛有使不完的力量似的。他们胸前那鲜血般夺目的红领巾，与西山的红叶融合在一起，映亮了大地，染红了群山。

他们一边采集树籽，一边唱着歌：

……春风啊春风，你把我吹绿，
阳光啊阳光，你把我照耀；
河流啊山川，你哺育了我；
大地啊母亲，把我紧紧拥抱：

由一颗颗童心流出的一串串童音，像银铃作响，似山泉清亮，

久久地，久久地在山谷中萦绕、回旋。

听辅导员介绍，他们要把自己亲手采集的名贵树籽，献给圆明园修复委员会，让修复后圆明园绿树如盖，青春永驻。我想，在西山那些活泼可爱的少先队员中，也许会有那个写信的女少先队员吧？

归途中，再次路过福海，我登上一叶小舟，捧起一掬湖水，指缝间洒下串串珍珠。我的思绪伴着湖上那阵阵涟漪在荡漾。

亲爱的福海上的游客啊，当你们在这里结对泛舟的时候，当你们在这里神气地留影的时候，当你们在这里的亭台楼阁中谈笑风生的时候，特别是当将来全园修复，画栋林立，绿树如盖，你们再来这里浏览的时候，你们可曾想到首都少先队员们那拳拳的童心呢？

（选自1986年8月26日《北京日报》）

瑶山杜鹃红

◎ 刘云中

清明时节，风和日丽，春明景秀。冬生叔领我来到雪峰山区桐山乡抗日战场扫墓。

我们来到飞山庙村屋后的一个开满杜鹃花的坟茔旁。冬生叔把坟茔及其周围的蒿草一扫而光，又谨慎地给坟茔添上几锄新土，然后在坟头上挂上一串彩纸，插下一束灼人的杜鹃花，而后又烧化一沓冥纸，将一只刚宰的雄鸡淋漓的鲜血洒满坟堆……他合着掌，微闭着眼，口中念念有词，那态度十分虔诚。

“这不是我们刘家的祖坟吧？”少小离家的我不禁发问。

“不是，坟内的死者是我的战友。50年来，尽管我和周围群众每年都给他扫坟，但一直是用酒肉祭奠。今年我特地杀只雄鸡，按瑶家人最好的祭奠礼仪，来告慰他的在天之灵。”

冬生叔是湘西南洞口县瑶族抗日首领蓝春达率领的瑶山“嗅枪队”队员。1945年春，当日寇火烧长山塘、血洗岩塘村，在桐山嘴一次烧死挑夫40人，步步逼近瑶山时，这支队伍就建立了。他们有汉阳步枪12支，其他步枪3支，鸟铳70余支，日军不知鸟铳是何种武器，只见打铳人鼻子朝鸟铳的弯托上一嗅（实为瞄准），立即响枪，所以把鸟铳叫“嗅枪”，把这支队伍叫“嗅枪队”。“嗅枪队”以铁砂为子弹，打中日寇后，日寇剥又剥不掉，扒又扒不出，痛不欲生。

究竟这坟茔中的死者是谁呢？冬生叔见我迷惑不解，便点燃一支烟，说了开去：“那是1945年5月12日的事了。从高麻塘退下来的一股日军。正在飞山庙屋后宰杀牛羊。‘嗅枪队’不知这一情况，正朝日军方向走来，为防止意外。派勇猛的队员丁狗谷先行，他手里握着枪，突然发现前面有日军，他正举枪准备射击，日军早发现了他帽子上有中国军队的帽徽，竟对他先开了枪，子弹从左腋进，从右腋出，他当即牺牲了。却使‘嗅枪队’有了准备，赢得了那场战斗的胜利。打死日本鬼子数十人。我们含泪埋葬了他。从此每年来这里扫一次坟，50年来从没有间断过。”

扫完坟，我又随冬生叔来到邻村鱼子溪战场，冬生叔指了指近处的山梁，我顺势看去，哦，杜鹃花，那满山的杜鹃花将周围崭新的屋宇，抹黛的群山，巍峨的电视差转台，如织的高压线，几乎都染红了，我脱口说道：“多美的杜鹃啊！”

冬生叔接上了腔：“可是，当年在这里正好发生过一场恶战。1945年5月8日，是我们‘嗅枪队’首战告捷的日子。‘嗅枪队’集中了15支步枪和21支鸟铳，埋伏在大路上方的茅草中；还有持有50多支鸟铳的瑶、汉群众，三三两两地分散埋伏在周围的茅柴、刺蓬中，同往常打野猪一样，‘嗅枪队’队员守住‘膛口’（野兽必经的关卡），待日军走近，突然一阵猛打，日军猝不及防，有的当场毙命，有的被打得‘咿哩哇啦’地嚎叫，这次战斗，有100多名日寇中弹受伤，13人被打死，缴获8支三八式步枪……第二天，我们又在白石界、大水坑一带狠揍日寇，枪支、手榴弹并用，共毙伤敌寇80余人。

“当年，日军虽然来势凶猛，却对付不了‘嗅枪队’边打边转移的‘麻雀战术’，‘嗅枪队’在战斗中日益壮大，多次与日军鏖战，先后歼灭日军800余人，使敌人闻风丧胆，但瑶族同胞也做出了巨大的牺牲。瑶族‘嗅枪队’，在民族抗战史上写下了光辉的一页。”

听完老者的介绍，我如梦初醒。当年的历史烟云仿佛在我眼前翻滚，民族抗战的壮歌依稀在我耳畔震响，“玩火者必自焚”，这是一条历史法则。

这无边的杜鹃花如霞似锦，直铺天际，在阳光下，竟如此璀璨夺目。我踱近路旁的红崖，想采撷一束杜鹃花，以作纪念；蓦地，见崖壁上镌刻着一首50年前的民谣：

嗅枪队员真勇敢，
配合大军来作战；
打得鬼子无退路，
尸体遍野填雄关。
日军美梦一场空，
瑶岭人人笑开颜。
百姓齐庆抗日功，
英雄军民英雄山。

瑶山村鹃红。杜鹃可以作证：这淳朴的民谣，岂止镌刻在红崖上？它分明镌刻在瑶山人们的心坎上，镌刻在中华民族抗战胜利的丰碑上！

（选自1995年5月16日《人民日报》）

“离”“归”村庄

◎ 匡程堂

“离”和“归”，标识出村庄的晴雨和忧乐。

离了春天的青绿，归来秋天的黄熟；离了满头的青丝，归来苍苍的白发；离了许多的穷愁，归来许多的旺象……

“恒常”只是村庄在时空里的一种概念，“变化”则是村庄的悄悄来客。如同那一场场不邀自来的春雨，带来生机，敲击着人心里簇新的欲望。

村庄装在脑海里是幅恬淡古朴而充满诗意的画，离去了，还从梦里归来。乍看起来，画似千百年不变：“年年岁岁画如旧”，其实是“岁岁年年人不同”。

如今的村庄也有些酷了，那种恬淡古朴渐渐地淡远。

如今的村庄被一个“离”字和一个“归”字串起来，就串成世纪初的那段流水线，那股人气，那股“淘金热”，发出急匆匆的忙乱和撞击的声响。

一群群青壮男女踩过了开满荠菜花的田塍，踩过长满狗尾巴草的石板路。向着公路上的卧铺大巴拥挤而去的时候，故乡的影子更远了，远得只剩下空旷的田垄，一剪树影和袅袅炊烟及倚门而望的几位老人。

离开村庄南下、北上，已成为一种时髦，“打工仔”不仅不显得低人一等，眉毛反而都抬高了三分。假若谁家的青年不去打工，反被认为没出息、没能耐，是那种只会啃菜蔸的土蚕。

“离”的那天早晨，忘不了爷爷、奶奶、爸妈按传统送别儿女出远门时的离别宴。

“滋溜”——爷爷很响地呷了一口米酒，然后才冲着奶奶和妈妈说出那句很传统、有点难听的话：“‘人不出门身不贵，火不烧山地不肥’。别学脚不出门的女人，女人射尿过不了门槛。”爸的话带着明显的张力，把爷爷的意思诠释得充满诱惑力：“打几年工，挣够了钱，再去读大学、读研究生。不读书，只能跟一世的牛屁股。”

从什么时候起，千条百条的田塍小路、石板路便同大马路接了茬，仿佛小溪流进大河。卧铺大巴便是河里的船，带着溪流的梦、村庄的梦、亲情的温馨远去。

离去后，村庄寂寞了，雀们不早起落黑地噪了，鸡叫狗吠声也显得蔫了精神。

秋雁去了，春天又归来，鸟飞走了还回到山林屋檐下。最惹心事的是山头上的云，飞起来更像思归的信纸，一片飞南，一片飞北，又从南北化作片片飞回来。

“归”字是烧在心窝里的一团火，是贴在心窝里的一块磁铁。身子瘦了，气色却清爽多了，说话的声调都抬高了好多个分贝，眉头眼睑全都是舒舒展展的，那还不都是因为有了钱。钱是硬邦邦、当当响的。钱换回了家电，换来瓷砖贴面的房子。

闻到了年味，闻到了糍粑香、米酒香、腊肉香、油泡豆腐香……归心比雁急，比水长。挤满了列列长龙，辆辆卧铺大巴，挤进背囊、手提包，一直挤到村庄的家门口，心才算落了地。“归”是那么个瞬间，几天、十几天，又拉起了行色匆忙。年复一年的离归，把个村庄的恬淡踩得粗粝了，却又把时代梦的影投在上面，紧步着城市的后尘。

“离”与“归”是农村的两幅版面，它划分出时光里的昨天今日。

（选自2006年1月22日《农民日报》）

为乡语申遗

◎ 匡程堂

当一股“抢救”、“申遗”风在大地刮起的时候，我想到了“乡语”。

我的家乡在湘西南。论语言范畴，属于湘方言的一个分区。在浓厚的方言氛围里，至今保留着许多古代发音：如“夜(ye)”被念成“ya”、“蛇(she)”被念成“xia”……方言指的是发音的腔调，所谓“十里隔音”。而乡语却彰显出不同地域人们对生活经验的理解认同。

乡语说来顺口，语词含蓄本真而没有概念化感觉。

“清明节”的祭祖活动，标准语叫“扫墓”，而家乡语却叫“挂青”。“挂青”好听，又让人感觉一种意蕴的升华。一个“青”字，无形中将心灵中那种颇带沉郁感伤的冢影墓气淡化了，仿佛召唤你走进大地的一派青葱绿意之中。

乡语把“种田”、“种地”叫“作阳春”。

乡语中将老人唤作“老成人”。

小孩被叫做“细伢子”。尤其从妇女口中叫出来，更有一种悦耳、委婉与亲昵，爱惜之情溢于言表。相比之下，“小孩”一词就显得平淡乏味。“细伢”就是“细芽”的意思，传递着普遍呵护的信息。殊不知今天的细芽就是明天的壮苗、大树呢？

生活中叫得最多的一个词是“吃东西”。但乡语偏偏要叫“呷东西”。乍看没啥区别。但从拆字来看却大相径庭。

汉字的渊源来自象形字，字体结构都是有含义的。“吃”字口旁一个“乞”，分明有“乞讨”之意，大有乞丐之嫌。食物本劳动者创造，自食其力，何来乞讨之理，简直是叫没了做人的骨气。而“呷”字口旁一个“甲”字，甲是指最好、最优，鸡鸭鱼肉、鲜蔬佳果……哪样不“甲”！让人闻之味蕾生津，食之大快朵颐。

乡语精细着哩！它在生活的汪洋中恣肆、自在，却又规矩得像“山不乱转，水不乱弯”一般，不可以随意附和、改变。

乡语眼下虽然还不能说已成“广陵绝唱”，也同样存在国人文化认同的危机。随着普通话教育的幼龄化、农村不断向城市化迈进，乡语已渐渐呈现陌生、冷落、隔绝状态。你常常看到一批批“打工仔”，初时是揣着乡语上路的，但不出一年半载，便由于被人讥笑“土气”而尽快放弃。待到回乡时，说话也打拗，已是土洋结合型了。乡语已丧失了人们起码的敬畏与珍爱。

人总能从乡语中寻根，而今天却要面对“割脉”的危机。能说一口道地乡语的人已成“银花族”。乡语在生活中正变得失聪，这是否预示着一个“乡语盲”时代的到来呢？

人类能自洽而诗意地栖住，是因为有一个由乡语撑起的精神家园。乡语与其他精神文化同属于一个民族的文化基因。

“当一个民族的文化存在，这个民族就存在着！”喀布尔博物馆大门上的题词，值得全世界铭记。

为乡语申遗吧！让广袤的大地上能够留下一种永久的声音——那是人类的精神遗产、最初的母语和美。

（选自2010年1月29日《文汇报》）

爱你想商量

◎ 尹全业

常常见到这样的警言："今天不爱岗，明天就下岗"、"今天工作不努力，明天努力找工作"。这些警言，对鞭策每个公民振奋精神，努力工作，实现中华民族的伟大复兴，是有积极意义的。每当我们在电视上看到边防战士在零下几十度的冰天雪地、空气稀薄的雪域高原或海岸孤岛，忍受种种艰苦坚守岗位的时候，不由人不肃然起敬。比起他们，我们还有什么理由不爱岗敬业，忠于职守，共同缔造共和国的繁荣。

然而，每当看到这些警言，总有一种被威胁被恫吓之感。当然，人有时需要有一种"狼来了"的危机感，以激活许多潜能。但长期处于精神紧张状态，头上好像总是悬着一把剑，于心理健康与社群情感未必不会产生许多负面影响。

说到爱，是一种发自内心的激情。当你碰上真正的意中人，两情相悦，当然是"爱你没商量"，但如果碰上一场并不美满的姻缘，或者"痴心女子遇上负心汉"，要强迫人家爱下去，甚至以"下岗"相威胁，非爱不可，这种鞭子下的爱，质量肯定不高，基础肯定不牢。爱的前提必定是被爱一方是出类拔萃的花间尤物或人中俊杰，让你爱得死去活来，绝不需强求人家"再爱一次"或"爱你一万年"。

岗，应该是每个公民最基本最神圣的劳动权、生存权，也就是最基本的天赋人权，不是当权者把持的尔予尔夺的私有财产。

评论一个政府的政绩，参数之一就是给公民创造多少就业率而不是失业率。“爱岗”也本应是每个公民最起码的职业道德和生存需求。假如一个人游手好闲，玩忽职守，不为社会创造财富，谁来养活你？你的生活资料从何而来？这是最基本的自然法则和生活常识，要想获得丰厚的物质享受必先付出充足的劳动贡献，这也是价值规律。中国人求安求稳意识浓重，他们不敢轻易抛弃赖以生存养家糊口的“岗”，尤其在现在竞争日剧的形势下，更会珍爱有加，即使对“岗”不尽如人意，只要能维持生计，凑合着过日子，也会捆绑着爱下去。但如果坚守的岗被虫蛀鼠啮，工资打折扣，福利待遇、劳保医疗得不到保障，领导却贪污腐化，你说还爱得起来吗？

综观当今，凡一个企业不景气甚至倒闭导致职工下岗待业，往往不是因为工人不爱岗不努力工作，乃是因为领导管理无序经营无方贪污腐化。与此同时，我们常常看到在报上电视上宣扬一些优秀企业时，往往不是赞扬工人如何爱岗努力工作，而是表彰领导如何廉洁开拓艰苦创业云云。厂兴功劳是领导的，厂衰罪责是工人的，这就是几千年封建社会文化观念形成的牧民思维，只在百姓身上着鞭子，哪里有问题，就是民众素质太差，中国历朝历代兴衰更替，难道是百姓的素质时高时低么？莫非汉唐的百姓比宋元的百姓素质高？前清的百姓比晚清的百姓素质高？中国的百姓是最纯朴的也是最驯服的，没有落后的群众，只有落后的领导。现在，当权者却垄断了这句警言，作为威胁职工驯服职工的利器，而他们自己却“逍遥言外”，让别人做“孔繁森”，自己做“王宝森”。在这种机制下，下岗的也不一定是不爱岗不努力工作的，优化组合往往化掉的是不擅于溜须拍马的优者，浙江某医院的医学博士生下岗了，却被美国人视为珍宝，让美国人白捡了一个高才生，就是一例。你不听话就让你下岗，一旦企业倒闭，他们又可在这面旗帜下逃避罪责，易地为官。

所以，我以为，要呼唤爱岗，首先得警醒当权者，建立一套罢免、引咎辞职等机制，让大大小小的官员也爱惜人民授予的权力，有“今天不爱岗，明天就下岗”、“今天当官不称职，明天不能再做官”的危机感。

其次，要想让人爱岗，首先得营造岗的可爱度。爱岗，大致有两类。一是事业型，对这一职业感兴趣，确认找到了发挥自己聪明才智的用武之地，一头扎下去就不计功名利禄，只求有所建树，有所发明创造，这类人往往富有牺牲精神、献身精神，他们的爱是对事业的主动追求，无须外力胁逼，甚至在逆境中亦保持执着的热情，但社会必须尊重这份爱，珍惜这份爱，给他们提供良好的工作条件，创造良好的环境，他们便会肝脑涂地，“士为知己者用”。否则，爱的火焰也会不断降温，乃至熄灭。另一类是生计型。大多老百姓是以职业为谋生之道的，所谓饭碗主义是最现实的主义，那么他必须从他的岗上获得富足至少是温饱的依靠以及人间情谊。这才能使他产生“爱×如家”的依附精神和“爱岗如命”的自发真情。一位企业家说：“企业的团队精神、凝聚力、创造力是建立在对职工的温情关怀，不断提高全体员工的物质生活和精神生活水平之上的。”物质的诱惑和情感的融合才培植出爱的根苗，有奶有母爱才是娘。员工的压力来自社会的竞争机制。这是一种内动力。被迫去做与自觉去做结果是不一样的，现代社会的公民应该是自觉的快乐的富有激情的创造性的劳动者，绝不是锁链下的奴隶和刺刀下的囚徒。在进入21世纪的今天，社会越来越尊重人权，崇尚人性，现代监狱的标语也由以前的“坦白从宽，抗拒从严”变成温情脉脉的“认真反省，接受改造，你的亲人正等待着你”。而“今天不……明天就……”这种恫吓式的通牒式的警言哪有半点温情，哪能让人心中荡漾起爱的涟漪？因此，我真希望这些警言的创造者能从观念上认真反思一下，平等地尊重每个公民，将口号变得温和一些，更富有人情味一些。我们不希望耳边总是响起警笛，倒是乐意听到既让人奋发振作而又轻松愉悦和谐的劳动号子，让人感到我们生活的空间是多么美好，沛然而生真爱。

（选自2001年10月23日《杂文报》）

春风万里落叶飘

◎ 尹全业

落叶一般在秋而不在春，当峭厉的西风把天空刷得格外高远，当陌上阡头望断最后一只归雁，当辽阔的大野无边的衰草摇曳得株株枯黄，便是落叶飘零的时候了。

然而，你留意过春之落叶么？春风骀荡中，香樟林落叶了，一片片，像春燕剪翼，飘飘扬扬，翩翩起舞。

落叶在春天纷纷而下，这大约是南国特有的自然风光。

秋之落叶渲染出一幅悲壮的气氛，落叶是土黄色或橘红色，最初像一只只断魂的灰蝴蝶，接着便是沙沙的黄叶的阵雨，接着便铺开一片赭黄或橘红的地毯，而在这地毯之上，铁杆似的峭立着光秃秃的树干和枝丫，直刺高远的蓝天。“秋雨梧桐叶落时”，更是悲凉凄绝令人断肠销魂。

但春之落叶却不是这般，落叶的颜色是浓重的苍翠，生命似乎并没有枯萎，叶脉间还汪着汁液。而在树冠上，在尚未落尽的陈叶之间，早已春潮般泛起嫩绿或鹅黄的波浪，那是新叶在次第绽放。

这是万木争荣的季节，主宰这个世界的不是肃杀的秋，更不是冷酷的冬，而是生机勃勃的司春之神，所以老叶不必作寒风中的瑟瑟，或以悲壮的牺牲来保护树木度过寒冬。这是高贵的禅让，他们知道吐故才能纳新，新陈代谢才能欣欣向荣，所以，不必待生命熬到尽头，不必等到西风来下请柬，就自动退下枝头，让新叶们去抢占春光，争逞风流。

在这里，阳光灿烂如碎金，雨水丰沛而滋润，地表下有取之不竭的营养，一切生命都可以在和风中做欢乐的梦。蜂蝶纷纷来伴舞，百鸟结伴来做歌。新叶在唱它们新生代的歌，呼唤鸟类来做窝；老叶也在沙沙作歌，它已经完成生命的辉煌乐章，唱着欢乐的告别曲，安然地扑向大地，在潇潇春雨中化作玉液琼浆，融入春泥，哺育新叶成长。这是令人感动的大自然新老交替的乐章。

当秋叶飘零、衰草瑟瑟的时候，我们总会不由得发出流光易逝、人生苦短的感慨，对落叶而伤怀。然而，在万木争荣、百花吐艳、莺飞蝶舞的烂漫春光中，手持一片从枝头飘下的落叶，仰望树梢满眼蓬勃的新绿，相信你绝不会有一丝凄戚，你心中只会澎湃着欢欣与希望。

春风万里落叶飘，生机盎然满枝头。在春光融融中，随便拾起一片落叶，你能不对它肃然起敬吗！

（选自2012年4月27日《文艺报》）

奶 头 山

◎ 谢道生

奶头山下蕴藏着神秘的冷泉和温泉。泉水孕育出天下最佳丽的女人。

走遍全国，单独一地有冷、温双泉的，恐怕只有桐山乡黄湾村了。

我们选择了一个雨后天晴的好天气，书记、乡长、村长陪我去游览奶头山。传说奶头山是仙女变的。

我们从九龙溪下游的溪边，沿着传说中的仙女的秀腿上山。山上是一片苍翠欲滴的竹林，竹林浓密，竹叶遮蔽阳光，阴森森，凉习习，身上不觉袭来一股寒意，即刻平息身上沁出的热汗，顿时感觉很舒服。山风在耳边呼啸，吹拂着翠绿的竹叶，发出丝竹弦歌的音响，袅袅余音，在我心中萦回，一时头脑清醒，精神振奋，游兴大增。

当我们走进深山碧绿的杉林时，村长介绍这是仙女微凸的小腹上。山上生长着许多珍贵森林，有些奇树叫不出树名，只认识有榉树、楠木、荷木、檀木、红豆杉、樟木等珍贵树木。树林高大，枝繁叶茂，绿树成荫。当地村民视奶头山为仙体圣地，历来未砍一草一木，很重视环境保护，现保存的都是原始次生林，千百年的古木奇干怪枝，藤萝翳漫，自生自灭。古树葱茏，紫烟飘舞，幽幽静静，给人一种身入仙境的感觉。

我们游到九龙溪的上游处下山，只见对面三十多米高的三级崖壁缝隙中，飘流出九支瀑布，翻滚着白色的浪花，飞溅着似玉如银的水珠，闪烁着五彩缤纷的霞光，迸发出续而不断的春雷般的轰鸣声，气势雄浑而磅礴，豪迈而坦荡。传说仙女的秀发飞洒，正在这里梳洗。

飞瀑流入小溪，沿溪水而下。我们下山沿山脚小溪走去，潺潺流动的溪水，奇怪地冒着热气。溪边有一片300多平方米的许多小块稻田，水中也冒着热气。稻田中间有一个五米长、三米宽的石砌大井，井中热气腾腾，股股热气浓烟似的滚滚上升。我用温度表测试，井内水温44摄氏度，这就是“温泉”。靠左边100米处的石窝中，悠悠地流出一股甘洌的泉水，水温只有5摄氏度，这就是“冷泉”。当地人称冷、温泉为“姊妹泉”。村长介绍：这两股泉水是有来历的，相传，古时有个英俊的青年，名叫黄勤，心地善良，母子二人，家道贫寒，靠儿子砍柴维生。黄勤有时宁愿自己挨饿，节食养母，年长月久，成为天下第一孝子，感动天地。天上有一仙女，见黄勤一表人才，忠孝俱全，下凡与他成亲，生下一胎双胞女。双女吃奶有个怪癖，大女儿要吃热奶，小女儿要吃冷奶，否则一口不吃。仙女无法，只有施法变双奶为一冷一热，左奶冷，右奶热，精心喂奶养育双女，过着美满幸福的生活。谁知好景不长，上天玉帝派天兵天将把仙女捉回天宫。仙女施法将凡体留在凡间，变为一座奶头山，左右两个乳头中的乳汁变为冷、温泉水，养活了两个女儿。双胞女饮用冷、温泉水，长大成人，容貌似天上仙女，十分漂亮。后来，双胞女与当地青年结婚，传宗接代，美貌仙女的血脉遗传至今，个个都长得非常漂亮，男的赛潘安，女的赛西施。

有人不相信冷、温泉水能强身养颜，偷偷地取泉水去省生化部门化验，泉水中含有硫、镁、锌、金、铁、钙、钾等数十种人体需要的微量元素。全国各地有很多年轻姑娘，闻讯这里的冷温姊妹泉水，是养颜美容的灵丹仙露，都千里迢迢来到这里住上一段时期，亲自体验冷、温泉水能美容的功效，结果都是脱胎换骨似的，带着漂亮的体态回家。

过去，社会上流传一句歌谣；“益阳女子苏州汉，邵阳女子黑煤炭。”赞美益阳女子美，苏州男子帅，诬蔑邵阳女子丑八怪，这是过去那些花花公子闲无赖说的，颠倒是非乱扯淡。

其实，奶头山坐落在邵阳地区的雪峰山腹地西南处的高山峻岭中，因交通不便，长期被埋没美名，所以，这深山林里的美人窝，无人知晓。我曾经见过益阳、苏州的美男美女，比不上奶头山下的男女美。我真想为邵阳女子背上“黑煤炭”的丑名平反昭雪。

离开奶头山的时候，我心里老像牵挂着一点什么，仔细一想，好像有点观景不足的感觉。

当我们登上奶头山对面比奶头山高出一个头的中桃山时，我忍不住侧首俯瞰奶头山作最后一瞥。

蓦地，我惊呆了。观看那奶头山，不知是什么时候变作了一尊充盈于天地之间的少女浮雕？我以为我年老眼花，模糊不清，看走了神，迎来幻景。擦了擦眼睛，定神仔细观望，那群山之间，仰面青天躺着的，不就是那位仙女么？她那线头分明的高高隆起的酥胸，不正是两个乳头拔尖的奶头山吗？她那体态秀丽的身材，安稳地躺着，瀑布般的长发软软地飘垂，健美的双臂舒展地张开，匀称的长腿、两臂微微弯曲着，双脚浸入清清的九龙溪中。还有，她那细软的腰，稍稍隆起的小腹和高高凸出的乳峰，在暖融融的斜照的夕阳下，仙女美丽的身体的一切线条都是那样的柔和，那样的逼真，那样的凸现，那样的层次分明；活脱脱一个富有生气的美女，酣睡在那夕阳斜照的山岗。我身心似乎涌进了一股暖流，感觉到了她身体的温馨，看得见她胸脯呼吸的起伏。

我被仙女美丽的“体态”震慑了，心灵沉浸在一种莫名其妙战栗之中。我感叹大自然造化的伟力。

我边看边想，看的不仅是美丽的景色，而是一位美丽的仙女，安详地睡在大地。想起她为人类创造美丽的后代，我的心底突然冒出一缕缕温热的情丝——我曾经投身她那温软的怀抱，感受到了她那母亲一般的柔情。

我回想在山上游览时，难怪一踏上奶头山那美丽而绵软的山径，脚下便发出一种来自丹田的空蒙而带共鸣音的回声。仿佛我每走一步，那仙女便以母亲般的心音招呼着我。

天下最伟大的是母亲。不知在亿万年以前，开天辟地造出了这位伟大的母亲。是她创造了人类，是她养育了人类，只有人类才能创造世界。所以，这位母亲是世界的天神，是人类的最尊敬的天神。她是真正的天神，她的化身——奶头山，以她的乳汁变成冷、温泉水，养育出世界上最美丽的人类。

（选自《散文百家》2008年第11期）

爱

◎ 萧尊凡

“怎么开交——你们在糟蹋糯谷——吃又不吃，却把它趴掉了——”妻于惋惜地扯着长音，在责备着那群淘气的小鸡。

我立即放下手中的报纸，走去房门，只见妻子正扬着一根竹枝，在“嗬——嘻——”地驱赶小鸡。竹枝扬得高高的，却轻轻地落下去，连皮毛都没挨着呢。见这情景，我打趣道：“你这位大慈大悲‘观音大士’，何必用那竹枝去吓唬‘老百姓’呢？”

妻子笑了。

我品味着妻子对小鸡的批评：不吃，却趴掉，实在可惜，更何况趴的是糯谷呢！春节吃的甜酒、粑粑；平时待客、喜庆，都需要糯谷——妻子的话，又何止一般的爱粮之心，确能表现其个性特点……我品着品着，便学她的腔掉，重复着她的话来：“怎么开交——你们在趴糯谷——吃又不吃……”我神经衰弱，接不上来了，便请求妻子帮忙：“喂，‘观音菩萨’，后一句你是怎么说的？”妻子知道我是个爱弄笔黑的人，便会心地笑道：“人家说句话，你也要嚼一嚼。”

我笑着说：“对你的话我感兴趣，对你这个人我更感兴趣呢！”

“为什么？”妻子斜着眼，歪着头，明知故问。

“你的语言和行动，在刻画着你有一颗善良的心：爱鸡、爱粮，更爱糯谷；还爱……”我逗着耍欢，甜蜜地回味着妻子待我的一

切，接着说："还爱……"我话到嘴边又咽回去了，就用眼睛紧紧地瞅着她，指着自己的鼻子说："你，还会爱'人'呢！"

妻子笑着，急忙重新扬起了竹枝，做出一副打人的架势来，大叫："该打！"可那扬得高高的竹枝，却丢在一边了。

我说："连鸡都舍不得挨皮毛的人，哪里舍得去打人呢？何必吓唬老百姓？"妻子笑着嗔怪道："你以为我只知道爱……"她也是话到嘴边留三分。只见她脑袋一晃，眉头一皱，眸子一亮，带着几分委屈的口气说："你以为我就只知道爱这个家么？"

第二天，我帮着妻子去送公粮。我们一麻袋一麻袋地往板车上装。一百斤一袋，搬了四袋。我说："走，足够了。"妻子忙叫道："不，还要装三袋！"我很欣赏妻子多卖余粮的精神，却故意同她算起账来："我们家要送的公粮加超产粮，合共350斤，四袋400斤，还不够么？"可妻子却斜乜我一眼，似嗔非嗔："嘀，装得倒蛮像呢；我还不知你……"我笑着逼问道："你知道我什么？"妻子嘴一扁说："你心里清楚！"然后，低下头，脸红红地说："你昨晚读报给我听干什么？"

"那……那……"我有点回答不上了。

"你以为别人都是落后分子，只有你先进是不是？"

"嘿嘿，我是怕你舍不得呢。"

"把你一起送去，我都……"她把脸扭过一边，"舍得！"

"好！那我带上牙刷、牙膏……"我一边装模作样地欲往屋里走，一边唱道："……妻子送郎上战场……"

"哟，要死的，"她笑着，又抄起了竹枝，亮着双眸，调皮地吓着我说，"你想打了是不是？"竹枝只一扬，又放下了，"还不快去把那三袋糯谷搬上车来……"

板车启动了。它一路唱着歌儿，欢快地往县城粮站奔去……

（选自《湘江文学》1983年12期）

我爱瑶乡小石桥

◎ 黄明东

我走过许多地方，见过不少风格迥异、巧夺天工的大小桥梁，然而，最令我为之赞美的，还是我们湖南瑶家山寨的小石桥。

我的家乡在雪峰山腹地的十里瑶寒，像一块镶嵌在雪峰山脉中的绿色翡翠，山峦重叠，沟壑纵横，大小山涧河流星罗棋布。桥，成了瑶乡交通运输的纽带，日常生活的伴侣。她记录了瑶乡兴衰的历史，也伴我度过了梦幻般的童年。

从我记事的时候起，桥，就深深地印在我的心上，那时，我们瑶乡还没有石桥，需要架桥的地方，都是从山上砍来红松木做桥桩，用四五根剥光树皮的雪峰红杉往上一架，就算是桥了，春夏时节，一旦山洪暴发，人们辛辛苦苦架设的木桥，一夜之间就被冲得无影无踪，以至于年年架桥，年年被洪水冲走，不知耗费了多少财力物力。记得上小学一年级那年春季的一天，我冒着瓢泼大雨，紧紧拉住父亲的衣角，战战兢兢走过浑浊江水上的木桥去上学，谁知快放学时，一股洪峰从上游咆哮而下，木桥瞬间荡然无存。我被困在学校里，三天后才回到家中。也就是那一年，邻村的沈大婶突发急病，眼睁睁被洪水堵在家里，在痛苦的呻吟中，撒下全家老小离开了人世。

那以后，洪水在我幼小的心灵里投下了可怕的阴影，我暗暗发誓，长大后一定要亲手修一座很大很大的石桥。

长大了，我当上了工程兵，在祖国南北的河流上，架设了各式各样的桥梁，练就了一手过硬的架桥技术，我多么想在瑶乡的河流上修一座乡亲们期望的石桥啊！

可是，在那连肚子都填不饱的年代里，又哪有能力去修桥呢？

党的十一届三中全会，终于迎来了瑶乡的春天。改革的步履，带来了经济的腾飞。长期与贫困为伍的瑶乡人变得精明了，党的农村经济政策，把他们的眼光引向山外的世界，俗话说，“要想富，先修路”。可瑶乡人却有自己的主见：“要想富，必修桥”。在短短的十年时间里，瑶乡的群众凭着自己的力量，有钱出钱，有力出力，硬是把昔日经不起洪水冲击的木桥，换成了一座又一座石拱桥。我们瑶乡有一个叫高坎垄的地方，两座刀劈般的高山夹着一条湍急的河流，河的两岸，一边住着瑶族同胞，一边住着汉族兄弟，自古以来，两岸的人们同饮一江水，共过一座桥。由于洪水肆虐，吞噬了一座又一座瑶汉同胞辛辛苦苦架设的木桥。前几年，瑶汉兄弟在河谷中喊开了架桥的号子！共同集资两万余元，修起了全乡范围内跨步最长、耗资最大的石拱桥，为了缅怀长期以来铸成的兄弟般的情谊，纪念共同奋斗的业绩，他们把这座桥命名为“连心桥”。

儿时的伙伴，现在的乡长告诉我，改革的十年里，在我们这个只有4000多人口的瑶乡，先后集资80多万元，修起了大大小小64座石拱桥，总长度达4000多米，相当于南京长江大桥的长度。

更可喜的是，这些大大小小的石拱桥，把十里八寨连成了一片，构成了连接山外的通道。

登上瑶乡江水环绕的山顶，俯瞰玉带般的河流，那一座座小石桥，装点着瑶乡的天然美色，象征着瑶乡的光明前景。

（选自1989年10月16日《人民日报》）

大山里的孩子

◎ 廖 军

上

“岩石崽咃，你到哪儿收魂去了……”

姆妈站在屋前的石坎上，朝对面的大青峰喊。她很生气，这个不听话的崽娃，吃了饭，把碗一摔，就跑得没了踪迹。昨夜跟他说定了的，晌午还要到五里坪他大舅爷家去贺寿，可眼下岩石不晓得野到哪里去了。姆妈又喊了两遍，没听到岩石回应，无奈何地打转回屋里。

这个时候，岩石已兴冲冲地踏上了大青峰的牛脚路，额头上淌着汗珠，嘴里呼呼地吐着粗气。他走得很快，两手不停地拨扒着拦路的柴树枝，像一只野兔子，起劲地一蹦一跳，向山上冲去。

多么宝贵的星期天哟！

今天，他负有一个大大的使命呢。最近，少先队大队部成立了生物小组，要制作不少动植物标本，要知道，生长在大山里的岩石，捕捉蚂蚱小鸟是拿手戏，因此，他岩石理所当然地成为标本的采集者。

昨夜，姆妈要他今天去大舅爷家。他一听就烦死了，说自己有要紧的事不能去。可姆妈不答应，用拨火棍在地上敲敲，说这样的大好事必须去祝贺，还有，舅爷家杀了猪，还杀了鸡，办了不少好吃的东西。喷香的鸡大腿对他来说已不感兴趣，那是逗小

把戏的，岩石缩缩鼻子这样想。

当然，岩石懂得姆妈的脾气，讲话时硬了唱对台戏，拗犯了她的性子，那就得挨拨火棍，只有到时候偷偷溜走，事情过去了，姆妈也就不会说什么了。

现在，他登上了大青峰的山顶，开心地唱一声“小喜鹊，喳喳喳……”放眼望去，青翠的竹林，绿涛般的松海，还有挺立在最高处的几棵苍老粗大的古树。好看极了！

天空碧蓝，只有天边抹有几道淡淡的白云。

两只长尾巴鸟盘旋着，最后落到一棵柏树上。岩石弯着腰，悄悄跑过去，掏出弹弓，夹住一颗圆圆的青石子，稳稳瞄准。“啾啾！”长尾巴鸟怪精灵的，一声长鸣，双双腾空而起，远远地飞走了。

岩石失望地垂下手，把弹弓塞进裤兜。起风了，凉丝丝的清风，吹拂着岩石汗湿了瓣头发和半敞的胸口，好舒服哟！

一只花喜鹊飞过来，落在一棵古树上，那儿有它的窝。岩石瞄了一眼，看到花喜鹊叼着食。嘿，窝里准有小喜鹊，他心头一喜！一动不动地看着，等花喜鹊钻进它巨大的窝里。岩石才飞一般朝古树奔去。

花喜鹊连续发出几声“喳喳”，窝里隐隐发出骚动。岩石想，准是那些淘气的小喜鹊在争食呢，看来里头小喜鹊的数量不少。

古树很粗，岩石用两个手都抱不住，上去两个人高才长出分枝。岩石往手掌心吐了几摊口水，脱掉鞋，嗖地爬上旁边另一棵树，它大概是古树的孙子吧！岩石轻巧得像猴子，他从旁边的小树上攀到古树的分杈处，打个秋千，便过去了。古树就只有两个大分枝，树叶稀稀拉拉，就像青明公公的头发。住在大青峰另一头的青明公公，九十多岁，身子硬朗得抵得上后生，就是黑包头里只有几丝头发了。岩石一直没弄明白，好端端的一头头发，用手扯都难扯得脱，怎么会自个儿松落？

岩石探头看了一眼，奇怪，花喜鹊没飞出来，它还在里头梳理崽儿的羽毛吧？对，捉活的！岩石小心地爬过去，尽量不弄出声响，粗糙的树皮磨痛了他光光的脚趾，但他仍然起劲地向上攀去。

低头一看，岩石觉得自己升到了半空中，风儿摩挲着他的面庞，岩石变得迷迷糊糊的。登上一个只剩下半截的光秃秃的树杈，乱蓬蓬的巨大的喜鹊窝出现在头顶。岩石缓缓地伸直腰，一只手抱紧树身，一只手往窝里探去……

岩石抓牢窝里一团粗大的东西，他高兴得心怦怦直跳，捉住花喜鹊娘娘了！

他用力一拖，手里的“俘虏”在剧烈地扭动和挣扎着，岩石抬眼一看：哇哟，蛇！一条粗大的蛇！他吓蒙了。

那条受到突然袭击的蛇，借助岩石的护卫用力一窜，身子差点砸在岩石脸上。它一绞，长长的身子把岩石缠住了。

把蛇摔下去已经不可能了。幸好，岩石手正捏住蛇的“七寸”。他尽力把蛇往外扯，不让尖尖的蛇头碰着自己的脸。

那是条多么可怕的蛇啊！脑壳下边鼓起一个拳头大小的坨坨，不用说，是那可怜的花喜鹊，菜花色的蛇头，鳞光闪闪，炯炯发光的凶眼恶毒地瞪着岩石，一吐一缩的舌头发出恐怖的嘶嘶声，似乎一口要吞下岩石。

岩石蹬着树杈的腿在发软，要不是手抱得紧，他几乎要掉落下去了，全身也在颤抖，心“扑扑”狂跳，口里喘着大气。

“姆妈，快来救我！”岩石用尽全力大喊。

“……救我！”

“……救我！”

声音在山林里回荡。

茫茫的山林，不见一个人影，山雀停止了噪叫，风也惊惧地藏式起来，只有远处传来一声“哭雕”阴森的哀鸣！

岩石的额头挂满了热汗，看来，只有靠自己一条路了。他的手抓得紧紧的，不肯放松一丝。大花蛇的脑壳艰难地扭动，它难受极了，只得把身子缠得铁紧，来发泄它内心的愤怒。

岩石想慢慢往下滑，他试探了几次，可是不行。他两只手无论松开哪一只，都有丧命的危险，他决定保存自己的体力，山里总会有人来，到时候再喊人帮忙。

他和它就这样对抗着，人奈何不了蛇，蛇也咬不着人。

等呀，等呀，大青峰的山道上出现了一位老人，老人拄着一根龙头拐杖，缓缓地行走。

岩石眼尖，那是青明公公哟！可不，青明公公每天都要爬一次山咧。

他大喊："青明公公，救救我！"

一连喊了五六声，青明公公裹着的黑包头的头才转过来，他终于听清了。青明公公的眼力不差呢，比当年打猎时没减几分，他看到了高高的古树枝上爬着一个崽娃。

青明公公扬起老腿，跌跌撞撞地奔过去。

来到古树下青明公公弄清了原委，他对岩石喊着："崽娃莫松手咧，莫怕！莫怕！"

岩石见青明公公来了，心里大为高兴，被人们称作"活神仙"的青明公公，准有法子救他。为了表示自己不惧怕手上的蛇，岩石猛然收拢手，把蛇头往树身上一撞，又很快拿开。

他满不在乎地喊："青明公公，我敢撞它咧！"

不料，蛇遭到痛击，死命挣扎，尾巴猛然一绞，缠到岩石的胸口上。

"哎哟，公公，我快闷死了……"

青明公公气得用拐杖直捣地面，这崽娃真坏事！他翘起胡子直叫："崽娃，压着树，莫叫它再缠……"

岩石大口大口喘着气，喉咙里头像塞了一块什么东西似的。这该死的蛇哪有这样猛的力咧，他死死贴紧树，不让蛇尾巴再缠过来。

暴怒的大花蛇，从嘴巴里喷出"呼呼"的吼声，它的尾巴竟直上来，往岩石脸上捅去。

青明公公又在底下叫喊："别叫它堵鼻眼，咬它，快咬它！"

那蛇尾巴真的朝岩石的鼻眼塞去，岩石急了，顾不得什么腥臭，便一口咬住。

大花蛇发凄惨的嘶叫，它拼命一张嘴，那个坨坨，整个儿的花喜鹊，湿淋淋的，从大张的蛇嘴里滑了出来，一直跌到树下。

岩石感到蛇身陡然一松，他一恶心吐掉蛇尾巴，随手把蛇头也扔开了。于是长长的大花蛇，像条带子似的脱落了，沉重地摔落在地上。

大花蛇还在喘息，它折腾了一下，又拖着身子往前爬，才爬了三五步，尾巴上鼓起一个碗大的水泡，又马上“叭”地破碎了。大花蛇的脑壳一扭，不动弹了。

岩石好不容易才滑下树来，他紧紧抱住青明公公的腰杆子。青明公公摸着他满是汗水的头发，吐着粗气，连连说：“崽娃，你赢了它！你赢了它！”

下

岩石掏喜鹊窝，被蛇缠的事，山寨的人都晓得了，好多鼻眼挂着“粉线条”的小把戏，围着岩石，实实在在热闹了一番。姆妈却把他骂了一餐饱的，后来，她逢人就说：“我家岩石的命大……”当然，她也没忘青明公公的恩，硬给他送上二十个大鸡蛋。

岩石倒没什么，他胆变得更大，蛇有什么可怕的，它会咬人，人也咬得它死咧！

不想，这样一来，岩石又和蛇打上了冤家。

姆妈喂了七八只母鸡，有两只正红着脸，一天生两个鸡蛋。有一天，姆妈去拾蛋，发现鸡窝空空的，她把岩石找来，骂他偷了鸡蛋。

岩石大声叫屈，见鬼哟，他岩石才没生三只手咧！

可是，一连几天，姆妈都没拾到蛋，真是怪事，鸡蛋到哪里去了？这真是个谜！

没说的，出了贼牯子。

第二天，天还没有一根竹竿高，岩石躲到鸡窝旁边的一堵墙下。墙上有一个碗大的洞眼，鸡窝里的情况看得一清二楚。两只红着脸的鸡婆先后进了鸡窝，踹动了一会儿，便一动不动地伏着，又过了好大一阵子，鸡婆子拍打着翅膀站起来，两个滚白鸡蛋躺在窝里，鸡婆子高唱“咯哒，咯哒”，跑出去向妈妈表功去了。

岩石眼睛紧盯着鸡窝，到底是哪个来偷鸡蛋，紧挨着鸡窝是一大堆柴草，里头“沙沙”地响动，慢慢地伸出一个黑乎乎的东西，呀，是蛇！

蛇拖着长长的身子，爬进鸡窝，那是一条黑色的、长有白花斑的蛇，它张大嘴，熟练地一吸，脑壳一仰，整个鸡蛋便滚进它的肚子。蛇把两个鸡蛋都吞了下去，便悄悄地离开鸡窝，钻进柴草堆。

原来是这个贼牯子，岩石惊讶得目瞪口呆！

他刚想去寻条棍子，又见那条蛇从柴草堆里钻出来，往屋后爬去。岩石忙弯着身子，轻轻跟上去。

大黑花蛇真是个贼种，专走背人眼道的道，三转两转转到了屋背后的乱石岗，它爬上一棵手腕粗细的树，缠在上面，一用劲，身上鼓起的两个坨坨压碎了。

岩石的嘴巴张得大大的。这个该死的贼还真有两手呢，他恨不得想拾石头砸去，但眼珠一转，又想出个绝妙的主意。于是，他小心退下来，边走边想，明天，大黑花蛇，有你好受的！

第三天，岩石向老师讨了几支白粉笔，又从河里选了两具鸡蛋大小、头大尾细的鹅卵石。他用粉笔浓浓抹了一层外壳，嘿嘿，还蛮像鸡蛋呢。

姆妈已晓得是蛇偷吃了鸡蛋，她事先把两只红脸鸡婆关到里屋。岩石放好假鸡蛋，便又躲到矮墙后面。

大黑花蛇按时来了，它没看出破绽，一口一个把两个石头吞了下去，然后，不慌不忙地溜走。

岩石跟踪着来到乱石冈，那铁丝蛇缠在树上，一使劲，突然发出痛苦的嘶叫，那个石头撑得它好苦咧！

岩石看到大黑花蛇狼狈不堪的样子，高兴得不得了，差点笑出声来，乖乖崽，尝到厉害了吧？

大黑蛇很不甘心，它似乎还没感到肚里的是石头，又狠狠缠了两次，大概痛极了，大黑蛇一下子跌落下来，在碎石上躺了一会儿，才挣扎着往前爬。

岩石蛮有兴趣在后头跟着。

大黑蛇爬上一个石坎，那石缝间长着几蔸青草，大黑蛇用嘴碰碰，叼住了一蔸，费力地吞了下去，又一扭一扭地钻进一个洞洞里。

岩石放心地回到家里，他很有把握地告诉姆妈，大黑花蛇死定了。

不料，第四天，岩石又发觉大黑花蛇来了。幸好及时地驱赶，才保住了两个鸡蛋。

大黑花蛇身上的两个坨坨全消了。我的天哟，岩石想，那可是石头咧！岩石突然记起大黑花蛇吃草的情景，呀，那草了不得，准是一味神药。

岩石飞快地跑向乱石冈，寻着了那几蔸小草，他仔细地辨认，又亲口尝了一蔸。

到了夜晚，岩石像得了饿痨病，只觉得肚子咕咕直响，饿极了。他端了三大海碗饭，还说没吃饱。姆妈被他惊住了。

岩石非常高兴，自己发现了一味少见的良药。他熟记小草的形状、颜色，连叶片也数过了。只是这种小草很少见，找了许多地方，都没看到。后来，岩石在大青峰下一个悬崖下才找到十几蔸。

这下子，山寨的人可沾光了。这味药治好了不少人的病，特别是对胃病、肾结石等病，堪称灵丹妙药，甚至能根治。

岩石做了件了不起的大好事！

至于那条大黑蛇，岩石还是想办法把它弄死了，从此，鸡窝里的蛋再也没丢过。

（选自《雪花》1986年第10期）

又见月亮溪

◎ 林章文

又见到您了，心中的月亮溪。

一条淙淙地淌着大山汗液和丛林深邃的小涧，江花溪草铺缀着的甜蜜气息，仍然在黑色的鹰石和清凌的水际流荡，您还能把几年前那群身着戎装、有着鼓鼓的疙瘩肉的小伙子们的笑声再现在这闭塞的山野么？

那笑声有如俯仰即是的大山：沉稳、豪迈。

几年前，浑浑噩噩的闷罐子火车把我们送到这群山的环抱。在城市兵的欢呼雀跃中，我和同乡小马沮丧得鼻子直酸。

当首长宣布部队的任务是为国防工程凿岩打洞的时候，我们简直傻了，热泪在血管里翻腾：在家乡刨土伐木，在部队凿岩打洞，当兵闯天下的“出息”原本如此！

可我们毕竟是战士，咬咬牙，认了。

于是，我和小马，还有同我们一样因憧憬山外大世界而投锄从戎的战友们在地下层的掘进中，在风钻的所向披靡中，寻找着自己的优势，塑造着“兵”的群雕。

山下有条清冽的溪涧，因为“兵”的活动而有了灵性与活力；它洗去地下世界馈赠的尘灰，挟走洋溢着阳刚之美的汗气；它弹着和弦，伴奏着我们的军营迪斯科；它携着温婉，偷窥着我们动作感强烈的梦。

月光融融的秋夜，群峰用一条苍劲有力的横线割开了乳蓝与暗黑，溪水流动着破碎的月影，像是对新生活憧憬的渴慕，又像是引人遐思的秋夜浪漫曲。我和小马并坐在那凸出的鱼头上，把自己融入宇宙的苍茫。

“开头我真感到窝囊，当兵嘛，洒血疆场，流芳百世，没想到……”小马的声音回味绵长，有如窖藏多年的苞米酒。

“现在呢？”我脸上也一阵阵烧。

“不啦”。他望着河水时的眼神像是望着自己心中的偶像：“面对着这清澈的水流和无瑕的明月，我们还有什么不能净化呢？它分明在告诉我，军人的奉献不仅在战场。”

又见到您了，心中的月亮溪。

县里马上要召开优秀退伍军人表彰会，领导要我介绍带领乡亲脱贫致富的经验，我该怎么说呢？月亮溪，我请教您来了。

您还是那样，浅浅地、淙淙地流淌，伴随着这儿平凡的山峦岩石、普通的野花溪草，可您知道么？自打您进入了一批军人的生活，您就无时无刻不在改变着他们的生活，过去，现在，将来。

我猛然意识到，我仍在极浅薄地故作姿态，您——月亮溪，才是真正的思想者。

要想，到时就从您讲起吧。

（选自1990年8月16日《邵阳日报》）

半边庵游记

◎ 王友火

“五一”假期，大凡有些身份的人都去了名山大川，或繁华都市。我等小民，邀三五狐朋在近处遛遛，也不失为一件快事。

说是洞口人，都晓得有个洞口塘，但真正登过洞口塘两边山顶的人并不多。鄙人以前也只因救火上过北边半山腰，南边的山头却是可望而不可即。这回，了却此愿了。我们一行从龙眼洞处登山。沿路上，只见满目青翠。遥望山腰，一簇一簇的杜鹃红似火焰……让人喜爱得不行。开始里把路，一些人行走如飞。慢慢地，便有人开始气喘。慢慢地，便有人开始流汗。慢慢地，便有人开始解衣。慢慢地，便有人坐在树荫下了。慢慢地，便有人说只能仰望山腰间的云儿如薄纱般缭绕了……沿着山民们踩出的羊肠小道，我们一部分人坚持着。一步一步，慢慢地攀登着。顺便，在路边捡一根棍棒，拄着。偶尔，往山下看看，只见万丈深壑，令人眩晕。走走，歇歇。歇歇，走走。登至半边庵时，一行人所剩寥寥。往山下大吼几声，偶有回音。往山顶一望，悬崖峭壁斜插云天，摇摇欲坠。一处略显宽敞的地儿，隐蔽在树林里约三层楼高的半爿绝壁上。断面平滑，略斜，如走廊，近五十米长短，四米左右的进深，加上稍低一坎的土坪也不足十米。已有人在石壁脚上放置着观音菩萨和如来佛祖的法相。这便是半边庵的旧址了。半边庵建于何年，几时颓废？鄙人未曾考证。但站在此处往山下远望，视野确实开阔无比。一览县城四周的群山和江河，似在薄雾中，尽收眼底，美不胜收。遥想当年，这高山之巅，晨钟暮鼓，庵中香烟袅袅，顶礼膜拜者络绎不绝。有人吟道：半天云中半边庵，半倚半靠半边石。一僧一尼一炷香，阿弥陀佛到天亮。该是一个怎样的神圣和清净所在！

往北走，一口老井，虽然废弃，但仍可见涓涓清流。再往前走，一条野生乔木丛林排行如列队的士兵，护卫着一米多宽的土路，树木茂密，枝头可触发际，十分荫凉，蜿蜒而去，有一百多米长，直达一块百余平方米的空坪。但见坪中沟壕纵横交错。已有人在此标注为抗日战争雪峰山阻击战战壕。转身回望，尚有百丈悬崖，少有人迹。此时，我们一行，只剩三人。且有两位怕晕，不敢再登峰顶。我于心不甘，一定要上绝处，只身前往。一步一停，颤颤巍巍沿尺余宽的鲫背形树缝隙间往上爬。前面，有一巨石，高约二十余米，石根处便是万丈深渊，往下看一眼，背脊发麻。我抓住一棵臂膀粗细的树木，四肢并行，抓稳抓稳移半步。从那巨石的腹沟里往上攀登时，真可谓“狗爬岩”了！好不容易爬到山顶，已是一身冷汗。山顶是一块约三百平方米宽的大坪，也是沟壕交错，也已有人在此标注为抗日战争雪峰山阻击战战场遗址。山顶凉风刺骨，似乎与半山腰不处在同一个季节。真可谓“半山霜色半山月，半春半冬少夏秋”。山顶树木矮小，且多半长得歪歪扭扭，于绝崖上盘根错节，斜枝长展，似猿臂揽月。我曾想，若能将这些树木移植至房前屋后或城里的广场花园，该是怎样精美的景物！某人若偷得一株置于书案，该是一种怎样的窃喜！但是，这些树木却依然在悬崖峭壁上艰难地活着，根部苍老，如龙虬深入石缝。有些，已有大半边枯烂，却依然生芽发叶，甚至开花……那些伐木者多择高大醒目的采伐，少有看上这些奇异怪才的。惟独具慧眼者识得这些饱经风霜的，并赋之以大自然之真美的赞誉。更有甚者，将此类千奇百怪的树木移至房室，以观赏，以励志，且说，沧桑和淡泊是一种境界。这，便是洞口塘南边山头的主峰了。

远远望去，可见百里之外的柘木界、白马山，东南便是洞口县城了。千百年的星移斗转，千百年的春夏秋冬，千百年的花开花落，已将山顶积了一层厚厚的沃土，并生长着最高贵的兰草。能长兰草的土地，是最圣洁的土地！我双手捧起一抔黑土，并带回了一株我梦寐以求的兰……下山时，我们一行三人往此山的北面经仙人桥至湘黔古道，沿途的景象比南面更奇，更险。峰回路转，怪石林立，山风习习，树枝摇曳，远景如画，令人神怡。莽莽雪峰大山，却独在此处劈一口子，不知是谁的鬼斧神工？无论其险峻，还是其秀逸，名山大川，莫过于此。登此山者，亦非俗流。

（选自《学生家长社会》2011 年第12期）

谁赶走了我的鱼?

◎ 袁国基

一

从乡村到城市，我已经离开河流很多年了。离开河流的我，像一只离开了水的鱼，快要死去了。我的生活里虽然不缺酒肉，也不缺矿泉水，可是我不能安居，灵魂不能栖息，生活中总觉得缺少了什么。缺少了什么？我自己也说不清。每每入夜，我就做梦，梦见一条静静的河流泛着碧波，春江水暖，杨柳依依，野菊飘香，我快活地在水中游来游去，一群鱼虾正追着我打闹，忽而咬我的腿，忽而撞我的臀，忽而钻入水草，忽而腾跃水面……

古希腊自然哲学家阿那克西曼德曾得出令历史震惊的结论：人是由鱼演变而来的。这位被尼采称为前柏拉图的伟大哲学家3000多年前发出的声音，已被21世纪的考古科学家进一步的论证，原来鱼才是我们人类真正的祖先！难怪《圣经》上说，上帝在创造世界时，上帝的灵运行在水面上。

我想，我就是一只鱼，一只生活在岸上的鱼。

二

星期天我在家悠闲，见到窗外有阳光暖暖地照着，居民区的老头老太们在楼道里大呼小吆，纷纷走到花园里坐在石凳上晒太阳。冬日的花园里，几棵冬青树仍然泛着绿油油的光彩，顽强地显示着生命的活力与气息。几只小鸟绕过屋顶飞了过来，落在冬青树上。我仰望天空，天空湛蓝，高天流云。有这样的好天气，我忽然想去看一看城外的平溪河。

穿过小城，来到平溪河岸边，身后的尘嚣随风湮没。平溪河从雪峰山的裙裾里蜿蜒而来，然后绕过我生活的这座小城，又逶迤而去，流到资江。河里已经没有水了，天寒水枯，水落石出，呈现在我面前的是一张空阔的河床。只有在河中间才有一线水的亮白，昔日的碧波荡漾变成了此时的淙淙私语。河床里有两台淘沙船正在挖沙作业，机器的轰鸣让我忍无可忍。河床已经被挖得千疮百孔，坑坑洼洼，岸边倒满了城市垃圾，到处是废弃的盒饭、旧报纸、香烟合、嚼剩的槟榔、动物的下水、在寒风里乱飞的塑料袋等等，乱七八糟。因为挖沙，两岸还堆积着厚厚的淤泥，周围的农民在肥沃的淤泥上种上了初冬的萝卜和白菜。岸的对面是绿景房地产公司，公司正在开发平溪河沿江大道，一些民工正在砌护坡，移栽树木，树木被卡车从很远的花木苗圃拉过来，截了枝，枝痕处裹着白色的塑料膜。

这条河的中间是一个天然的小岛，名字叫迴龙洲，洲上长着茂密的森林。因为山环水抱，政府正在筹谋开发森林公园，洲的防洪堤上已悬挂了巨幅的标语和告示牌。我从河床里走过，走到洲上去。迴龙洲古木参天，藤蔓缠绕，草木繁盛，洲上长满了高大的樟树、槐树、杉树、杨树、香椿、楠木、柏树，还有槭树，等等。明末大学士方以智曾游历至此隐居修炼，留下“绕过清溪疑仙岛，人从何处问青天？”的美丽诗句。我走在林间的小道，仰望着高大的古树，大学士方以智的美丽诗句一直在我的脑海里萦回。我想象着春夏之交这里该是如何枝繁叶密、绿树掩映、拥翠叠绿的景象，而此刻却是草木摇落，枝叶披离，落英缤纷，满目萧瑟。我想起了杜甫的诗句：无边落木萧萧下，不尽长江滚滚来。只可惜此时我的身边没有滚滚的江水，江水已经干涸了。

水没了，鱼呢？河里的鱼藏在什么地方？我思考着这个问题，脚踩在厚厚的腐叶上，一路“悉瑟”作响。我一边走一边想象着河水干涸后鱼的走向：（一）随着水的渐渐回落，鱼们从睡梦中突然惊醒，恋恋不舍地告别了那些熟悉的水草，成群结队地仓皇逃遁，漫无目的，现在很可能就聚集在某泓深深的潭水中或河湾处一摊残留的死水里苟延残喘；（二）一些盲目乐观的鱼因为缺乏警惕终于裸露在河滩上，那时它们像躺在一片死亡的沙漠之中，因为没有水，最后风干成为骷髅；（三）水干涸了，可是并没有断流，河心还有一条白白的水线连着遥远的水域，一些幸运的鱼正沿着这条生命线匆匆迁徙。

我想象着鱼的走向去寻觅新的水域。我从洲北走向洲南，不停地向四周环绕的河床张望，其间碰到几位懒散的行人和我擦肩而过。他们是不是和我一样来看河的？我不知道。密林间投来细碎的阳光，林深径幽，古树枯藤，日暮乡关，落日余晖，我的情绪变得伤感起来。

由于河道的淤塞，平溪河在洲的南面已经形成了一片宽阔的水域。在洲的南面，我看见了水，看见了河。

水很安静，很瘦，冬阳下这片安静的瘦水像一位坐在墙根下晒太阳的老人，呆滞的目光仰望着天空，看寒鸦飞过。因为水位的回落，岸边树根裸露，泥石上留下一条条昔日流水的痕迹。一些树叶落在水面上，在初冬的寒风中飘来荡去，泛起微澜。岸边有一条船，船上一位老人正在拨弄着渔网，一只小花猫嗅着鱼腥在岸边走来走去。老人判断这水下有鱼。老人准备打鱼。老人在岸边生活了几十年，鱼也打了几十年，飘飘的白髯深藏着风高浪急和渔舟唱晚的景象。凭经验，现在河里的鱼一定跑到这潭水下，躲在厚厚的水草里，挤挤捱捱，准备熬过这个漫长的冬天。“唰——”老人开始撒网了。老人熟练抛开了渔网，渔网像一把打开的团扇，在空中划了一个优美的弧线，迅即就网了下去。停了片刻，于是一把一把收网，慢慢地，在满心的期待中渔网最后全部离开水面，渔网下坠落一串亮白的水花。老人急忙抖开网丝，发现网里除了几片湿漉漉的卵石，什么也没有。“唰——”老人

又抛开了渔网。一次又一次。最后网上了几把水草，几根枯枝，半边废弃的旧瓷碗，还有一个避孕套，没有鱼。老人终于停了下来，插上篙，点上烟，默默地坐在船头，眯缝着眼睛，细细打量起跟前这片安静的水域，若有所思。夕阳西下，老人孤独的影子拉长在水面上。

三

没有见到鱼，此刻老渔夫和我的心情一样，充满了惆怅。我很想看一看久违的鱼，想把鱼直接抓在手里，重新感受一回逝去的生活。

小时候生活在农村，田野、庄稼、溪河、农舍、炊烟、耕牛、农具以及春天的花树、夏天的蝉鸣等等，这一切构成了我的生活图景。那时候鱼真多啊，村庄前的溪河田沟里到处游动着快乐的鱼，它们成群结队地在水里冲浪、腾跃。春夜里的一场喜雨，使河汉沟湾，山塘田野，一夜灌满了水。清早起来，我打开了土屋的门，向田野里张望，田野里已是白茫茫的一片，耳畔到处是流水的声音。太阳出来了，照着山岗、田野和村庄，云蒸霞蔚，水气迷茫。还正是少年的我抑制不住内心的激动，穿着母亲晚上刚刚给我打好的补丁衣，高高地挽起衣袖，卷起两条皱巴巴的裤管，用棕绳将鱼篓扎在腰间，肩上扛着渔纲（一种竹条编织的捕鱼工具），光着脚就出门了。我要去捕鱼，我分明听到了群鱼戏水的欢乐的声音。母亲喊我："栏里猪叫了，快到地里去打猪草"。"我要去抓鱼，我不打猪草"，我丢下了话，飞也似的跑了，全然不顾身后母亲的唠叨。我已经被抓鱼的快乐冲昏了头脑。我匆匆地绕过村屋、柴门和篱笆，走过几棵桃树和梨树，走过几排铁蒺藜、苦楝树，朝着水田那边几棵高大的樟树走，那里纵横着几条溪水，鱼儿早已在那里聚会，在那里乐疯了。我光脚在泥地里走，泥浆从脚趾间渗出来，早春的泥地沁心透凉。昨夜的春雨打落了桃花、打落了梨花，红的、白的花瓣湿漉漉地散落在地上。油菜花已经开放了，晶莹的水珠正在花瓣上滚落。村边高大的椿树、遒劲的柚树、笔直的杨树、瘦矮的枣树已经枝繁叶密，鸟儿隐没在树叶间歌唱。几处早莺争暖树，谁家新燕啄春泥。屋后的葡萄藤，屋前的南瓜秧、丝瓜苗正在伸展着藤蔓，南边地里的冬麦昨夜“呼”地一下就蹿高了……雨过天晴，正是捉鱼的好天气。在塘坝口，在回水湾，在溪水旁，在一切有水的地方，我举着竹纲随便往水里捞，肥肥的粘石鱼、扁扁的丁板丝鱼、长长的光线子鱼，还有手掌宽的鲫鱼、拇指粗的泥鳅、筷子粗的虾米等等，一下就进入了我的竹纲，我迅速地捞出水面，离开了水的鱼突然间惊慌失措，在我的竹纲里飞飚。我用双手将它们压住，再一一逮进鱼篓，系在腰间的鱼篓里“吧嗒吧嗒”立即响了起来，热闹极了。

“绿遍山原白满川，子规声里雨如烟。乡村四月闲人少，才了蚕桑又插田。”当听到山上布谷鸟的鸣唱，村人们就忙开了，纷纷扛着犁耙，翻耕细作，播种插田。刚刚平整过的水田里到处是泥鳅，我在田里莳秧，脚掌下痒痒，那是我踩着泥鳅了，泥鳅在我的脚下拱来拱去，企图逃走；午后，艳阳高照，满田是乘凉的泥鳅。我在田埂边扯根地线草，草含在嘴里，赤手空拳去田垅抓泥鳅。我在田埂上轻轻走，泥鳅听到走近的脚步，“倏”地一下泛了浊水钻进泥里。我朝着浊水摸，滑头的泥鳅束手就擒。我把泥鳅穿在草上，又把草含在嘴里，脸上淌着汗，一身沾满泥，两臂晒得油黑，全神贯注继续抓泥鳅。

南水溪是村前最大的一条溪河，两岸长满了椿树和杨柳。炎炎的夏日，稻子熟了，蝉躲在树叶里悠悠地鸣唱。学校放暑假了，我们洗澡、摸鱼、打水仗，是一群“浪里白条”，南水溪成了我们的乐园。我学会了在溪里摸鱼：先把水搅浑，让鱼看不见，然后再来“浑水摸鱼”。浑水里的鱼成了傻子，在混乱的水草里东躲西藏，被我轻而易举地逮着了。“抓着大鱼了！”我喊着，兴奋地从水里举起了鱼，鱼尾搅起雪亮的水花。我们在南水溪摸到了好多鱼，有鲫鱼、青鱼、金丝鲤鱼、沿石鱼、长尾鱼、线鱼、沙鳅，还有珍贵的黄刺鱼……

四

因了鱼，我的童年和少年生活美丽而漫长，那是我的幸福时光。现在，鱼儿都走了，水变得空空荡荡，我很伤心，遂转身离去。

我踩着沿河垃圾向下游走，看到不远处政府投资亿元巨资正在修建一个大型污水处理站，半空中高耸着建设规划图。我想，污水经过处理又将变得纯洁而明净，就像我每日生活里饮用的自来水、矿泉水，水是好水，只可惜再也没有鱼了。鱼是水的灵魂，没有鱼的水仅仅是水，它是单调的，乏味的，呆滞的，没有内涵，没有色彩，没有生命，好像一个人丢了魂，没有精神，成了行尸走肉；水是鱼的房子，主人走了，房子空了，窗户上布满了蛛网，最终留下断壁残垣……

谁赶走了我的鱼？

其实，城里的水产市场上有很多鱼，它们在人工的饲养场里被养得白白胖胖，鲜活可爱，可是我却无法爱上它们，因为它们不是真正的鱼，成不了水的灵魂。真正的鱼自然生长在广袤大地、溪湾河汊，它们吸收阳光雨露，日月精华，是大自然的精灵。

告别了河流，我又回到了城市生活。

城市里的生活好像另一条奔腾不息的河流，我正是这条河流里的鱼。我在这条时间的河流里日夜奔忙，我到处寻找喘息的空间，我的灵魂日夜在城市的上空飘荡哭泣，我好想寻找昔日的温馨家园。昨夜，我又做梦，我又梦见了河，梦见了鱼，梦见了群鱼戏水，梦见了江枫渔火，我的耳边轻轻飘来唐代诗人戴叔伦描写渔乡美景与欢乐心情的那首《兰溪棹歌》：

凉月如眉挂柳湾，
越中山色镜中看。
兰溪三日桃花水，
半夜鲤鱼来上滩。

（选自《华夏散文》2009年第5期）

五月水涨

◎ 袁国基

一

一场雨，紧锣密鼓地下。

密雨斜侵。风中乱飞的雨线织成了一张巨大的网，网住了城市、原野和山岗。凭栏远望，大地一片烟雨朦胧、水雾迷茫，湮灭了道路、桥梁，河流、村庄，山林、农舍，瓦檐、残墙……

被雨淋湿的燕子呆头呆脑，蹲在电线上，东张西望，在风雨中摇摇欲坠；城市的下水道消化不良，积雨迅速淌成了小河，水面上漂来了包装纸、卷烟盒、树叶和塑料袋，一张或两张美女招贴画飘落在地上，出租车飞快地从美女的脸蛋上辗过。雨越下越大了，天空还滚过几阵闷雷，街面上盛开着水的花朵。汽车辗着水花，风雨无阻，快速摇摆的雨刮器后面，藏着一张张形态模糊的脸。纷纷逃窜的行人挤在商店的门口，一边拍打着湿衣，一边用餐巾纸抹干脸上和头发的雨水，无奈地望着天空，发愁。毫不畏惧的是一群年轻的后生，他们脱了鞋，裤管挽过膝盖，光着脚丫在雨中奔跑。

我倚在窗台上看雨，冷雨敲窗，水打窗台。氤氲的水雾漫进了窗口，到处是湿漉漉的黏稠，随便拿一样东西，可以捏出水来。五月的雨没完没了，沉重的潮湿充盈着我的房间，玻璃上流着蚯蚓一样的水痕，书页里长出了霉点，墙脚泛起了青苔。屋里的每一样东西，因为水的浸润，似乎显示出了生命的迹象。我凝视着一条靠墙的老椿凳，凳脚已经发霉了，木节处好像涌动着一枝或两枝嫩芽。

二

楼下的母亲还在不停地咳嗽。咳嗽声穿过窗外鼓点般的雨声，艰难地传进了我的耳朵。母亲患有很重的肺病，在不停的咳嗽声中一日日地枯竭消瘦，一头零乱的白发，脸色愈显苍白。

从早到晚，母亲坐在一条老凳上喘着粗气，一双呆滞的目光凝望着窗外的花园。花园里有山茶，月季，方竹，石榴，枇杷，红志和柚树。当第一场春雨过后，山茶花就率先开放了，尔后是鲜艳的月季和火红的石榴，各种植物的藤蔓开始贴着土墙攀爬。春阳下的花园溢满了各种花香，蝴蝶和蜜蜂觅着花的影子飞进了园子，翩翩起舞，黄狗躺在嫩绿的草地上慵懒地晒着太阳。面对春天的景色，身患沉疴的母亲面无表情。母亲只是宁静地望着窗外的阳光与花朵，回忆一些往事。

1948年的春天，山野里开满了红杜鹃，16岁的母亲被八抬大轿从雪峰山脚下抬到了蓼水河畔的高沙古镇。爷爷在镇里开牛厂，是方圆百里的大牛商。爷爷财大气粗，把父亲的婚事做得阔气排场。我曾经见过母亲收藏的她年轻时候的一张黑白照，穿着当时最为时尚的蓝底碎花衣，系着一条花围巾，头发扎着两朵漂亮的蝴蝶结，长长的睫毛下有一双黑得发亮的眼睛。后来，咬文识字的父亲离家当了干部，留下母亲拖儿带女。母亲体格健壮，是一把劳动的好手，独自养大五个儿女。如今，母亲如一盏快熬干的油灯在风雨中飘摇，曾经丰满的肌体瘦骨嶙峋，只剩下一副空瘪的乳房。

窗外哗哗的雨声快要淹灭母亲的咳嗽，仿佛母亲在雨声中发出的生命呐喊。母亲的咳嗽如一支支利箭，穿过沉沉的雨雾，射穿了我的胸膛。我无法治愈母亲的肺疾，任母亲在痛苦的煎熬中老去。母亲沉默寡言，每天只是默默地守望着她长大的儿子，眼神里充满了生命的渴望和眷恋。

三

五月水涨。穿城而过的平溪江如一匹脱缰的野马咆哮而来，宽阔的江面浊浪翻滚，燕子在电闪和雷鸣中迷失了方向。

去冬以来的干旱，曾经使这条河流几近干涸，露出了干瘦的肋骨，空阔的河床上刮过冷冷的风，发出苍老的呻吟。五月绵长的雨季使这条苍老的河流暴怒起来，激越汹涌，如一条翻滚的苍龙，挣脱了河床的束缚向原野倾泻，肆虐着沿河的土地、庄稼和村庄。河水漫过了堤岸，低洼的街道变成了小河，惊慌的人群四处逃窜。居民们纷纷扒在窗台上看水，瞪着一双双惊恐的眼睛。昔日的美丽家园变成了泽国水乡。

我站在城市的防洪堤上，看惊涛拍岸，发出轰然的鸣响。岸边的几棵大树已经被汹涌的河水掏空了脚，裸露出白的根须，快要倾倒了。一条小渔船挣脱了沉重的铁链，卡在江心的桥墩上。江面上漂来了树木、庄稼和禽兽。一头巨大的水牛在水中不断翻滚沉浮，从我的脚下经过，水牛瞪着愤怒的眼睛仰望着天空，鼻孔上还拴着来不及解下的绳索。还飘过几头猪。成群结队的猪紧闭着眼睛，耷拉着耳朵，它们可能还来不及思考，就被水卷走了性命。岸边的一棵老樟树轰然倒下，樟树拍打着浊浪，发出沉闷的巨响。这棵古老的樟树已经穿越了几百年的风霜雪雨，苍劲的虬枝饱含人世沧桑，此刻的突然倒下，让我肃然起敬，满怀悲壮。面对乱打的浊浪，我看到老樟树不为所动，沉稳地飘浮，最后横在一个桥洞，挡住了一些随波逐流的庄稼和生灵。上游飘来的一条黄狗被老樟树拉住，遒劲有力的枝丫把落水的黄狗揽入了怀抱。

落水的黄狗疲惫地躺在古树的怀里，眼睛里噙着悲伤的眼泪，再也摇不动那条快乐的尾巴。樟树与狗就那样拥抱着，相互倾诉，在疾风急雨里回忆往日的温馨家园，诉说篱笆、女人和狗的故事。面对涂炭的生命，我的心充满了忧伤。我想起了诺亚方舟。此刻的我真想变成勇敢而善良的诺亚，驾着方舟去挽救那一片漂浮无助的生灵。

四

漫长的雨季终于过去。人们纷纷跑出屋外，清洗街道的淤泥，翻晒发霉的衣被。消退的洪水在老墙上留下了一道道水痕，正如母亲额头上那一道道深深的皱纹，刻进了岁月的深处。老墙上隐现的水渍图案，仿佛老天留下的谶语和警示。我靠在这堵老墙上怀想，夕阳拉长了老墙的影子。我知道，在离我遥远的彩云之南，人们正在四处打井找水，龟裂的土地上是一片片枯萎的庄稼，鱼儿在风干的河滩里瞪着绝望的眼睛，山梁上正行走着背水的长龙；在离我遥远的西北方，瓦砾下还埋着我的藏族同胞，坚强的康巴汉子脸上淌满了泪水，身披袈裟的喇嘛正在跪地祈祷……我凝视着老墙上那些深深嵌入的水痕，思绪飘过风雨如磐的稠密岁月，深深感受大地母亲曾经的苦难与沧桑。

雨过天晴，寥廓清新。明亮的太阳挂在天上，想抚平昨日的伤痛。庄稼在阳光下又开始疯长，亮白的水田里奏响了此起彼伏的蛙鸣，鸟儿振动着翅膀从瓦檐上欢快地飞过，土墙上长出了狗尾草，青绿的叶片在暖风里飘扬……

母亲日渐衰亡的身体有了复活的迹象，昔日混浊的眼神放出光芒，苍白的脸上泛出了红润。母亲拄着拐杖，颤颤巍巍地走出屋外，佝偻着身子，东张西望地看风景。去冬以来，不断咳嗽的母亲就整日坐在那条老凳上，浑身乏力，双腿灌了铅，一点也挪不开步子。我凝视着突然站立的母亲，惊喜于母亲生命的复活，我听到了母亲肺叶里坏死的细胞在雨季里发酵蠕动的声音。母亲终于站在一颗花树前，抚摸着花树鲜嫩的枝叶，想和花树对话。阳光下的花树正在疯长，几只黄莺藏在枝丫间在快乐地鸣唱。

我站在屋前的水泥台阶上，台阶上已经泛起了淡绿的青苔。我感到一种生命被踩在我的脚下，并在我的脚下涌动。这些卑微的生命如此顽强，竟然在钢筋混凝土的世界里肆意繁衍，蓬勃生长。我踩着这些卑微而顽强的生命，突然想起了我身患沉疴的母亲，一种撕裂和痛涌遍了我的全身。

今夜，天空又响过惊雷。又一场纷纷扬扬的雨，飘飘洒洒。哗啦哗啦，哗啦哗啦，满世界里响起了生命的呼喊，在这个雨季里久久地回响……

（选自2014年12月24日《当代商报》）

涅槃在桂河之上

◎ 肖智群

动身去泰国之前，我特意找来英国二战电影巨制《桂河大桥》，静静地反复观看。影片根据曾参与修建泰缅铁路的法国幸存战俘皮埃尔·布勒创作的报告文学《血溅桂河桥》改编而成，并以高超的艺术水平一举摘取了第三十届奥斯卡7项大奖。影片讲述的是第二次世界大战期间，一批盟军官兵成为日军俘虏，被强迫修建桂河大桥所发生的一系列情节曲折、启人哲思的故事。

二战中，在接连征服菲律宾、印尼、新加坡、泰国、缅甸以后，出于加强对东南亚的军事控制、阻挡英军对缅甸的反攻等战略需要，日本侵略军企图打通泰国曼谷至缅甸仰光的交通运输线。自1942年9月开始，他们先后驱使6万余名英国、荷兰、澳大利亚、加拿大等国盟军战俘和20万名中国及东南亚劳工修建泰缅铁路。16个月时间里，约有1.6万名战俘、10万名劳工因不堪承受日军的残酷奴役和恶劣的自然环境而丧生。这段铁路的每一根枕木下，都有一个冤魂在呐喊，在哭诉，在诅咒战争，在祈祷和平。因此，这条铁路便有了“死亡铁路”之称。由于桂河大桥是“死亡铁路”的咽喉，二战末期，它成了盟军重点攻击的一个战略目标。盟军曾与日军展开过一场异常激烈的桂河大桥争夺战，成千上万的官兵战死大桥两端，血染浩荡桂河。于是，有人又把桂河大桥称作“死亡之桥”。

文艺的力量的确不可小视。借助于英国影片，桂河大桥冲破沉寂，桂河边默默无闻的边陲小镇，也因此成为东南亚响当当的旅游观光胜地。

北碧，泰国西部掩映在热带雨林中的一座美丽小城，她以和暖的阳光欢迎游客的到来。在当地最大的一座盟军烈士墓地里，长眠着近7000名英勇捐躯的盟军官兵。一座十字架和一座白色牌坊高高耸立。墓冢是典型的欧美风格，方形的大理石碑面朝天微仰，上面镌刻着牺牲者的名字与年龄。整个墓地芳草萋萋，修葺整齐，灌木翠绿，散发出盎然生机，全然没有令人心悸的死亡气息，仿佛将士们在大战后正列队休整。

现实中的桂河大桥是一座单轨铁路桥梁，泛白的枕木卧于发亮的铁轨之下，平凡普通。桥头留存着两颗未曾爆炸的炸弹，它们在风中矗立，格外醒目；东侧立有一堵硕大的二战纪念墙碑，分别用英文、泰文为之注解；桥面上灰蓝色的弧形铁栏杆如今已锈迹斑斑，与那炸弹、铜碑格调吻合，浑然一体。

导游告诉我们，桂河大桥已在战争结束前夕被盟军炸毁，现在的桂河大桥是泰国政府在原址重修的纪念性建筑。每年年底，泰国政府都要组织开展“桂河大桥周”系列纪念活动。许多盟军后裔和华侨华人纷纷从世界各地赶来凭吊英烈，缅怀先人，重温那段动人心魄的历史。

来到桂河大桥中央，放眼四望，这时的河面上波光粼粼，小舟缓流，一派安适和谐景象。过了大桥，就置身缅甸的地界，但这里没有设立关卡。据说，泰缅两国政府为了更好地让世界各国游客游览桂河大桥，特意将边防哨所从大桥处向各自国境内退回了1公里。下了引桥，一个人头攒动的集市映入眼帘——摊铺井然有序排成了长龙，忙碌交易的人们脸上洋溢着友善与喜悦。我沿着河畔小路转了一大圈，没有发现一丝想象中的战争遗痕。低头寻觅之间，忽见郁郁葱葱的灌木丛里开满了朵朵小花，那花儿正朝着我灿烂地笑呢。是的，那场战争正离我们越来越远，但越是和平，越让人们对和平的代价难以忘怀。

（选自2013年7月28日《人民日报》）

悠悠千载“棕包脑”

——专题片《棕包脑舞》拍摄散记

◎ 肖智群

棕包脑原是一种由一人或两人表演的无语言、无伴奏的瑶族民间舞蹈，由于舞者都要头戴由两块棕片缝合成的长方形袋子，将整个脸部遮住，因此得名。舞叫棕包脑，跳舞的舞者也同样被称为“棕包脑”。棕包脑主要流传在我们湖南省洞口县长塘瑶族乡以及周边瑶族村落。2010年冬日的一天，暖阳高照，我随由洞口县远教中心、县文化馆和县电视台组成的联合摄制组，来到位于雪峰山腰的长塘瑶族乡老艾坪村，实地拍摄了这种独特的瑶族风情舞。

群山环坐看舞姿

每年的正月十四、十五，“棕包脑”都要耍着棍到当地各家各户去拜年。“棕包脑”耍完棍，主人均要喜气洋洋地一再送糍粑给他，以示敬重。“棕包脑”接到糍粑后，端棍向主人行一鞠躬礼，出门再去下一家。人们在“棕包脑”身上寄托着自己美好的愿景，把他当作了瑶家的“财神爷”。

我们缓缓行进在蜿蜒崎岖的山路上，渐渐地欢声笑语稍歇，大家陶醉在了旖旎景色里。蓦然，组里的两位美女发出了一声尖叫。她们惊奇地发现，在群山环抱之中，突地冒出一尖尖的小山包。山包的顶端有一块刚刚收获的菜地，俯视下去就像一个天然的舞台。望着山包，我记起了一些报刊和网站曾介绍说，著名歌唱家宋祖英在古丈县的老家仰望上去也像一座镶嵌在半山腰的舞台。那些媒体还煞有介事地说，就是这“舞台”才造就了宋祖英今日的辉煌。我忽发奇想，莫不是老天爷特意给“棕包脑”留了这么一方舞台，好让我们在四面的山头上多个角度地拍下他们舞动传承与风情的姿影？我与摄像师沟通后，两位摄影师对那块平坦的小菜地也十分满意，我们都为找到这么一个好“舞台”兴奋起来，摩拳擦掌，准备开拍。

在摄像机的观察窗里，只见青山绿水相依偎，雾岚袅娜绕木屋，舞者扮相奇特，动作明快，节奏感强，人与自然和谐相处、浑然一体。于是乎，我真切地看到了一幅幅瑶家千年艺术奇葩的缩影。强烈的阳光里，我的眼睛慢慢被晃花，恍惚之中，我仿佛看见群山化为一个个沉默的巨人，俯视着那“舞台”发出无声的喝彩；我也仿佛看见这个天然“舞台”变成了湖南卫视的演播厅，变成了中央电视台的演播大厅，甚至变成了维也纳的金色大厅！我知道这是我的愿景，我想棕包脑这一藏在深山中的古老而美好的民族艺术形式，总有一天会走向更广阔的天地，向世人展现它美丽的风姿。

斑衣戏彩话传奇

关于“棕包脑”的起源，我听说过几种版本，一直想找权威人士辨别辨别真伪。乡里的领导告诉我，老艾坪村党支部书记老向就是瑶乡的“活历史”。谈起棕包脑，老向如数家珍：“棕包脑在我们长塘少数民族地区已流传一千多年了。为什么安排在正月十五呢？传说是当时一个强人将一个少年的母亲抢走了。为了从强人手上夺回自己的母亲，少年暗暗地用棍棒天天练武。十多年后的一个正月十五，他在强人一家欢天喜地过元宵节时，用棕片包着脑袋，身上披着草和万寿藤上门耍棍。表演时，他抽冷子把强人打倒，背走了母亲。”

棕包脑的装束异常古怪，独具匠心。我提出，在专题片中应该讲清这种艺术形式的来龙去脉与演变过程。乡里安排得十分周到，请来了该村一位德高望重的棕包脑老传人。老传人接着老向的话头儿说下去：为了不让强人认出自己，少年费尽了心机，“他就割来两块棕，将脑袋包起。他又想，光这样包着脑袋，身上看得到，不行。他就又到山上剁来万寿藤，缠在布衣上，穿起扎起。看看，还是不行，就又找来几块烂花布，这一块布撕这么多，那一块布撕那么多，配拢到一起。嘿，强多了，到处都拦得到了，他觉得这样可以了。总共做了三七二十一天工夫，他才做好了这身衣服。”

而眼前老传人身上穿的这身棕包脑装束，经过一千多年的演变，已与当地瑶族服饰较好地融合在了一起。如今的表演者都要赤足绑脚，身穿绣有红、黄、青、白、蓝图案和花纹的五色花衣和衣裤。

从老人的叙述中，我们得知，少年正月十五救母时，强人在家门口与少年之间有了这样一段对话——

强人指着少年带着的长竹筒问：“这是什么东西？”

少年答：“老爷，这是财神菩萨。”

强人接着问：“你要做什么？”

“我要酒。”

强人又指着少年背着的白口袋问：“这个袋子做什么用呀？”

“载糍粑。”

“要多少？”

“要四个。”

“那就耍个把戏给我看一下。”

这就是棕包脑风俗习惯的由来。当然，这是一个民间版本，朴素而又带有传奇色彩。“然后他就要这个棍。”老传人一边讲述着一边比画起来。机会难得，大家都围上来向老人请教。问的人越多，老传人越来劲，说着说着，就抄起了旁边的长条板凳利索地舞弄起来。老人的一招一式不仅娴熟自如，而且韵味无穷。舞蹈中的他哪像耄耋老人，分明是位壮年老兄，几个小伙子争相向前模仿，却明显地缺少了他那股精气神。

拾得瑶山宝玉归

饱饮了一顿山泉水，摄制组就忙碌起来。演员们身着鲜艳的棕包脑服装，在事先选定好的两户瑶家门口表演起略经改编的舞蹈。我看着这古朴、饱含山野气息的舞蹈，忽然记起《山海经·西山经》里有言：“……天山有神焉，其状如黄囊，赤如丹火，六足四翼，浑敦无面目，是识歌舞，实惟帝江也”。浑敦即混沌，上古四大凶兽之一，传说中的黄帝，是力量的化身。“状如黄囊，赤如丹火，六足四翼，浑敦无面目”，说的是“神”的外观形象和颜色特征。“棕包脑”是用棕片缝就的袋子戴在头上，仔细端详，模样恰与此“神”相仿。最重要的是“识歌舞”，这是该“神”有别于其他神的内在的本质特征。而棕包脑本身就是一种舞蹈，舞动时，腰上围着的草鞭垂吊和树叶串旋转飘动，嚯嚯作响，恰似半人半兽的神怪形象，要是没有思想准备的人遇见了，肯定会吓一跳，以为真的碰上了“山鬼”。舞者手提齐眉棍，屈膝深蹲，棍棒飞舞翻花，扫、挑、挖、挠、顶、劈、退、折、转，动作频繁，刚柔并济，忽高忽低，忽左忽右，起如奔马，落似江湖，令人叹为观止。棕包脑的这些动作意义和外在服饰行象，恰好能与很多上古时代的传说故事形成某种程度的印证，也能让人看到传说中的楚文化的端倪。看着这舞蹈，感受这种风俗背后悠久而深重的历史底蕴，竟不知今夕何夕。

拍摄间歇，几位瑶族朋友大方地用瑶族语言展开了一场火热的情歌对唱。我虽然听不懂那悠扬的唱词，但从他们脸上闪烁着的惬意表情却能深深感受到，瑶族同胞是的的确确地生活在安宁与幸福之中。

县文化馆李馆长兴奋地告诉大家，为了让棕包脑较好地传承下去，县里非常重视，专门成立了一个棕包脑舞蹈队，今天来现场表演的这些小伙子都是棕包脑舞蹈队的演员。目前，棕包脑正在申报国家非物质文化遗产，已成功入围。洞口县棕包脑舞蹈队还把棕包脑发展成了群舞，并曾应邀进京演出、赴台展演。可以预期，不久的将来，棕包脑这块藏在深山人未识的民族艺术瑰宝，必将绽放出更加璀璨夺目的光彩。

下得山来，回眸瑶寨，但见青山耸翠，犹闻山歌婉转。扬眉低眉之间，棕包脑便如瑶族人醇香的米酒，沉醉了我的心田。

（选自《党员电教与远程教育》2013年第10期）

洞口杂记

◎ 谢太平

洞 口 驿

古代洞口驿站，在今县城及洞口一带，宋大观元年（公元110年）称峡口寨，往昔车马轿舆烟尘，现在无迹可寻。柳宗元说这地方“黔巫东鄙，蛮獠杂扰，洞窟林麓，啸呼成群。”蛮鄙荒漠得很。洞口之名最早见于明末方以智诗“天地一时小，唯余洞口宽”；清人戴宗槐作《洞口记》详加记述。其实唐代位居“大历十才子”之首的钱起（公元710—782年）曾作诗《宿洞口驿》：“野竹通溪冷，秋泉入户鸣。乱来人不到，芳草上阶生。”诗中景物，我一直疑在我县，苦无确证，姑妄猜测。钱起一生官运并不亨通，“献赋十年犹未遇，羞将白发对华簪”，他750年进士及第候官，759年才选入蓝田尉（今娄底境内），也在这段时间，时称诗家天子的王昌龄左迁龙标尉（今黔阳县），李白曾写《闻王昌龄左迁龙标尉遥有此寄》：“杨花落尽子归啼，闻道龙标过五溪。我寄愁心与明心，随君直到夜郎西。”洞口处在蓝田与龙标之间，王昌龄是钱起仰慕的长辈诗人，他们先后南下潇湘，“同是天涯沦落人”，出于官场礼节和文人情谊，钱起完全有可能路过洞口到黔阳去。再看《宿洞口驿》的内容，野竹通溪，秋泉入户，芳草上阶，与我县洞口塘秋景恰似；“乱来”是指安史之乱以来，官场灾乱相续，偏僻的洞口驿，人迹罕至，荒草丛生。好一幅幽新雅洁、流丽清淡的悲秋图！

钱起一生对湖南情有独钟，过衡阳抒情归雁："潇湘何事等闲回，水碧沙月两岸苔；二十五弦弹夜月，不胜清怨却飞来。"以雁自况，为雁设问，极言湘水之美；弹琴于月夜，清怨凄绝，雁闻不胜其悲，人何以堪？他当时参加省试，也以《湘灵鼓啸为题》，其"流水传潇浦，悲风过洞庭，曲终人不见，江上数峰青。"历来为人称道。我今在洞口，住高楼上，面对山峰，觅迹杳然，抚今思昔，空自惆怅。

龙潭西涯

龙潭在黄桥镇龙潭铺，即平溪江与郝水交汇处，向为水陆交通要道。境内有洞称"西涯"，石刻昭然。相传有龙潜入资水，夜闻风起，如骤雨声，后人筑夜雨亭，其西岸有龙潭寺。"文革"期间，亭寺荡然无存。我老家星南冲背靠白云山，与龙潭铺隔河相望，小时候，过龙潭渡，穿西涯洞，不可数计，只知此地好玩好看，白云山白云悠悠，龙潭水碧波荡漾，全然不知龙潭向为兵家必争之地，州县胜景之一，文人墨客多有题咏。而今捧读古书，感慨良多。

欧阳修和宋祁编写《新唐书》，载《邓处讷传》，邓处纳就是龙潭铺人，他生于中唐乱世，黄巢起义后，跟随闵修在安南（今越南）保护秋收。唐僖宗时为邵州刺史，唐昭宗时封安武节度使，后为刘建锋刺杀。看《邓处讷传》尽是刀光剑影，布满血腥，英雄豪气，令人扼腕。

"龙潭夜雨"是州县胜景，据说唐代王昌龄、宋代陈与义都写过"龙潭夜雨"诗，但无确切诗证，不过王昌龄与陈与义经过龙潭是无疑的。

唐、宋两代龙潭铺还很寂寞，到了明清时期，过往官商频繁，车马成行、烟尘滚滚，留下许多题咏。嘉靖年间，就有刘文箕、陈鎏、周嗣昌几起人先后驻足龙潭；崇祯年间卢兆龙带领一班僚属浩浩荡荡走过龙潭，主僚唱和，留下“隔水晓烟寒带雨，澄潭秋色绿于苔”，“溪路云深留马足，板桥风系泊渔船”等佳句，其间足可称道者当数周嗣昌，他以工部屯田员外郎下谪武冈州同知。时逢严嵩、严世藩父子当权，全国一片黑暗，正直之士多遭迫害。周嗣昌和杨继盛告发严嵩父子的罪行，但昏庸的皇帝不听忠言；杨以违背圣旨罪被处死，周哭之以诗。周嗣昌与严世藩骑遇而不肯让道，其强项耿直朝野震惊，终于1556年以“浮薄”罪被挤出朝廷，贬谪武冈。此时的周嗣昌失意中过龙潭铺，登夜雨亭不由感慨万端：“曲水西涯下，潭空龙自眠。夜深晴亦雨，春暖晓还烟。短棹芦花外，轻鸥浅水边。自惭劳宦辙，安得学逃禅”（《龙潭》）。仔细揣摩，字里行间，景中喻情，龙潭景物与政治风云融合在一起，烟雨朦胧，扑朔迷离。“空潭龙自眠”，分明在说真龙天子昏睡不醒，朝廷空虚无人；尽管作者“处江湖之远”，仍忧其君。末句说仕途劳苦奔波，无所作为，愧于见人；想逃避世事，参禅学佛。这只是说说而已，实际上争官于朝的人何得清净？那种离朝去君的苦闷和贬官别亲的愁绪，似晴雨变幻无常，如云烟迷茫莫测；时时萦绕在心，无可排遣，挥之不去。

读书岩

读书，我一向认为是雅事。洞口有读书岩，曾经让我惊喜！因为心神期望很高，所以也就迟迟不敢前往寻觅。先是从古书上读到刘纪廉的《读书岩记》，知道读书岩“在平溪南岸，上距洞口镇五里。由大士阁（观音阁）旁而左，经流池，攀连理树而东，竹木偃荫”，地势空阔低陷，怪石嶙峋，以石筑屋一应俱全。“斯岩也，窍北通南，闳中肆外，潇洒日月，啸傲烟霞，信乎天造地设以贻斯人者，宜先生读书纂书三载于斯乎？”

这位先生方以智（公元1611年—1671年），字密之，安徽桐城人，明清之际的思想家、科学家。早年以文章气节与侯方域、陈贞慧、冒襄主盟“复社”，时称“四公子”。清兵南下广东，为躲避清兵搜捕，方出家为僧。他精通天文、地理、生物、医药之学，亦工诗画。著有《通雅》、《物理小识》、《药地炮庄》、《东西均》、《浮山集》等；其中许多书稿都在读书岩中写成。

方以智在洞口各地留有踪迹，诗歌联语有口皆碑，现在读来令人荡气回肠。

竹市鸡笼寨古寺题联：“拔地千寻，碧海空中悬古寺；离天尺五，白云堆里响残钟！”粗看似写山高寺古，实则寓有亡国遗臣之恨。

县城廻龙州留句：“绕过清溪犹仙岛，人从何处问青天？”亡国立清，已成定局，普天之下，莫非清土，绕得过么？仰首问天，痛若何哉！洞口石壁刻有他的诗句依稀可见：“避秦箫鼓在渔船，仙址犹存旧灶烟。石壁未经人一语，名山留得月千年。衣窥翡翠屏前镜，诗写桃源洞里天。鸡犬无声炉烬灭，丹青难与世人传。”桃源美景，历来是文人官僚退隐的乐土，洞口塘的人文风物与陶渊明的桃花源惊人的相似，怪不得方以智月夜遨游，游而忘返。月上山峰总怀人，情到深处便有梦。经历了国破家亡、隐姓埋名的方以智终究梦难圆，面对旧山河人事已全非，丹青难写是性情。这种孤独心迹，郁虑块垒，石壁不语，何人能解？只好将颠簸放逐的心灵，寄情于书，倦依佛门，于是构筑了观音阁和读书岩，让他们互相依倚。

（选自1995年5月9日《邵阳日报》）

山婶·春嫂

◎ 张声仁

山　婶

邻居山婶年轻时就守了寡，艰难地拉扯着独生儿子春来过日子。她屋前的菜园里，有几棵又高又大的枇杷树。四月，枇杷熟了，那一朵一朵黄灿灿的枇杷，总令我垂涎欲滴。山婶的枇杷，皮薄，肉厚、核小，吃起来津甜，吃过后余香满口。

作为邻居，我却极少有机会吃到山婶那甜津芳香的枇杷。每当枇杷黄熟，山婶总是一篮子一篮子地摘下来，拿到市场上去卖。看到山婶黄灿灿的枇杷，我就向妈妈吵着要吃。妈妈心情好的时候，会从一个锁在箱子里的小盒子里拣出几枚硬币，捏了又捏，去山婶那里买二三两枇杷。买枇杷时，山婶总是极认真地用她那杆乌黑的小盘秤称好，然后亲热地喊妈妈看秤。妈妈一边递钱一边说："乡里乡亲的，我难道还信不过你？"在这时，我总是敏捷地从秤盘上抓过那一朵朵枇杷，生怕妈妈反悔不买。这种机会是极少的，妈妈常说，枇杷那珍贵的东西，是富贵人吃的。不吃零食，也照样长身子。我要她尝尝，她总说牙不行，吃不得了。那时妈妈才三十几岁，吃蚕豆呀炒玉米呀从没说过牙不行。妈妈转过身子揉眼睛，我问妈妈怎么呐，她揉着红红的眼眶说风把灰尘吹进了眼里。那时正是正午，阳光灿烂，一丝风也没有。枇杷吃完了，我像猪八戒吃人参果，没有吃出枇杷的滋味，望着吐在地上的一粒粒枇杷核发呆。

有一次，我却把山婶的枇杷吃了个够。那是一个星期天，山婶读初中的儿子春来回来了。山婶摘了一篮子枇杷去市场上卖，临走前．她要春来守住枇杷树，不准任何人偷摘。春来一个人在园子里转悠，感到很寂寞，喊我和他去下象棋。我们达成了一个协议：下三盘，如果我赢了，就任我吃他家的枇杷，下输了，就陪他守枇杷。下象棋我本来不是春来的对手．但那一天我手气转顺，连下三城，把魂不守舍的春来杀了个落花流水。春来只好爬上树，摘下一朵一朵黄灿灿的枇杷。我在枇杷树下，吃着津甜的枇杷，邀请春来也吃，他动了动流着口水的嘴巴，咬着牙摇了摇头。我当时很奇怪，为什么他竟然不肯吃枇杷。我美滋滋地吃了个饱，直吃得牙齿发酸，才打着饱嗝，哼着小调回家去。

傍晚，我坐在我家门槛上回味那种吃枇杷的享受时，隔壁传来了春来凄厉的哭声和山婶愤怒的斥骂声。我和妈妈赶忙走过去，只见山婶在凶狠地用荆条抽赤裸着上身的春来。她一边抽打，一边说："我让你偷吃！我让你偷吃！"妈妈走过去，夺过了山婶手中的荆条。山婶拉着妈妈的手，哭道："嫂子呀，春来的学费，我是指望卖了枇杷交的，这冤孽却偷吃了枇杷。我一个妇道人家，哪有来路弄钱呵！"

原来，我吐在地上的枇杷核被山婶发现了，在严厉的盘问下，春来不得不违心地承认是他偷吃了枇杷。

那一夜，山婶屋子里不时传出山婶和春来断断续续的哭声。

春　嫂

邻村的春妞做了山婶独生儿子春来的媳妇，大家都叫她春嫂。山婶精明，春来人勤，春嫂手巧，一个小家庭打春嫂上门后，日子过得红红火火，好不兴旺。大家都说，山婶好福气，有个能干的儿子，有个漂亮的媳妇。山婶听了人们的赞美，心里喜滋滋的，眉开眼笑。山婶的屋里，笑语不断。

日子如流水一般，转眼过了三年，盼望抱孙子心切的山婶见他们小两口还没有动静，再也忍不住。问春嫂，春嫂羞答答的不肯说。问春来，春来支支吾吾涨红了脸。山婶于是领着春嫂四处求神拜佛，求祖传秘方，把个青春焕发的春嫂弄得黄皮寡瘦，还不见开怀。渐渐地，山婶对抱孙子绝望了。打这以后，山婶的日子便过得没滋没味，有时忍不住指桑骂槐地吆喝觅食的老母鸡：“你这只知吃食不会下蛋的寡鸡婆！”春嫂听了，只好暗自垂泪。

春来在一次车祸中丧生，春嫂年纪轻轻就守了寡。村里人说，春嫂这下可要远走高飞另择高枝了，只是苦了山婶，这后半辈子依靠谁哟。村里的单身汉们，一个个在山婶的屋前屋后唱了山歌，都想把春嫂这只百灵鸟引走。春嫂对人说：“我走了，谁来照顾我妈？”跟山婶商量之后，干脆放出话来，要招上门女婿。跃跃欲试的年轻人，一个个打起了退堂鼓。只有虎子还在殷勤地唱着山歌。终于，在一个醉人的春夜，春嫂向虎子开启了她的门扉。虎子做了上门女婿，春嫂又焕发了青春，似一朵野山茶花，灿烂地开放。村里人还叫她春嫂。山婶的脸上渐渐有了笑容，她的屋子里又飘荡出了欢快的笑声。

过了几个月，春嫂羞答答地告诉山婶自己吃东西老想吐，不知是何原因。山婶先是一怔，明白春嫂是怀上了，而后喜笑颜开，而后脸有戚容。春嫂知道，山婶是在为过去误解了自己感到难过，连忙温言安慰，劝得山婶心里暖暖的。

春嫂怀胎十月，生下了一女，合家欢乐。虎子要山婶取名，山婶想了一会，说道：“就叫春儿吧！”春嫂知道，山婶还在思念着春来。春嫂生了个女孩，按生育政策，还可以生育一个孩子。山婶抱上了孙女，还渴望抱孙子。春嫂和虎子劝山婶，说只要培养得好，生一个就够了，现在国家人口太多，不利于经济文化发展，咱不能为国家增加负担，一席话，劝得山婶欢欢喜喜地陪春嫂去医院做了绝育手术。

春儿能说话了，像只山雀子，整天在山婶面前甜甜蜜蜜地叫个不停。春儿能走路了，就帮山婶去园中拔草摘菜。累了，就吃园中的枇杷、枣儿、柿子、香柚、橘子……山婶园中的果子，四季总是不断的。山婶牵着春儿，在村里走来走去，引得大家啧啧称赞。

每年的清明，春嫂和虎子总要带着春儿去春来的坟上祭扫。望着三人的背影，山婶眼里潮潮的，不一会就落下泪来。

村里人与山婶闲唠叨，都说春嫂是个温顺贤惠的好媳妇，山婶真有福气。

（选自1992年4月29日、8月5日《湖南人口报》）

我和一棵同生同灭的相思树

◎ 谢乐勇

我知道，对于你的思念只能在心底收藏，不能长成忧郁的相思树，记录岁月和你给我的每一刻印象。

我知道，在我还没有能力走出庸人们的圈套，未能走过那片暗藏罪恶的沼泽地时，你我只能如隔河相望的码头，看船来船往，任思念漫过河堤。即使有桥，也未必能让我感到满足，何况在我靠近你一步的时候，你在躲我一江、一海至今看不见你。

我知道，你是只圣洁的白天鹅，或为脚踩祥云的丹顶鹤，在你的面前，我将生长洁白的羽毛，去掉服装大师们的庸作，还有我的眼睛，不再为变色镜所左右，只闪烁星星般的光芒。

你我同行

曾经那样热烈地期望你与我同行。我不会忘记你来的那个夜晚，还有那段风雪相伴的路途。那个温暖的夜晚，至今都还在让我的心房微胀，让我的心情充满田园的风光。

此刻，你不在身旁，往事如那些悬挂在墙上的风景画，有意无意提醒着我，让我记起你，让我永远都无法掩盖真相：我爱你。

虽然，我曾想在我一挥手、一甩头时，将你痛快地抹去，让你有如永不回头的风一样逝去，然而，我发现，你的长发，还有你的声音犹如草和蛙声在冬日里蛰伏，却依然在春天里生长壮大。

春天来了，你又将与我同行？

守　候

每夜，窗外诱饵般喷香着的那些声音，永不能引我进入他们热烈的氛围，我似乎在证明着一个永恒的定律，没有孤独，便没有与此相悖的喧闹。

让我独守一方，走入缤纷世界的另一种境界，让我充当维持世态平衡的角色，我不相信这是上帝的安排，一切均因为我的安静与沉默。我无心去为世界的客观规律去献出我自己，只是我发现，我愈来愈背离这让神仙都垂涎的人间乐园。

我似乎只能是棵树，在高山，在平原，在盆地，不论何处都不能离开土地、阳光和水，我的根系属于土地哺育长大的先人们。

人们在我的身上看到新生层的嫩绿和古老岩层的苍老。

歌　手

我拨响手中的吉他，让爱的旋律伴我一路而行。爱的忧伤一次次贮满我的泪眶，亘古流传的爱情故事载着刻骨铭心的伤感一路唱来，琴弦上飞现美丽圣洁的爱情鸟。我嘶哑的歌喉在它们婉转伶俐的歌声中长出新绿。

渴望自然如同渴望水与食物。荒漠中烈日的呼喊在为生命的舞蹈伴奏。在城市，灰色而有如钢针一般的影碟在歇斯底里的挣扎，刺激着我们麻木的心灵在一起搏动。冰冷而又高傲的墙垛毫不怜惜遮蔽了我们的欲望，灵感风化成永远枯燥着的标本在沉默……

爱情歌手，我撩起那褐色的六弦琴，在阳光下，波动起金色的、缥缈的、幽香的旋律，我们看见爱情在头上架起了绿荫，叶片聚集起清凉的雨露，流入我们荒凉的心灵。爱情这颗美丽的露珠，复活了我们旷日迟钝的灵感……

我拨响手中的吉他，让爱的旋律伴我一路而行。

等 候

春天来了，可你还没有出现。太阳穿过雨季，在对所有的人微笑。季节变了，可你依然没有出现。

我不知道你是什么，我只知道自己在等待，时间悄悄地在树的躯体里凝结，每棵树年年都会重新生长新绿和希望，我额头上的每道皱纹都在为相思做忠实的记录。

我的季节不会重复，痛痛快快地绿，干干脆脆地结果。

我只是想知道，我为谁而绿，为谁而成为果实。

你没有出现，我也不知道：我的选择是使我越靠近你，还是越远离你？

或许你在告诉我，生命就是一次等候。

爱情，请为我打开那扇窗

映在那扇窗口上的美妙身段照亮我的心房，娇嫩的身影透过薄薄的纱窗散发着丁香般的温柔。红玫瑰上的露珠凝结在我的脸上，站立成一尊为爱而痛苦着的雕塑。

月光给我一个平静的夜，大地给我一个辽阔的家，葡萄藤萝架起我一个温馨的梦，她给了我一个没有白昼与黑夜的期待。

萤火虫微弱而闪亮的光点缀成深夜的眼睛，我在心里默诵着那首爱的短章，仿佛在念着一段能启开心灵之门的秘诀。

爱情，请为我打开那扇窗。

欢　乐

我无法为你的到来放松面部的表情，让嘴角流露出暖人的辉光。

其实，我的心房却早已如兰花在开放，馨香充溢着我孤独的世界，喜悦装满我渴望的目光。

不要责怪我，我并没有遗忘你，也没有放弃你。我在沉默中，已将你的每一刻欢乐深藏在我的心房，我只是在为你欢乐，在为你祝福。

你如电视屏幕里那个永远变幻着的世界，我始终都不会为个人的存在而介入。

让我注视着你，不说一句话，欢乐装在心中。

（选自《演讲与口才》1997年第7期）

老　怪

——石巴塘人物之一

◎ 文立中

远远地，老怪走来了，像一坨黑煤，破了沿的草帽，如头发一样，无论天晴下雨，春夏秋冬，都与他形影不离。脸上隔夜的煤灰还没洗净，遍布着笑，像荒芜庄稼地里的杂草一样，蓬勃生长。嘴角叼着从不知丢掉的烟卷，双手环拱在胸前，驼驼地走路，驼驼地生活。

这就是老怪，比想象中的更真实。

在石巴塘这个偏僻闭塞的地方，除了田畦，便是小山包，毫无生气可言。我的故乡盛产玉米杂粮，也生长着老怪这个吃百家饭长大，挣百家钱起家的人。老怪是石巴塘这块贫瘠的土地上长出的一株怪异的"植物"，自生自灭，是沉寂的石巴塘一缕快活的空气。老怪其实是有学名的，可大家都叫他"老怪"或"怪哥"，连呀呀刚学走路的小孩都在大人的教导下这么叫他，久来久去，倒忘记了他的真名，连在歪脖子老柳树下卖肉的张驼子记账时都用"老怪"这个名字。

老怪其实不"怪"。很平凡很平淡的老怪却有一手绝活——贩煤卖。起初是从武冈贩煤来卖给烧砖的人，老怪每天在砖窑主之间串来串去，有人订货时，星夜兼程，连夜运来。煤卖多了，钱袋涨了，不安分的老怪便立地成了老板，坐地卖煤。武冈的司机定期送煤来，一车一车的煤堆成高山，又一车车或一挑挑地被运走，黝黑黝黑的煤水一样地流下去，大把大把的钞票又水一样地流进老怪的口袋，老怪中午便去石巴塘街上唯一的小饮食店炒一盘肉丝，算是改善生活。老怪不喝酒，并不是不能喝，老怪嫌酒太贵，消受不起，老怪要设法用双手拦住流进来的钱财。但老怪仍是老怪，老怪是抽烟的，并且很“狠”，每天三包，一根不少。烟是从批发部批来的“老司城”，四毛多钱一包，被煤染得黑黑的草帽还牢牢地扣在头上。有时生意好时，忙不过来，也叫儿子和媳妇来帮忙，老怪做的是合法生意，不嫌昧心钱，童叟无欺，不会给你多一两秤，也不会少给你一坨煤。

“老怪，死到哪里去了。”有人吆喝时，老怪会从取笑的人群中拱出来，仍是咧着嘴，呲着被烟熏得黑不见底的牙，大步流星走过来。

“嗨，伙计，莫心急，裤子没提稳你就叫了。”

铲煤，过磅，付钱。很利索地，老怪的钱袋又鼓起一点，高山似的煤堆又浅下去了一点。

倘若是女的来买煤，硬是缠着老怪要加点秤，老怪笑嘻嘻地铲一铲冒尖的煤放在筐里，涎着脸说：“用这点煤暖坑，今天晚上我过来。”女人被羞得仍把煤铲了回去。老怪鬼精灵，不显山露水，总是做着天平似的、不偏不倚的生意。

在石巴塘这个纷呈的人生舞台上，人们在努力扮演着自己的重要或不重要的角色。在石巴塘，老怪是个丑角，将自己的微笑和胸怀袒露给别人，将泪水和辛酸苦辣深深地埋在心底。除了晚上睡觉之外，老怪是从未想过回家的，家对于老怪来说，只是一个不付钱就可住的旅馆，至于种田耕地油盐酱茶之类的家庭琐事，老怪是从未过问的，老怪的家里有一个名义上的妻子给他料理着。老怪除了贩煤卖之外，就是抽烟和讲痞话。老怪讲痞话的胆贼大，不顾忌老婆女儿在场，说到精彩处，手舞足蹈。羞得女儿满脸绯红，老婆在一旁无可奈何，只得干骂“老怪你咯个炮子打的，长着一只屁股口”之类气话，儿媳突然出现时，老怪的讲话便戛然而止，脸上讪讪地搭笑。老怪不怕老婆怕儿媳，好事者认为抓住了把柄，更放肆地质问，老怪，你昨夜又“扒灰”了吧？老怪一脸窘态，赶忙拿出平时轻易不给人家的“老司城”，每人一支，企图堵住别人的嘴，“瞧老怪那熊样，说不定下面那东西焉儿巴几的。”

“谁……谁说老子不行，当初老子在高沙城风光得很咧。”

的确，老怪当年在高沙城确实风光了一阵。那年，一人吃饱全家不饿的老怪到高沙城里闲逛，用生产队救济的钱扯了一块过年的布料，顺便走到了一家裁缝店。当老怪看到年轻的寡妇老板时惊呆了，竟不相信自己的眼睛，天底下竟有这样肤如瓷质的女人。老怪殷勤地左一个“姐”，右一声“大姐”，不出半个月，便粘着不走了，给寡妇挑水买柴，里里外外，俨然是这屋里的半个主人，一个有情，一个有意，竟黏糊上了。从小在外漂泊无根的老怪有了一个归宿。吃饭再也不是饥一顿饱一顿了。进门时，温好的米酒已摆上饭桌了；出门时，鞋子已宽带摆在门前了；睡觉前，被已焐得暖暖的了，老怪悠然地过着神仙般的生活，甚至忘记了阶级斗争和将“文化大革命”进行到底。可好景不长，这事终被生产队长知道了，一个根红苗正的贫下中农怎么能和地产的寡妇女儿住在一起呢？以种种方法相威胁逼迫，最终老怪还是乖乖地回到村里的那间破会议室里住下。继而在队长的安排下，不情愿地娶妻，养儿育女。时光飞逝，岁月在老怪的脸上镂上了一缕缕皱纹，女人那白如陶瓷的脸，老怪仍念念不忘，经常说起。

后来，我考上大学进了城，在都市的人海圈套中生活，我疲惫不堪，生活在城市与农村的边缘，我居住过的乡村，像一盏煤油灯，忽明忽暗地发着光。有关故乡的消息，不断地传入我耳中。有一次乡下表哥来了，无意中对我说起平时视钱如命的老怪捐献十万块钱给村里修建了一座宽敞明亮的小学。捐款那天，老怪只说了一句，我是卖煤的，虽然不识字，但心里是明亮的，不能再让娃儿当睁眼瞎了。老怪第一次在众人面前哭了，全村人都哭了。

听着表哥的话，我感觉到老怪像无处不在的空气，离我们很远，又很近。

老怪像悬挂的一面镜子。照镜思索，有时，我很伟大；有时，亦很渺小。

（选自1998年6月3日《团结报》）

乡村客话

◎ 林 涛

一只母鸡下蛋了，我喜滋滋的，口水直流，母亲叮嘱我：等客人来嘞；一群鸭长了翼翅毛，我肚子里的馋虫一拱一拱的，母亲叮嘱我：等客人来嘞；一树桃或一树李熟了，我忍不住天天往树上蹭，母亲叮嘱我：留着点，等客人来嘞。

那些日子，我盼生日，盼过年，盼来客，好比盼星星，盼月亮。

客人终于来了，我欢天喜地，想入非非。盯着餐桌上香喷喷的好菜，我喉咙里伸出来一只无形的手，可是，我害怕母亲插在门窗上的那根竹梢子，不敢轻举妄动，母亲叮嘱我：来客了，好生待客嘞！

一个客字，就这样一点一滴，一笔一画，深深烙在我的心头。

在乡下土语里，客字所表达的意思，像一地横流的雨水，没有确定性，也没有清楚的界限，恣肆汪洋地冲刷着乡村的世界。

从一场热热闹闹的婚庆开始，男方迎亲的队伍叫郎客，女方送亲的队伍叫送亲客；孩子生下三天，前去道贺的叫三朝客；坐月子的叫月婆客；稚气未脱的细把戏叫鼻涕客；少年男女分别叫后生客、妹子客；成年男女分别叫男客、女客（妇客）；老年男女分别叫胡子客、婆婆客；生日的时候，临时赏一个封号——生日客；百年后，上了神龛，年年七月半，孝子贤孙殷勤接引回家的，仍然是一个身份特殊的客——老客。不知不觉，一个甲子，一个轮回就湮没在一个客字里。

有意思的是，夫妻间肌肤相亲，朝夕相处，却也相濡以沫，相敬如宾。老婆喊老公叫男人客，老公喊老婆叫堂客。乡间词韵里，一句男人客，一句堂客，喊得几多乖巧，几多客气。

乡村的生活，不经意的，就会触动客字这根敏感的神经。清早起来，父亲披着衣服，刚打开堂屋门，一只大公鸡急匆匆地跳上门槛，伸长脖子对着神龛喔喔地叫，母亲说：十拿九稳，要来客了！饭菜端上桌子，姐姐数好一把筷子拿过来，分到每个人手里，却莫名其妙的多余了一只，母亲说：靠得住嘞，客人要进门了！我满心欢喜，边吃饭，边猜想：谁会来呢？……

那时，我们的院子还很小，九户人家，几十个人口。九户人家九个姓，平常打个什么小赌，总爱拿姓氏说事，说，要是赌输了，我跟你姓嘞！哪一家有了大喜事，男女老幼一齐上，把桌椅碗筷统统搬过去，喜事做几天，自己家里就停火几天，整个院子都包裹在浓浓的喜气之中。喜事办完了，各自认领自家的桌椅，但是碗筷就会经常搞错。后来，有瓷器匠人上门，各自在碗底刻上姓氏，区分起来就方便多了。

正月里尤其热闹，大年初一，晚辈们提着一封叫“千子连”的小挂炮，逐门逐户去拜年。然后，轮流吃“拜年饭”，可以从初一吃到十五。春节里，人人都盼着家里多来几桌拜年客，沾一沾喜气，光一光脸面。

如果碰上哪家头年里刚嫁了千金，正月里就要“迎新客”，更是客气，更是热闹。腊八节过后，新郎客用皮箩挑着一担一担的贺礼，给家家户户“送年信”，预告正月里要上门“拜新年”。

乡里的拜年有讲究，沿用着一个亘古不变的时刻表：初一崽，初二郎，初三初四外甥郎……分家立灶的儿子，大年初一，放下“年关饭”的碗筷，就要赶紧去给父母亲拜大年。外甥给舅舅拜年，也要赶在初四以前，去晚了，舅老爷会不高兴。俗话讲，郎为半子。当作半个儿子看待的女婿，流行在正月初二拜年。

“拜新年”最是热闹，最是有趣。大清早，炮仗噼里啪啦一响，新郎客就进屋了。家家户户轮流待客，场面十分风光，十分热烈。客气归客气，然而，新郎客并不好当。乡里有“整新郎客”的习俗。一个正月，新郎客是大家用来开心的活靶子。

从新郎客踏进门的那一刻起，一个相当刺激的游戏就开始了。听见炮仗炸响，我们赶紧把圆溜溜的火筒棒放在门槛下面，新郎客一脚踏上去，火筒棒滴溜溜的一滚，从头到脚装束一新的新郎客，摔个四脚朝天，灰不溜秋，满屋子的人即刻哈哈大笑。客人进屋先“摆茶”，新郎客来到堂屋的八仙桌前，大家一齐请他在最尊贵的上席入座，可是一屁股下去，早有预谋的一个人，迅速将一个热乎乎糍粑放在凳子上，新郎客觉得屁股一烫，猛地把屁股一抬，一个糍粑在凳子和裤子之间拉起长长的一根白丝带。新郎客扭头一看，无所适从，大家笑得更加开心。等新郎客坐好，有人立刻客气的双手敬上一碗红茶。新郎客接过来喝一口，立刻扑哧一声，赶忙吐出来，脸上的表情十分痛苦，原来这茶水里添加了辣椒粉。

酒宴正式开始，大家客客气气，把新郎客夫妻请到主座上。趁他正忙于跟各位打招呼，一个年轻嫂嫂，将一张报纸往他脸上用力一抹，新郎客即刻成了一个大花猫，原来报纸里是用香油调好的锅底灰。酒过三巡，新郎客忽然露出苦不堪言的神情，不知是谁往他的酒杯里加了一撮胡椒粉。笑笑闹闹中，新郎客被灌得八九不离十，给大家抱拳告假，想去方便一下，刚一抬屁股，差点把同坐的堂客掀翻，哪知道小两口的衣角，不知道什么时候被缝合在一起了！

“哦哦，秤不离砣，公不离婆，千里姻缘一线牵嘞！”顿时，堂屋里一浪一浪的哄笑声，几乎可以震落屋檐上的瓦片。

一个春节，新郎客的脸从未干净过，就跟京剧里的黑脸包公一样，衣食住行，随时都会有小小的陷阱，可谓步步惊心。正月里，新郎客就是大家的开心果。

在乡村老家那方小天地里，一家客好比是百家客，百家姓好比是一家亲。一个小院子，就像一个大家庭，其情切切，其乐融融。

中国有礼尚往来的传统，孟子说，来而不往非礼也。乡里有句俗话：走得亲，送不亲。有一首山歌描述得更形象：一根竹子二打开，一打簸箕二打筛。簸箕把糠簸出去，筛子把米团拢来。在客客气气的人情往来中，凝聚人心，加深感情，疏的变亲，亲的更亲。纷繁复杂的生活里，客人和亲人的关系纠葛不清，时常错位，有时亲人也是客人，有时客人又是亲人。譬如，每年端午节的前几日，一个白发的婆婆，天天要去村口的老枫树下望一阵子，等一阵子，她在望客，等客，而等的又不是外人，是远嫁山外的四姑娘。

一个客字，俨然一个万花筒，一面多棱镜，似乎可以包罗万象。它可以区分行当，如副业客，脚担客，贩子客；它可以标注癖好，如烟客，酒客，牌客；它还可以评价人品，如痞子客，豆腐客（好色之徒）……

乡下人好客，即使对素不相识的路人，也敬重有加，以客相称，叫过路客。凡是过路客进门，无论家境好坏，都会奉上免费的茶饭。

不可思议的是，就连火药味十足的一场骂战，一个客字，还可以当成呼啸的子弹，如收账客、背时客、痢疾客、婊子客……

乡间的悲悲喜喜，忧忧乐乐，生生死死，来来去去，似乎总离不了一个客字，定格在一个客字，也消融在一个客字。

一个客字，似乎大有来头。

随手翻阅一下文化典籍，不难发现，一个客字，连着古今，连着城乡，连着家国。一个客字，像无数颗星星，在历史的夜空中忽闪忽闪，眨巴着调皮的眼睛。

《诗经·周颂·有客》写道："有客宿宿，有客信信。言授之絷，以絷其马。"看似文绉绉的，其实是一段大白话："客人头夜这儿宿，二夜三夜再留下。最好拿根绳索来，把他马儿四蹄扎。"寥寥几笔，把主人对客人那份火一样的热情，刻画得惟妙惟肖，入木三分。

时隔千年，我们仍然可以嗅到那份浓浓的，带着泥巴和柴火香气的人情味。

这一幕，不禁让我想起小时候那些留客的情景。三十里之外的二姨娘来了，住了两夜，又留了一夜，第四天怎么也留不住。我们三姊妹，按照母亲的意思，藏的藏伞，藏的藏鞋，藏的藏背袋，把二姨娘急得团团转，硬是再留了一夜。后来，我去二姨娘家，一留再留，住了七夜，还是强留，我不懂事，居然逃离。二姨娘踉踉跄跄，在后面追，一边喊，一边哭。

《礼记·曲礼上》中讲到："尊客之前不叱狗。"就是说，"主人在贵客面前，不喝叱狗。"古人对迎客的庄重程度，从这些细枝末节的讲究中可见一斑。过去的乡村，很好的保存着这种礼遇宾客的古风，在客人面前，是绝对不可以打鸡骂狗的，席上有客，细伢子不得上桌。凡是婚丧喜庆，桌席的摆放，座次的排序，有一套严格的规矩，论辈分，分长幼，辨亲疏，尤其是神龛下面的那桌头席，一般人是不敢轻易拢边的。席上分工明确，谁执壶，谁接菜，都有规矩。每上一道菜，都要由坐在上席的主客先动筷子，席上相互夹菜，礼让三先，满堂喜气，满堂客气。生活在乡村，做客是一门天大的学问。

唐诗宋词，可谓中国文化的一个汪洋大海，一个客字，好像一群群往来穿梭的鱼儿。其中，含有客字的名篇佳句俯拾皆是，可以信手拈来。放眼望去，但见潮起潮落，客来客往，黑压压的一片。

一模一样的一个客字，有时像下里巴人，有时像阳春白雪。沦落在乡村土语里，显出几分邋邋遢遢，灰头土脸，氤氲着一股浓浓的泥浆和稻草气味。一朝登上大雅之堂，立即变得斯斯文文，神清气爽，散发出一缕缕幽谷兰香。譬如：文人叫墨客，诗人叫骚客，女婿叫娇客，酒鬼叫醉客，养着一班闲人叫门客或食客，凭嘴巴皮谋生的人叫说客，从事中介服务的人叫掮客，江湖侠义之士叫侠客或剑客，从政之人叫政客，被贬谪的官员叫迁客，就连杀人不眨眼的强盗，也冠冕堂皇的叫作豪客或暴客……

打开汉语词典，一个客字的解释就有好几页，有一种关于客字的释义，让我眼前一亮，怦然心动。古人把过去的事物，也称为客，如客岁、客冬。人们移花接木，将一去不返，令人留恋的美好时光，戴上客字这个帽子，就像渴望留住客人一样，渴望留住光阴，留住青春，留住美好。恰似貂蝉拜月，黛玉葬花。然而，岁月如刀，自古至今，这种伤痕谁又抚得平呢？客岁客岁，岁月终是留不住的客嘞！

自从迈入所谓的网络时代，全人类有了统一的称呼——地球人，也有了统一的户籍——地球村。便利的交通和网络视频技术，使人们见面的机会越来越多。然而，人与人之间，感情与距离似乎总是成反比，距离越发拉近，感情越发疏远。都说，距离产生美，我说，距离也产生客气。

自诩解放了思想的“新生代”，把老祖宗留下的待客之道，当成客套、守旧、古板、迂腐，与人碰面不打招呼，做客不讲礼仪，放浪形骸，自以为洒脱。也许是吃了太多地沟油和垃圾食品的缘故，胸膛里经常火气十足，像灌满了硝药一样，一点就燃，一燃就炸，一件鸡毛蒜皮的事，闹得脸红脖子粗，甚至拳脚刀子相向。人与人之间，少了应有的一份理智，一份友善，一份客气，这是一个值得反思，值得警惕的危险信号。

天地悠悠，过客匆匆，做人其实就跟做客一样。彼此何不平和一点，客气一点呢？客来了，喊一嗓，上酒！客去了，道一声，慢走！熙熙攘攘，迎来送往，岂不热闹，岂不快意？

情义无价，岁月恒常。

（选自《芙蓉》2013年第1期）

乡村的味道

◎ 林 涛

一

乡村的味道是露水的味道。

乡村的晨雾被露水打湿了，像一团团沾了水的棉絮，一缕一缕，贴着地面悠悠地走。

塘里的鱼儿，田里的泥鳅，纤毫毕现，像在跳一曲古典芭蕾，一张张嘴巴张得大大的，露在水面上，贪婪地吮吸着露珠。

每一片嫩绿的草尖上，都挂着一颗晶莹的露珠，珍珠一般，亮闪闪的。听见脚步声，它们顺势滑入草丛里逃遁了。

牛羊欢叫着，一群一群，争先恐后往草地里赶，它们要抢在阳光赶跑露珠前，多吃一些鲜嫩的“露水草”。一只老黄狗，刚刚从草丛中追赶野兔回来，全身沾满了露水，它停住脚，将身子用力一抖，露水像喷雾一样洒向地面。女人们挎着菜篮子，像一只只蝴蝶，轻盈的走向生机勃勃的菜园，趟一路露水……

乡村的早晨，是露水浸润的湿漉漉的世界，空气中满是露水的芬芳。

二

乡村的味道是阳光的味道。

阳光像个率性热辣的小帅哥，它亲吻了一下露珠，露珠像个害羞的小姑娘，一扭头藏了起来，留下一地青草的芳香。

阳光跑到纱窗边，往灶屋里瞧了瞧，可是窗格太小，几个耀眼的光斑打在黑黢黢的木板墙壁上，像一枚枚明晃晃的金币。

晒谷坪里，湿润的稻谷，被顽皮的阳光翻来覆去地摩挲，全身燥热发烫，连颜色也变得跟太阳一般，金灿灿的。

父亲随手抓起一把谷子，揉搓一下，沙沙沙地脆响，搓出一缕淡淡香，搓出一股阳光味。

夜晚，我躺到床上，母亲把白天刚刚晒过的铺盖拿过来。我抿住嘴，鼻子贴住被面，深深地吸一口气，一股淡淡的阳光香味沁人心脾，直抵我的梦境。

三

乡村的味道是花香的味道。

乡村是个百花园，春夏秋冬，田间地头，丛林山岗，花谢花开。火红的是桃花、杜鹃花；雪白的是梨花、山茶花；金黄的是油菜花、松树花；粉红的是草籽花、樱桃花……

春天是花的海洋，仿佛是一场流光溢彩魅力四射的美丽的角逐。空气中，晨雾中，雨水中满是花朵的气息。调皮的风姑娘最喜欢花香，她成天拖着长长的透明的羽衣，在空中曼舞。

比风姑娘更爱花的是蜜蜂。它们忙碌的身影，像一支支铅笔，在空中画出一条条黑黑的细线。这些可爱的小精灵，把花粉酿成蜜，把花香持久储存。

禾花蜜、茶花蜜、槐花蜜、桂花蜜、油菜花蜜、草籽花蜜、金银花蜜、冬桃花蜜……采得百花酿成蜜，为谁辛苦为谁甜？

蜜蜂把辛苦留给自己，把香甜洒满人间。

四

乡村的味道是茶饭的味道。

乡村的生活，粗茶淡饭，宁静祥和。乡下人的日子，踏踏实实，平平安安。

有一首童谣唱得好："叫你哥，叫你哥，教你妹妹嫁给我，白天给我煮茶饭，夜里帮我暖被窝。"茶饭，老婆，热被窝，就是乡下人理想的安乐窝，就是他们想要的生活。

习惯了粗茶淡饭，生活其实很简单。日出而作，日落而息。乡下人少有不切实际的想头，少有肮脏阴暗的东西，只要茶饭填饱肚子，一个个就浑身是劲，浑身是胆，铮铮似铁，坚韧如钢。

出嫁的时候，要喝"离娘茶"，吃"离娘饭"；驱邪避晦，用的是"茶叶米"；老人临终前，亲人们噙着眼泪，要给老人喂上人生最后的三口茶饭……

也许，只有茶叶和五谷能固本强根，扶正祛邪，不会饥渴，不会惶恐，安抵天堂。

五

乡村的味道是泥土的味道。

乡村的泥土，是那样肥美，那样绵软，那样滋润，随你怎么抚弄拿捏，它就像一个柿饼，像一个面团，像一团幸福。

早春二月，大地上响起犁田催牛的吆喝声，刚刚翻过来的清新的泥土的味道，把乡村的每一个旮旯，每一个缝隙填满。这股味道里，夹杂着青蛙、泥鳅、蚯蚓、土狗子的淡淡腥味，夹杂着青草和树叶腐烂时发出的沤气，夹杂着耕牛和农夫身上那股浓浓的汗水和生活的气味。

土地是乡村的根本，是生活的源泉，是精神的支柱。世世代代的乡民，生在土地上，长在土地上，奔走在土地上，劳作在土地上，快乐痛苦都在土地上。讲一口地道的土话，喝一壶地道的土酒，吃一碗地道的土菜，土地始终是他们生命的度量衡……百年之后，入土为安。

泥土的味道，其实也是生命的味道。

（选自《散文百家》2014年第10期）

万水千山

◎ 谢正龙

红 船

穿过历史的风云。革命，坐在红船上徐徐而稳稳地驶来。

十三个人选择了这条船，同舟共济。注定这条船要承载历史的重任和时代的风雨。

十三个纤夫，将历史的重轭义不容辞地套在肩上，将命运的缆索勒进肩胛，风一程，雨一程，一步一步艰难地，将中国拉向新生和繁盛。

绕过多少暗礁险滩，涉过多少惊涛骇浪，经历多少枪林弹雨。

一位韶山冲的汉子，操着浓浓的湘音，喊着沉重而亢奋的号子。在黑暗中寻找光明，在无路处探寻道路。

十三个夜行人，栉风沐雨，双肩披满星光，双眸贮满曙色，以夸父的步伐一路向西，要将沉沦的太阳挽回中天。

峰回路转。柳暗花明。红船，跨越时空的恒久，穿透历史的厚度。

疲惫的红船静静地泊在南湖，泊进历史，成为眼瞳中灼人的鲜红。

瑞　金

母亲般的瑞金！羸弱瘦小的革命在这里享受着博大无私的爱和无微不至的关怀。

敞开干瘪的双乳，挤尽最后一滴乳汁，襁褓中的革命一天一天成长。

被贫困磨出厚茧的粗糙的手，温热的手，在红土上种植水稻和南瓜。扯一把干柴烧旺灶火，用红米饭南瓜汤艰难地喂养着革命，壮大着革命。让革命把路走稳走远，去开创一片新的天地。

瑞金母亲，用自己的身躯遮风挡雨，卫护着珍贵的火种。走过坎坷和风雨，这火种终于如狂飙，如闪电，燎原起熊熊大火。

给革命穿上草鞋，将革命扶上马背。看着渐行渐远的红军儿子，瑞金母亲挥不动沉重的手，两眼噙着泪花，恋恋不舍。日里魂牵，夜里梦萦。

揪心的牵挂：夜深生凉，山风又起，红军儿子，你可要倍加珍重！

亲切的念叨：山高路遥，泥泞坎坷，红军儿子，你可要一路走好！

瑞金母亲，成为佩在共和国胸前的一枚自豪的徽章。

瑞金母亲，蕴藏丰富的红色养分，给贫血者输血，给缺钙者补钙。

瑞金，像一团红色的火焰，点燃青年的激情和血性。

瑞金，如一泓澄碧的清泉，洗涤人们的七魂和六魄。

雪　山

高峻的雪山，连绵的雪山。令人望而却步的生命禁区，鸟飞绝，人踪灭。

造化留下这一片生命空白，看谁有勇气去填充。雪山，测试着人生的高度和信仰的硬度。

一群特殊材料做成的人，在挑战生命极限。

历史选择了这样一群人。他们以瘦弱的身躯做无怨无悔的抗争，用一副铁肩去承担历史的重任。

岷山，千里白雪皑皑，红旗在朔风中猎猎飘展。嚼一把小米，吞一捧冰雪，把寒冷当成棉絮裹挟自己。

他们坚信，能唤来春风，融化冰雪。溪水潺潺，山花灼灼，鸟语宛转。憧憬中，他们咧着冻裂出血痕的嘴，笑了。

深雪迷失了所有的道路，他们在艰难地辨认。一行行深深浅浅的脚印在攀升，在翻越，一丝不苟地完成历史赋予的每一个惊心动魄的细节。

在更冷的夜里，在更远的山上，弯月向谁洒下清辉？花朵向谁开放忧患？

一堆篝火，是谁的眼眸或血液？

而山顶的雪，成为谁的王冠，让后人虔诚膜拜和终生景仰？

瞩目一幅红军过雪山的图片，只觉寒气袭来，砭人肌骨。

再一次面对雪山，谁将落伍，谁将退缩，谁将逃逸？而谁才是真正的勇者？

恍惚中，一个个脚印陡地开成高山雪原一朵朵雪莲，凌寒绽放，光彩夺目，清香冷冽。

草　地

一种义无反顾的抉择：挺进草地！

草，围追堵截；泥沼，布满看不见的吞噬生命的嘴。

满脸菜色，却目光坚定。扎着灰色的绑腿，拄着瘦硬的拐杖，挣扎着，扶携着，寻找一条突围的路，进行着一场没有硝烟的战争。

用生命浇铸出一条泥泞的前无古人的路。只要一息尚存，只要还有一滴血，脚步就不会停滞，路就会继续延伸。曲折的跋涉，磨炼出矢志不渝的意志。

有谁把生和死表现得如此轰轰烈烈？有谁把爱和恨演绎得如此淋漓尽致？有谁将战争与和平诠释得如此深刻透彻？

在刀锋上高蹈，在烈火中旋舞，我看到民族倔强的灵魂。

一摊摊鲜血，化成浩气长存的碧玉；一根根白骨，铺设起通往幸福和天堂的台阶。

让血液沿着朝阳的大道奔流，如汹涌的江河；让铮铮铁骨扛起沉陷的历史，如巍峨的群山。

西风瘦，一群瘦过西风的人终于走过去了，走成一帧历史永恒的风景，走成中国新的神话。

英雄的身后，土壤更加肥沃，草色更加葱郁，鲜花摇曳出幸福的吟唱，草叶指向天堂的方向，露滴闪烁真理晶莹的光泽。

十　月

硕壮的秋天，黄澄澄的果实，缀满枝条；沉甸甸的稻穗，弥散着劳动的芳香。

蔚蓝的十月。冉冉上升的旗帜，代表一支歌的流向。这支歌，因鲜血的诠释而日益嘹亮，激昂澎湃的旋律深入肺腑，令人肝胆俱热。

哀鸿、饿殍、硝烟、呻吟，一个民族伸出枯槁的双手，诘问苍天：谁来拯救？

水深之中，谁的头颅在上下沉浮？火热之中，谁的身躯在左右挣扎？

二万五千里遥遥历程，八十五年风雨雷霆。

谁擎起头颅，成为人们黑暗中仰望的灯盏？谁倾洒热血，开辟荆莽中生存的通道？

阴霾驱散，玉宇澄清。十月的天空一派晴明的蔚蓝。

深邃的天空。放飞的鸽群如欢乐的音符跳荡人间。这美丽的鸟，在国歌的倒影中翩翩掠过，衔着国泰民安的诗句四处播撒，在晴空中完成上升的姿势。给每个炎黄子孙的壮志安上凌云的翅膀，让龙的传人的歌喉都沾满绿色的音符。

推开手掌，满是鸟的圆润的鸣转。

盛大的节日。献给你的鲜花，芬芳如初。你的愉快是一片幸福的弥漫。让沉醉其中的我们，都可破译节日的喜庆。

（选自2006年10月3日《湖南日报》）

采茶的母亲

◎ 谢正龙

采茶，是母亲在收藏绿色，收藏最温暖的春意。

吃过早饭，草叶上的露水还没干透，母亲便带我到四里开外的麻岭去采茶。横过一条长垅，穿过一片林，就能看到郁郁葱葱的麻岭了。岭上茶树的绿色浓得似乎撑不住，快要淌下来流入山脚下的小溪里。走近了，才看到墨绿的茶树是一垄一垄地绕着麻岭，生怕麻岭的泥土溃散似的，一道道将麻岭严实地紧箍着。一垄垄茶树间是新翻的黄土。茶树上挤满嫩叶，淡绿的芽儿大多展开两片叶子，如张开双翼的蝴蝶，静静地啜饮晨光和露水。

母亲站在一垄茶树前。一垄茶树，如一把绿色的古筝；母亲，这位乡村音乐的演奏家，面容祥和，气定神凝，手指微张，探进浓浓的春色里，捕捉动人的音符。在高远的天空下，从浓荫深处，母亲举重若轻，大音稀声，一种乐音均匀、平和，不瘟不火，如瑞雪消融，如柔枝轻触，如花蕾绽开，如蚕食桑叶，如蜜蜂落进花蕊，如阳光打在水面……这劳动的声音，曼妙的声音，若有若无，却从四季、从每个角落涌起，充塞天地。

童年的我，背朝母亲坐着。在新翻的泥土上，拨弄着嫩草和草根。一只鸟轻捷地飞进高空，我看得眼睛酸疼，觉得自己已被鸟声驮起。山脚下的小溪如一弯柔臂，揽着麻岭。小溪的对岸，开着金黄的油菜花，很幸福的样子。浓郁的花香被微风捎到这里，已变淡了。我似乎想起了什么，偶一回头，看见母亲的脸上沁出细密的汗，然后融合成豆大的汗珠，慢慢地流下来。一缕头发垂到额头，被汗粘住。母亲采撷不止，似乎腾不出时间掠一下头发，揩一下汗水。

多年之后，我只要看到温润的天空，酥软的泥土，柔柔的小溪，金黄的油菜花，就觉得有一股母性的气味源源不断地散发出来，越来越浓。我又好像回到了童年时候，贪婪地吮吸着这种气味。

一垄茶叶采摘完毕，母亲弯曲的手指，好一会，才能完全伸直。手指上染上了嫩叶的绿汁，在我的心里，这是浓缩春意的手指。而那垄茶树，如刚生下孩子的孕妇，疲惫而羸弱。长大后，每次回家经过麻岭，茶树还在，好像永远长不大。我忍不住要多看几眼。觉得母亲刚刚离开，或者就要到来，那一茬茬嫩叶正等着她呢。

在繁忙的农事里，采完茶就是插田。茶叶和秧苗是同样的淡绿，我觉得母亲采茶是在收藏绿色，而插秧是把绿色释放出去。秧苗一蔸一蔸自母亲的胸前插入水田，随着身体的挪移，一行行、一片片绿色便在她面前铺开。大字不识的母亲在书写最为生动最具活力的文字；躬着腰身的母亲在表达对劳动和土地的虔诚。

插秧和采茶其实是母亲吐纳绿色的过程。真难以置信，瘦小的母亲在胸中竟能收藏和释放出这么多的绿色！也许正因为有这样的母亲，生活的希望才能绵延……

一片茶叶在杯底浸逸出丝丝缕缕的红色，向上袅娜弥散，让人想起灶房里忙碌的母亲和屋瓦上缭绕的炊烟。母亲就好比一片干皱的茶叶，在人生的沸水里翻滚浮沉，把清汤寡水的生活泡得有滋有味。啜饮一杯茶，让我感到母亲的手温和生活的酽浓。

采茶回家的路上，夕阳在我们身后沉落，一前一后的两个身影向家抵近。我发觉母亲走路有点异样，有时左移，有时右挪，以至跌在一块石头上，趔趄了一下。过了一会，我才恍然大悟，原来母亲怕踩着我地上的影子。

我盯着母亲汗湿的脊背，两束目光如两缕细微的凉风，在母亲的身后缓缓地吹。

（选自2009年8月5日《科教新报》）

梦话世界

◎ 林目清

树

我的每根树枝都在寻找阳光的走向，在不能不弯曲的地方都留下了泪的痕迹，这一切全都是不断在黑夜中压抑的结果。其实，我并不是想伸展我的欲望，蔓延我的生命而创造什么奇迹。但通过这样我才知道我的生命原是软的，当我需要的时候，它便从世界的每一空间每一角落（有的来自死去的小草；有的来自从悬崖下的石隙里蹦溅出来的水珠声）向我这里渗入，逼使我膨胀，但在疏散疲倦时，我的向往和理想便渐渐凝结成一个个沉重的构思，被得到启示的人们摘走了，留下一个个没有着落的新的愿望和渴望，在无形无声地缠绕。

现在，我感觉到越是这样做越是不自在。有时风儿无形地走过，我请求它对“自由”的回答，它不屑一顾地走了。但我发现这样做有点愚蠢了，我不但替它证明了空虚的存在，同时证明了我自己是善于废话的人，因为我知道孤寂沉默才是我生长茂盛郁葱的源泉，也是我思索结晶的有利时机。

在这枯燥的季节，也有活动的鸟儿跳上枝头，我不知它是否是春季在我枝头筑巢的鸟儿，现在还留有兴致温习它过去的梦或一家的美满幸福，它瞧瞧我保持沉默，就知趣地在雪地上跳跃着，唱自己的歌。我觉得下雪后冰封的习惯倒使我变得透明了，冰清玉洁的。这时我才真忘记了我自己，我感觉到我自己在冰下的小河里寻找什么，似乎有我自己熟悉的声音……

诗

从我自我开放以来，我就时而失去自己过去的声韵和处世格律。有人说我不贞操，但我并不想自我辩护，也不想了解自己究竟怎样了。我曾想，一个老人年轻时，并不知道他自己能那样活到现在，甚至还有点真不相信自己。其实，这也并不为怪，因为他自己是属于别人的，他早已存在于别人之中，别人一走动，他会随着不知不觉地走动，所以我认为一个人走路，不只是他自己本身的意志决定的，不管他承认不承认。

为此，我向来是不为自己的前途担忧的，因为我被一批人否定时，同时会被一批人承认，于是我便属于承认我的那批人了，那批人便是我新生命的延展了。如果那批人也开始对我怀疑否定起来，那是因为他们发现了自己的对手将取代他们了——我的生命又将面临一次跃迁。

我已感觉到我是一种永恒的歌声，它总是在寻找它新的歌手，它的欣赏者是属于年轻的。

（选自《芙蓉》1987年第1期）

夜色之海

◎ 林目清

夜色似海，我们是游鱼。天上的星火是打捞我们的天上人间的灯火么？我们沉浮在这茫茫的海域，或潜伏在这海底的深处，如果没有这夜色，谅不会知晓我们已身处在这海中的。

饥饿的月亮，静静地守护着我们，谁敢不安分地跃出水面么？谁先跃出去，谁将先跃入它千万年苦熬的空腹。我们已习惯于在水下生活安息，从没有人想跃出去的意思，想坐宇宙飞船出去的，那只是一些狂人们的幻想。月亮对我们充满了信心，是因为看到我们还活着，美国的飞船曾让它饱餐一顿我们活蹦蹦生命的气息。

夜色的深处显得很平稳，不知夜色上是掀起了海浪，还是很平静的海面。人的思想与呼吸从不因为夜色而停止过，相反在夜色里显得更为活跃而富有活力。这个时候，人类可以自由地做自己想做的事，抑或是做梦就更自由了。人类是鱼类的祖先，利益是一切生命的脉搏，人类与鱼类一样正在深水里做着进出口的交易。

我们从不这样认识过夜色，夜色是上帝的赐予。上帝为了展示人类的本性，给人类留下它所不愿意看到的东西，或它不希望看到的一面，而偶尔闭了一只眼睛，便形成了夜色。夜色的形成是符合上帝所定的规律的，高兴或埋怨都是毫无意义的。夜色给了我们智慧与思索的空间，也给了我沉默与死亡的理由，我们不在夜色中死亡，便在夜色中跃起！

当夜色渐渐地褪去，地平线上又一个崭新的人间浮露出来。我们所处的人间就是在这夜色的一次次的浇灌与漂白中，以乡村楼台与城市楼宇试比高的竞技形成，不断地拔高成长起来。

（选自2004年11月14日《邵阳日报》）

马溪小记

◎ 向 辉

一枚碧叶展现着春，一滴露珠蕴含着太阳。

马溪很小。马溪自古是一方神奇的小天地。

有木板铺成、铁索斜拉、人走上去晃晃悠悠、吱吱作响的吊丝桥。

有连着山里山外弯弯曲曲鸡肠似的小径。倘若下雨，泥浆足可淹没鞋帮，衣服上会有黄色的毕加索的现代派绘画；如果天晴，那一枚枚的小石子会在你脚下伴着欢快的曲调跳起轻松的舞蹈。

有三处飞流直下的封神瀑布，虽不及“飞流直下三千尺”，但也令人心荡神飞。水自山中来，穿小沟，经小溪，至峭壁已无路，水却全然不惧，顺势一跃，给峭壁装饰一道飞动的雨帘，人的心灵也因此陡生无尽的感喟：无畏，才成壮观！

醉翁之意不在酒，在乎山水之间矣。

曲径通幽，青山如黛。有山如马，前端如马首低垂，中部壮实，高大的山野是马腰，逶迤的余脉便是马尾了。青翠的树，葱绿的草是马飞扬的鬃毛。马头低垂处有溪水流过，似马饮溪水，故此地得名马溪。

攀登过泰山的，感慨其雄，游历过秦岭的，惊叹其险，而马溪的山则是深闺中的少女，以清秀、灵动让人心悦。山不算高，也不够险。攀岩石，抓树枝，十几分钟使可至山巅。杉树林，枝叶婆娑，杆壮腰粗，犹如一个个绿色的特大惊叹号，长成人眼中秀丽的风景。梓树林，朝气勃勃，挺拔中叫人感到无限的希望在滋长。茶树林，在半山腰间无忧无虑地生长，虽时值冬日，仍碧绿可人，那绿似乎正从枝叶间滴落下来，心野不由也蓬蓬勃勃。一行行茶树，一行行优美的抒情诗，抒写着生活的清醇；一棵棵茶树，一个个绿色的灯笼，照亮着山乡人的美好憧憬。

山不在高，有仙则名。而今我言，山不在名，有人家则生机盎然。十几户人家散落在山脚、山腰、山顶上，房子大多是木壁黑瓦，随地赋形。有的于空旷处款款而立，如亭亭少女；有的偎山傍水，似依人小鸟；有的则以木桩支撑，吊悬空中，犹如耍杂技的姑娘在准备着表演精彩节目……一幢幢房子在翠山碧野间，犹如一颗颗熠熠生辉的明珠。炊烟正自烟囱缕缕而出，袅袅升腾，最后和云儿融成一片。炊烟的追求是广博的，它把梦写在云天间。

我到马溪正是农历十二月末，人们正忙着做过年的准备。杀猪、舂粑、打豆腐，是山乡人过年必不可少的。我来到一个表兄家，他家正忙着舂糍粑。主人从热气腾腾的蒸笼里打出香喷喷的糯米饭，往粑臼里一倒，便有三个壮汉提着粑槌上来了。他们低着头，腰略弓着，双手紧握粑槌，先是一阵挤压，而后高高扬起粑槌，“啪、啪、啪”有节奏地打下去，几个姑娘婶婶在一旁围着一张方桌，铺好塑料布，手揩熟菜油，在做捏粑的准备呢。手忙嘴也不闲着，互相逗乐着，这欢快的笑语和那“啪啪”的打粑声混合成山野交响乐。奏着喜悦、奏着幸福。连壁上的财神老翁也陶陶然，拄着拐杖，笑眯眯的。堂屋里流淌着层层欢乐的浪花。

一桌糍粑下来，大伙儿小歇，围坐在火塘边闲聊。我用火钳拨动着火塘里的火星，火苗子快乐地跳动着，舔着悬挂着的一块块腊肉。一个老汉“吧嗒”着长烟筒，缕缕轻烟，仿佛是他胸间溢出的喜悦：“山里人啥都不缺，就是交通欠便利。电视机、洗衣机、切菜机都有了，就差个喂饭机了……”

表兄趁这空档，抱来了一大捧橘子，一人扔过几个“解解渴”。

我接过橘子，问道："老表，你那群吃草的白云陀呢？""就剩几只母的了，刚才还来人要买，我舍不得，都快生崽了。"挨座的青年用胳膊碰碰我，"他的羊，这个价，可畅卖了。"他的十个指头有力地伸着。

"嗖——叭"几声冲天炮在户外响开了。"从前细伢崽盼过年，如今的娃呀可是天天在过年。"一个大婶接过了话茬。我想随着一声声的冲天炮响，孩子们的欢乐把天上的云都惊得张开了好奇的眼睛了吧。

"我的两个伢都下了广州，那俩小子可会享受啦，花好几百元乘飞机回家，在天上做了回快活神仙。"一个老婆婆的眼睛笑得眯成了线……

当我离开马溪的时候，夜幕已降，马溪愈发静寂了。回首处，青山仍旧，山峰默然而立，心中不由情潮涌动，颇有了几分诗兴：

山峰，一个个
不甘寂寞的
山里人
正举着
绿色的手臂
摘取　天上的星星
明亮　甜甜的
梦境

（选自《儿童文学》1997年第9期）

走向吊水岩

◎ 向 辉

吊水岩在栗山脚下，距月溪小街约一公里。吊水岩是个瀑布，因水挂岩石，山里人因形赋名“吊水岩”。

穿过公路，爬过山梁，拐过田垄，吊水岩便远远地呈现在我眼前，如一匹飞动的白布，叫人感到，那高耸的岩石是架永不停歇的织布机，因旁近溪水哗哗，故瀑流声还不十分渺茫，有如远处高楼上的歌声。

看着吊水岩，我触景生情，想到了点什么。我曾去过百里之外的肖君家，其处有一泉名唤“映月泉”，每逢星稀月朗之际，月便晶莹于泉中，煞是可爱，肖君题一联曰：“映月泉，泉映月”，却一直苦无下联。而今，吊水岩让我茅塞顿开，心扉洞然。“吊水岩，岩吊水”，不是绝好的下联么？此联，此景令我不禁陶陶然。

来到吊水岩脚下，这儿四周环山，抬头望去，高高的山巍峨耸立，人如在井底了。瀑流的撞击声，流水的哗哗声不绝入耳。人被这美妙的声韵包围着，和风从天上，四周向我倾泻过来，吹面不寒杨柳风，大自然是个神奇的艺术殿堂，瀑流此时是这个殿堂中不知疲倦的歌者，歌咏着永远的清新，弹奏天籁绝响。

在凝望中，那傲然而立的石壁，那飞流而下的瀑布，似乎正热情地向我飞过来。

仔细瞧那瀑布，水自上而下，最高处窄而平缓，水拥挤着，一股一股的，白而发亮。如许的水沿石壁而下。稍下处，有一石突兀而出颇似乡间田头的竹筒筒，有几股水顺着它垂流，突兀石头旁边的水则径直而下，下水处，石头在那短距离内蓦地平坦起来，有如登楼的台阶，水击在这台阶上，纷纷扬扬地飞溅开了。最壮观的要数吊水岩的中部了，岩石垂直而下，水无所依托，也便呼啸而下，速度极快，嬗变成薄薄的纱，轻轻的雾，飞扬着、挥洒着。那一匹匹薄纱倘裁剪为衫，夏日里也不必畏惧那难以忍受的炎热了。

瀑流的下面，石壁倾斜着，舒缓着，水也没有了先前的急促，有如长蛇漫游，又似素巾慢慢抖动……

贵州的黄果树大瀑布是誉满中外的大家闺秀，而月溪的吊水岩则只是山野村姑，小家碧玉，但她的灵秀，隽永让人心悦。这时，我突发奇想，倘把这吊水岩移植岳麓山抑或其他名山，那定是绝妙的景点，会让世人竞相驱驰，引颈仰望，只可惜她身处月溪这无名的山野之内，“养在深闺人未识”啊！

但人的叹息只能是人的叹息，吊水岩从未叹惋过，也从未计较过什么，喧闹也罢，静寂也罢，它总是那么满怀激情地飞扬着，挥洒着，在这山野挺立成一幅壮观的风景。吊水岩是位大彻大悟的智者，超然、豁达、淡泊。

走向吊水岩，眼睛饱尝了大自然的壮丽，心灵多了一道道思索的雨帘。

（选自2005年12月10日《文艺报》）

黄家码头

◎ 王祯辅

黄家码头是古镇高沙的一个老渡口。

黄家码头位于蓼水河的东岸，介于太平桥与祖师桥的中心地段，青石板砌成阶梯，渐渐伸到河床。河水平缓幽静，清澈见底，机敏的白线鱼在浅水滩觅食嬉戏，游来又游去，皆可计数。一条平头渡船被一条铁链拴在岸边，船头竖一枝竹篙，一位老船工坐在青石板上，卷根喇叭筒旱烟，一旁"吧嗒吧嗒"抽吸，静候过渡的人。人和货等到一定程度即可开船，多则二十，少则几人，一声声清脆的篙声便把过渡的人撑到对岸。这条船风雨无阻，不论水涨水落，成天如织布机上的梭子，穿梭往来。除了摆渡外，春天涨桃花水后，船巴佬集结在码头一带，扎木排竹排，然后顺流而下放排过双江口，下资江讨生计。平素也有顺水漂下来撒网打鱼的舴艋舟，到了黄家码头上岸，一篓鲜鱼虾片刻抢购一空。

等到石榴花开得火红灿烂的五月，一场端午雨痛痛快快落几天，把河道灌满，热闹的端午节也就接踵而至了。赛龙船的鼓点一声一声敲击在人们期盼的心坎上，敲得人心里麻酥酥的。龙船赛以祖师桥为起点，逆流而上，终点是黄家码头。这时节万人空巷，老老少少都往河边飞跑过去凑热闹，两岸人头攒动，众声鼎沸，河心龙船上锣鼓激越，号子震天，两艘披红挂彩的龙船竞相争渡，如同离弦的箭飞奔上游，到黄家码头便见分晓。想抢先得知胜负的人们多挤在黄家码头围观，将码头塞得水泄不通，挤挤挨挨，还有绾起裤管泡在水里的，喊声，掌声，跺脚声，欢呼声、助威声、叫骂声交织一起，回荡在蓼水河上空，经久不散。

平常周边街坊在码头漂洗衣物，淘米洗菜，挑水煮饭者也不在少数，就着码头的方便，各自打理着各自的生活，自自然然，好比日落月升那样简单重复。若是夏天，码头浅水湾经常有人洗澡，尽是些细伢子，扎猛子，打爬鳅，在水里捉迷藏，打水仗，水花溅得老高老高。一个一个赤条条的，光着屁股，翘着小鸡鸡朝河里比赛射尿尿。顽皮一点的则往岸边洗衣女人身上拂水，立即会招来她一顿嗔怒好骂。那家伙嗖地一个猛子扎进水里，在不远处伸出一个湿漉漉的头来，冲着岸上嘿嘿嘿地坏笑。

码头对岸是一个村落，叫塘前湾。蓼水从太平桥上游缓缓流下，流经塘前湾一带，地势平阔，冲积成平整肥沃的沙质土壤。村民把沙土开垦成畲田，栽上萝卜、白菜、黄瓜等时令蔬菜，还种甘蔗，甘蔗是本地品种，没有从广西贩来卖的红皮甘蔗粗壮，蔗杆泛青，很苗条，很秀气。蔗农将甘蔗束成两捆，一边一捆竖立在装甘蔗的竹篮里挑着卖，远远看去像挑着一担红缨枪。站在码头往塘前湾一望，只见青瓦农舍散落在绿树荫里，成片成片的甘蔗有如青纱帐，一垄一垄的菜地透着茂盛的绿，屋顶袅袅的炊烟以及蒸腾的水雾，氤氲着，飘荡着，把一湾沙洲弄得烟云弥漫，如梦似幻。清朝诗人萧鸿钧有一首《竹枝词》描绘了这一带人的生活，很有原生态的味道："塘前湾里晓日嵌，李子初黄翠鸟含。娇女家家争趁早，归来香露湿红衫。"虽然只有一河之隔，塘前湾就是乡里，过得河来，上了黄家码头，就到了街上，高沙镇自古有了集市，是湘西南有名的商品集散地，因为是集镇，所以高沙就没有城乡差别，只分街上和乡里。上街是乡里人的必修课，是一家人的生计所系，塘前湾人把沙田里的物产通过渡船运到对岸街市上，沿街叫卖，日久天长，塘前湾的菜成了金字招牌。街上常常遇到如此情景，买菜的手里掂量着白净的萝卜，问：哪里的？卖菜人一脸的得意，答：呃，塘前湾的沙田萝卜嘞！一提到塘前湾几个字，品质就没得说了，接下来就是过秤成交，因此这里的菜往往不到菜市就沿街卖光了。

靠码头的一侧有一条河街，清一色深褐色的木屋，如沈从文

《边城》里所说的一半着陆，一半在水的吊脚楼。吊脚的一半面水，褐色的木壁，乌黑的瓦，屋檐下悬挂着一串一串干红辣椒，木栏上晾晒着花花绿绿的被褥和衣物，倒映在水面，水波一荡漾，房屋的静和倒影的动形成对比，反衬出街市上的日子是如此的熨帖和安逸。着陆的一半临街，或居家，或开铺面，各有用场。挨近码头的多半开铺子，有一年四季香味撞鼻的面馆，有叮叮当当从天亮敲到天黑的铁铺，有编织各类器形的竹篾行，还有杂货铺、纸马店、药栈，以及在人家门口横张案板卖肉的，挑担烧甜酒汤圆卖的，摆个剃头挑子帮人剃头刮面的……印象最深的要数那家瓦罐铺，坛坛罐罐堆积如山，用草绳绑牢实，都是当地煽鸡窑的产品，装水的瓦罐，腌菜的倒坛及日常用的瓦钵、酒瓮、盐罐油罐、灯盏……一应俱全，全是泥土烧制的家用货，结实耐用，盛载过往的岁月，酿造腌制着稀松平常的日子。我蛮喜欢一个个造型粗拙古怪的“蛤蟆叫叫”，也是陶土烧制的小玩意，“蛤蟆叫叫”拇指般大小，匠人们把它做成各种动物——蛤蟆、乌龟、小鸡、蟹子——对嘴一吹，就会发出“呜噜哇啦”的叫声，带着泥土的气息，谐趣好玩，相比之下眼下孩子的玩具规整考究，科技含量高，总觉得缺少点什么，了无生趣。现今集市上卖煽鸡窑瓦罐的店铺还有，只是这些小把戏寻不到了，该不会失传了吧？

黄家码头上首是猪场，交易的全是豢养的活口。清早集市开始骚动，晌午最嘈杂，照例是喧嚣声起伏。这种如潮的声音来自争得脸红脖子粗的讨价还价和争斤论两的大喊大嚷，吵吵闹闹，嗓门虽大，讲得都在理在行，买卖争毫厘嘛，无所谓谁得罪谁。其间还夹杂着卖主顺手往猪笼里一伸，一把抓住小猪崽的后腿提给买主看时，发出尖锐的嚎叫，听后使人牙齿发怵。虽是猪场，不时也有挑着扁圆竹笼贩卖刚孵出一巢毛绒绒鸡雏或鸭仔的，或牵一头黄牛或赶两三只羊在一旁待价而沽的，没卖脱不打紧，牵回去喂一宿，赶明日再来。

城隍庙居下首，离码头不算太远。城隍庙原先供着城隍爷，门楼有石刻，拱门上透雕两尊小石狮，手法高超，颇具匠心。顶上的石匾上刻：城隍庙。据说是唐朝虞世南的手笔。两侧有副石刻对联："善恶本殊途，入此门便知分晓；是非无偏袒，到这里自有权衡。"字为唐楷，朴茂遒劲，文理直白，识文断字的人都懂。城隍庙改建成电影院和祁剧团，应该是解放后的事了，门楼仍然保留，对联字迹赫然在目。好像电影和祁剧轮番上演。祁剧隔三岔五的唱，逢年过节贴海报。海报一出，塘前湾上了年纪的人就会在黑黢黢的晚上撑船过来看大戏过瘾。记得当时有个名角叫戴立奇，唱老生的，唱腔苍劲，韵味无穷，在镇上很受欢迎，他一亮相，台下就掌声如雷。至于那些剧目我现在想不起来了，那时人太小，只顾贪玩。但《三请樊梨花》却记忆犹新——戴立奇演的薛仁贵，樊梨花谁演不清楚了，她头插长野鸡毛，脸搽得粉红粉白，眼睛打火闪（闪电）一样，老感觉她在瞟我，那架势一顾倾人城，再顾倾人国。戏到了高潮，樊梨花以假死相试，拒绝第三次相请，薛丁山灵前忏悔，跪地哭着甩辫子，宣泄悲痛。那家伙辫子甩得花样迭出，功夫了得，赢得了一阵又一阵叫好。机缘巧合，二表哥高中毕业后，学没升成，私下里跑去当祁剧演员，吃亏在他那副鸭公嗓子上，只配演个三花脸，眉眼之间勾一块白粉，滑稽且讨人喜爱。后来这张三花脸居然还当上了剧团团长，人生如戏呀，不能只重衣冠不重人，小人物也有舞台，关键看他的戏演得咋样。有空我便跟在表哥屁股后面频频"出将入相"，看演员们练功排戏。有时我趁没人注意偷偷溜进后台，挂个髯口，戴顶盔头，挎把宝刀，一个人登上空寂的舞台，哇呀呀地一顿乱叫，心想要是有个樊梨花配戏该有多美？一闪念，我便感到脸刷地热到了耳根……曲终人散了，一夜无话，翌日大清早黄家码头被太阳吵醒，照例人来人往，见面又多了一个话题，叽里咕噜谈论昨夜里的戏如何如何，演员又如何如何。时不时又听到有人喊一两嗓子戏文或很韵味地念上一两句道白。

20世纪90年代初，高沙大桥修建告竣，桥从猪场街横跨到塘前湾，湾里的村民再无出行之苦了，大家欢呼雀跃，渡船无须摆渡，黄家码头的功能渐渐废弛，离人的视线也就越来越远了。

（选自《雨花》杂志青少刊2012年第7期）

尘与土的距离

◎ 王祯辅

一种濒临消失的房屋很难再现，偶尔惊鸿一瞥，立即就会引起一阵惊呼，以为发现了出土文物。这就是低矮的土砖屋，乡里人谦虚地称作土粑粑屋。土砖没有通过窑火烧结，在泥地里就地取材，泥和稻草用水搅均匀，揉黏糊，拍打进一个四方四正的木匣子里，再拿弓弦割去多余的部分，拆开木匣，一块土坯成了，晾晒干，然后，一块一块垒起来就造成屋子。

土砖屋黄墙黑瓦，黄土裸裎，无须粉饰，任时间摩挲，始终一副蜡黄粗粝的面孔。在物资匮乏的年代，为乡人遮风挡雨，佑护着乡人繁衍生息，顺应着乡人日出而作日落而息的自然法则。与土砖屋亲密无间还有土蜂和燕子。土蜂在干燥松软的土砖上打洞作为自己的巢穴，油菜花开的季节，胖嘟嘟的土蜂嗡嗡嗡从土洞里拱进拱出，异常繁忙。小孩的好奇是导致土蜂的悲剧发生的直接原因，他们拿个小玻璃瓶，瓶口对准土洞，再用一根细竹枝往洞里轻轻一捅，“嗡”的一声，一只大土蜂窜进瓶里，成为小孩手中的玩物。与土蜂不同，燕子深谙在人屋檐下的处世哲学，不辞劳苦衔泥筑巢，起早赶夜，飞进飞出，用小嘴啄来点点春泥，呕心沥血，把新巢黏合在寻常人家的土砖屋里。

土砖屋冬暖夏凉，很合适人住。崽大了，相中了亲，就在屋里成亲吧。眼看媳妇的肚子一天比一天大了，就在屋里生产吧。

背驼了人慢慢老相了，就窝在屋里养老吧。当然，最后的最后，大伙儿都免不了要从这间土屋里再送到另外一间“土屋”里。一切，都是那么自自然然，顺顺当当。飞扬着是尘，落地即成土，泥土是生命的起点和终点。

许多年前，我在电视里看到这样一组画面，一个多年在外闯荡的中年汉子，背着个行囊回乡，熟悉地绕过低矮的土墙，走到饱经沧桑的土砖屋前，轻轻推门，伴随“吱呀”一声，游子仍旧操着浓重的家乡口音喊一句：“姆妈，我回来哒！”这一声呼喊飘入耳鼓的刹那，我心头一紧，眼泪夺眶而出。我怀疑我的泪腺为什么如此之浅，殊不知一间风雨飘摇的老旧土屋，一句土得掉渣的乡音，牵扯出的是无尽的乡情乡愁，刺痛内心最柔软的那个部分。

村口路旁随处可见矮小且香火不断的土地庙，食五谷杂粮，土地即是衣食父母，自古乡民对于土地心存无限崇敬，祭祀时毕恭毕敬。庙小菩萨小，土地公一副亲民形象，从不与人争地盘，田坎下岔路口巴掌大的地即可建庙，不像其他庙宇修得气势恢宏，小庙却无所不能地担负着求子、求福、求财、求雨、避灾等多种应求。湘西南邵阳一带，地属楚南，乡人造屋必造神龛，写上郡望，祭祀祖宗已约定俗成，祖先就是精神土壤里的根。神龛下面必造一个小土地堂，也供奉土地公。两侧书有对联，家家户户的对联内容惊人的雷同，不外乎“土能生万物，地可发千祥”、“土能生白玉，地可产黄金”之类。对土地施以勤劳，假以时日，便能出产黄金白玉，勤劳人家必有余庆，祈盼能养家糊口，祈盼能发家致富。

土地堂上面贴有小红纸块写的“元亨利贞”四字，这是《易经》中的卦词，四个字像谜语暗射滋长万物的土地。乡里人好像天生就懂得卦象，乾为天，天为父；坤为地，地为母。乡里人生就把土地当成母亲，大地能像母亲一样孕育生命，繁衍出人类。泥土有呼吸，有喘息，有母亲身上的特殊体味，大地上游荡着土里土气的灵魂。从前乡里人没读过几天书，却特别喜欢听，也特别喜欢讲神话一类的故事，反复讲，不厌其烦讲，一代讲给一代听，作为茶余饭后课子课孙的教材：自从盘古开天地，大地本没有人，是女娲娘娘用黄土捏造了人。她没日没夜地捏，双手麻木了。她索性用绳子往泥浆里一搅，再一甩，泥浆星星点点洒落在地，就变成了一个个的人。还说，富贵的人是女娲亲手抟黄土捏的，贫贱的人是泥浆变成的。这是女娲造人的传说，地域不同，版本不同，人类对祖先的来历存有多种神奇的揣想，但再离奇的猜想都无法脱离土地，土地是孕育生命的大本营。人也像种子一样，落地生根，土里生，土里长。

一本土黄色的《望星楼通书》，是乡里人一直在看的“天书”。什么时候破土开耕，什么时候掌田下种，都得择个黄道吉日，对土地心存百分之百的敬畏，向泥巴里讨吃讨喝，不能马虎，这关系到年成的重大问题。误不得阳春啊，人误地一时，地误人一年。对深厚的土地实实诚诚，来不得半点一星的虚情假意。

土地养活了农民，虽然也有荒芜，有饥馑、有苦涩。农民热爱土地，也怨恨土地，却怎么也离不开土地。每见到乡下同学，我就觉得与他们有距离，油然而生一种愧感，其中有与人的距离，更多的是与土地的距离感，不敢多想，多想叫人惊悚。现在人的双脚离泥土越来越远，皮鞋擦得锃光瓦亮，一尘不染，脚趾丫动不动长脚气。脱离土疙瘩的磕磕碰碰，好多劳心者慢慢肥胖起来，得富贵病的概率越来越高。最近看新闻，说是一些城市郊区的田土突然热闹起来了，城里人租赁农民土地种菜，目的不是支农，而是在劳动中消闲，消减脂肪，锻炼身体，收获健康。要想解放双脚必须重回大地，踩踩泥土，吸吸地气。接接地气好，人得天气而生，禀地气而长！我记得小时候的夏天，奶奶经常让我光着赤脚，踩在泥地上，说脚是全身之根，让脚充分吸收地气，这样人才会健旺，像狗崽崽样好带，百病不生。还说打不死的狗，狗有一个土心脏，死狗只要在地上躺一会儿，就会起死回生，重新活过来，据说是地气助它回阳的，神不神奇？现在人住在水泥丛林之间，被钢筋、水泥、柏油等紧紧包围，人和泥土之间总有一层坚硬的物质隔膜，面对飞驰而来的日子，内心感到前所未有的惶恐和干涩。

不单单狗等动物与泥土有着神秘关联，其实人的生命密码与土也有着某种扯不清的联系。饭团掉在地上黏上尘土，奶奶不舍地捡起来吹吹，丢进嘴里嚼了咽掉，奶奶常说：人生哪个不吃过二两土。还说以前荒年灾月过苦日子直接吃观音土，人还怕吃几粒尘土进肚里？家乡管柴火灰烬叫“地灰”，乡人用来肥地。烧完火的热地灰里藏有很多火星子，把苕、芋头、糍粑埋到热灰里焐着，焐熟，再从热灰里扒出来，喷着惹人香气的苕、芋头等素常之物，摇身变成人间美味，浑身包裹着一层灰，杂糅着泥土的清香，轻轻拍一拍，尘土飞扬，迫不及待咬上一口，齿颊留香！这样的灰土谁不吃进过二两三两的？这样的土吃多了，没病没灾的，人就被泥土滋养着，人也就根植土里，难离本乡本土了。

生活是一团泥，越做越熟稔，越和人亲。人是大地上的行者，孩子则是大地上的精灵。小时候，我们光着屁股在田野里撒野，手里玩的除了泥巴还是泥巴，身上粘的除了泥土也还是泥土，泥土是我们的摇篮，土地是我们的乐园，泥巴是我们最好的玩具。我们聚在泥地里玩泥巴，打土仗，摔泥炮，捡子跳田……玩得轻之狂之，汗爬水流，灰头土脸，无一不与泥土相关。而今的孩子，几乎没有和泥土亲近的机会和乐趣了，大人们嫌泥土邋遢，不让孩子接触带有泥土的东西，就像乡下的车子进城必须将泥沙冲洗干净，一如乡下亲戚拖着双泥鞋进屋换鞋一样尴尬与不安。静静地想想，用心审视一下，不难发现泥土的纯净和美丽，大地有大爱，土地不言，大美毕现。我认为陶器是泥土最美的语言，家乡高沙古镇仙记窑、棉花窑的陶器最为有名，一团团泥土在匠人粗壮的大手拿捏下，经过窑火悲壮的考验，泥巴坨坨变得精神饱满，油光水滑，圆圆鼓鼓，敦敦实实，深受远近乡民喜爱，把它们像古董一样珍藏在岁月深处。打饭的瓦钵、腌菜的倒坛，晒酱的瓦罐，盛水的瓮缸，煨药的沙罐，点灯的盏，装茶的壶，还有小孩用嘴一吹就能发出“呜噜哇啦”声的蛤蟆叫叫……无一不是取自本地泥土烧制的，因此惯常的生活无一不被泥土托举着，盛载着，温暖着，润泽着，包容着，寻常的日子也就生动起来，泥土在用最美的语言诉说着幸福……

阳光直射，分外耀眼。往常肉眼看不见的灰尘，在通透的阳光里飘荡，悬浮，弥漫。我想，它们无论怎么游离，无论飞多高，飞多远，终归要落地，要融入泥土的。

（选自2014年4月12日《邵阳日报》）

苏东坡真的“不辞长作岭南人”吗？

◎ 袁 昕

苏东坡于宋哲宗绍圣元年被人告以“讥斥先朝”的罪名被贬岭南，“不得签书公事”。于是，东坡先生流连风景，体察风物，对岭南产生了深深的热爱之情，连在岭南地区极为平常的荔枝都爱得那样执着。

绍圣二年四月十一日，苏轼在惠州第一次吃荔枝，作有《四月十一日初食荔枝》一诗，对荔枝极尽赞美之能事：“……垂黄缀紫烟雨里，特与荔枝为先驱。海山仙人绛罗襦，红纱中单白玉肤。不须更待妃子笑，风骨自是倾城姝……”自此以后，苏轼还多次在诗文中表现了他对荔枝的喜爱之情。例如，《新年五首》：“荔子几时熟，花头今已繁。”《赠昙秀》：“留师笋蕨不足道，怅望荔枝何时丹。”《〈和陶归园田居六首〉引》：“有父老年八十五，指（荔枝）以告余曰：‘及是可食，公能携酒来游乎？’意欣然许之。”《和陶归园田居》其五：“愿同荔枝社，长作鸡黍局。”《食荔枝二首》其二：“日啖荔枝三百颗，不辞长作岭南人。”

其中“日啖荔枝三百颗，不辞长作岭南人”二句最为脍炙人口，解诗者多以为东坡先生在此赞美岭南风物，从而抒发对岭南的留恋之情，其实这是东坡先生满腹苦水唱成了甜甜的赞歌。

不错，从一些现象上看起来，苏轼在岭南时的心情与初贬黄州时相比，确实显得更加平静，不见了“空庖煮寒菜，破灶烧湿苇”的失意与苦闷。《宋史》本传说苏轼在惠州“居三年，泊然无所蒂介，人无贤愚，皆得其欢心”。贬为琼州别驾后，居在“非人所居”的地方，“初僦官屋以居，有司犹谓不可。轼遂买地筑室，儋人运甓畚土以助之。独与幼子过处，著书以为乐，时时从其父老游，若将终身。”苏辙《东坡先生和陶诗引》介绍：“东坡先生谪居儋耳，置家罗浮之下……华屋玉食之念，不存于胸中。”苏东坡在岭南时，除了关心自然风光和民情风俗以外，还与出家人交往频繁，诗文中就留有很多与僧人唱和的作品。这一定程度上确实表现了避世意识。

我们实在无法相信苏东坡这样具有强烈社会责任感的仁人志士会避世遁俗。有一件事实很能说明这个有趣的问题。

晚年的苏东坡似乎很喜欢陶渊明，不厌其烦地和陶渊明的诗，并把和陶的诗专门编为一集。苏东坡和陶渊明诗以居岭南时为最多。从绍圣二年正月在惠州贬所到元符三年八月迁舒州团练副使，徙永州安置，在短短的五年零八个月里，和陶诗凡四十四次一百余首。东坡先生还自述其和陶用意：“平生出仕以犯世患，此所以深愧渊明，欲以晚节师范其万一也。”（见苏辙《东坡先生和陶诗引》）这仿佛在告世人：苏东坡从此绝意仕途，欲效陶渊明归隐园田，长作岭南人了。

有意思的是，东坡先生那位心迹相通的老弟却对东坡自述的和陶诗用意提出了疑问，他在《东坡先生和陶诗引》一文中说：“嗟乎，渊明不肯为五斗米一束带见乡里小儿。而子瞻出仕三十余年，为狱吏所折困，终不能悛，以陷大难，乃欲以桑榆之末景，自托于渊明，其谁肯信之！”清人纪昀也以为苏轼“敛才就陶，亦时时自露本色”。

苏辙不信其兄会真心归隐，几百年后纪昀的看法也一样。他们的看法可以在苏东坡和陶诗中可以得到印证。《和陶饮酒二十首》其十一曰：“诏书宽积欠，父老颜色好。再拜贺吾君，获此不贪宝。”其十八曰：“芜城阅兴废，雷塘几开塞。明年起华堂，置酒吊亡国。”其二十曰：“当时刘项罢，四海疮痍新。三杯洗战国，一斗消强秦。”《和陶咏三良》有：“杀身固有道，大节要不亏。君为社稷死，我则同其归。”这都可以看出苏轼恬淡的外表掩饰不了牵挂国运民生的忧患情怀。

这种忧患情怀在《荔枝叹》一诗中表现得更加淋漓尽致。他首先借汉唐故实抨击统治阶级只顾自己享乐而不关民生疾苦的丑恶本质：“十里一置飞尘灰，五里一堠兵火催。颠坑仆谷相枕藉，知是荔枝龙眼来。飞车跨山鹘横海，风枝露叶如新采。宫中美人一破颜，惊尘溅血流千载。”千年以后，我们尤可想见苏学士老泪纵横，祈求上苍：“我愿天公怜赤子，莫生尤物为疮痏。雨顺风调百谷登，民不饥寒为上瑞。”

苏东坡因仕途坎坷曾经想避世遁俗，又因念念不忘国运民生终于没能做到归隐山林。在岭南时，东坡先生的内心正处于这种出世与入世两难的心境之中。“日啖荔枝三百颗，不辞长作岭南人”正是这种两难心境的形象描述。

（选自《书屋》2002年第4期）

说“偷”

◎ 袁自远

在世人眼中，“偷”是不好的，是人不可犯之大忌，即使“偷”了，也想换一个名目来掩饰。如孔乙己就曾说过：“窃书不能算偷……窃书！……读书人的事，能算偷么？”

其实，“偷”有好几类，当区别对待。

第一类是拿走别人或国家的钱物据为己有，这当然是不好的，肥了自己，损了别人，世人谓之“窃贼”、“偷儿”。此类“偷儿”又有品位高下之别。下品将眼光停留在寒门陋室，凿墙穿穴，窃人钱物，于己虽有苟得之快，于人却有切肤之痛，既亏个人品德，又妨社会安定，是所谓“偷鸡摸狗”。中品，被窃者既系豪门，广有钱物，且某物本就富余，却不肯舍人，偷之，被偷者虽有小损，而于行窃者却有养生之德。如“偷桃”，西王母之桃，固非西王母所种，东方朔三次偷食，于西王母并无甚损害。如此偷窃，虽无劫富济贫之心，有时却具揭奸发隐之效，很多巨贪就现形于入室行窃者之手。上品，偷窃国家利益以为富身之资，损国家以肥己，如此者又可分为三种。一曰“偷税”：从商者皆追求最高利润，然国家税收本多且重，相关部门单位又纷纷上门吃卡拿要，最高利润无疑会受到损害，故不偷税哪得巨贾！前几年传得沸沸扬扬的远华事件可为例证。二曰“偷禄”，在这里我不讨论这“功名利禄”是否“偷荣”所得，然“食君之禄”，当“忠君之事”。为官为吏者，当思忠于职守，为官一任，造福一方，固然此类循吏、能吏不乏其人，而尸位素餐之辈亦比比皆是。“偷禄”者食国之禄，却不愿忧国之事；甚者或假公济私，或偷公肥私。他们以“人不为己，天诛地灭”为人生教条，大行“为官一任，当刮地三尺，哪管它寸草不生”之事业。清代有“和珅跌倒，嘉庆吃饱”之谚，新中国的巨贪，当不会让和珅独擅美名。三曰“偷国”，按庄子的说法，那是“窃国”，将整个国家收入自己囊中，登九五之尊位，遂滔天之私欲。历史上窃国之人不胜枚举，或啸聚山林，以力夺之；或把持朝政，以智窃之。一旦得手，则“普天之下，莫非王土；率土之滨，莫非王臣”了。这上品偷儿，或有傲人之背景，或有过人之才智，或有超人之手段，“偷梁换柱”，“偷天换日”，然后放下屠刀，也就立地成佛了。如此三品偷儿，都是不损于私，即损于公，故人人口诛而笔伐之。然庄子所谓“窃钩者诛，窃国者为诸侯”是为题外话了。

第二类偷儿于人无损，于己有益。如“偷光”，汉代匡衡家贫，凿壁“偷”邻舍之光，如此苦读，终成大儒。如“偷嫩”，唐代施肩吾《金吾词》：“染须偷嫩无人觉，唯有平康小妇知。”“偷嫩”的时髦说法是“装嫩”，装扮成年轻人。虽然不再年轻，但自己至少在心理上年轻，“六十岁的年纪，三十岁的心脏”。如“偷闲”，不再为俗务所累，求得心灵的安静、身心的愉悦。宋代大理学家程颢说：“云淡风轻近午天，傍花随柳过前川。时人不识余心乐，将谓偷闲学少年。”那是行“偷闲”之名得“偷嫩”之实，一举兼得，不亦乐乎？

第三类则是不一定损己，而在物质或精神上利人。杜甫有诗《赠裴南部》：“人皆知饮水，公辈不偷金。”“偷金”用的是汉代直不疑的典故，“塞侯直不疑者，南阳人也。为郎，事文帝。其同舍有告归，误持同舍郎金去，已而金主觉，妄意不疑，不疑谢有之，买金偿。而告归者来而归金，而前郎亡金者大惭，以此称为长者。”（《史记·万石张叔列传》）直不疑被别人怀疑“偷金”而不辩解，反而买金赔偿。因顾虑别人的颜面和利益让自己既损金钱，又污声名，何等的高风亮节啊。后则把被诬不辩、久而得白的美德名为“偷金”。又如“偷寒送暖”，“钉靴两伞为活计，偷寒送暖作营生。”（关汉卿《救风尘》）说的是怜悯旷男怨女，牵线搭桥，巧为撮合，此中慈悲，胜造几级浮屠；“偷寒送暖朱门去，抢脚争头白上来。”（元淮《乙丑鞭春》）巧言谄笑，奉承拍马，尽自己之巧智，博贵人之灿然。在这里，“偷寒送暖”又与“偷合苟容”、“偷媚取容”相类。只不过，“偷合苟容”偏重于苟且迎合，态度不够积极；而“偷媚取容”侧重于巧黠谄媚，行为更见主动。李宝嘉《官场现形记》第三十回《认娘舅当场露马脚饰娇女背地结鸳盟》写冒得官为了结好羊统领，不惜将自己十七岁的女儿送给已届老迈的羊统领做妾，其取媚之黠可谓至矣。唐朝时，郭霸尝来俊臣之粪秽，宋之问捧张易之之溺器，“偷媚”者真是无所不用其极啊。当然，“偷媚”者往往以“取容”为形式遂“取荣”之目的，以谄事权贵获更大利益。

第四类则专属男女之大欲了。男欢女爱，人之大欲，本自造化，故男大当婚，女大当嫁，乃顺应天理之大事。而古时则存天理灭人欲，倡男女授受不亲。故旷男怨女光明正大之男贪女爱只能“偷期密约”了。晋代女子贾午爱上韩寿，偷来晋武帝赐给自己父亲的异香赠给韩寿，后来结为恩爱夫妻。“偷香”成就了古代女子大胆追求爱情的一段佳话。

“偷”有时是极雅之事。作诗时在一句中省去一字，使之变成较短的两句，古人谓之“偷声”，如张志和《渔歌子》第三句“青箬笠，绿蓑衣”就是在七字句中间省去一字，变成两个三字句。律诗有一体制，如李白《送友人》：“青山横北郭，白水绕东城。此地一为别，孤蓬万里征。浮云游子意，落日故人情。挥手自兹去，萧萧班马鸣。”起联相对而次联不对，犹如梅花之先春而开，故谓之“偷春”。

“偷风”“偷俗”尤“偷刻”，“偷静”“偷眼”不“偷薄”。

（选自2012年12月1日《邵阳日报》）

身体里的秋

◎ 曾 野

秋天，秋天，我这样在心里轻唤。秋天是多么开阔和充实。

身体是柔软的。秋天的光泽透过玻璃射向身体，这个秋天的一切也变得了柔和。但我看见的是生命在现实里散播坚韧的刺。像一些可有可无的思想，到处都是。别说出疼，我只会想到疼爱的疼。

在城市的异乡，很难看到秋天的颜色。

秋天的夜色里，我真想看到窗外有一棵树，真想。就像对一个人的故乡心存简单的温暖。这种简单只能属于故乡。我的故乡究竟在哪里？是那个可以回去的地方吗？可我到了家里，我还是有一种怀乡的冲动促使我继续行走在路上，我想，对于我们这种选择心灵物质财富的孩子来说，故乡是虚幻的，它只不过是我们心存在内心深处的一个梦幻。她让我们沿着她一直走下去，直到醒悟。我们的故乡在我们虚构的旅途上，我们因此一直选择了在路上。在路上，是的。我的邻居大哥王十月就是这样的，那个幸福的年轻人卫鸦也是这样的。还有那个叫徐东的兄弟，他们都是这样，在路上，唱着多么心酸的歌曲。他们的调子里含蓄了无边无际的忧伤，但是这些忧伤，是向内的，是安静的。是一种哀而不伤的声调，细致地延伸。

秋天是让哲学冲动和矛盾加剧的时节。当然也是让人脆弱和柔弱的时分。那个下笔如有神的小说家王十月，他以质量和速度在坚定不移地完成他的梦想。这个想让汉语更加生动的男人在别人的城市里埋伏无根的故乡。他和她的老婆，还有女儿，都住在一个叫31区的地方，一住就是五年。从去年底至今，他一直在过着自由写作的生活。而她的老婆已经多年没有去上班了，为了在家照顾女儿。准确一点地说，是为了照顾王十月的文学。这个秋天，一家单位曾三番五次地打电话给王十月，叫他去上班，给出的薪水肯定是超过写作的。这个无比坚强的男人在这个秋天却显露出了无比的脆弱。他想到女儿和老婆，他觉得应该让他们过得更好一点，他想我是不是该去上班了？上班了意味着一切的可能。这一次，王十月让他老婆来选择答案。他问老婆，是去还是不去呢？老婆听了许久没有说话，坐在床沿上看着王十月，想了想，说，在家里写吧。这个女人，让我想到了高贵是一个多么可靠的词。她的勇气让我看到了秋天的高度。

这个小小的愿望让我突然想到了忧伤。

忧伤多么美好。

雨果说，他是一个被富人遗弃的孩子。这话说得多好啊！

我向往一种纯粹的方向，那里有我永无休止的梦想和追求。我活在我虚构的生活里和生活的虚构里。我向往回到古代，那时我想自己一定是个书生。我要求是那么的简单：有我心爱的书童和我一起经历红尘的河山，赶一辆马车一路吟诗作画。书童是个知性的女子。书童终生未嫁，和我的青春红颜白发。“纵浪大化中，不喜亦不惧。”她时常会在我无比疲惫的时候，对我说：先生，你该歇息了。

房间里的孤独是永远未知的疼痛。想想自己，想想这不可言说的现在和未来，生活在秋天里变得无比悲伤起来。

这种充满纯真的时光，它弥漫我时，我的眼泪一定有一种别致的碎。

你是那碎裂的花朵吗？

我看见的这个秋天是那么高，那么空阔。像触摸不到的故乡，在母亲的身后永远是那么的陌生。这个与泥土一样深厚的名字终究有一天会隐埋我脆弱的疼痛。

行走在城市的旅途上，我无法预知到一些事情的发生。在客里山，那拥有着许多像男人的双手的女人，有一个便是我的母亲。

母亲有着一双多么男人的手。这是因为劳动锻炼出来的。母亲的手粗糙有力。血管也是粗糙的，一根根暴露在皮肤里，非常充沛。我喜欢看母亲劈柴砍树，母亲的手可以拒绝一切柴丛中的荆棘。发挥是那么自如。每一次我小心翼翼地把柴草弄好时，我就叫母亲帮我把柴捆绑上，好挑回家去，母亲放下手里的刀，吐两口唾液在手里，三下两下就把我的柴给捆绑好了。用扦担帮我扦好，用手试了试重量，便放到我的肩上。我就把柴草担回家去。有时候，我几乎是去担柴的，而不是去砍柴的。母亲在树林与草丛里不停地忙着，我就坐在母亲旁边一边观赏一边说话。我有说不完的话，总是围着母亲转来转去，母亲就会说，你要是不读书读出来，你以后怎么过啊。现在才知道母亲的勤俭持家和吃苦耐劳是因为什么？这个上了年纪的母亲，有一天，我特别看了看她的那双手，到处是粗糙裂痕，手掌如木板，除了手心的温度是柔软的其他的都是坚硬的，我很难去找出一些词语来准确地形容她。但当我的双手和母亲的双手握在一起时，我的手给吓疼了。

不知道该怎么去面对这个矮小的女人，我给予她的是一生的伤痛。包括那永远穷尽的回去的路。

天空之下，到处奔跑着拥挤的孤独。这个忧伤的时代，谁可以忽略与大地交谈的内心。

你和你的世界，再也没办法藏身了。

这么多年，我一直和秋天在路上漂泊。而家乡的秋已经老去，连同老去的还有地里的庄稼和植物。我一直害怕在深夜醒来，怕醒来后听到落在暗处的泪水。

凌晨的31区，巷子里还是醒着的。有哭泣声，打架声，还有麻将和炒菜的声音。那高低不平的喊叫声时常把我从凌晨的睡眠里惊醒，我被这种声音感到了生命的惶恐。这种让心灵加压的带着哭腔的声音，长长地从巷子里传来，就像碎裂的玻璃划开了我的心。

我总是那么脆弱地想到了死亡。

我想到的首先是我的父亲和母亲。这两个让我担心受惊的老人，在裂缝重重的矮土砖屋里一直住着，他们也许会住到死。多么可怜的人啊。他们的生命让我感到了永生的悲伤。每一次我房间里的电话响起时，我一看是家里的号码时，我的心里就会有几丝紧张和不安。我什么时候变成了这样？是因为我看到太多的人在我意想不到的时刻去了，是那么突然和不可预知。何况这两个身体越来越瘦弱的老人，他们单薄的身子叫人多么难受。一阵风，可以把我的整个故乡吹得悄无声息。

在31区，我经历了两个秋天。一个是我的少年，在去年；一个是我的成年，在今秋。去年秋天我还是个孩子，而今年秋天我已经是个男人了，很快也是孩子的父亲了。那个浪漫的青春从此不再有了，秋天露出一身的蓝色。这种蓝让我起了许多的人和事。

我常常做一些天马行空的梦。梦想自己如果有一天成为世界级的优秀作家，我的作品给我赢来了很多财富，我第一件要做的事情就是出钱承包一列长长的火车，让所有爱好文学的梦想者乘上这列火车，每列车厢安排两到三个大师给大家讲述梦想。列车将沿着祖国的大好河山行驶，行程一周。本次列车全程免费。列车上所有人的费用全由我一个人支付。

梦想让我在整个秋天变得恬静。

我还想到若干以后自己一定要有个女儿。我会好好爱她。疼爱她。

我会让她看到母亲的另外一张脸，像母亲一样动人。她是个让生命骄傲的人，这种骄傲是一种方向，是一种纯净和阳光交替的道路，是一个男人内心的全部颜色。

我看见一些年轻人的幸福是那么单纯和简单。

两个刚从工厂打卡下了班的男人，在31区的一条巷子里窥见了那个时尚的女孩。女孩洁白的胸口里耸动的奶波让两个男人的眼神变得轻柔而优美。我想到了我亲爱的三哥，那个曾几次出现在我的诗歌里的曾德葵，他的爱情以及他善良孤独的内心。这个曾经拿着铁棒和菜刀敢在流氓中挺身而出的英雄；这个曾经让许多女孩亲近的有性格的年轻人；如今那个他去了哪里？三哥在一个大型的木器厂里一干就是多年，与一些上了年纪的男人们安分守己，吃苦耐劳。这个眼神里充满爱和温情的年轻人，却一直没有结婚。说来不怕你笑话，连一个女朋友也没有。这些年，三哥的内心一定被一种孤独弄疼了。我从来没有看到过他的眼泪，但我每一次想起我亲爱的三哥，我的泪水就会在心灵深处汹涌起伏。有一次，家里给他介绍了一个姑娘，他回到家乡，姑娘没谈成，把工作却给搞没了。他只好又从这个厂跳到哪个厂，做的仍然是木工的活。只是厂名换了，原来的叫椿升，现在的叫何群。

这个秋天，我为三哥许下了一个愿望。祝一切如愿。

秋天接近一个人的高度。不再回头地越来越远。越来越深。

秋天像个秘密进入了我的身体。

（选自《岁月》2007年第1期）

美好，我不能轻易说出

◎曾野

一

夜晚。城市的中巴。你靠着窗座，万家灯火的远方。

美好的单曲。我被风轻轻吹着。轻轻地吹着……

工厂的窗口亮满了灯光，和我一样从乡下来的兄弟姐妹们一定还在加班吧。

加班的城市，加班的年轻人。他们的青春和梦想在贫血的生活里收藏了自己，压制着自己的飞翔。他们也是有理想的，但他们没有时间来谈论理想；来讲述理想；来释放理想。他们在为别人的幸福加班。这里面一定也有他们朝秦暮楚的亲人爱人。他们在循规蹈矩地培养自己的耐力，他们把自己单薄的命运交给了开放的城市工业。他们把身体交给了节制的衣服，穿在身上的没有一件是从家里带来的衣服，家里的衣服早就过期了。从他们的姓名填进工卡的那一天开始。他们忘记了自己。他们从来不敢在约束的空间里大声笑出来。他们必须像定时的机器一样严阵以待地转动自己。但他们与我一样，在心里埋着一缕做梦的光。

我想起了卞之琳的《断章》：

你站在桥上看风景，

看风景的人在楼上看你。
明月装饰了你的窗子，
你装饰了别人的梦。

我很喜欢坐在车上欣赏这沿途的风景。她们像家乡的阳光温暖了我。她们是那么的近，又是那么的远。我熟悉了她们行走的节奏和从容。

我看到了一位搞清洁的大妈，大概五十岁的样子，正在仔细地清扫着路边的纸屑和果皮等垃圾。把清扫好的杂物再倒进垃圾桶。这时，有“嘀嘀”的响声传来，是手机的短信息声。大妈马上停下了手里的工作，赶紧从厚实的裤袋里掏出了一部手机来，许是眼睛老花的原因，她把手机捏在手里，却摊得很远，瞧着。刚才还是默默无言的，这一下却笑逐颜开自言自语了起来。大妈一边看着屏幕一边用手指在键盘上动过不停。（她也许在打字回信息。）我放慢了脚步观察了很久。和我一块观察大妈的还有她倚靠的那棵树。只见这位大妈的笑一阵接一阵地涌上来，煞是开心啊。这使我想起了几年前我在经过中医院路口时，看见一个穿着讲究的男人非常体面地走来，边走手里边拿着手机在说话。走近了我才注意到，这个男人的手机已经很旧了，旧得与他的穿着很不协调。手机的颜色已经完全褪色了，可以看得出来这部手机与男人的年头有些深了。那么是什么原因使他一直不想换一部新的呢？

男人的手机可能是一个相爱的女人赠予的，因为太爱，所以一直没有换。这个女人是现在的妻子，也许没有成为妻子。给大妈发信息的也许是她的老伴也许是她的儿子。这一定只跟粮食和理想有关。

她像镜子照出了远处的母亲。这是一个为别人活着的时代。我们都在为别人的生活加班。唯有镜子在照耀我们的内心。此刻，幸福距离我非常的近。大妈皱着脸纹，眯着细眼，还带着那鲜为人知的笑的内容。有时候，温暖并不需要太多的物质关怀，而是来自心灵的相遇，那些懂得的心灵和爱。

报社唐大姐在打电话的时候冷不丁地问我："天冷了，你有毛衣穿吗？我给你送件毛衣吧。"她使我想起了自己的母亲。这种想象是暖人的。

国外一位诗人曾经说过，世界是铜的，唯有诗人才能给予我们金的。

二

学会懂得，学会感恩，学会一个人一尘不染地赞美，学会一如既往地去发现，学会去爱去温暖。在深圳，在这个与世界没有距离的城市，在这个充满机遇和梦想的大都市，我们只要不轻言放弃自己，你就能找到那个梦想的自己，就能找回那些失落的从前。的确是这样，在这里没有什么是不可以的，一切皆有可能。

炊烟的人间。万物的人间。呈现恩泽的爱与手语。身体的秘密和生命的神韵催生了每一种命运。每一种，都似舞蹈；每一种都与时间融为一体，时间在旅途的大地上，歌唱着通向家乡的路。

在深圳市区，随便你坐哪一辆公交车，都会遇见这样一个镜头：上了年纪的老人或孕妇、残疾人一上车，便有人主动站起来让座。这是我第一次来深圳最大的感受。记得有一次，我因工作原因晚上熬"通宵"，次日又需坐一个小时公交车去办事。当时，车上人多，早已座满为"忧"。我站在车上不多久便顿感疲惫不堪，而且越来越难受，几乎快要倒下了。这时，旁边一位有座的女孩主动站了起来，让位给我坐，我几乎是整个身子倒坐了下去，坐在车上，那种轻松、舒服的感觉前所未有地重叠了我。让座女孩的爱心升华了我的生活。

后来，我在深圳的任何路上的公交车上，只要遇见有老人或孕残人和需要帮助的，我都会主动让座。奇怪的是，我让别人坐下，心里反而轻松愉快了！

关爱身边的每个人，这种习惯会让你在生活里得到更多的乐趣。

三

她的心灵有着另外的蓝色。这样的蓝，让人动情。她用她小小的世界撑开了尘世的天空。她与大多数人总是不同的。

有时候，赞美一个人，你的态度决定了你的素养和真诚。虚假的赞美，缺乏内心最真实情感的人，他总能用虚怀若谷的噪音来制造美声。而大多数人却那么心安理得地接受了这样的赞美，他们身临其境，感受着庸俗无趣的热闹。这样的人，这样的大多数，他们总活在没有自己的道路上，一直向前，而前方一眼可见。

下一站，有梦想的人终能不负这个辽阔的世界。

你为何要用到这个名字？

名字与每个人都是需要缘分的。缘分这东西说不清楚。取了这个名字，就有了责任，就有了对活着的态度，就有了对人生和命运的寓意，就有了对这个世界的梦想追求。这个名字就像上帝赐给你的眼睛，你观察着每一个人与这个尘世的关系，以及她们的良心和虚伪。你用你瘦小的念想触摸每一粒万物下的种子。这是一个接近上帝的名字，所以，你从来不害怕黑夜和寂寞。你试图用一颗高贵的心来倾听这个世界。心灵如耳。

我从不怀疑自己。来自骨子里的热爱。这条通往宽阔远方的道路，我除了相信用勇气走下去，还有什么好说的呢？

境界和品味永远属于时间里甘于寂寞的人。让喧嚣的一切去假想，包括那个偶尔疼了的自己。古人云：隐居以求其志，行己以达其道。桃树下说话的男女，在流水的城市与工业遥相呼应。那些看似风情的去向和路径，却无风趣可言。很多游弋于俗世里的身体，都在桃花的表象里盛开轻佻。当孤独像尖锐的针扎进果实的核里，最美的，在那瓷碗的宁静里韬光养晦。

所有的夜醒着。当泪水流下来，你想起了梭罗的那句话：说什么天堂，你羞辱了大地。

四

三十一区某条巷子里，有一间房间是属于他的，他在写字。

房间里的男人与这个城市保持着喧嚣的静寂。偶尔会很天真地想一下窗外的事情，然后捧着一杯热腾腾的开水，深情地很轻柔地喝一小口。男人向来少喝茶，无色无味的开水更接近生命的本质。你可以喝出不同心态的品味出来，它象征着纯真和简单，它更是透明的。懂得品味的人越来越多，但懂得高贵的人又有几个？

我居住在自己的内心深处，为一个看不见的梦傻傻地爱着。我觉得很美好。

上帝是伟大的神，她隐于每个人的身体。让你懂得疼痛并理解她。但不是每个人都很幸运。因为上帝给出每个人的答案是不一样的。

我宁愿相信万物之中还有另外一个身体，那就是你忽略的生命。是一种与神亲密无间的生命符号。她可能是我们的粗心大意的另一个自己。

有些人死去，是因为她重新活过来了。但我们无法去分辨无法去探索。有些人一生下来就注定是与自然的万物融为一体的。她把身体交给自然的神。神给予了她天性的美。这种美是不可复制的内心品质，是一种让上帝迷恋的疼痛。她是祥和的树，是不死的，是自然的延伸。

上个月的某天，我觉得自己身体的左下部位有了不适，我去看了医生，做了个B超。诊断结果把我吓了一跳。我的肝内实质性病变，血管瘤待查。我又仔细地看了一遍诊断报告单上的超声描述："肝内面形态大小正常，肝实质回声均匀，管道结构显示清晰，门脉左支前方见一大小约0.9厘米×0.9厘米的稍强回声光团，后方回声正常。……”我的身体敏感地感到了疼痛。我一下子就感受到了生命的脆弱。

上帝此刻在哪里？她知道了吗？医生打开了生命陌生的语言，告诉我明天距离夜晚是那么的近。可是那么多的星星和月亮此刻在想什么？她知道了吗？医生安慰我，你这么年轻，不怕的。正因为年轻，我才害怕，害怕的不是病，是未来憧憬的蓝图。它们都让我感到了遥远和渺茫。堂兄说他的生命与我有一定的关系和无法言说的秘密。我听了这句话，我相信了确定爱对于一个人来说是非常重要的。她直接地抵达了我们忽略的虚构。

我不相信这一切都是真的，我在回来的公交车上强忍住眼泪。我用一个男人的坚韧控制了我身上杂乱无章的情绪，在医生的建议下，我专门为肝做了一次CT增强扫描检查。别看这平常的检查，还蕴涵着小小的惊恐。做增强扫描的要先另外打滴针。打这种针需要亲人陪同才行，自己签字，由于身体的各种因素会有万分之一的死亡率。以防万一。这么一折腾后，我越来越感到生命与理想的复杂性。

检查结果出后，我在CT检查报告单意见里看到了这么一行字：肝脏CT扫描未见异常。非常干净。那么，B超照出来的是一个对我的误会，也就是说，我被无辜地开了一个玩笑。这个玩笑让我一生为之深刻。

我为幸福保持了沉默。

五

月光不出声，时间结在树上。窗外夜色浓……

现在，深圳像我的另外一个家乡。她在你的心里长成一枚念想。你轻轻地吟唱。我想起了自己的青春和旅途，她那么好看，把想象激活了。

苦。觉得它多么像中药，蕴藏了千锤百炼的秘密。每一个秘密都是一种秘方。味道很苦，但仔细去品，却又有着苦过之后的那份耐人寻味。我们隐身于生活的尘世里，你有你的，我有我的。各自在属于自己的那一份卑微里做着自己。

在巷子转悠了很久，才鼓足勇气走进了附近的一家理发店。理发师是一个女的，女人问我，剪发吗？我点点头。女人说，剪一个什么样的发型？我说，剪得短短的。这么长的头发你舍得剪吗？你不心疼么？女人倒挺关心我的头发，她边说边在给另外一个客人理发。叫我坐在那里等一下。这一等我就开了小差。我突然觉得女人的话让我重新审视了我的这一头长发。对着镜子里的那个长头发的男人，我在心里问自己，你真的就不要他了么？有一次我戴着墨镜，坐在公共汽车上太困了打起了瞌睡，有几个小偷混在了那辆车上，他们偷了很多人的钱包，就是没敢动我的，后来我想，这主要的功劳归功于我这头长发。

当然更多的是一种艺术的伪装。很多人开玩笑说，越来越像个艺术家了。我去补鞋时，补鞋的师傅见了我就喊，艺术家来了。我想艺术的气质是一种象征性的东西吗？是看上去像吗？它应该是一种内在的而不应浮于表面。有许多女生见了长发的男人多少还是会有点胆怯的，她们都会很小心地在你经过时轻盈地闪开她们的身体。

等那个女人再要来给我理发时，我却站起来不好意思地笑着说，我不剪了。

可没过多久，我还是决定了要剪。觉得不好意思，我换了另一家理发店。

我刚剪好了，理发店的女生就高潮着声音说，我靠，真是帅呆了。我说是不是蟋蟀的蟀呵。她说不是啦。刚进来觉很成熟老练的样子，现在觉得精神亲切了蛮多。真的很帅气哦。看来人的感觉也是很重要的。没剪之前，头发的确很长，有时我就扎成了马尾松。去邮局取稿费，女营业员把我的身份证捏来捏去，问，他本人没来吗？我说，我就是本人啊。女营业员就笑了，不好意思，我还以为你是个女的哩！内心的东西藏匿在深处，要通过感觉才能抵达。

理了个短发，感觉真的轻快了许多，好像心里原本的许多东西都敞开了。在森林公园的环形跑道上跑步时，差不多跑了六里路时，全身已是大汗淋漓了。这时，两位美女迎面而来，对着我大喊：一二一，加油跑。哈哈。她们那么肆无忌惮地对着我笑了。她们的笑活泼了我的速度！

很长一段时间里，每天下午，只要不下雨，没有特别重要的事情，我都会去宝安公园跑步。这使我想起了一句经典的咖啡广告语，我把它修改成了：如果我不在宝安公园跑步，那一定是在去宝安公园跑步的路上。那段时间跑步已成为了我运动生活的一种习惯。

在跑道上沿途的音乐抒情而舒缓，慢慢地凝固了空气。空气在时间表里和指针行走。它们在我敞开的皮肤里，在我弯曲或伸张的十指里，行走。我看到了飞驰的速度不言不语。这与身体保持清洁的气流，都被音乐化简了，它们混淆了一种很美妙的关系。在健康的意志之外。敞开心灵和身体，与万物交融。空气里到处弥漫着健康的生命香味。你还能听到昆虫和鸟类的演奏。整个下午，我都是一个动词。

山和石头在那里，树和云朵、阳光站在山坡上。

风闻到了我的汗水，汗水正从扩张的毛细血管里渗出来，之后还给风。无影无踪。

这是一条具有盛大优雅的环形跑道，我就像在拥抱奢侈的“品味”。缺席的每一个元素都与生活紧密相连，但又毫不相干。读书的人懂得阅读的品味，下棋的人懂得战斗的品味。它们都可以在品味里养成一种习惯。而跑步，却很少有人把它作为乐趣来培养。运动你的生活，你的生活就会性感而健康。

如同我们心里的每一个梦想，只要心怀不懈的追求，她一定会向你露出微笑。

（选自《文学界·湖南文学》2013年5期）

素雪若心

◎ 袁姣素

与雪同行

这是入冬的第一场雪。被放逐的精灵，在原野上翻滚，冰天雪地，如诗如画，堆砌起酸甜苦辣的城。

天空是一块巨大的幕布。远处，驼背的父亲搀扶着母亲，成为天幕下一个小小的黑点。晚风夹着雪花，在他们的脸上肆虐，飞扬的银丝如雪，刺痛了这夜空下的深沉。

村庄，成为他们的参照物，单薄如斯，大地一片苍茫。

一抬脚，就想起母亲弯下身去捡拾沉重饱满的稻穗。黑土地上，滚动着庄稼人的汗珠，如天上积压的黑云包裹着一场即将落下的暴雨。那粗大的雨点砸在心坎上，让那个最柔软的部位生疼生疼。

雪花飞舞，雪是吉祥的象征，他选择今夜与雪同行。

远方，是否有春暖花开？村里的小芳，是否正在那个漂流的驿站翘首以盼？他带着雪同行，这纯洁的精灵洗涤着他暗处的隐痛。他加快了脚步，那一串从村庄通向城市的脚印弯弯曲曲，像一条游走的蛇，寻找着属于自己的那片密林。

不忍回眸，他能感觉背后安睡的村庄宁静而祥和。伸手接住一片雪花，手掌的温度让它融化成一滴清亮的水珠。哦，掌心化雪，他懂得这不只是一滴流动的水珠，更是一颗晶莹的、沉甸甸有温度的泪滴。

他知道，今夜，会有一盏失眠的马灯在风雪中穿越，那羸弱的光线照亮着他回家的路，等待，在那里，直到永远。

雪落无声

因为雪，这座山谷更加静谧。

雪落春眉头，依然封锁不住春天的讯息。

长满青苔的古树皮的屋顶，汩汩地向外冒着白色的轻烟，与这天地一色混为一体。狗没有出来迎接它的主人，也许正窝在灶台边眯着眼睛，想着在春天的序幕里追赶蝴蝶。

殷实的大地，此刻正安然沉睡。被这盐一样的雪花覆盖润泽，一种生命的力量正从这白雪皑皑的肉身中涌动，霎时间飞舞在天。

是谁在嘎吱嘎吱作响的脚下把积蓄了一冬的暖传递给远方，让远方的游子听见，让亲人想念？

总是感觉这棉絮一样炫目的白里流淌着温情。是的，在农人的眼里，这雪便是棉花和小麦，让人心里踏实和暖和；在寻爱的人心里，这雪是圣洁的神，是坚贞不渝的魂！

而山谷里正在冬眠的动物，正一个个懒懒地翻身，发出的呓语，吸引了白色的羊群，它们窃窃私语，好像发现了密林深处的那一片新天地。

一行人悄然来到这座安静的山谷，雪花静静地在他们的头顶结成冰凌，冒着白色的雾气。这里的原始和淳朴区别于城市的喧闹与名利，他们为发现这里的美丽和神秘而兴奋。瞬间，他们浮躁的灵魂得到片刻的安宁与休憩。那种抵达灵魂的欢愉，让路边的灌木丛和杉木都凝神注目，瞪大了眼睛。

雪落无声，这行人身后一深一浅的脚印正被慢慢地埋没，静静地，悄悄地，像历史无声地翻过一页，没有人知道，更没有人想到要去寻找轮回。

（选自《散文百家》2014年第7期）

毛边的月亮

◎ 袁姣素

在弟弟的世界里，时间如一尾鱼，生活若毛月亮，一切皆有天象。

一

一年一度的春节眼看又要溜走了。这时的弟弟正打点行李离开故乡，离开家人。“七不出八不归”是我们家乡的俗语，外出的人一般在正月初七以前就开始了大规模“行军”。生活犹如战场，离开时有壮士出征前的滋味。弟弟在这支队伍里面行走了十九年，也在生活的边缘里行走了十九年。他走时，带不走一丝天上的云彩；在外，也许再也难以望到那轮圆圆的明月了。

并不完全是因了家贫，弟弟自己也无心求学，成绩一直居下。老师对拖班级后腿的学生一般都是会给几分颜色的。有一次，老师在课堂上的公开奚落让他忍无可忍，背起书包回到家里，再也不愿踏进校门，那时他初二还没有毕业。父母苦口婆心怎样规劝都没有用，最后他自己写下一纸“保证书”，保证书上上不怨天下不怨地，中间也不怨父母……这纸保证父亲至今还压在抽屉底层，泛黄的信纸被虫子咬了几个小洞，几处地方的圆珠笔因为长期密封受潮，已经晕染开来，胖墩墩的，字迹变得隐隐约约，朦朦胧胧，像极了带毛边的月亮。

弟弟没有文凭，而家里的条件也绝不允许他游手好闲。最后在他十八岁那年随大流“下海”，开始在夹缝里面讨生活。面前的困难险阻，难挡弟弟的雄心壮志，他相信沧海有他这一粟的美梦。天大地大，他信自己，总有一处小天地是他的。弟弟脸上那一颗颗如雨后春笋般的青春痘，彰显了弟弟的自信。

弟弟的第一站来到北京。他感到自己渺小得就像一只大象身上的蚂蚁，怎么也找不到自己的落脚点。尽管卑微成一粒看不见的尘埃，他也要落在这茫茫的人海中和浩瀚无边的世界里。最后，在唱“空城计”的肚子的抗议下，他不得不卖起了苦力，成了一名最底层的建筑民工。

1996年北京西站的开通，结束了他对首都一粒尘埃般的贡献，他拍掉身上的尘埃，将额前的发际向上挽起一片云彩，像是一根竖起的青春旗杆，有永远挥霍不完的精力和向往。

弟弟揣着不多的血汗钱去了广州。当时，正是南下大潮如火如荼的时节。弟弟没有文凭，没有一技之长，他被一个又一个“海浪”推打得迷迷糊糊，晕头转向，找不到东南西北。生活，此刻就是梦里烙的那一张烤饼，闻着香喷喷的，却怎么也咬不到；如天空中飘着那么多七彩的肥皂泡，看着那么美丽，伸手一碰就碎了。当他想象着有朝一日四仰八叉舒坦地躺在绿茵茵、软绵绵的草坪上，身边也躺着一个香软如玉的美人，简直就是天上人间了……

弟弟来到广州，两眼一望，倒抽了一口凉气。他首先理了个平头，走遍了广州大街小巷，眼睛从没离开过报纸，还有那些乱七八糟贴在各处的招工广告，吃了一个多月的盒饭后，他带的盘缠已经山穷水尽。他开始减少吃住的开支，从住的通铺搬出来，睡到蒸笼一样的火车站的长椅上，也不再浪费买水的钱，渴了，就拧开水龙头哗哗地解渴，用泡面充饥。

就在他完全成了光杆司令，以自来水充饥两天之后，他打的饱嗝里都跑出消毒粉的味儿，谢天谢地，他年轻力壮的体魄终于撑到一丝曙光！一个公司正急招电工，就是学徒也要，他在心里唱着阿弥陀佛，喜滋滋地背着大包小包住进了公司的宿舍。为了让工作更稳固和长久，他必须学会这门技术。弟弟的决心是惊人的，他深深地懂得了“珍惜”这两个字的珍贵，而那种前心贴后背的滋味，想必也扎扎实实地给他上了人生苦难的第一课。

然后，弟弟工作之余开始自学，下班后就钻进一个人高的工具书中，画电路图，用废品做实验。他初二都没有毕业，他必须付出别人几倍的努力去做同样的一件事情。每当碰到难题，或者实验失败，他就站在宿舍顶上数星星，看悬在天际的月亮。

弟弟说，那些日子里，他看得很远，他想起故乡那轮圆圆的明月。晚风徐徐，月光下高楼耸立，灯红酒绿，人群如蚁，头顶上的月亮昏黄发暗，模模糊糊，毛了边一样。弟弟说，他还是喜欢故乡的月色，回忆起小时候在故乡有月亮的晚上出来行走，感受大地的辽阔，感受青纱帐里的生活。

一个人在外，他忽然想起老家有种观天象的说法：月亮带毛，大水咆哮，意思是说，月亮哭了，将会下大雨了。

月亮哭了，他也哭了，尽管紧咬着嘴唇，没有出声。

二

功夫不负有心人。终于，弟弟在这个技术行业赢得了同行的尊重，取得了上司的信任。当他靠自己的勤奋好学成为一名技术工，在这个行业站稳脚跟时，他的犟劲又上来了。他又开始学习管理，学习更高层的技术攻关。别人领到薪水去歌舞升平、大鱼大肉时，他却买来更多的技术资料，啃着那些枯燥无味的理论，在工地上寻找一些烂电线废电器，一些不相干的人以为他是收荒货的，纷纷把一些废品丢给他换几个小钱。

弟弟虽然有了技术经验，在文凭上却常常受到一些高文凭的

挤对。每当工作不顺，弟弟也多次动了回乡的心思，可是回去又能干什么呢？父母在电话里头一听见他想回来，就问他出门时的信誓旦旦哪儿去了？每每这时，他便想起父亲锁在抽屉里——那一个个带毛边的月亮。是啊，它就像一道无形的屏障，是那么残酷地横亘在故乡与异乡之间了。

几年下来，他靠着自己的勤奋与悟性先后考取了电气工程师和高级工程师技术等级证，成为技术主管，随后调往上海总公司，在这个技术管理领域占有了自己的一席之地。随着人口老龄化，劳动力越来越少、招工越来越难的问题，他又开始设计编程技术，用自动化管理来代替众多劳力的需求，赢得了老板的青睐。其间，老板几次要送他出国深造，孰料家里的父母强行阻拦，在外人眼里出国留洋是一件很荣耀的事情，而父母认为弟弟是祖辈下来的三代单传，"路漫漫其修远兮"，还是留在身边实在。弟弟也觉得自己飞出了国门，语言是交流的一大障碍，尽管在学习资料时也翻阅了大量的英语，但是对交流还是心里没底，最终选择放弃。弟弟在上海一待就是十多年，老板给他配置了单间，让他这个异乡之客暂时有了故乡的感觉，而他却越来越想家了，想起千里之外的月亮。多少个不眠之夜，那种煎熬是用语言难以说得清、道得明的。想家的感觉，也许只有像他这样的游子才能深刻体会。

每年，他只回家一次，一般都是回来过春节。回家一次他就感叹一次家乡的变化，以前那个土疙瘩的小城镇不见了，那些新鲜的玩意在家乡也能屡见不鲜了。娱乐场所一个比一个富丽堂皇，马路两边的店铺琳琅满目，宝马、奔驰也赛不起车技了，一个个老老实实地趴在公路上像蜗牛一样。弟弟感到隔生得很，他发觉一切都不是他原先熟悉的模样了，家乡是一年年地变化了，人情世故也一年年地淡了。尤其他梦里几回回见到的家乡那轮圆圆的月亮好难见到，家乡的天气也出奇的坏，常常是雨天连绵。弟弟每年在家乡的几天，坏天气也常常惹得他心情不好。

弟弟还是该走的时候走，看不出一点儿恋家的意思。到了那边，深夜里一个人静下来的时候，却又无可救药地想家；想锅里爆炒辣椒时可以呛过对河的味道，想那个梳着翘辫子的同桌是不是嫁人了……弟弟咬咬牙，一个字，“混”吧。这些年，他在公司也混得“油条”了，嘴皮子也练出来了，那些才走出校门的硕士生研究生，在弟弟眼里还是一条小青虫，就像生铁没有经过大熔炉的淬火，终是不能成器的。弟弟总是将他初到广州的经历，作为他们人生的第一课，听得他们头皮发麻，大气也不敢出一口。其实，弟弟有时候也很想回家办个工厂什么的，名义上给家乡做做贡献，实际上是为了守在父母面前。他不想每年这样来回地奔波，也想把那个专吸年轻精血的远方搬回家乡。后来听说国家也有鼓励政策，可是当他回来真想干了，地方政策却也不是那么回事了，高额的摊派、没完没了的“规矩”，更是吓得他又缩了回去，又老老实实地干他的老本行去了。

后来，弟弟说：一切都是天意。

三

弟弟早到了谈婚论嫁的年纪了，尽管身边美女如云，在谈爱方面却还是个愣头青。在这个时候，弟弟的职位已经跃上了经理的宝座，因工作要求也使他养成了严谨的生活习惯，每天都是西装革履，头发用摩丝梳得根根倒立，皮鞋刷得精亮，全身上下很是精神，真的是活力四射。

也就在这个时候，弟弟不声不响成了家，他的另一半是一个小山村走出来的妹子，黑里描红，虎背熊腰，大家暗地里喊她“蒙古佬”。这一下，公司里的美女们都齐齐地喊：我的天啊！大家一万个不相信。这哪儿是哪儿啊，根本就是天上地下。当然，母亲是很满意的，主要是弟弟属龙，而这女人是属鸡的，属龙凤呈祥之势，“八字四柱”很合得来。

没想到，结婚不到半个月，竟然合不来。他老婆性子烈，经常搞得弟弟下不了台面，而且软硬不吃，弟弟无奈之下蹦出一句，过得了就过，过不了就离。那阵子，在家里鸡飞蛋打，硝烟弥漫；在公司，弟媳见到弟弟就破口大骂“陈世美”，搞得弟弟见人就躲，人整个儿灰头土脸的。

常言道：树怕剥皮，人怕伤心，弟弟开始害怕回家，那个被多少人向往的温馨港湾，在弟弟眼里，不是惊天动地的气浪，就是冰天雪地的寒窑。日子过到这个份上，人也如行尸走肉一般。一年后，弟媳也感到无望，泄了气的皮球似的，终于同意了弟弟的离婚请求。

有了自由身的弟弟，却一反常态，并不急于找对象，一拨拨的美女来了又去，去了又来。平静的弟弟，如家乡那条蓼水河般平坦宁静，如村庄上空那轮安谧而又美好的圆月。

就在这时，一个既乖态又有内涵的湖北妹子跟他搭上了线，弟弟这回扎扎实实地谈了一回马拉松式的恋爱，但是他迟迟却不提结婚。

弟弟到底想等什么呢？终于，他等的事情有了眉目，当他听到前任老婆结婚并又产下一子的消息后，非常平静和安然，好像一块石头终于落地，好像一粒尘埃落定。

他带着那个看起来门当户对的妹子回了一次老家，见过了父母，也见了他和前妻的“小黑疙瘩”，细伢子已经七岁了，却没有见过自己亲生的母亲，因为弟媳生下他，一满月就脚不沾地地去赶老公去了，把孩子丢给了公公婆婆。看着儿子躲躲闪闪的目光，弟弟满怀歉疚，儿子是他心里的痛，也是他的一块心病。他经常打电话告诉儿子，要好好读书，用心读书，不要像他那样吃了没有文化的亏。我们暗自猜测，当初弟弟放弃单位送他出国深造，也许不是担心肚子的墨水少了成不了大事，肯定最为担心的是他心里的“小黑疙瘩”吧。因此，父母常常把那压在抽屉的带毛边的月亮端出来给孙子看，看得父母泪水涟涟，湿透了那个带毛边的月亮。

弟弟决定结婚是三个月以后的事，他只交给女人一句话：相夫教子，侍奉公婆，别无他求。女人一口应允，一切顺意。

无巧不成书，就在弟弟准备张灯结彩的时候，前妻的一条长长的短信把他推了一个趔趄。他无心再去准备喜事，匆匆忙忙地往广州赶，他的前妻在那里等他。

我们这才知道，弟媳并没有结婚，但是确实产下一子，属于未婚妈妈。她的相好是同村的一个赤脚医生，离异，有一个女孩。媒婆介绍他们认识，男的提出要生了孩子才跟她结婚，弟媳可能急于结婚，竟答应了对方。孩子是如愿以偿了，那男的却生性多疑，有疑似精神障碍，并且很暴力。弟媳一出门，他就怀疑她跟别人私会去了，回来后总是盘问个不停，回答不满意就是一顿暴打。据说，他的前任老婆就是这样被打得哭爹喊娘，终于忍受不了被打跑了。

弟媳的短信是要弟弟去救她回来，说那男的半夜三更，突然发神经，问弟媳是不是经常跟前任老公勾勾搭搭，是不是经常背着他去找前夫？弟媳说，天地良心，离婚后连小孩都没有去看一眼，何况老公？！而且他不在家里，天远地远，想见都是不可能的了。可能正是后面那句话激怒了他，想见？想见？！他一把就揪住弟媳的头发掖下床，一顿暴打，然后把她推到外面，关上门。弟媳虽然也长得强悍，终归是女人，不是那男人的敌手，经常半夜三更地被打出门外，披头散发，像个女鬼在屋后的山里待到天亮。这次，她没有像往常那样等着天亮了再回去，而是远远地逃离了那个魔窟，幸亏她身上还揣了几百元，她选择去了广州，因为那是她和弟弟初次见面的地方。

当弟弟见到她时，那情景惨不忍睹，弟媳衣衫褴褛，像个乞丐蹲在旮旯里，脚上就穿着一只鞋，另外一只打着赤脚，脚底板血肉模糊。一见弟弟，她就扑上去，抱着弟弟号啕大哭……

弟弟一夜无眠，他从没有这样矛盾和痛苦过，一边是前妻的忏悔和凄惨遭遇，一边是女友的浪漫和柔情，他审视了自己一晚，对抗了一晚。男儿有泪不轻弹，他将泪水流到天明，在泪眼蒙眬中，他看见了悬在自己生活上空那轮毛边的月亮。弟弟想了很多，想到天上阴晴雨雪，想到地上春夏秋冬。想到人生，每个人有每个人的宿命，冥冥之中，一切皆有定数。那晚，他彻底信了，信了世上月圆月缺，月升月落。

天亮了，他牵着弟媳的手回了老家，回到了生活的出发地。

在弟弟的万般劝说下和鼓励中，小黑疙瘩等了好久终是怯怯地喊了一声："姆妈！"

……

如今，弟弟和很多如弟弟一般的人，还在那个城市里打拼，"每逢佳节倍思亲"，千家万户都有各自的牵挂和惦念。我知道，在他们的天空上，会时有云来云聚，风雨无定，气象万千。我经常会无由地掏出电话问：喂！弟弟，你们都还好吗？你那边的月亮好吗？……

许久，许久，我遥望天穹，自言自语：毛边的月亮，也是月亮。我不知道，自己是高兴还是失落，抑或其他？有一天，猛然记起作家贾平凹的一句话：天气就是天意。

（选自《鸭绿江》2014年第9期）

高沙一带水云乡

◎ 汤岚

汪汪一河蓼水，从雪峰山腹部淌出，从历史深处流来，涌动在资江上游，润泽着这片湘西南热土。古为沙洲的高沙，因水的流变，沙的堆积，高而为垸，为村，为名重四方的高沙市。任暑寒更替，光阴荏苒，蓼水脉脉守望着这座历史文化名镇的繁衍兴盛，哺育着两岸足智多情的儿女，以其云水襟怀蔚起绵绵文采，代代风流。

恍若奔赴千年的盟约，我，这个曾把少小情怀挥洒于古镇水畔街头的小女子，在离开她十年之后，如隔世的狐仙，在这杂花生树的春三月，再次穿越于她的新城古道，前世今生。

曲江风景暮春幽，醉月流觞到碧流

高沙，自秦汉人文肇始，唐代称之为市，立埠已一千三百多年。在水路为要的过往，这里作为湘黔要津，湘西南大埠，素享小南京美誉。今日高沙，仍以她的诗文谱牒，让曾经的诗情古意照眼而来。

“市接溪田外，行来窄路斜。
长桥平贴水，密屋直排沙。

肆列人居货，簾招酒办家。
僧房聊假榻，薄暝正栖鸦。”

时光倒回，我看到长衫飘洒的上海进士彭开祐，在康熙35至38年间，作为武冈知州的他，以一首《宿高沙市》，把高沙人居的稠密、市井的繁华和自己孤旅天涯的苍凉，一股脑漫滤在我的心间。而清末大外交家郭嵩焘的《高沙樟树歌》、资江名宿邓显鹤远在长沙亲友唱和的二十六叠“高”、“沙”韵，更让这商贸古镇满被文采风流。

“曲江风景暮春幽，醉月流觞到碧流。
夹岸寻花邀异客，临波酌酒赠良俦。
桃枝拂浪残红活，柳絮沾杯太白浮。
一半勾留缘此水，闲从古渡荡轻舟。”

当一道彩虹飞越苍穹撞入我的眼帘，燕子扑腾着双翼落在临江轩上悬山翘角的屋顶，衔来草长莺飞的传说。我看到了山环水抱着古老的回澜桥，看到了垂柳翩翩起舞的蓼水河畔踏歌而来的名士先贤。

游船宴饮，酒微酣，人初醉。这酒前劲清润而后劲深醇，入五脏六腑可见恍惚的香绵。桃枝拂浪，柳絮沾杯。当世局混沌，举世皆浊，陶渊明臆造的中国乌托邦在此处有了寄托。当人间四月芳菲尽，蓼溪桃花始盛开，清流苍翠，短松瘦竹，涧草犹短，寻找精神乡土、灵魂家园的人发现，原来春并未归去，只不过像小孩子跟人捉迷藏一样，偷偷地躲到这块地方来罢了。月色深深浸碧水，清风透彻小轩窗，星星在酒杯中浅唱。荡一叶轻舟，片片流云碎成摇曳的翡翠，漫天浓翳的新叶将岁月染成通透的绿。这位叫刘铭鼎的清末贡生，无官名而以文名，也许太多的抱负和情愫只能诉之于笺上毫端，便让家乡的高朋酬唱、诗酒风流，同蓼水一起流淌到了今人的眼底。

一半勾留缘此水，是汛期误了佳期？还是佳人羁恋才子？我只能以自己今天的情怀去揣摩去畅想。不过，从他的闲荡二字，我想，这位刘家公子的日子，应该更多的是良田美眷，诗意柔情。

漫步沿江风光带，我夹岸踏春赏花。手掬一叶动人心魄的绿，任春天清香四溢；捧起花的脸庞，在水光山影中阅读生命的纯洁。

年年六月传遗事，山市装成海市华

当亭亭如盖的参天古木摇曳满树的葱茏，当亲爱如母的蓼河开怀接纳扑腾于她怀抱的少男少女时，“小南京”里开始了每年六月的“迎故事”。

高跷队踩过来，抬故事游过来，旱船跑起来，龙灯狮子舞起来。四方八面的青年男女，也在这青春的节日，从田园阡陌、低小茅檐、四合院中走拢来。

廻澜桥、水南桥、城隍庙、乾元宫、火神庙、财神阁，还有那溢彩流光的新街里，四处人山人海，笙歌如潮。熙熙攘攘的高沙市啊，到处是满街满巷的红男绿女，满店满摊的叫卖吆喝，满头满脸的羞云香汗。

千百年前，少女情怀的我，满腹轻愁最是诗。在这每年最繁华热闹的六月节，我站在亲水码头岸边，看人烟稠密，粮船云集，川流不息。青楼画阁，绣户珠帘；雕车竞驻于市街，宝马争驰于驿道。我游于优美的古埠滨河，满目蓼河的碧波，依稀间仿佛又看到了心仪的你，一袭风衫一袋书的优雅；看到了你搭乘的欲借六月水远游的商船，听到了船夫的叫喊，闻到了舱内飘来的酒香。我驻足高耸的牌坊脚下，看水天一色，云水茫茫。金翠耀日，身罗绮飘香；花光满路，心无限猗郁。但问何时有你返程的音讯？何处有你归来的身影？

淡淡胭脂氤氲我的思绪。年华如梦，你把一季又一季的绿色原野，揉碎成泥土中潮湿的腐朽。青云打湿了诺言，一曲琵琶奏断了衷肠。

风雨桥下，点一朵盛开的睡莲灯，这黑暗中的小小火焰，照亮了对方的眼睛，温暖了彼此的灵魂。清风撩动少女心事，碧水承载纯美相思。于是思念缓慢渗出，如这静水深流的蓼水河，让人心变得柔软澄澈。

> “年年六月传遗事，山市装成海市华。
> 洞口黄桥石江路，逢人便说走高沙。”

清道光年间，情深桑梓的高沙诗人肖鸿钧，在他的诗歌中反复咏叹着高沙这片水云之乡，而在他写就的十六首《高沙竹枝词》中，这排在第七首的作品应该是咏唱率最高、传播量最大的了。它如蓼水一般，传诵着当年的烟景繁华，也传诵着繁华背后年年相续的青涩情怀。

朦朦月下云峰塔，递递河边吊脚楼

岁月在变，沉淀的是云峰塔一生的雄伟壮丽。塔内彩绘的壁画描述着一个个古老的故事，满墙的诗歌刻录着一轮轮悠远的沧桑。塔顶的青松常有鸟儿栖居，飞檐翘角上系挂着铁顶铜铃，清风徐起，铜铃悦耳，清音远闻。

容颜易老，不变的是吊脚楼天生的妩媚动人。吊脚楼临水而立、依坡而筑，采集青山绿水的灵气，如一部歌谣，一段史诗，记载着风雨飘摇的高沙史，诉说着不寻常的百姓情。吊脚楼上的月亮好像罗敷梳妆，梳成一个十字绣球等待着梦里郎君。

就是这古塔，这吊楼，演绎着古今的哀怨与欢欣。

相望欲成愁，相思欲成疾。涓涓女儿泪，伤情梦里诗。在高沙的诗文史册里，我特别亲切于两位流品高雅、知书识墨的前辈红颜。高沙才人袁子洙、袁凤翔叔侄两人，天不假年，中天而落，在地域文献中所载事迹和作品不多。但他们孀居的两代未亡人袁许氏和袁曾氏，却分别以才情俱美的诗名和《衡麓山樵诗草》、《香山使者诗草》两部诗集入录《武冈州志·艺文志》。

“烽烟满目惨干戈，无处栖身似女萝。
回忆家园遥几许，关怀骨肉近如何。
谁怜此地成沧海，未识何人唱凯歌。
最使伤心禁不得，夕阳斜对泪滂沱。”

咸丰十年，太平天国的战火逼近湘西南，袁许氏的这首《庚辰避乱有感》将天下之乱，家国之忧，飘零之苦，思亲之痛，写到了每个读者的心坎。伴韶华渐老，她叹《落叶》，作《忆梅》，咏《红梅》，题写夫君遗像，对爱情的咏叹，总是这前代佳人的生命滋养液。年届六旬，亲戚想着为老母祝寿时，老人想到夫君早去，而凤翔、玉树两侄又相继而逝，以诗却之。“镇日含悲住小楼，未亡何忍说添筹。绿窗寂寂韶光老，珠泪涟涟岁月流。纵满百年难释憾，况残两柱转增忧。无聊每向花间望，只有寒梅晚更幽。”容颜的悲苦，深心的孤寂，今日读之，恍在眼前。

袁曾氏，这才貌双全的隔世佳人，在与远求功名的夫君书信唱和时，闺中少妇对先生的恩爱与期许，即如门前蓼水，汩汩滔滔。

“记得当年伴读时，三更灯火夜眠迟。
研精哪惜肱三折，呵冻谁怜笔一枝。
长叹牛衣终须分，岂期羊叔有人知？
从今好慰高堂望，走马长安是健儿。”

负荷如此厚望的袁凤翔，却不能走马长安，而留给妻子的，只有收检遗稿的不尽哀思：

"双眉紧锁积忧深，砚匣尘封直到今。
偶展藏书和泪读，尚留残句与谁吟？
泥鸿爪印分明在，云鹤声高何处寻。
纵使重泉终有望，苍茫难禁此时心。"

笔底融情，胭脂伴泪；望穿青眼，孤鹤鸣秋。我的吊脚楼里的母亲啊，你们的诗篇，至今让我满目潸然。

云峰塔，你虽没有雷峰塔那么知名的神话传说，但你也以自身的厚重，和名传遐迩的上湘公馆一道，记录着高沙古镇的兴衰起落，咏叹着多情儿女的离合悲欢。

吊脚楼前的蓼水，是痴男的爱之河，也是怨女的忘情水。

阶前蓼水通沂水，江上凤山接鲁山

天，从裂缝中挤出一缕阳光。你们回来了。

你，曾于光绪十七年高中举人、并留学日本的李钟奇，不事官宦，毅然回乡；你们，高沙贤达袁朴、杨京华、曾梦吉，决然兴学。绵延千秋文脉，振兴桑梓人文，是你们这些华夏文明孝子贤孙的心灵旨归。你们归根在家乡这中国南方孝文化第一镇，携手于巍然大观的曾八支祠，感受孔门之泽，曾子遗风。

"资水如练、凤岭如屏，四面尽环淑气；
孝子在周、忠臣在汉，千秋无愧宗风。"

就是这座已列为国家重点文物的宗祠，荟萃中国孝文化之经典与精髓。曾国藩及其儿孙三代均在此挥毫染翰，留下情思与厚望。而涤生先生手书的黑漆绿字"春风沂水"大匾，让仰头瞩目的我们，如沐当年曾子携儿就学于孔门时春风的骀荡，沂水的清和。当今海内名流曾宪梓先生，几番为高沙的曾氏宗祠题联题额，力赞曾子孝文化的千古流芳。铭刻唐玄宗像赞，历经千秋磨难，承载孝文化之厚重的曾子雕像在这里被唯一保存流传。墙上仿刻的朱熹榜书“忠孝仁爱”，“严肃整齐”，一笔一字都是对后人传承孝道、传播文明的鞭策。做官经商如浮云，办学传文才是你们的初衷。当一百多年前，由于李、袁、杨、曾四位乡贤的同心奋力，第一块“蓼湄中学”的牌匾挂在古镇的中央，孔门的儒文化根脉，曾子的孝文化余绪，在高沙有了传播的土壤。学子们胸怀家国，在这里囊萤立雪，苦读寒窗。学堂里前人种下的千年古樟，留给来者一片文的华盖，孝的荫凉。

春风沂水，鲁山青秀。蓼河悠悠，凤岭重重。垂曾接孔的高沙古学堂，文脉深植，代起风华。新中国之后，从高沙、从蓼湄园走出的，也是英才济济，精英连连。刘寿祺，曾主持今湖南师大前身湖南师范学院和主政湖南教育多年，主编了新中国第一部《教育学》。湖南文学掌门人之一的谢璞先生，一篇《珍珠赋》，举国人尽知。他们为蓼湄园的古樟树更添了绿绿灵光，他们为高沙人文明灯高柱，薪火留传。

古有无名氏题写高沙地名联曰：“清溪回澜，何日太平到仁寿；尊德敬业，乘时文敷上青云。”这里的清溪、回澜、太平、仁寿四桥，尊德、敬业、文敷、青云四校，和历代文人咏唱的高沙八景一样，铭记的，是高沙人文曾经的美丽与光辉。

一河一古镇，一云一水乡。天上飘着的那朵白云，正与蓼水河默默对话。历经了山川岁月的沉淀，成就了如今最美的相遇。走在今天这道正在兴建延伸的沿河文化长廊，抚摸这堵诉说高沙历史的文化城墙，时光在这里凝固成一曲四季交响的乐章——春赏新绿，夏木可人，秋清气爽，冬静雪深。

（选自《创作与评论》2013年11期）

如梦桃园

◎ 曾菊风

常常听父亲说起一些老家又老家的往事，那是我祖辈生活的地方。于是，便有了一些想象，有了一些向往，就有了这如梦桃园。

——题记

只是恍惚地记得，昨日的天空中悬挂着一轮火热的太阳。

你兴冲冲地走了来，牵了我的手，一同向正午走。

正午的田野淌着风。风，徐徐地吹过门前的小溪，越过屋后的篱笆墙，躲进了那片诱人的桃园。

桃园里，年迈的祖父摇柄蒲扇，坐把竹椅，在有滋有味地看守着快要成熟的桃子。桃树是祖父一棵棵亲手栽下的，他细心地看护着它们长大、成林、结果。当桃子成熟的时候，祖父就每天挑担箩筐，装满桃子，到二里路外的镇上三分钱一斤半卖半送地贱卖给了驼背的李二爷。然后，高兴地买几串豆腐干，燃一杆烟，吞云吐雾地走回家。

祖母这时是倚着门，眺望着。

只要祖父在桃园里转，小脚的祖母也会时不时拄根拐杖，忙上忙下颤巍巍地走着。桃园就在屋后，从堂屋的后门出去，绕过半堵篱笆墙，“吱呀”打开那扇篱笆门，就进入了桃园。园子有四五亩地大，依山而圈，其间参差着一些很好玩的石块，假山似的，白天看着很有意思，到了夜晚，在朦朦胧胧的月光下却感到狰狞可怖。“哇——”一声老鸦的叫声总能叫走我后半夜的一场好梦。

常常奔走于桃园的，数那条气宇轩昂的大黄狗最勤快。大黄狗城府较深，不好出风头。每当有陌生人光临寒舍，光临那座盖有一半瓦片一半杉树皮的小屋的时候，它总是鬼魂似地出现在人的面前，露出它满嘴利齿，低沉地鼻音很重地吼一声“汪——”让你骤然间从骨子里生出一股寒气。

大黄狗串上串下地撒着欢儿。祖母发白的头发在阳光下泛着亮光。

两个老人，一条大黄狗，是桃园里最生动的点缀。

那一年的春天，桃花正开得热烈，一夜春雨过后，园子里落了一地的花瓣。在大雨停歇了的早晨，祖母病了，而且这一病就卧床不起了。

父亲请来了镇上的郎中。那戴着眼镜，穿着中山装的郎中仔仔细细地看过祖母后，在出门的时候，对父亲摇了摇头。

于是就有泪花在父亲眼中闪现，他急忙走进屋，走到祖母的床前，握着祖母的手，呜咽地喊一声“娘……”

祖母嘴里的风车不再转了。油渍渍的枕头上，摆着祖母那有着乱糟糟的白发的瘦小的头。

看着是真不行了，父亲拢了我们几姐妹一齐到祖母床前去。

那是个阴郁的日子，绵绵春雨一直下个不停。桃园也笼罩着一层忧郁。

祖母的嘴无力地翕动着，突然我好像听到了祖母唤我们的声音，战战颤颤地走近去，那声音又没有了，只见她的胸脯急促地起伏了几下，喉咙间发出另一种好古怪的声音，像有水正从一个破洞钻进去，又像是喉咙间被什么东西噎住了，很吃力也很无奈，再过一会，声音没有了，祖母也不再动弹。

人生第一次目睹了死亡。生命的离去竟是这般的凄然。

在桃树落叶的时候，祖父也走了。

我很伤悲了一些日子。

从此，桃园萧条了。两个老人没有了，大黄狗也被村里人蒙在箩筐里沉入水塘淹死吃了狗肉。那一天，全村都弥漫着一股狗肉的香味，一股浓浓的狗肉香，而父亲却执拗地不肯吃午饭，他说他不饿。

后来，桃园归了村里，再后来，桃林被砍，再后来，这都变成了往事，变成了背包里一段品不够的故事。

依旧是有风的中午，我们立在今天的门槛里，你约了我，一同向明天走，明天的天空仍然会悬挂着一轮火热的太阳，火热的太阳仍然会照着地球上另外的桃园。

（选自《新花》1986年第7期）

爱的禅悟

◎ 林丽英

佛说，幸福总会在你不经意的时候到来。佛也说，在你悲伤的时候天空总会下雪。

昨晚，不经意地下了一场雪。早上醒来，窗台上铺满晶莹剔透的雪粒。此刻的我，既不欣喜，也无悲伤，只是默立窗前，静静看着这精灵在空中盘旋、嬉戏、飞舞，犹如一群自云端翩然而下的飘逸仙女。渐渐地，雪花迷糊了我的双眼，思绪飞回到二十年前那个雪舞风扬的冬天。

那个暮冬，雪藏着相识于姹紫嫣红的春天、相恋于雪花缤纷的冬天的你我。我清晰地记得，那场大雪，不紧不慢地下了三天三夜，整个世界白皑皑一片。但因为有你，那雪无丝毫寒意。寂寥江边，我们拥观雪飘，品赏奇景；山顶舞池，我们深情款款，与雪共舞；城东至城西，我们嘎吱前行，来回漫步；偌大草坪，我们醉卧雪地，叙旧话新，坚信彼此是今生的唯一；校园操场，屹立着我们合力堆砌的雪人，冷眼有情人的归去来兮；深山幽谷，回荡着我们天荒地老的诺言，笑傲尘世间的东西南北；火车站前，呢喃着我们恋恋不舍的话别，朦胧情网中的婆娑泪眼。

岂料，相聚相守的纯情终抵不过尘世的万重诱惑，你还是随她而去，一个你不喜欢但却能给你名利的女人。誓言的热度还没消退，星城的积雪尚未融化，你却悄然放手，旋即从我的世界蒸发。而我，却傻傻地守着风中的承诺，深信你的离去只是迫不得已；我心在说服自己，你一时的选择，绝不可能就此定格，留下伊人孤单流连雪地，任其眼泪凝冻成霜。宴席聚散也需礼数流程，我们的感情怎能如此突兀地戛然？

你说过，你深陷我的嫣然而笑；你说过，你沉醉我的婉约文字；你说过，你遐思万千我脸颊的红晕；你说过，你会生生世世珍藏我为你编织的围巾；你说过，弱水三千，你只取我一瓢而饮；你说过，你钟情于我不是因为我的美丽，而是因为我的可爱……

可如今，我只能保存一丝矜持，怀揣一份自尊，倔强地等待着你的归来，期盼着你的解释，无须追问，无须追寻，只相信：佛，决然不会如此安排我们的聚散离合。我绝非薄情寡义，你断然不逢场作戏。为你设想太多借口，只是为了让我不去怨恨。怀念着怀念，遗忘着遗忘，思念堆积于心，伴我从春夏走到秋冬。我心中的冷艳凄美雪花，一飘就是二十年。

然而，你终是飘若浮尘，散尽天涯，如梦般不可触及。为了名利，你到底在愉悦什么？为了名利，你真的可以逐浪自我？为了名利，你心甘抛下梦想，流放情感？

此前，我是爱的囚徒，顽固地自我囚禁，爱已荒芜，我却依然独自曼舞。置身雪花飞舞的清晨，我恍然醒悟：雪花飘洒，出乎自然，不为世人。爱的世界没有对错，不是所有的爱情都有完美结局，没有结果也许恰恰就是最好的结果，及时解救自己就是幸福自我。今天，我毅然把自己释放，轻轻地走出你的世界，就如你悄然离去。

我对佛说：天空下雪的日子并非都是悲伤的时候，幸福确实会在不经意的时候到来。

（选自《华夏散文》2013年第8期）

古巷旧思

◎ 刘 慧

因为戴望舒，让诸多文人雅客拥有了雨巷情结，想象着那个打着油纸伞、结着愁怨的丁香般的姑娘。

人的方向感大致一方面与生俱来，另一方面后天养成，看起来我这两点都弱，所以才变得如此迷茫。那回我从新宁崀山回来，顺带送我的那辆车往县城方向走，我则在高沙的转盘处下车。我得等另一辆车来接我，但又不知要去的那条路到底在哪，便徒步向一侧走去。可转了一圈更加迷糊了，就连那辆车刚刚开往县城的方向也记不清，好不容易才回到原来的地方，不敢轻易乱动，直到车来了，行至洞口三中处，我坐上驾驶座，方才从迷阵里逃出来。

我想，这都与用心或记忆有关，我们可能忘却了很多不久前的事情，甚至刚刚读过的一首诗或打过招呼的某个熟人的名字。而有些历经的事物或十几年几十年前的感受，却难以忘怀，像一把带着强制性的刻刀把它们嵌入我们的脑海深处。

我在花季的年龄里溜达过高沙街上悠长曲折的古巷。虽然那会儿我也打着一把花布伞，却不是一朵结着愁怨的丁香花。倒像一小团柳絮，在一个春雨绵绵的日子里，被风吹在古巷里的弯弯曲曲里。我们几个头顶花样年华的女孩子，嘻嘻哈哈地从这个店铺串进那个店铺。没有像柳絮一样被人吟咏，只是被路人侧身让着，他们用慈爱的目光打量，像打量几只翩翩飞舞的蝴蝶。

我从小生活在竹篙塘一条直肠子般的小镇郊，久之人就变得简单，缺少九曲八弯的聪明劲。女同学带着我们在两旁店铺的塑料雨篷下钻来钻去，绕了大半天，我有点晕头转向，最后我们迷在了巷子里，在走过的地方来来回回，找不到出口。

世上的事往往如此，人们深入了某个迷阵，费尽周折也找不到来路。换个方向，又是一番风景，原本是一个地方、一件事物，因为站的角度不同而变得陌生。又因烟雨朦胧，更显得这古巷有点杳冥冥兮羌昼晦。第一次领略到街道竟如此的复杂，不似我们那儿一眼望穿的肠子街。这样也有妙处，古巷幽深，曲折迂回，柳暗花明又一巷，才让我几十年后还记忆犹新。而我们的单车还靠在某个街角，静静地等着我们与它汇合。它们等得一定很心焦，像我们迷在巷子里一样，急着要找到出口。很多事情都是事与愿违，你越急着做什么事，便越是阻碍重重。我们索性不走了，在一个小摊子里吃碗酸酸辣辣的米豆腐，然后天便像我们来时一样扯开，太阳热热地照在我们身上，也照亮了出口。当我们从米豆腐摊的板凳上站起身来，那巷子的出入口就在前方，远处的街角，我们的单车挂着雨滴，就如马上能与我们会师的盈眶热泪。

这些古巷现在已经繁荣，很多当年的老木屋都拆了，建成高楼。那些商铺也没了楼板，取代的是水磨的花格水泥地面。新楼新铺子都很华丽，但是没有那些老旧的木板那么温暖，那么让人浮想联翩。在我的记忆深处，却仍然是那花季少女时的雨巷，店铺林立，塑料雨篷连片，有着迷一样的幽深曲折。

（选自2014年8月8日《中国电影报》）

那些与疾病有关的日子

◎ 刘小玲

“咱老百姓是不能生病的，因为你生不起！”小时候，常听父亲这样说。那时对疾病的知解甚少，只听别人说过我上面本来还有两个姐姐，但都生病夭折了。所以父母总是对我呵护有加，生怕我又有什么闪失。

我终究顽强地活了下来，但身子却像一根发黄的豆芽，疾病似乎从未曾离开过我。那时的我总是咳嗽，发热、呕吐、腹泻、腹胀，在那饥饿又缺医少药的年代，本来就营养不良的身子哪经得起折腾。我记得我贫穷善良的父母亲总是千方百计的种些草药：防风草、夏菖蒲、艾叶、水秧柳……咳了就用防风、艾叶煮水喝，腹胀不适时就用夏菖蒲和水秧柳，腹痛腹泻时父母总要我吃几瓣老蒜。就是这几样草药也是弥足珍贵的，一般父母有啥不适时他们是舍不得用的，他们只是撑过去，只有我生病时他们才会用，但如果乡邻有谁来讨要，父母总会慷慨地分一些给他们。

六岁的时候，我咳了很久不见好转又呕吐腹泻了好几天，躺在床上奄奄一息，从田里劳作回来的父亲无论怎样呼喊我，我都已发不出声，父亲用手摸了一下我的头已烫得快要着火。父亲赶紧抱起我往两公里以外的村医家飞奔。现在犹记得父亲当时那凄厉悲惨地呼喊着我小名的声音和那急切的脚步声，但那一刻的我就是没一丝力气回应我的父亲。村医赤着脚从田里爬上来看了一下我，对父亲说："恐怕难救，赶快送医院吧！"身无分文的父亲一下瘫倒在地，他央求着："你给她打一针吧，是死是活是她的命，求求你了！"赤脚医生给我打了两针屁股针，挂了瓶吊针后我竟然醒了过来。父亲不相信似的不停地叫着我的名字，在我连续几次清晰响亮的回答了他后，父亲抱着我喜极而泣。那是我第一次打针，好像一点也不觉得痛。回家时医生给我拿了几粒西药，那也是我第一次见到的小小的药丸子。一种黄色的（可能是黄连素），一种白色的安乃近，但那时我一度固执地把它念成"近乃安"，我虔诚地认为：吃了这药，我就平平安安了！

十岁那年母亲感染了破伤风，喉肌已开始痉挛，在家抽搐了两次，赤脚医生没有看出是啥病，乡村们都认为没救了。父亲含着泪卖掉了家里的口粮，带着母亲来到了镇卫生院，镇卫生院的医务人员马上把母亲送到了县城，那时破伤风抗毒素还没普及，这种药很难采购到。到县城后还是院领导想方设法搞到了药救了母亲一命。那次母亲在医院住了二十多天，是善良的乡邻们纷纷伸出援助之手，让我家渡过了难关。我清楚地记得母亲出院回家那天下着雪，我正从菜地里挖了一兜大白菜回来，乡邻们看见了母亲都从家里跑出来迎接，而我就抱着那兜白菜一路狂奔，虽然脚下踩着厚厚的冰，但我心里却分明感到了春天般的温暖与新生般的喜悦。为自己，为母亲！

所幸，随着年龄的增长，我的身体渐渐好起来，不再是当年那根羸弱的"豆芽菜"。家庭的经济状况也逐渐好转，村里的医药条件也有了改善。但我那劳累了一生的父亲身体却每况愈下，每年总有几个月的时间会咳，那一声高过一声的咳嗽声总是牵着我的心，但父亲总是不肯上医院，他说医院看病太贵，又没熟人。2007年我帮父母亲办了新型农村合作医疗证，正好有送医下乡的医生到村里义诊，说父亲患了慢性支气管炎并发展成肺心病了，建议父亲去住院系统治疗，并说现在医疗政策好国家可给报销百分之七十，我极力做好了说服父亲的工作，父亲随义诊车到医院住了一个星期后，病情有了很大的改善。出院回家后还不时有医生上门服务，送了不少免费的药物，并指导父亲如何保健，父亲同他们建立了深厚的感情。

2008年父亲用农村合作医疗慢性病补助的钱买了几盒斯奇康用了，父亲说现在抵抗力好多了，今年基本上没怎么咳了。父亲高兴地说："以前是千里迢迢，拖熟人找关系去看医生。现在是医生跋山涉水来看我；以前是卖掉填肚子的口粮救自己的命，现在是国家出钱来保养我们的身体。"

望着父亲喜悦的神情，我心里溢满了从来没有过的轻松和对祖国大地深深的感恩！

（选自2009年11月5日《大众卫生报》）

原封未动的情书

◎ 邓洁明

对一切美好的事物，我都有过强烈的渴望与执着的追求。读大二时，有一天，我去图书馆，不巧的是，我伸手要取的那本书，却被先我而来的一位女生拿走。正当我感到惆怅时，没想到那位女生却回头将书递到我手上，浅浅一笑说："你先看吧，我随便看哪一本都行！"

我还来不及道谢，她已转身离去，只给我留下一个高挑、颀长的背影。

虽然只是萍水相逢，而我却自作多情地认定这就是缘分。当时，我不仅担任学生会干部，还兼任校园文学社负责人。经常有一些我并不熟识的面孔同我搭讪。这让我常有一种校园名人的优越感。很快，我便将这位让我怦然心动的女孩倩的身世背景弄了个一清二楚。更巧的是，我们还是同乡。自此，我每周都给自己心仪的女孩倩写一封情书，并找机会毫无羞涩地当面交给她，也不管她乐不乐意接受。

尽管，我从没有收到过倩的回信，但依然相信，她是喜欢我的！因为，每次和她相遇，她羞怯的眼神，以及她那欲说还"羞"的表情，已经流露出她的心思。在我看来，没有哪个女孩在自己喜欢的男孩面前不害羞的，更何况像倩这样矜持、高雅、性格内向的人，她回不回信又有什么关系呢？只要她能读懂我的心就行。

基于这种想法，我给倩写情书的节奏更快了，由原来的每周一封增加到每周两封。我想，只要我有着对爱情的执着与坚持，总会迎来云消雾散、阳光灿烂的一天。

然而，我终究还是错了。大学快毕业时，我的另一位同乡学友把我叫到他的宿舍，神情庄重地从箱子底下取出一个密封好的袋子给我，告诉我是倩让他转交的。那一刻，我心里特别激动，以为痴情已久的付出终于有了回报。捧着倩送给我的临别礼物，我赶紧躲进屋子里悄悄打开，我傻了眼！没想到呈现在我眼前的，是当初写给倩的一封封情书，更让我惊讶是，这些情书竟然原封未动。数一数，总共105封。

随信附有一张字条：我知道，这是你送给我最珍贵、最美好的礼物。因为，有你快乐的心和纯洁的情。我敢肯定，它们是真正的无价之宝。所以我不敢轻易占有，唯有珍藏着，直到完璧归赵，心里才能如释重负……我突然明白，这是世上最友善的拒绝方式。

我埋下多情的种子，却并没有如想象中那样收获到甜蜜的果实。相反，这份执着而沉重的爱，却给另一颗年轻的心带来了负担，而这一切，当时沉浸在爱的狂潮中的我却毫无察觉。

如果爱成为别人的心理负担，不能说不是一种伤害。而对于一个真正愿意自己深爱着的人过得幸福美满的人来讲，宁愿舍弃自己的爱，也要让心上的人过得更加舒畅。

如今，我仍珍藏着这105封厚厚的情书，每当看到它们，我便在心底对自己说，并非所有执着的追求都是美好的。有时，一些看似美好的东西，如果对别人来说是一种累赘，不如尽早放弃，于人于己都是一种解脱。唯其如此，人生的内涵才会更丰富，更有意义。

（选自《读者》原创版2005年第4期）

永远的石头冲

◎ 向垣洪

冲很小，不像名字里头所说的到处是石头。似乎有一些，乡下人用来修房子时打基脚。石头是山上的产物，没有人要时就放在山上。小的时候，奶奶告诉我，有一些大的石头是很有灵性的，或者已成神，或者已成仙。我的堂弟垣吉就拜响水洞附近的一块大石头为亲爷（干爸），以保佑他平安长大；每年的大年初一，晚叔就带堂弟去给他的亲爷拜年，先摆上牙盘（煮了一下的全鸡），聪嘴（煮了一下的猪耳），倒满米酒，点上钱纸蜡烛，口中念念有词来祷告，堂弟在一边磕头，磕完头晚叔就放炮仗表示拜完年。

石头冲有广义上的和狭义上的区别，广义上的石头冲泛指整个石龙村，而狭义上的石头冲仅指新屋和华园两地了，往西南方向是石牛和王闪，再过去就是武冈的龙梅山了，那是我奶奶的娘家；往东呢？往东是新桥，桥边，羊湾，定家和连子堂。石头冲依西往东像一个“凹”字形的长垄，而且两边的山是一样高的，中间的平地也是一样高的，这让人感觉到一股特别神秘的色彩。

石头冲的人多姓向。我们向姓人家是齐国侯姜子牙的后代，齐国被秦国消灭的时候其子孙为了躲避追杀，改姓向，并从河南内（中）部逃往四川贵州一带，其中一支从贵州迁往黔阳，然后再到武冈境内高沙（今属洞口县），我们的先人是从高沙两路口迁往石头冲的。现在向姓人家神龛供奉的灵位写着“河内郡向氏”，冲里许多向姓人家就误以自己的祖先是从越南的河内迁移过来的，其实不然。

向德康公是我们向姓先人里最著名的人物了，当时响水洞的水潭里有九条巨蟒，危害冲里的人兽，很多的道士想把他们消灭掉，却连自家性命也搭上了。向德康公可不姓这个邪，跳到潭里和这些巨蟒打了七天七夜，终于把它们全部杀死。平时，向德康公勤劳俭朴，为人忠厚老实，深受冲里人爱戴。他故了之后相传成了神，掌管家禽家兽，除此之外他又是我们向家的本家阴师，所以大家敬奉先人的时候都会想着敬他。我是相信的确有这么一个人的存在，爷爷在的时候，每年清明节会带着我们去他的坟上扫墓。

冲里红白喜事，本组的族人只要被主人家喊到的都会无偿的过来帮忙，家户长由本家有威望和水平的长者担任，负责全盘指挥及司仪，其他的人一切服从他的安排，写对联的，接待的，煮饭炒菜的等等，一切都会有条不紊的进行。宴席中所有上席都会给主人家的舅父来坐，以示对母族的尊敬。事毕，主人家都会把一些多余的菜和礼品分别赠予给本组人家。我们本家五代以内族人较少，几户人家，住宅相离不远，他们都是华园的，就我们这家是新屋的。但两组的人家若办喜事，都会以我们家为界，这或者由于地理原因，或者是我父母人缘很好的缘故吧！

冲里人家以农作为主，农余就编织竹器赚些零花钱。这些年冲里通了到镇上的马路，电话开通了，手机也有信道，喊人问事不要像以前一样跑上跑下的了，一切比较方便。许多年轻人都南下打工，赚了不少钱，村里面也就有了许多漂亮的房子，年轻的男女打扮的比较时髦了，男的西装革履，女的头发拉得笔直，有的还染上不同颜色。

所有人家都很好客，哪家的亲友来了，有空的人家都会过来陪客，而一旦开餐，大家就会散去，把好吃的留给客人。我一年在外，很难得回去一次，每次回去，堂弟垣吉和垣正就会在冲里大喊“我娃哥哥回来了”，奶奶会把二姑家给她的糖果拿出来，其中的一些糖果不知被她藏了多久了，舍不得吃，一定要等到我回来才拿出来；晚叔和晚娘总会弄许多好吃的菜，前些年大姑承包了冲里的鱼塘，我一回来晚叔就带着我和两个堂弟到她的鱼塘捉几条鱼上来吃，大姑来了，想带一条回去，两个堂弟可就急了，一个用东西把鱼紧紧盖住，一个就去推她走，并说这鱼要给“我娃哥哥吃的”。要是碰巧三月份回去，垣吉和垣正会到山上去摘许多味道甜美的野刺莓给我吃。

传说附近雪峰山上的宝珠岭有夜明珠，我虽年少无知，听了也觉得那是真的，便和小伙伴们一起商量去摘回来，也真的爬上了雪峰山，夜明珠没摘到，倒找回了些许水晶，曾把它们放在一个小玻璃瓶里，不知为什么后来找不到了。我现在有点觉得当时我们的勇气可嘉了，那么小的人敢在荒无人烟的高山上摸爬打滚，竟也不怕蛇和野兽。

小的时候一家住在冲里的学堂里，母亲在这里教书，我在这里启蒙，也是我幼年的主要娱乐场所，后来我们家把房子修在了学堂的隔壁。有段时候我父母经常在外劳动，把我反锁在家，要我学习，我哪里看得进课本上的东西，只好翻出学堂里放在我们家保管的课外书来看，用来消遣时间，我在读完小学以前通读了四大名著和《聊斋志异》等。后来实在想到外面玩，小伙伴们就到我家楼上平台的后面山上把我拉上去，天黑之前我又从山上跳回平台，很少被父母知道。后来，学堂撤了，母亲调了出去，父亲去邵东工作，我们家在镇上新修了房子，老家的房子就卖给了和我们家关系较好的本族一户人家。

我十多岁起开始在外飘零，一直对石头冲有着深厚的感情，很多次梦见自己在这里和小时候的同伴们嬉戏，醒来的时候却发现一切都是空空的。我以前过年及清明还是回去一下的，这几年忙于生计，实属无奈，等一切稳定了，清明应给爷爷及其他先人的坟上培土。也该去看一下奶奶和晚叔晚娘，还有垣吉和垣正，我的这两位活泼可爱的小堂弟是否又长高了些？

（选自2005年5月19日《科技导报》金融周刊）

父亲的背影（外一篇）

◎ 卿前鹏

那还是九十年代初期的事情。

当时，我在洞口二中读高三。有一次历史考试，成绩一向优异的我竟然只得了12分，打破了全年级的最差成绩记录。班主任谢扬君老师很焦急，他找我谈了几次话，细心询问了些有关情况，希望我好好学习。在随后的课堂上，我都积极抢答问题。当月考试，我又重新占住了年级第一名。

可是情况并没有就此好转下去。没过多久，我的自负毛病又犯了。数学老师有几次在课堂上严厉批评我严重拖欠作业。我呢，并没有脸红，而是抬头傲视着他。甚至在班主任的语文课上，我都敢拿出课外书看了。

在家里劳作的农民父亲终于知道了我学习成绩严重滑坡的情况。

有一天下午自习课，教室里鸦雀无声，大家都在认真地做作业。我正沉迷于一篇言情小说的时候。父亲已悄然来到了我的身边。我的同桌推了我几下，我才反应过来。

我慌张地想把小说藏起来，但已来不及了。父亲知道我在做什么。但他并没有生气。

我乖乖地跟在他的身后走到了教室外边。他问我，下午还有课吗？我摇摇头说没有了。他说，那好，跟我到街上去一下吧。

我默默地低着头，慢吞吞地走。

这时，我不经意的抬头看了一下父亲的背影。父亲明显老了许多。我看过父亲高中时的黑白照片，那是一个眉清目秀的典型帅哥。而这几年里，英俊飘逸这四个字正慢慢地从父亲的身边无声地滑落。

父亲才四十出头，而劳苦的农活无情的把他催老了。父亲白皙的脸变得黝黑，乌黑的头发分明已露出点点斑斑雪花。矫健的身躯似乎已有些弯曲。

一路上，父亲跟我说起了他当年的高中生活。

那是红旗飘飘的蓝黄年代，作为家之骄子，成绩优异的父亲踏进了我县当时唯一的高中洞口三中读书，每学期考试，父亲都是全校第一名，多次在大会上从老校长手中领取五元奖学金。在洞口三中，父亲的名字就是一面骄傲的红旗，迎风招展。

然而，就在他满怀希望圆取自己的大学梦想的时候，“文化大革命”开始了。高考，这个我国最公平公正的高等学校人才选拔机制，被断然取消了。

由于家庭成分不好，年轻有为的父亲就这样一次次看着机遇从身边消失，推荐上大学，当特种兵，当民办教师，等等都没有了。父亲从学校回家后当过泥水匠，当过裁缝，当过修路工，后来虽然恢复了高考，而消息闭塞的他得知后已为时太晚。

父亲的大学梦，就这样支离破碎了。

父亲跟我说，他不希望他的子女在新时代里重复他在旧时代的人生悲剧。

不觉间，我们已来到街上。父亲指着马路边的一担沉沉的黑煤，说，这是我到煤矿打工时捡来的，今天挑回家去烧。不坐中巴了，要浪费五角钱的。这时，父亲从口袋里艰难的掏出一张皱巴巴的十元钱，说，这是煤老板给我的工资，你拿去卖点营养品吧。

我不敢伸手去接。

父亲一把抓住我的手，塞到我的掌心。他看着我笑了笑，崽，在学校好好读书。快回学校里吧。

说完，父亲挑起那担黑煤，深一脚浅一脚地走了。

往学校走了近半里路，我回头望了望远去的父亲。父亲模糊的背影还依稀看得见。那一个小小的黑影仿佛越来越清晰了。

突然间，我发现自己已是泪流满面。

在父亲的背影里，我悄然懂事长大。第二年，我圆了一家人的大学梦想。现在，我已是一所重点高中的人民教师，而父亲的背影让我铭记了一辈子。

怀旧的父亲

星期天回家，我看见老三届父亲戴着老花镜，正在靠墙的旧书柜里翻找东西。不用说，他肯定又在仔细清点他的那些陈年宝贝了。

他抬头看见是我，忙说，鹏，你过来看看吧！

我走近了几步，这时，白发苍苍的父亲不厌其烦地从书柜里搬出那些有些泛黄的珍藏，整齐地摆放在一根粗条凳上。原来，这些东西都被细心的他用一些旧报纸仔细包好，然后再用红线扎紧。于是，我蹲下身子，帮着父亲一样一样解开了。

父亲把六十年代中期在三中读书时的那些旧课本指给我看，并以骄傲的语气解释一沓红皮封面的《毛主席文选》，说是他好不容易节攒下伙食费到新华书店买的，在当时可是最时尚的。他又指了一些东西告诉我，这些油印纸张是“文革”时期的大字报，那个鲜艳的绸子布是他佩戴过的红卫兵袖肩。

这时，我仿佛从神采奕奕的父亲脸上寻找到了一个原本属于他的成语——风华正茂。然而，满脸岁月沟壑的父亲却苦笑了一下，说他们是那个年代的牺牲品，那段红红火火的历史已经烟消云散了，而历史有时就像一座神秘祭坛。

当我注意到那些宝贝里还有一本密密麻麻的账册时，便不禁问父亲，是不是还当过生产队的会计。父亲不住摇头，说那是他和母亲结婚后开乡村裁缝店时的流水账。我翻到里面还夹着好几张当年的票据凭证，仔细一看，原来是逐年的缴税发票。

于是，我开玩笑说，那时你和母亲就这么老实守信，怎么没有想过逃税漏税呢？父亲腼腆地笑了笑，说，他们严格遵守有关制度，从未逃过一分钱的税款，那个年代是一个贫困和简单的年代。

我不禁赞叹，想不到父亲和母亲还是村里第一批遵纪守法的纳税人。

就在这时，父亲打开了另一个包裹了好几层的小布包，说里面是一本他很多年前的日记。

我问父亲，你就不介意我偷看你的秘密？父亲呵呵笑了，说，怎么会介意呢！说着，他陪着我一起翻页，还耐心当起解说员来，顿时，那些模糊的字迹呈现出一段段往事，甚至还包括父亲和一个女孩的一段初恋故事。

我一边看，一边大为惊奇。

我告诉父亲，假如你同意的话——我把这些日记发布到网上去，肯定有好多出版社会找你出书的，这可是真正的珍藏版呢！

父亲乐了，却只是埋头，沉默着不吭声。

最后，我帮着父亲，按照原来的样子重新用旧报纸包好了那些宝贝，用红线扎好，按顺序放回旧书柜里，我说，人一辈子可真不简单呀！

这时候，我清楚地看到，父亲神色凝重起来。他似乎没有听到我的话，好一阵子过后才又说笑了——那笑声缓缓的沉沉的朗朗的，不知穿越了多少岁月！

（选自《年轻人》中学生读本2010年第6期、《散文诗·校园文学》2013年第9期）

想和蛙鸣做个伴

◎ 严慧健

屋后有一片农田就是好，每到四月，夜幕刚拉下，就能听到一阵阵蛙鸣，和大地的内心更抵近了，说不出的愉悦，身心疲劳俱烟消云散。四月是温情的，也是丰饶的，就凭这阵阵的蛙鸣就是难以言说的财富。

蛙鸣此起彼伏，如同波浪，有高有低，有喧哗有呜咽，拍打在心岸，回旋成一缕挥之不去的颤音；也如层层包裹的丽人，犹抱琵琶半遮面，先声夺人红一边，相见不如不见，难得桃红柳绿寻一方池塘看青山白云。和虫鸣赛唱，蛙鸣那是高亢低沉，婉转流畅，绮丽不凡。可以说高低难分，互相弥补，浑然天成为一曲交响乐，他们是处在田野中的阳春白雪，弹奏的却是高雅艺术，赏心悦目，倒让我这个下里巴人手舞足蹈。

水田边高高电杆上的灯光，柔和，带着一圈圈的光晕，不只是我，就连那村妇也会陶醉。其实，家在山野农村，真好，有些好处都是无法衡量的，真有点身在福中的飘飘然。

闻着泥土的芬芳，让我这个农民的儿子更接地气，大城市的灯红酒绿总让我昏眩，骨子里对过分的繁华喧嚣抵触，不想与大城市搭界。想想鲁迅的“躲进小楼成一统”的洒脱或者无奈，我觉得偏好乡村的土疙瘩也别有一番风味，有些“不解风情”之人，是难以体会和身受的。

朋友空间的一首诗《四月，是一个潮湿的水袋》，让我莫名的悸动，在我心底触碰了一下，柔软得战栗，诗是这样的：四月，是一个潮湿的水袋／几经穿透，我划动的双鳍，折翼悲悯／无以修缮的漏洞，是自由的牢笼／滴滴流失的血液，沉陷／我的羊水，日渐胎虚……不管诗知名与否，思想在定格。诗是一种心境，一种情怀，有点夜泊瓜洲之孤寂，淡淡的愁绪，让人思考，也许蛙鸣中也带着乡愁，乡愁载向哪里呢？

回想儿时的我，喜欢山间的野果和树林，风一样奔跑；喜欢和哥哥们去田间抓鱼，晒得黑不溜秋。记得我们村里有个异姓外来户，他能在河里闭气一个小时，烧得一手好菜，那些村里的小馋鬼们整天围着他转，聚在他家里，吃个苞米或者红薯什么的。每到夏天他就会去抓田鸡、泥鳅，而我对青蛙有种敬畏，从来没有跟去。现在想来，也许我对蛙鸣的喜欢在那时已经播下了种子，只是我还不清楚罢了。虽然在小小的县城生活了十余年，终究成不了一个地地道道的城里人。对大山的向往及对广袤田野的想象，在心底已经根深蒂固。

那个喜欢抓田鸡的人，现在五十多岁了，身体不比以前，他和许许多多田地的守望者一样，慢慢老去。其实，他对土地的感情肯定是真挚的、炽热的，至少曾经在田野的深处种过最饱满的稻谷，黝黑的肌肤曾经那么亮，青春在肥沃的土地上挥汗如雨，这片热土里面有着他的精神和意志。稻花香里说丰年，听取蛙声一片，青蛙也应该是田野的守护者，它们每晚不遗余力地叫，希望年年丰收。

我曾经写过一首叫《蛙鸣》的诗，这诗就像青蛙样在各报刊中鸣唱。阵阵蛙鸣如同擂起回家的鼓点，一声紧似一声，就像指南针牵引着，总想回到那个魂牵梦绕山清水秀的地方，那个叫家的地方，那个撒开脚丫狂奔的原野，熟悉得如同额上的一颗痣。家可以说有着魔力，任何巧言令色都黯然失色，浮躁的心逐向宁静，狂放的大海也会变得风平浪静。陶渊明的“采菊东篱下，悠然见南山”诗意盎然羡煞多少人，我倒想在水田边搭个草棚，和蛙鸣做个伴，梦里水乡常有美妙的蛙鸣相伴。

（选自《平安校园》2014年第6期）

我种蔬菜鸟儿吃

◎ 龙德豪

去年国庆节，我既不旅游观光，亦不走亲访友，而是把目光投向窗外的那块荒地。我清除垃圾，捡走碎石，拔去杂草，把泥土翻转过来，施上底肥，播下“希望”，静坐在菜地边，一阵凉风拂来，和着树上鸟儿宛转的曲子，好惬意呀！

不几天，菜苗出土了，嫩黄嫩黄的，丫着两片圆圆的叶儿，像刚生下的婴儿充满活力。我就像关爱我的学生一样关爱着这些“小宝贝”。中耕、除草、施肥、浇水，每个环节都不敢懈怠。偶尔叶上飞来“天敌”，我迅速捕捉它；树上飘下“黄蝴蝶”，我及时赶走它……在我的精心呵护下，小宝贝们一个个精神抖擞，扬翠吐绿，向主人展示自己的风采。课余闲暇，我总是徜徉其间，欣赏着这群特殊的“学生”。

一个初冬的下午，我又漫步窗前，突然发现叶面上出现了许多小缺口，状如英文字母的“v”。是谁侵犯了我的小宝贝？虫？鼠？人？都不像！为查肇事者，我悄悄闪进窗户内，隔着玻璃，观察外边的动静。等了好久，亦未见丝毫异状，正准备离开，突见一群小鸟从远处飞来。起初，我并不在意，因为有树，自会有鸟来栖。然而，这群小鸟却直扑菜地，犹如“饥饿”的学生一头扎进知识的海洋，贪婪地大口大口地吞吃着我的蔬菜。哦，原来是这群“不速之客”！三两分钟后，它们“呼”的一声飞开了，停在菜地边的大树上，叽叽喳喳，唱着跳着，还用尖尖的小嘴梳理着灰白色的羽毛。

我轻轻地推开窗户，鸟儿们发现了我，警惕地抬起头，注视着我的举动，见我无意伤害它，又放心地品尝这丰盛的“美餐”。此情此景，令我心动。近年来，学校绿树成荫，花红草青，才引来这群快乐的“小天使”，它们以校园为乐土，时入花草丛中觅食，时上绿树枝头鸣唱。今天，这群快乐的小鸟在我的菜地里尽情地享受，也许它们以为这是大自然的恩赐，也许觉得这是师生为它们备下的佳肴。看，它们吃得多开心：或跃上叶面，啄响一个个亮丽的音符，开启一扇扇透明的“天窗”；或站在菜地，伸长脖子，品着叶边儿，写下一连串不规则的“v”字；或三三两两，唱着笑着，如顽童般追逐嬉闹。李太白赠云友人的琴声“为我一挥手，如听万壑松”，那是天籁绝响啊！而今这鸟儿食菜图不也是大自然的神奇之笔么？鸟儿那欢快的鸣叫，如缕缕阳光，亮丽着我的心灵。

（选自2003年7月29日《邵阳日报》）

用心经营人生的池塘（外一篇）

◎ 刘永中

在春天的早晨睡懒觉真是件很惬意的事情，若不是被一群画眉的叽喳声吵醒，这个清晨应该还可以做很多的梦，但梦毕竟是虚幻的，幸福需要自己用心去经营。

记得刚看过一篇文章，美国思想家梭罗在《种子的信仰里》写下这么一段精彩的话：如果你在地里挖了一方池塘，很快就会有水鸟、两栖动物及各种鱼类，还有会有常见的水生植物，如百合等。你一挖好池塘，大自然就开始往里面填东西，尽管你也许没有看见种子是如何、如何落到那里的，但是自然看着它呢……是啊，我们的人生又何尝不是一口大的池塘呢？人生之初，我们的池塘里清澈，纯净，一无所有，但生活会给它添加很多东西，喜欢的不喜欢的，快乐的和忧伤的，它都尽情地往我们的池塘里面倒，我们在惊恐、烦躁之后，渐渐淡定。我们会渐渐明白一个道理，要快乐和幸福，必须用心整理我们的池塘。

我们都知道，一个池塘就是一个生态系统，生态的平衡跟心理的平衡相似，都要保持各生物链上生物数量的相对稳定。同样，在我们的生命中，我们也要用心确定各类人和事在我们生活中的位置和比重，这样我们的生活才不至于忙乱，我们的人生才不至于迷茫！

我们人生的池塘，它孕育着我们无数的梦想，它随时准备着接纳新的事物，它汇聚苦痛、失落、挣扎、希望……但最重要的，它终会归于水平如镜的幸福！

一根藤穿过我的窗

一大清早，当我朦胧着双眼走进洗手间，在抬头的瞬间发现了它——一截嫩黄的藤，张开柔软的叶子，好奇地张望着这个陌生的世界。

这一根藤，就这样轻易的进入了我的生活，成为了我的风景。我不得不为它担忧：在这个阴暗狭小的卫生间，没有阳光，它该如何生长？

事实说明，我的担心有些多余，它不断展开新叶，不断伸长，攀附着窗户上的钢筋，卯足了劲往上长，我不得不佩服它的韧劲，这是一个顽强的勇士。

生活的忙碌常常让我疏忽了眼前的风景。没有告别，我离开家好一段时间，在忙忙碌碌里，我轻易地就忘记了这个新伙伴。一个多月后，我回到家中，走进洗手间，一打开门，眼前一片绿，这根小小的藤，竟然在这扇窄窄的窗户上，伸展开肢体，长满了叶，铺成一片葱郁的绿，它从一个缝隙进入，又从另一个缝隙长出，反复几次，乐此不疲，爬满了整个窗台。

这一根渺小而伟大的藤，就这样顽强地生长着，不在乎是否有人关爱，不在乎是否有人鼓励，不在乎鲜花，更不在乎掌声，它只顾着吸收阳光和水分，兀自生长，生长，朝着自己选定的方向……

（选自《散文诗·校园文学》2014年第1期、2014年12月25日《科教新报》）

一个台湾作家的情怀

◎ 刘会元

我们一家，无不对台湾著名儿童文学作家桂文亚怀着深深的敬意和感激之情，因为她的进入，给我们这个家庭带来了生机，带来了活力，更带来了走出困窘的勇气。

一九九二年，我正处于文学创作艰难的起步时期。我有一篇构思和立意都还可以的散文稿子，经湖南邵阳市文联樊家信润色后，飞向了台湾这位陌生的老师。没有想到，不到一个月，我收到她的回信，并将稿子留用了。这一意外的惊喜，给我心灵带来了很大的震动，进一步树立了从事文学创作的信心。

自从我那篇少儿散文《鸡妈妈和她的孩子》在她主编的美国《世界日报》儿童版发表以后，创作热情大涨的我，时常把一些不够成熟的作品给她寄去。无疑，每次都是退稿。但是，她从未要其他编辑代办。退稿时，每次都非常中肯地提出意见，都客客气气地鼓励我。我当时甚至有这样一种感受：希望退稿。这并不是我惺惺作态，而是心灵的真实感受。一个中师生的实力是很有限的，通过退稿，可以直接得到她的帮助，可以增长知识，便于快速成长。我在信中称她是我的函授老师，桂文亚默认了。两年以后，我的少儿散文终于有了一些突破。

文学上的指点固然容易些，我的系列散文《造句》、《作文》、《放假》……相继发表了。但是，人生的指点与帮助一个家庭走出困窘，确实是一个令人头痛的事。更何况，我们之间，唯一的联系方法，无非是谈稿子时各自随便捎上一二句话。没想到，就在这一二句话背后，透露出一个作家高尚的情怀，让我和我的家庭渡过了那段艰难曲折多灾多难的岁月。

一九九四年，一个天外带来的灾难落到了我的头上：我那已有三个孩子的弟弟车祸身亡了。面对柔弱的弟媳，面对年幼的侄儿侄女，面对悲痛得死去活来的老母亲，我背上了感情的十字架。我搁笔了，分担了一些很重的农活，以慰抚自己的母亲。对于我，搁笔，这是人生多大的损失；搁笔这个沉重的字眼，带着一个酷爱文学的血滴。

唯有真诚能慰抚伤痛，唯有岁月能看出一个人的情怀。就在我搁笔一年零六个月时，我收到桂文亚寄给我的一个大包裹。里面是装帧很别致的书，也有探寻我不寄稿子的缘由。我的情绪出现了转机，走出了悲哀笼罩的阴影。

一个月以后，一个特别的包裹又送到了我的桌上。除了几本书籍和杂志，同时还捎来了三百元钱。“将三百元钱以你的名义转给你弟媳，这样或许我会好受些。”“学会面对与接受。”“冬天来了，围炉读书或许不错，一笑。”“心宽笔健”等等。她的书信勤一些了，没有必要写信，便寄几张报纸。我只觉得我的泪珠儿在眼眶里滚动。绵绵的话语说得多么动情入理，真挚而温馨。这一行行文字，是诗，是画，是一座经受人生劫难之后慰藉心灵世界的理想乐园。没有矫揉造作，没有虚情假意。这样的文字，不仅要有颇高的文学修养，更需要崇高的思想情操啊……

如今，我的足迹已留在了北京的《儿童文学》、法国的《欧洲时报》上，上海《少年文艺》也不断推出我的诗歌。看着这些收获，虽然显得浅薄和渺小，但也有点掩饰不住的喜悦。喜悦过后，我又陷入了沉思，默默地，默默地想起台湾著名儿童文学作家桂文亚……

（选自2001年11月22日《人民日报海外版》）